UN CARTULAIRE

ET DIVERS ACTES

DES ALAMAN

DES DE LAUTREC ET DES DE LÉVIS

SEIGNEURS DE

Castelnau-de-Bonafous, Villeneuve-sur-Vère, Labastide-de-Lévis, Graulhet, Puybegon, Rabastens, en Albigeois; — Saint-Sulpice, Azas, Montastruc, Corbarieu, en Toulousain; — et Lafox, en Agenais.

XIIIe ET XIVe SIÈCLES

PUBLIÉS PAR

Edm. CABIÉ et L. MAZENS

Avec une reproduction de blasons et 9 planches de fac-similés paléographiques.

TOULOUSE
MARQUESTÉ et SALIS, libraires
RUE SAINT-PANTALÉON, 10.

ALBI
Mlle TRANIER
PLACE DU VIGAN.

PARIS
ALPH. PICARD, libraire-éditeur, rue Bonaparte, 82.

1883

CARTULAIRE

ET DIVERS ACTES

DES ALAMAN

DES DE LAUTREC ET DES DE LÉVIS

UN CARTULAIRE

ET DIVERS ACTES

DES ALAMAN

DES DE LAUTREC ET DES DE LÉVIS

SEIGNEURS DE

Castelnau-de-Bonafous, Villeneuve-sur-Vère, Labastide-de-Lévis, Graulhet, Puybegon, Rabastens, en Albigeois; — Saint-Sulpice, Azas, Montastruc, Corbarieu, en Toulousain; — et Lafox, en Agenais.

XIIIe ET XIVe SIÈCLES

PUBLIÉS PAR

Edmond CABIÉ et L. MAZENS, notaire

MEMBRES CORRESPONDANTS
DE LA SOCIÉTÉ ARCHÉOLOGIQUE DU MIDI DE LA FRANCE

TOULOUSE

IMPRIMERIE A. CHAUVIN ET FILS

28, RUE DES SALENQUES, 28

1882

ARMOIRIES DES ALAMAN, DES LAUTREC ET DES LÉVIS

1

2

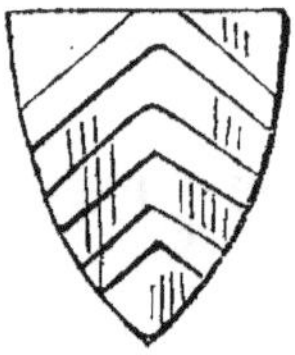

3

Nous empruntons le premier de ces blasons au sceau de Sicard Alaman le vieux, tel qu'il nous a été fourni par le dessin de M. Demay (*Le costume au moyen âge, d'après les sceaux*, p. 228) et par l'exemplaire des Archives du Tarn.

Les armes de Bertrand de Lautrec (N° 2) sont connues aussi d'après le sceau de ce seigneur, reproduit dans les planches de D. Vaissète ; mais le dessin qui en a été publié nous a paru si incorrect, que nous avons cru préférable de recourir à la figure adoptée par le P. Anselme. D'après la description de Douet d'Arcq, le lion du sceau de Bertrand est couronné et a sa queue fourchée.

Quant au blason des Lévis (N° 3), nous le reproduisons d'après un poids inscrit du XIIIe ou du XIVe siècle, appartenant à M. le comte de Combettes-du-Luc, de Rabastens.

ORDRE DES MATIÈRES CONTENUES DANS LE VOLUME

Les planches sont insérées dans la préface (§ 3), et immédiatement avant la page 1 et après les pages 4, 44, 75, 96, 124, 136, 152.

INTRODUCTION

§ 1er. — *Des différentes séries de pièces composant le présent livre. Origine et lien commun de ces documents.*

La première et aussi la plus grande partie des documents qui font l'objet de la présente publication (p. 1 à 124) s'étend de 1235 à 1304 au plus tard, et a été prise dans un registre en parchemin écrit vers le commencement du XIVe siècle. Ce recueil contient principalement les actes passés par Sicard Alaman le vieux et par son fils afin d'établir leurs droits de propriété domaniale, et c'est ce qui nous a engagé à lui donner la nom de *Cartulaire des Alaman*. Un tiers des pièces environ est postérieur, il est vrai, à la mort du dernier de ces seigneurs; mais on ne saurait trouver là un motif pour exclure notre dénomination, car ces actes complémentaires concernent encore d'une manière directe le règlement de la succession des Alaman, passée alors à une branche de la maison de Lautrec.

Les chartes insérées à la suite, et qui forment la fin de notre collection (p. 125 à 186), sont presque toutes de la première moitie du XIVe siècle, et ont des provenances diverses.

Une série qui va de 1296 à 1337 (p. 126 à 138) nous a été fournie par un cahier de papier, écrit sans doute peu après la seconde de ces deux dates. Quoique ces documents concernent, comme les précédents, les anciens domaines des Alaman, les parties contractantes sont constamment les seigneurs de Lévis, qui ont alors recueilli les droits des Lautrec. De là le nom de *Cahier des Lévis* que nous appliquerons à cette partie de notre publication.

Un autre groupe, appelé par nous *Procédures de Cabanés*, est constitué par les actes d'une cause soutenue à l'occasion des droits de justice de cette localité, qui était une dépendance de la seigneurie de Graulhet et qui appartenait à l'époux de l'héritière des Alaman. Les documents qu'elle comprend (p. 153 à 180) sont renfermés entre 1304 et 1312, et proviennent d'un petit registre en parchemin composé à l'époque du procès, c'est-à-dire au commencement du XIVe siècle.

Quant à la dernière série, dont les dates vont de 1283 à 1343, ce sont des actes détachés, provenant d'expéditions authentiques de la même époque que les chartes elles-mêmes. Deux d'entre elles seulement sont en papier et ont été écrites longtemps après; mais il est à regretter que ce soient justement deux documents importants : les coutumes de Graulhet de 1291 et les statuts municipaux de la même ville, de 1330 (p. 139 et 150).

Par leur origine, par les localités auxquelles ils reviennent, aussi bien que par les dates de la période qui les embrasse, tous ces différents groupes ont des traits communs qui les rapprochent naturellement les uns des autres et qui leur font constituer un véritable ensemble historique. Il se rapportent tous, en effet, aux anciens domaines de la famille albigeoise des Alaman ou de ses héritiers immédiats, les Lautrec et les Lévis, et tous proviennent au surplus des archives des successeurs de cette maison, les seigneurs de Graulhet et de Castelnau. Avant la Révolution, l'un de ces derniers confia toutes ces pièces au notaire de Lasgraïsses, qu'il avait chargé de la conduite de ses affaires, et c'est ainsi que ces documents sont passés dans l'étude du village que nous venons de nommer (1) et qu'ils y sont actuellement conservés.

§ 2. — *De l'importance des actes de ce recueil, légitimant leur publication.*

Les documents qui viennent d'être énumérés ne représentent sans doute qu'une bien faible portion de ce que furent, vers le commencement du XIVe siècle ou à la fin du XIIIe, les archives des familles seigneuriales qui avaient recueilli l'héritage des Alaman ; mais tels qu'ils sont ils n'en forment pas moins un fonds qui est encore remarquable par le nombre de ses articles, et qui présente une incontestable valeur pour l'histoire du département du Tarn et de quelques autres régions voisines.

Il est sûr, tout d'abord, que l'aire qui est délimitée par les indications géographiques de notre collection englobe une étendue considérable. Tandis que quelques actes nous transportent à Avignon, d'autres concernent la partie du Languedoc située sur le versant méditerranéen, et, avec un troisième groupe, nous atteignons un assez grand nombre de localités dans les plaines centrales de la Guyenne. Toutefois, si nous voulons relever avec abondance les renseignements suivis que renferment nos chartes, c'est sur les territoires actuels du Tarn et de la Haute-Garonne que nous devons nous arrêter. Dans cette région, à partir des gorges sauvages du Viaur, sur les limites de l'Aveyron, jusques aux collines qui bordent le cours du Girou à 4 ou 5 lieues de Toulouse, une foule de villes, de villages et

(1) Notariat de Me L. Mazens, à Lasgraïsses (Tarn).

de châteaux, formant une ligne à peu près ininterrompue, sont presque cités à chacune des pages de notre livre, et c'est même assez souvent au moyen des actes qu'il contient que plusieurs de ces lieux naissent en quelque sorte à l'histoire. Nous ne craignons pas de dire que, pour tout le nord de l'Albigeois et le nord-est du Toulousain, notre recueil est, à ce point de vue, un des plus riches qui aient été édités jusqu'à ce jour.

Mais l'importance de nos documents apparaît bien mieux encore si l'on remarque le rang élevé des familles qu'ils concernent. Après les comtes de Toulouse, après les seigneurs de Castres et de Lautrec, après l'évêque d'Albi, il n'y avait pas dans la contrée, au milieu du XIIIe siècle, de maison plus influente et plus riche que celle des Alaman; et l'on sait assez que le nom des Lévis, sous lequel se groupent ensuite une bonne partie de nos pièces, est un des plus illustres du nobiliaire languedocien. La vie de tels personnages n'a pu s'écouler sans être mêlée presque toujours aux événements publics, et on peut être assuré d'avance qu'en étudiant les documents où ils figurent, on aura l'occasion de toucher à l'histoire même du pays. Parmi les représentants des grandes familles mentionnées par notre recueil, il en est un toutefois qui dépasse tous les autres à cause de la part qui lui revient dans le gouvernement politique de la province, et c'est justement sur ce seigneur, sur Sicard Alaman, ministre de Raymond VII et d'Alfonse de Poitiers, que le présent livre offre les notions les plus abondantes. S'il est vrai que ces notions ajoutent peu de chose à ce que nous savons déjà sur les fonctions publiques qui furent remplies par Sicard, on verra du moins qu'elles viennent compléter à merveille la biographie de cet homme célèbre, soit en suivant son rôle d'administrateur dans ses propres domaines, soit en nous donnant les détails les plus curieux sur sa fortune et sur sa vie privée.

Il ne faut pas d'ailleurs perdre de vue que tous ces documents sont d'autant plus précieux, que le genre de renseignements qu'ils contiennent ne s'est conservé, dans notre pays et à de pareilles dates, que par de très rares exceptions. Sauf peut-être pour les seigneurs de Lautrec et de Lisle-Jourdain, il serait, croyons-nous, bien difficile de réunir quelques détails un peu précis sur l'histoire généalogique et intérieure de nos anciennes maisons féodales. Les noms des seigneurs de Rabastens, de Penne, de Villemur et de tant d'autres qui brillent dans le cortège des derniers comtes de Toulouse, sont mentionnés assez souvent par différents actes épars dans nos collections de sources; mais c'est en vain qu'on se demande où sont les registres et les chartes contenant le dénombrement de leurs droits et de leurs possessions, où sont les testaments, les transactions, les contrats de tout genre qui ont réglé successivement l'état de leurs familles et les relations de leur vie privée (1).

Qu'ils effacent les lacunes complètes que présentent certains sujets, ou qu'ils viennent augmenter les notions que l'on possède déjà, les anciens documents peuvent rendre à l'historien des services qui sont également dignes d'être signalés. Aussi ne voit-on pas sans quelque satisfaction qu'une partie de nos pièces, rentrant dans le second de ces deux cas, vient sa souder étroitement aux actes de divers autres recueils, et permet d'obtenir alors, grâce à la multiplicité des renseignements, une précision

(1) Il est vrai de dire cependant que l'on a, pour la partie de l'Albigeois située au N. du Tarn, une longue suite d'aveux féodaux qui, d'après les extraits que nous en possédons, paraît donner une statistique assez complète des possessions seigneuriales appartenant aux vassaux du dernier comte de Toulouse (Arch. nation. J. 316, n° 112 et JJ. XI). Il existe aussi dans les mêmes archives des reconnaissances analogues pour le Toulousain.

tout à fait exceptionnelle pour des époques aussi reculées. Par suite de cette coïncidence heureuse, le lieu de Saint-Sulpice devient privilégié entre tous, car en ajoutant l'appoint fourni par notre livre au contenu des coutumes municipales et à celui du cartulaire des seigneurs de Lisle, on arrive à une réunion d'une centaine de chartes, toutes antérieures au XIVe siècle. Quoique beaucoup plus importantes, aucune des principales villes de la région ne possède sur son existence primitive une telle quantité de sources écrites, pouvant servir à éclairer son passé particulier et fournir même quelques traits à notre histoire générale.

Enfin, au lieu de consister en reproductions de date récente, sans valeur par leurs caractères matériels et trop souvent défigurées par les copistes, nos pièces sont des transcriptions presque aussi anciennes que les originaux, et l'on sait le prix que l'on attache à des documents de ce genre, non seulement à cause des particularités paléographiques qu'ils peuvent présenter, mais encore et surtout à cause de l'exactitude des renseignements qu'ils fournissent au philologue.

Ces quelques aperçus généraux seront certainement suffisants pour justifier notre publication, et pour montrer l'utilité que l'histoire du pays peut retirer de la mise en œuvre de ses matériaux, tous inédits dans leur teneur ou incomplètement analysés jusqu'à ce jour. Mais il s'en faut que nous ayons épuisé l'énumération de ce qui peut recommander cette collection de sources, et c'est là en effet ce dont nous aurons l'occasion de donner des preuves nombreuses dans le cours du 3me paragraphe de cette introduction.

§ 3. — *Description des manuscrits et renseignements saillants fournis par le présent ouvrage à l'histoire*

de la région dans ses différentes branches (paléographie et diplomatique, langue, notaires, chronologie, seigneurs et comtes, leurs domaines, grands faits généraux, état social, gouvernement de l'Etat et fonctionnaires, institutions féodales et communales, droit civil et criminel, légistes, histoire religieuse, archéologie, statistique, géographie.)

Nous ne pouvons qu'engager le lecteur à recourir à la table chronologique et à celle des lieux et des personnes, s'il veut avoir, avec quelques détails, une idée suivie de la nature des documents de ce recueil et apprécier de plus près l'étendue et la variété des notions qu'il renferme au point de vue de l'histoire et de la géographie locales. Il ne saurait, en effet, entrer dans notre cadre d'ajouter ici l'analyse méthodique de toutes ces indications. Un grand nombre ayant été déjà mises en ordre par l'un de nous dans sa *Monographie des seigneurs de Graulhet*, un nouveau travail sur ce sujet ne saurait être qu'une répétition superflue, et il doit nous suffire de renvoyer simplement à l'étude dont nous venons de donner le titre (1). Nous n'avons pas non plus à nous occuper en ce moment de beaucoup d'autres renseignements qu'il serait encore possible d'utiliser, si on voulait les rapprocher des textes imprimés ou inédits qui les éclairent et les complètent. C'est là une tâche dont les proportions et les digressions sont incompatibles avec les limites de cette préface, et il faut la laisser aux historiens à venir qui seront, du reste, plus favorisés pour la mener à bonne fin.

Quant à nous, nous devons nous borner à relever ici

(1) *Monogr. des seigneurs de Graulhet*, par M. L. Mazens. Cet ouvrage est inséré dans le tome XII des *Mémoires* de la Société archéol. du midi de la France, qui a accordé à l'auteur le grand prix Ourgaud, en 1879.

d'une manière sommaire quelques-uns des traits principaux qui peuvent encore par eux-mêmes mériter l'attention et qui ne se révèlent pas toutefois aussi facilement, soit dans la lecture de nos tables, soit dans l'examen rapide des textes. Cela permettra d'achever de se rendre compte des richesses de notre collection et, de plus, suffira parfois pour satisfaire les simples amis de notre histoire ou même certains travailleurs qui n'ont pas le temps ou l'habitude de recourir aux sources.

Afin de mettre un peu d'ordre dans notre exposé, nous grouperons nos observations sous un certain nombre de titres qui ont été déjà indiqués en tête du présent paragraphe.

ÉTAT DES MANUSCRITS. LEUR PALÉOGRAPHIE.

Quoique la description des manuscrits qui ont fourni le texte de notre recueil n'offre pas de particularités bien saillantes, il est utile et indispensable de la rapporter ici, et c'est même par ce coup d'œil sur l'aspect matériel de ces pièces qu'il est assez logique d'ouvrir cette série de nos études. Nous avons d'ailleurs peu de renseignements de ce genre pour notre région ; aussi ceux que nous allons donner serviront-ils peut-être à faire connaître un jour plus exactement les différences que les chartes et les cartulaires présentent, sous ce rapport, selon qu'ils appartiennent au nord ou au midi de la France (1).

Le Cartulaire des Alaman est un registre en parchemin, de 23 centimètres de large sur 33 cent. de hauteur. Bien que le volume ait aujourd'hui perdu sa couverture, les 8

(1) Lorsque ces différences seront minutieusement connues, il sera possible sans doute de découvrir le lieu d'origine de bien des mss. dont l'histoire n'a pas été conservée.

cahiers qui le composent sont encore reliés entre eux (1) : ils comprennent ensemble 63 folios, tous remplis par le texte, à l'exception du premier et du dernier, qui servent de garde. Le parchemin est, comme d'habitude, assez blanc d'un côté et jaune de l'autre; la peau, qui se trouvait déchirée en quelques rares endroits, a été cousue par le préparateur (voir un ex. au fac-sim. après la p. 76); d'autres fois ses dimensions n'ont pu remplir entièrement le cadre du format qui est alors privé de quelques-uns de ses angles ou d'une partie de ses marges; enfin, quelques feuilles ont des trous naturels de petite dimension.

Dans ce volume, une réglure légère, plus ou moins visible, et qui s'appuie sur une rangée de piqûres d'aiguille tracée sur les bords des feuilles, supporte partout le texte, lequel est de chaque côté entouré de marges. Les actes sont séparés entre eux par quelques lignes laissées en blanc, et c'est dans cet espace ou à la marge qu'ont été placés les titres qui accompagnent presque tous les documents.

Le manuscrit, de même que toutes les autres pièces que nous publions, est à l'encre noire, devenue avec le temps jaunâtre et pâle et, ainsi que le comporte l'époque de sa composition, il a été écrit en *cursive gothique*. On sait que cette écriture, qui avait succédé à la minuscule, se distingue de celle-ci par la liaison des lettres entre elles, par le rattachement des abréviations aux caractères du mot, par la forme des hastes et des queues qui sont très souvent bouclées; on y observe aussi l's final, dérivé de la même lettre, telle qu'elle est employée aujourd'hui dans l'imprimerie (2).

(1) Au fond et au milieu de sa dernière marge, chaque cahier est muni de sa réclame, composée de un ou de plusieurs mots de la p. suiv.

(2) Voir les *Eléments de paléographie*, par de Wailly : paléogr. proprement dite, ch. 2 et 4.

Les fac-similés que nous avons insérés dans notre livre montreront au surplus toutes les principales dispositions de cette cursive, bien mieux que nos descriptions écrites.

Dans la première planche du Cartulaire on pourra voir la forme des majuscules et des minuscules dont l'emploi respectif était loin d'être régularisé comme il l'est de nos jours, et on y remarquera certaines conjonctions de lettres, ainsi que quelques autres signes graphiques et, par exemple, les chiffres romains. La même feuille contient les abréviations les plus fréquentes, tandis que d'assez nombreux extraits, placés dans d'autres planches, donnent une idée de l'aspect ordinaire de l'ensemble de l'écriture, ainsi que des autres signes orthographiques ou de correction habituellement employés.

Dans l'examen de toutes ces reproductions, aussi bien que dans le reste de nos manuscrits, on peut observer que les mots étaient, à cette époque, loin d'être séparés l'un de l'autre, de la manière qu'ils le sont aujourd'hui, surtout pour les textes romans; un bon nombre étaient, d'autre part, coupés matériellement en tronçons et les coupures qui se produisaient au bout des lignes ne correspondaient pas toujours à des fins de syllabes.

Quant à ce qui est des abréviations, nous remarquons que si, dans certains passages, elles sont assez fréquentes pour accompagner presque chaque mot, elles restent partout ailleurs assez espacées et ne gênent presque jamais le déchiffrement; les mêmes termes ne sont pas, du reste, constamment abrégés et ils le sont parfois de différentes manières. — On trouve des points employés comme signes d'abréviation à la suite des sigles et d'autres sont placés de chaque côté des nombres en chiffres ou encore de certains mots sur lesquels on semble vouloir appeler l'attention.

Nos accents actuels étaient autrefois inusités et il en est

de même de l'apostrophe. Tout ce que notre manuscrit offre d'analogue consiste en des sortes de traits, qui, assez souvent, mais sans régularité, se trouvent placés sur les *i*.

Il n'y a pas de règle fixe pour la ponctuation. Lorsqu'un mot est coupé entre deux lignes, on remarque, dans quelques passages du Cartulaire, l'emploi d'une espèce de barre inclinée à la place de notre tiret, tandis qu'on ne voit rien dans la majeure partie du manuscrit. Dans le corps ou à la fin des propositions, on trouve assez souvent des points ou des virgules, mais il s'en faut qu'il y en ait dans chacun des cas où nous en mettrions aujourd'hui. Cependant on observe généralement que de loin en loin ces signes correspondent, sinon toujours à des fins de phrases, du moins à des haltes intermédiaires ou à des reprises du sens. Après les points ainsi placés, on met parfois une majuscule et ces dispositions graphiques se retrouvent notamment pour les périodes qui reprennent par *Item*. Il paraît que certains scribes isolaient, au moyen de doubles virgules, les articles qui offraient une certaine longueur; d'autres employaient habituellement, dans le même but, une sorte de C (1). — Ajoutons que les paragraphes formés de cette dernière manière ne sont pas très répandus et que les alinéas sont encore plus rares dans notre manuscrit. Plusieurs fois on trouve une charte insérée dans le corps d'un acte, sans autre avertissement matériel qu'une grande lettre initiale.

Comme signes de correction, on voit, par divers exemples, que le scribe s'est borné à barrer les mots ou les signes tracés fautivement et à ajouter en interligne les lettres ou passages qui avaient été oubliés (2). Si

(1) Fac-similés insérés après p. 4, et après p. 44 (accord de 1281).

(2) Exemples dans fac-similés placés après p. 4 (Cout. de Cast.), p. 44 (Test.), 76 (Priv.), etc.

l'omission a un peu d'étendue, ceux-ci sont reportés à la fin des actes (p. 119), et alors un petit guidon indique la place où ils devraient naturellement figurer (1).

Enfin, on trouve parfois, comme indications marginales, insérées peut-être après coup, les lettres *No*[a] (pour *Nota*) et aussi la figure bien connue d'une main qui vise du doigt certain passage.

Le Cartulaire des Alaman est l'œuvre de plusieurs scribes. Les 7 premières feuilles appartiennent à une écriture qui diffère de celle qui occupe le reste du volume et qui est toute, probablement, de la même main (2). Les lettres de la première partie sont plus posées, plus droites et mieux formées ; celles de la seconde sont d'une allure plus rapide, sans cesser cependant d'être régulièrement tracées. En outre, le premier copiste a des signes qui lui sont particuliers, et c'est ainsi qu'on ne retrouve que dans les pages qui lui reviennent l'emploi de barres à la suite des fins de lignes où un mot se trouve coupé. C'est lui aussi qui se sert des doubles virgules afin de séparer les articles d'un même acte. Le second scribe emploie plutôt les C pour ce même objet et son texte n'offre jamais que des points. — Mais ce n'est pas par ces seuls caractères que les deux parties du manuscrit se séparent l'une de l'autre et nous verrons que leur orthographe vient encore servir à révéler leur différence d'origine.

La plupart des autres pièces que nous publions, à la suite du Cartulaire, donnent lieu à des remarques paléographiques analogues à celles que nous venons de présen-

(1) Voyez de plus nos observations insérées à la page 11 (P. 76, l. 14), et à la page 69 (note). — On sait, d'ailleurs, que les notaires étaient tenus d'approuver les corrections qu'ils faisaient eux-mêmes à leurs actes (p. 44, 120).

(2) Le point où l'écriture change est marqué dans notre 2me pl. (Cout. de Lafox).

ter, parce que ces pièces appartiennent à peu près à la même époque.

Il en est ainsi, notamment, du Cahier des Lévis, des procédures de Cabanés et encore des chartes originales de Sérène que nous reproduisons en fac-similé dans cette préface. Tous ces documents sont écrits en cursive, généralement disposée sur des lignes tracées à la règle; l'écriture est presque toujours assez nette, tout en étant due à des mains tantôt plus hardies, tantôt plus lentes que celles qui ont composé le Cartulaire des Alaman. La charte de 1282, écrite à Paris, est d'un aspect plus soigné, mais les caractères sont plus gros et paraissent plus lourds. Ajoutons que les fac-similés insérés dans cette préface et ailleurs achèveront de faire connaître la paléographie des principaux de ces documents (1), ainsi que celle des deux copies des coutumes de Graulhet écrites sur papier en cursive du XVe siècle. Dans l'une de ces deux dernières pièces, le copiste, voulant faire remarquer quelques passages, a tracé vis-à-vis et à la marge certaines figures, et l'on en verra des reproductions dans notre planche (après p. 152) (2).

REMARQUES DE DIPLOMATIQUE.

Les actes que nous publions sont au nombre d'une centaine. Il y a des testaments, l'inventaire des biens d'une succession, des ventes, des donations ou délaissements de biens, des échanges, des inféodations, des char-

(1) Dans nos extraits des cahiers des Lévis (apr. p. 136), nous avons donné la figure du filigrane que l'on remarque sur ses diverses feuilles.

(2) Le scribe de la pièce citée à la note 2 de la p. 131 ayant écrit quelques mots en trop dans le corps de l'acte, on a indiqué la suppression en mettant un point sous chacune de leurs lettres, conformément à l'un des procédés de l'époque.

tes de coutumes, des ratifications diverses, des procurations, des quittances, des contrats de mariage, des transactions ou sentences arbitrales, des insinuations devant le juge, des *vidimus*. On y trouvera aussi plusieurs lettres du roi ou d'autres princes, ainsi qu'une bulle du pape. Une série d'actes judiciaires renferme des procès-verbaux d'audiences, les plaidoiries des avocats, les commissions des juges et les lettres de citation des parties (1).

Mais quelque variée que soit cette collection, nous ne pensons pas qu'elle modifie en rien les règles de diplomatique établies depuis longtemps. Ni dans leur langue, soit en dialecte roman, soit en latin, ni dans la disposition des formules, ni dans celle de leurs dates, ni dans l'emploi des signatures, des sceaux, etc., nos pièces ne donnent lieu précisément à des remarques différentes de celles que fournissent les autres recueils de chartes de la région (2).

De même que dans ces dernières, on peut observer ici que leur protocole, encore assez simple et succinct jusques vers le milieu du XIIIe siècle, prend dans la suite des formes plus complexes, plus savantes, introduites sous l'influence de la restauration des études du droit romain. C'est ainsi que plusieurs actes modifient alors leurs anciens considérants, et que les contrats de vente, les donations et les échanges se surchargent de clauses juridiques destinées à assurer la loyale exécution de la volonté des

(1) Notons ici que la charte de Graulhet (p. 142) contient une énumération des actes notariés qui étaient surtout en usage aux 13e et 14e siècles.

(2) On verra à la page 89 la mention de 2 expéditions d'une charte dressée en forme de chirographe. Ajoutons que le document cité aux p. 132, 133, offre un exemple de l'apposition d'un sceau de plomb, sorte de sceau que l'on retrouve usité plusieurs fois à la gauche du Rhône ; le *vidimus* du viguier de Béziers désigne en effet cet acte dans les termes suivants, oubliés par notre analyse : « Instrumentum quadam bulla plumbea rotunda in filis lineis coloris rubey pictis inpendenti bullatum ».

contractants. D'autres chartes et, par exemple, les contrats de mariage, dépouillent également certaines phrases typiques qui s'étaient conservées jusque-là, et entrent, d'un autre côté, dans plusieurs précisions nouvelles.

Du reste nous remarquons que l'on trouve, à cette époque, la réserve que le notaire pourra refaire sa rédaction, d'après les conseils d'un juriste, ce qui est une preuve de l'importance que l'on attachait aux formules (1). — Notons aussi qu'il est stipulé, à la même occasion, qu'un notaire aura la faculté de délivrer en roman ou en latin les copies d'une charte qu'il est chargé de retenir (p. 149).

On sait déjà que les pièces contenues dans notre livre proviennent, pour ce qui est de quelques-unes, des actes originaux ou mieux des grosses ou premières expéditions faites par le notaire lui-même (2), et, pour le plus grand nombre, de copies authentiques et d'une date fort ancienne. Ce second cas se présentant notamment pour la plus importante de nos séries, c'est-à-dire pour le Cartulaire des Alaman, il devenait intéressant de pouvoir apprécier le degré d'exactitude atteint dans la composition de ce registre (3). Il est permis, en effet, de se demander si ses copistes ont eux-mêmes tronqué les pièces qui sont restées incomplètes dans le manuscrit, ou si ces lacunes

(1) P. 15, 16, 38, 62, 149, 182.

(2) A l'origine, les notaires ne conservaient dans leurs *papiers* que les *notes* contenant la substance des actes; la minute originale sur parchemin, dressée en forme publique, au moyen de ces notes et avec tout le détail des clauses de droit, était écrite après coup et remise aux parties. Voir entre autres, sur ce sujet : *Recueil de l'Acad. de législ. de Toulouse*, XII, p. 81 et suiv. (Mém. de M. Fons); Cout. d'Agen, ch. 50, *in fine*; Cout. d'Auvillar, art. 48 ; etc.

(3) Contrairement à ce que l'on constate dans d'autres cartul. seigneuriaux, les copies de notre reg. ne sont pas signées et certifiées conformes par un notaire; mais il est assez évident que bien que cette formalité fasse défaut, leur authenticité n'en est pas moins incontestable.

se trouvaient déjà dans les exemplaires qu'ils transcrivaient. Et de plus on peut chercher à savoir si dans leurs reproductions ils ont eu soin de conserver, avec une fidélité scrupuleuse, jusqu'au moindre mot de leurs modèles, et surtout jusqu'aux moindres caractères de leur système orthographique.

Si, sur la première de ces questions, nous ne saurions répondre avec certitude, nous sommes à même d'éclaircir tout au moins la solution de la seconde. Lorsque l'on étudie l'orthographe suivie par le scribe auquel on peut attribuer l'immense majorité des actes, on voit que, presque toujours, les fautes y sont exactement les mêmes, bien que les originaux émanent de notaires différents et appartiennent quelquefois à des localités fort éloignées les unes des autres. Cela suffirait déjà pour attribuer toutes ces fautes au copiste du Cartulaire; mais ce qui permet de ne garder aucun doute à ce sujet, c'est la confrontation que nous avons pu faire de deux de ces transcriptions avec les originaux eux-mêmes : nous voulons parler du testament de Sicard Alaman, le vieux (1), et aussi de l'acte rapporté à la p. 76, et dont l'étude de Lasgraïsses possède encore l'expédition dressée par Arnaud Sérénè (voir facsimile ci-après). Il résulte de la comparaison de ces diverses pièces, que non seulement le Cartulaire ne reproduit pas toujours exactement l'orthographe des modèles, mais de plus qu'il a modifié certains mots, soit que le scribe n'attachât que peu d'importance à ces variantes, soit qu'il ait erré quelquefois dans la lecture (2).

(1) Ce testament, qui est un chirographe en parchemin de 66 cent. de haut sur 34 de large, et dont nous reproduisons ci-après quelques extraits, appartient à la Soc. archéol. du Midi de la Fr. Il a été édité par Compayré, mais d'une manière souvent fautive, ainsi que l'on pourra s'en convaincre en conférant ses leçons avec notre fac-similé. Voir de plus à la p. 10.

(2) Tout en renvoyant aux changements de ce genre signalés plus loin

Testament de Sic. Alaman l'ancien. 1275.

Quittance pour Sic. Alaman le jeune. 1275.

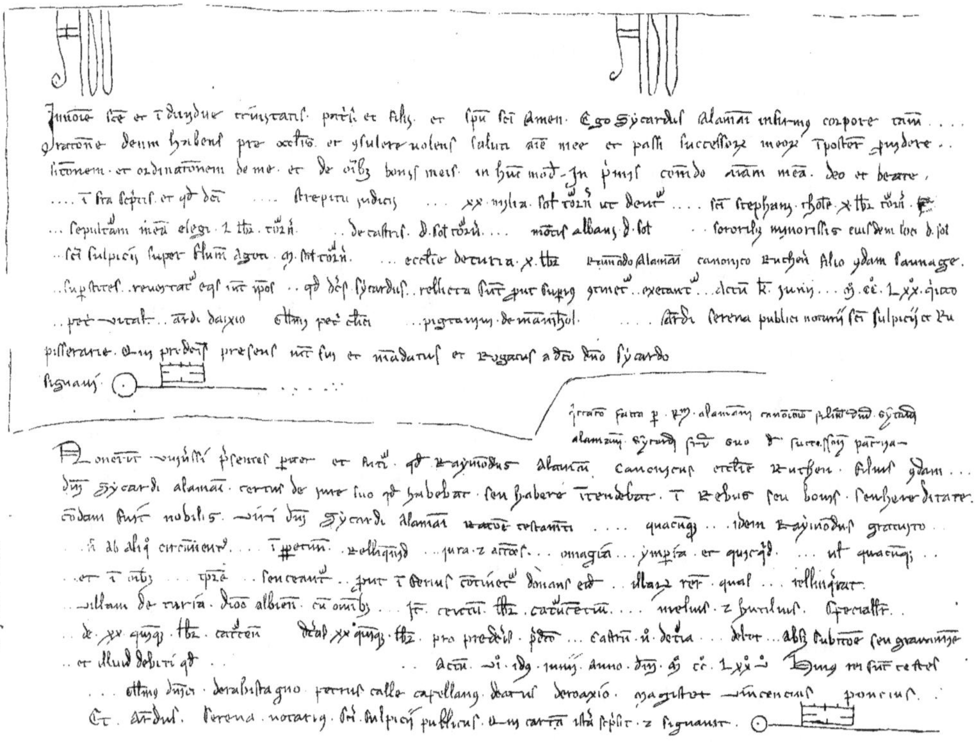

Mais il faut se hâter de reconnaître cependant que ce ne sont là que des modifications très légères, et que, s'il est permis de conclure d'après ces deux vérifications, nous possédons à vrai dire le texte même des documents originaux et presque toujours une orthographe identique ou trahissant à peine çà et là quelques nuances de prononciation (1).

pour le testament de Sicard (p. 11), voici ceux qui se trouvent dans l'acte de la p. 76. A la suite des leçons de l'original, nous mettons en italiques les variantes fournies par les 2 copies de ce document contenues dans le Cartulaire. Universsi, *universi*, Raymondus Alamani (même orthogr. dans tout le corps de l'acte pour ces 2 noms), *Raimondus Alamanni*, Sycardi (suivt l'orthogr. constante de l'original), *Sicardi* (d'après l'une des 2 copies, l'autre écrit toujours ce nom par un *y*), nobilis viri dom., *nobilis dom.*, rellinquid, *relinquid*, *relinquit*, omagia, *homagia*, ymperia, *inperia*, rellinquerat, *relinquerat*, hutilius, *utilius*, specialliter, *specialiter*, irequisita, *requisita*, tamen, *etiam*, omagium, *homagium*, ymperium, *imperium*, edificium, *edifficium*, perpetuo, *penitus*, *perpetuo*, dicebatur, *dicitur*, Jachobo, *Jacobo*, vires, *vices*, *vires*, oppreciones, *opressiones* deo, *de*, gurpivit, *guirpivit*, hutilitatem, *utilitatem*, exceptis, *exeptis*, renunciavit, *renonciavit*, allegabit, *allegavit*, hutilia et inhutilia, *utilia et inutilia*, revocabat, *revocavit*, consensu, *consenssu*, Deodatis, *Deodati*, excecutorem, *executorem*, Calle, *Cathle*, Deatus, *Doatus*.

On voit par ces indications et par celles de la p. 11 et suiv. que, d'après son orthographe particulière, le notaire Sérène écrivait : rellinquo, rellicta, personalliter, specialliter, subplicans, decendentes, huxoris, hetatem, hutilius, hutilitatem, elemosyne (à côté de helemosynas), omagium, selebret, Alamani, universsi, universsalem, aministret, redeptione, inmobilius, ymperia, execantur, illiud, etc. On trouve aussi de lui la forme *de Rabistagno*, à la fin de l'acte de la page 76.

(1) On trouvera dans une note placée un peu plus loin les formes orthographiques qui paraissent appartenir aux divers copistes à qui l'on doit le Cartulaire des Alaman et les autres pièces du présent volume. Voir aussi ce que nous avons dit aux pages 3 et 4 au sujet de la charte de Castelnau.

Aucun de nos scribes n'ayant dû avoir un système d'orthographe bien arrêté, on peut mettre sur leur compte la plupart des variantes de peu d'importance que présentent nos documents lorsqu'on les rapproche l'un de l'autre. Mais nous ne croyons pas que l'on puisse leur attribuer en général des modifications plus profondes et tendant, par exemple, à faire disparaître, suivant un système arrêté, les formes dialectales des originaux. Ainsi

LANGUE ET ORTHOGRAPHE.

Nous espérons que notre publication offrira un assez grand nombre de textes dont les linguistes pourront faire leur profit. Et en disant ceci, ce n'est pas tant aux actes latins que nous faisons allusion, mais plutôt aux actes en

que nous en indiquerons plus loin les preuves, les chartes tarnaises que nous publions en entier ont conservé dans la transcription les principaux caractères de la langue du pays, et, malgré les quelques remarques que nous avons faites à son sujet, il en est de même de la charte de Castelnau, due d'ailleurs à un écrivain différent.

Au surplus, il ne semble pas impossible de citer quelques exemples de variantes, entourés de circonstances qui permettent de saisir l'influence des leçons originales sur les auteurs des copies de notre volume. Tel est, croyons-nous, le cas pour les mots *fait* et *faita*, que nos scribes n'emploient que dans 2 actes (Cout. de Lafox et p. 123), alors qu'ils se servent partout ailleurs des formes *fag*, *faig* ou *facha*. Comme l'on trouve *fach*, *faghs* et *facha* usités dans l'Agenais, nous ne dirons pas néanmoins que l'on a respecté ici une forme appartenant à ce pays ; mais cela doit se dire lorsque l'on voit dans les chartes de cette région, à l'exception de toutes les autres, *meis, meissa* pour *meteis, meteissa* : nous avons la preuve en effet que dans cet exemple notre Cartul. a conservé, en même temps, et le texte du modèle et un mot du dialecte d'Agen. *Le* pour *lo* ne se retrouvant qu'une fois dans notre livre, et cela dans un document rédigé par un notaire de Lavaur, c'est-à-dire appartenant à un pays où ce terme était usité, a dû être pris également dans l'original. Les variétés des formes *Pugh*, *Poig* et *pueg*, *pueja* et *puja* ou *pojar*, émanant d'un même copiste, peuvent bien trahir la reproduction rigoureuse de l'orthographe des premiers rédacteurs des documents ; et nous en dirons autant au sujet de *nueitz*, *nuitz*, *nueg*, *nuechz*, surtout quand nous voyons nos 2 scribes user des 2 premières formes dans la coutume de Lafox et employer *nueg* et *nuechz* dans les autres pièces. Enfin *pus* et *pusque* paraissent aussi avoir appartenu au texte primitif des cout. que nous venons de mentionner, et c'est le copiste qui a pu introduire ailleurs dans cet acte la forme *pueis*. — Parmi les formes latines, il est à remarquer que *guarentia* au lieu de *guirentia* (p. 9) est employé justement dans un acte dressé vers les frontières de l'Agenais, région où, de même qu'en Gascogne, *gua* ou *ga* sont conservés pour ce mot et ses dérivés.

langue vulgaire, c'est-à-dire en roman ou en provençal (1).

Malgré le nombre considérable de pièces de ce genre déjà éditées pour l'Albigeois et le Toulousain, les matériaux pouvant servir de fondement solide à l'étude historique de leurs dialectes sont encore loin d'être suffisants. Beaucoup de ces actes imprimés ne proviennent en effet que de copies modernes plus ou moins corrompues, ou bien la plupart ne devant servir qu'à prouver certains événements d'histoire proprement dite, il n'est pas sûr qu'on les ait reproduits avec le souci de garder rigoureusement leurs formes philologiques (2). Enfin s'il y a des cantons pour lesquels on possède dès maintenant des séries de textes qui ont leur importance, il n'en manque pas d'autres qui sont restés jusqu'ici totalement déshérités de pareilles publications.

Le livre que nous présentons atténuera, si nous ne nous abusons pas, quelques-unes de ces imperfections ou de ces lacunes. Il offre, en effet, dans leur teneur fidèle, près d'une vingtaine de textes, tous empruntés à des copies anciennes, et transcrits par des scribes auxquels on doit accorder d'autant plus de confiance qu'ils parlaient encore eux-mêmes la langue du XIIIe siècle. De plus, ces textes sont relativement assez nombreux pour certaines régions, et si on y ajoute quelques autres pièces qui ont été déjà mises au jour, on pourra commencer de tirer de leur ensemble certaines conclusions.

Quoique nos documents se distribuent entre l'Agenais, l'Albigeois et des cantons du Toulousain, il ne sera pas

(1) Selon l'usage du Midi, nous faisons ces deux mots synonymes l'un de l'autre.

(2) Les éditeurs oublient aussi trop souvent de nous dire s'ils puisent leur texte dans un original ou dans une copie. C'est là cependant un point capital et qui peut quelquefois modifier du tout au tout la valeur d'un document.

sans doute possible de dresser, au moyen de notre livre, un tableau bien suivi des caractères tranchés qui séparent les dialectes de ces diverses contrées (1); mais les textes concernant le département du Tarn permettront du moins de reconnaître quelques-uns des traits et des nuances qui appartiennent au parler de ce pays et qui peuvent servir à le distinguer de celui de la Haute-Garonne. On sait qu'il y a sur ces études comparatives des dialectes du haut Languedoc et des régions limitrophes tout un long travail à faire, travail qui n'a pas même été ébauché jusqu'ici, malgré l'intérêt et l'utilité qu'il pourrait présenter sous de nombreux rapports (2).

(1) Nous relèverons cependant dans les pièces de notre publication quelques termes qui appartiennent plus particulièrement au vocabulaire de certains pays. Outre ceux que l'on trouve pour l'Agenais dans la charte de Lafox (*cosselh, guage, pechas, espilori*), on peut citer pour la Provence : *sinquenis, tashis, istarii, bullavi*, et, pour le Rouergue, *appendaria*. L'Albigeois a aussi *pazata, bladata, bariani, pancossaria* et *pancogolis, cops, comptaires, maionils*. Enfin, au Toulousain peuvent être attribués *cartonata* et *corocx*. Si leurs domaines respectifs étaient moins connus, on pourrait classer également dans les diverses régions qui leur reviennent les qualificatifs de monnaies, tels que : *Raimondins*, de *Cahors*, d'*Arnaudins*.

(2) Si on veut tenir compte de l'état actuel des patois, il est facile d'énumérer bien des formes de nos manuscrits, qui paraissent avoir appartenu en propre au pays Tarnais. Il en est ainsi pour *lo, los, gleia, leit* (lit), *dreit* ou *dreg, lei* ou *leg* (loi), *fag* ou *facha, dig* ou *dich, dichas, perfieg, profieg, fuoc, pueg* et *puejar, nuechz, buoou, puesca, vuelhan, ponh, pueis, deu, efans, traire* et *gite* (Cout. de Castelnau), *aytal, manieira, ribieira, paissieira cartieira, barrieira, plenieira, plenieirament, entieirament, boula, conoisser, penre, po, pangoussie*. Tous ces mots sont encore plus ou moins usités dans les régions de Gaillac, d'Albi, de Castres et de l'Aveyron, tandis qu'ils sont remplacés plus à l'ouest par *lé, lés, gleïso, lieït, dret, lé, faït, dit, ditos, parfait, proufit, foc, pech* et *mounta, neït, bioou, posco* ou *pogo, volgoun, pun, apeï, diou, fils, tira* et *jetta, atal, maniero, rebiero, paissiero, cartiero, barriero, planiero, —ment, entieroment, borno, couneïsse, prénć, pa, boulanxé*. Quoique ces distinction entre les vocabulaires des deux domaines soient loin d'apparaître aussi tranchées ou aussi constantes lorsque l'on consulte les documents anciens, nous croyons que, pour ce cas encore, on pourra

Nous regrettons, sans doute, que nos textes ne proviennent pas directement des originaux qui seuls peuvent donner l'assurance que l'on possède bien la prononciation et l'orthographe du premier rédacteur d'une pièce; mais cela ne veut pas dire que certaines transcriptions et no-

trouver dans les relevés ci-dessus plusieurs des traits qui ont caractérisé l'idiome populaire de l'Albigeois aux 13e et 14e s.

Il est possible de plus d'arriver à un résultat analogue en examinant quelques terminaisons des verbes, et, par exemple, celles des 3es personnes du futur, car on sait que dès le moyen âge, comme aujourd'hui, ces terminaisons étaient en Albigeois parfaitement distinctes de celles usitées en Toulousain (Voir entre autres, sur ce sujet, l'intéressante étude de M. Mayer, dans *Romania*, IX, 192). Malheureusement les leçons de notre cartul. ne sont pas toujours très nettes, et si dans bien des cas on peut lire *au* correspondant à notre *oou* actuel, dans un foule d'autres les scribes de nos actes, influencés sans doute par la langue littéraire, ont écrit *an*. — Il est à regretter qu'on ne puisse savoir si dans les finales du conditionnel nos scribes prononçaient *on* ou bien *oou*, quoique la seconde forme, c'est-à-dire la forme albigeoise, paraisse la plus probable : le ms. qui a une fois *serion* ou *seriou* (Cout. de Castelnau), donne ailleurs *serio* et encore *seriu*, *auriu*, adoptant dans ce dernier cas une finale que le verbe *être* possède au subjonctif, à côté de *an* (*siu*, *sian*).

Ajoutons, comme présentant un caractère dialectal, le remplacement de la forme classique *ai* par *iei* dans *iei* (j'ai), *sciei*, *seriei*, *auriei*, *venrriei*, *fariei*, *cossentiriei*, *tenrriei*. Ce sont là des exemples fréquents dans les actes du milieu et du nord de l'Albigeois (Voir entre autres ceux publiés dans les *Layettes du trés. des chart.*, III), tandis que nous n'en avons pas remarqués dans ceux du Toulousain. Aussi pensons-nous que c'est avec raison que M. Mayer a signalé cette modification de syllabe comme particulière à la première de ces régions (*Chanson de la crois. contre les Albig.*, intr. cxiij).

Enfin, *noin*, *voin* (p. 64, 94, 98, 107, etc.), qui reviennent si souvent dans les chartes albigeoises (*voin*, *voinh*, *voing*), manquent à leur tour dans les pays situés plus à l'ouest, où on ne trouve guère que les formes en *von* ou *non*, et cela bien que, dans ces divers territoires, le patois actuel emploie les mots *voï*, *noï*, qui ont donné naissances aux formes citées en premier lieu (Voir sur l'usage de ces formes un article inséré par M. Roque-Ferrier dans la *Revue des lang. rom.*, 1876, p. 121).

Relativement à l'Agenais, signalons encore dans notre ms., et comme conforme aux habitudes de l'idiome de ce pays, l'emploi de *meis*, *meissa* (au lieu de *meteis*), de *feltat*, de *noelamen* (Ch. de Lafox), et, paraît-il encore, de *en persona* (signifiant : en remplacement, en place de la personne).

tamment celles que l'on trouve dans le Cartulaire des Alaman, n'aient aussi leur valeur linguistique. Tout en reconnaissant que nos copistes n'ont pas sensiblement modifié les formes dialectales des originaux, il est permis peut-être de constater quelques exceptions à cette règle, si l'on étudie en détail les différences qui se produisent parfois dans la traduction des mêmes mots (1). Et alors même qu'il n'en serait pas ainsi, il est rare que la manière uniforme dont ils ont traité certaines lettres ou certains sons ne réponde à quelque loi naturelle ou ne révèle des tendances dignes d'attention pour l'histoire minutieuse de notre phonétique.

Nous placerons donc ici quelques-unes des principales singularités de l'orthographe des écrivains du Cartulaire, et principalement du second d'entre eux (2), lequel, au-

(1) C'est là le cas qui semble se présenter pour les documents dus au premier scribe du cartul. ainsi que pour différents actes agenais de ce ms. et surtout pour la cout. de Lafox. Du reste, dans l'ensemble du texte aussi bien que pour toutes les pièces qui se rapportent au départ. du Tarn, on peut dire que rien ne dénote que les auteurs de leur transcription fussent étrangers à ce pays et parlassent un autre idiome que celui de l'Albigeois.

(2) Dans les actes romans, y compris les cout. de Castelnau et de Lafox, tandis que le premier de nos 2 copistes écrit *fair*, *pusca*, *posco*, *vulha*, *forsara*, *forsa*, *deriers*, *prumiera*, *maniera*, *carriera*, *pleniera*, etc., l'autre écrit *far*, *puesca*, *vuelha*, *premieiramens*, *manieira*, *balanssas*, *mai valenssa*, *fizanssas*, *forssar*, *derriers*, *molrre*, *Amalrric*, *venrriei*, *tenrrici*, *volrratz*, *vollria*.

Pour les actes latins, on remarquera encore chez le second scribe la répétition de l'*s* et de quelques autres lettres : *assenssu*, *pensso*, *verssus*, *incurssus*, *expenssas*, *dispenssamus*, *manssos*, *censsualia*, *censsus*, *menssuram*, *Amalrricus*, *deffuncti*, *reffici*, *occulis*, *evvangelistarium* ou *euuangeliis* (à moins de lire *envang*—), *sollempnem*, *sollepniter*, *sollepnitatis*, etc., ce qui n'empêche pas qu'il adopte toujours *literis*, *literam*; le même copiste écrit aussi, à côté de *sollepniter* déjà cité, *condepnavit*, *dapno*, *redeptione*, *inmobilia*, *inpedimento*, *inperia*, *inposuit*, *inpenssas*, *inmune*, *conmuniri*, *pocessiones*, *possecionem*, *conpetere*, *conpetunt*, *cimpliciter*, *cimplici*, *cingulariter*, *cite* (pour *sitæ*), *cedis* (*sedis*), *timulo*, *intimulari*, *quicquid*, *quandam*, *cundam*, *quendam*, *suplicatio*, *renoncians*, *sucipere*, *actorisans*, *adnullari*, *anullari*, *reiales*, *eguo*, *eliguo*, *obiciendum*, *subjcione*, *thraere*, *nichil*, *hobedientes*,

tant qu'il est permis de le soupçonner, devait être quelque clerc ou notaire albigeois, qui a dû exécuter son travail dans le château de Castelnau-de-Bonafous ou à Graulhet. C'est là, en effet, que les originaux reproduits dans le registre devaient être conservés à cette époque et il est peu probable que les seigneurs, qui cherchaient justement, par cette sorte de transcription, à prévenir l'égarement de ces pièces, eussent permis de les laisser sortir des archives pour procéder à leur copie.

DES NOTAIRES.

Les notaires jouent un rôle important dans notre livre, et c'est en somme leur œuvre et non la nôtre qui constitue le fond même de cette publication.

En étudiant la forme et le style des actes que nous éditons, on s'éclaire sur les connaissances que leur profession exigeait déjà à cette époque, et peut-être est-il possible par là d'entrevoir quelque chose de ce que pouvait

honere, *ydoneam*, *ymo*, *ydcirco*, *adymo*, *ymagines*, *yconomo*, *Ysarno*, *cyvili*, *Sycardus*; enfin signalons *corpud*, *opud*, *tempud*, *capud*, *illiud* et *set*. Le premier scribe écrit également *ymo*, *capud*, *inmunes*, *quendam*, et de plus *excercitu*, *hutilitatem*, *videliscet*, *decendit*, *senscantur*, *perhempnem*, *apertinenciis*. — Il faut observer du reste que quelques-unes des formes ci-dessus ne sont pas constantes, car l'on trouve chez un même scribe et parfois jusques dans les mêmes actes et aux mêmes lignes : *lego* et *leguo*, *Sicardus* et *Sycardus*, *Aguate* et *Aghate*, *Helitz* et *Elitz*, *reffici* et *refici*, *quondam* et *condam*, *census* et *censsus*, *exceptioni* et *exeptioni*, etc.

Plusieurs des fautes qui viennent d'être relevées apparaissent encore dans les autres chartes ou cahiers que nous publions à la suite du Cart. des Alaman. C'est ainsi que l'on y retrouve en divers passages : *refficere*, *nichilominus*, *inhobediencia*, *ymo*, *ydoneis*, *yconomi*, *honere*, *set*, sans parler de : *ymitari*, *vulguariter*, *sustancie*, *etciam*, *franquessia*, *generossi*, *espessiale*, *sanxiones*, *legittimas*, *michi*, *adhiciens*, *efficassiter*, *animaversiones*, *inpunita*, etc.

Voir enfin les particularités orthograph. déjà indiquées pour les actes de Sérène, p. xxij, note 2.

être en même temps l'instruction usuelle chez les personnes lettrées de nos petites villes et de nos villages.

Il n'est pas sans utilité de relever tous ces noms de tabellions qui figurent dans le présent ouvrage, de les rapprocher de ceux qui sont déjà connus par d'autres documents et d'en faire des listes méthodiques. Lorsque ce travail sera plus avancé qu'il ne l'est, il permettra de contrôler l'exactitude de plus d'une date qui reste aujourd'hui suspecte. Ce ne sera pas du reste sans intérêt que l'on verra parfois, du milieu de ces listes, se détacher quelques personnalités dont l'activité ou le crédit s'affirment d'une manière plus marquée ; et tel est le cas, semble-t-il, du notaire de Saint-Sulpice, Arnaud Sérène, qui dresse la plupart des actes des Alaman, et de Bertrand de Lautrec.

Ajoutons qu'un grand nombre de passages de notre livre peuvent fournir des données sur l'organisation du notariat aux XIIIe et XIVe siècles, sur la confusion de la charge de greffier de cour avec celle de notaire, sur les attributions de ces officiers publics, sur leur salaire (1), sur le rayon dans lequel ils exerçaient, sur le mode de réception des actes et leur mise en forme publique, sur la manière de renouveler ou multiplier les copies et de les authentiquer, etc.

CHRONOLOGIE.

La plupart des actes que nous publions appartenant au haut Languedoc, les dates, conformément à l'usage de ce pays, sont mises en général à la fin des pièces ; on constatera qu'elles sont, au contraire, placées au début

(1) A Graulhet, p. 142. On peut conférer, à ce sujet, le tarif donné par les Cout. d'Agen, ch. 50.

dans quelques chartes passées sur les bords du Rhône (p. 126 et suiv.).

Les éléments qui composent ces diverses dates n'offrent rien qui ne soit déjà connu; on y trouve, à toutes les époques, la mention des princes régnants, ainsi que celle de l'année de l'ère chrétienne (1), et, habituellement, les jours y sont indiqués au moyen des calendes, des nones et des ides.

Si l'on s'en tient cependant à ce qui concerne notre région occidentale, on peut observer que le mode italien de dater d'après l'*entrée* ou l'*issue* du mois et en ajoutant parfois la férie, est fréquent pour les époques anciennes (1235 à 1261, 1280), tandis que, à partir de 1278, on voit s'introduire assez souvent l'indication du jour de la semaine rapporté à une fête religieuse; mais ce dernier système ne peut pas toujours par lui-même dissiper toute équivoque et il serait alors à souhaiter qu'on le trouvât combiné avec celui des ides, des nones et des calendes, ainsi que cela se présente pour quelques pièces. Notre manière si simple de compter les jours du mois d'après leur ordre naturel n'apparaît qu'assez tard dans les actes locaux de notre recueil; les autres pièces qui l'emploient sont, en effet, étrangères au pays.

En ce qui concerne l'année, il est très important de connaître le jour à partir duquel elle a été comptée, puisque dans nos régions ce jour a pu être ou celui de Noël, ou le 25 mars ou Pâques (2). Grâce aux documents publiés par l'inventaire des Layettes du trésor des chartes,

(1) Les dates de l'indiction et de l'année du pontificat se montrent seulement dans les actes émanant des notaires apostoliques.

(2) On sait que les mots *anno nativitatis* ou *incarnationis*, que l'on trouve dans les dates, indiquent simplement l'usage de l'ère chrétienne, mais n'ont le plus souvent aucune valeur pour vider le problème dont nous parlons.

on peut dire, il est vrai, dès aujourd'hui, que, dans le Toulousain, l'année commençait en général le 25 mars, jour de l'Annonciation. Néanmoins, il n'est pas indifférent de confirmer cette conclusion par de nouvelles remarques. Aussi croyons-nous devoir signaler ici les actes du présent livre qui montrent, de leur côté, que, dans le même pays, l'année partait bien de cette date et non de Pâques ou de Noël (1).

Le système qui faisait de l'Annonciation le premier

(1) Pour montrer que l'année ne commençait pas à Noël, on peut citer d'abord quelques actes des mercredi 17 janv. 1234, jeudi 7 févr. 1240, jeudi 14 mars 1279 (p. 89, 105, 29). Si l'on adoptait cette fête pour point de départ, on ne pourrait faire accorder les quantièmes des mois et les jours de la semaine qui sont indiqués en même temps, tandis que tous ces divers éléments concordent exactement si on suppose que, l'année ne reprenant qu'à Pâques ou à l'Annonciation, le notaire a continué d'inscrire ici la même date que pour les mois antérieurs au 1er janvier. — Mais voici un exemple encore plus concluant en faveur de la même thèse. Le testament de Sicard le jeune, du 9 mars 1279, et un acte du 14 mars suivant, où ce sgr est mentionné comme déjà mort, ne peuvent dater de cette année, d'après notre manière de compter, puisque une autre pièce porte que ce sgr vivait encore en août 1279. On doit donc admettre, pour concilier ces dates, que les 2 premières appartiennent au v. st. (1280 en n. st.), ce qui revient à dire que l'année ne s'était renouvelée alors ni à Noël ni au 1er janv., et que l'on avait continué, dans les mois de janvier à mars, de compter 1279, le changement de date ne devant avoir lieu qu'au 25 mars ou à Pâques.

Quant à la preuve que le 1er jour de l'an était fixé au 25 mars et non à Pâques, elle nous est donnée par un inventaire rapporté à la p. 50. Cet inventaire fut commencé en 1280, le mardi avant les Rameaux, et terminé à Toulouse le mercredi, 11 des calend. de juin, de la même année (et effectivement, en 1280, le 11 des calend. de juin est bien un mercredi). Or, à la même époque, la fête de Pâques tombant le 21 avril, c'est-à-dire précisément entre les 2 dates de notre charte, appartenant l'une et l'autre à 1280, il est évident que cette fête n'avait pas amené de changement dans l'indication de l'année, et, par suite, que le point de départ de cette dernière était antérieur au mardi avant les Rameaux (14 avril); mais comme nous avons vu déjà que l'année ne commençait pas à Noël, il faut nécessairement conclure qu'elle avait été prise à partir de l'Annonciation ou 25 mars.

jour de l'an paraît avoir été suivi dans la sénéchaussée de Carcassonne, au moins par certains notaires (1); mais il est impossible de savoir si dans d'autres cas on a adopté, pour le même usage, cette fête ou celle de Pâques, et, d'après un acte que l'on trouvera à la p. 149, il semble de plus que l'on puisse constater un exemple du commencement de l'année fixé à Noël. — Certaines de nos chartes passées à Avignon nous montrent, du reste, que cette dernière date avait été adoptée dans cette ville pour servir au renouvellement de la période annale (2).

Nous avons dit que nos pièces renferment les noms des princes (comtes ou rois) et, à ce sujet, on peut observer que c'est par l'indication du roi régnant que les notaires de la sénéchaussée de Carcassonne ont l'habitude de terminer leurs actes.

Le nom de l'évêque est aussi inséré parmi les autres éléments chronologiques et cela soit, au XIIIe soit au XIVe siècle. Nous avons pour l'Albigeois, pour l'Agenais

(1) On peut voir qu'à la p. 38 et suiv., des actes d'oct. 1281 sont suivis d'une autre pièce du 18 mars 1281, appartenant nécessairement au nouveau style 1282.

En outre, les actes du procès de Cabanès (p. 153) indiquent des audiences successives du jeudi 11 mars 1310, du mercredi 17 mars 1310, du vendredi 2 avril 1311, et plus tard de déc., janv. et févr. 1311. Or, tandis que l'on voit d'une manière assez claire que l'on a commencé ici l'année entre le 17 mars et le 2 avril, on peut constater d'autre part, en recourant à notre calendrier perpétuel, que les éléments des 3 premières dates ne s'accordent entre eux qu'en faisant correspondre le 1er janv. 1310 v. st. au 1er janv. 1311 n. st. Quant au commencement précis de l'ancienne année, il doit avoir été fixé forcément au 25 mars, puisque le 2 avril le scribe compte déjà 1311, date qui n'aurait dû apparaître qu'après le 11 avril ou jour de Pâques, si l'on avait pris pour point de départ cette dernière fête.

(2) Voir note 2, à la p. 126. — Aux p. 128, 129, on constatera, du reste, qu'un acte du 16 mars 1304 fut confirmé la veille des nones du mois suivant ou 4 avril 1304, preuve que ni le 25 mars, ni le jour de Pâques (29 mars), arrivés dans l'intervalle, n'avaient amené de modification dans la date de l'année.

et surtout pour le Toulousain, divers exemples de cet usage, utile, non seulement pour contrôler l'exactitude des autres éléments chronologiques, mais aussi, à défaut d'autres données, pour connaître au moins le diocèse où l'acte a été passé. — On ne constate, au surplus, rien de régulier dans la date du lieu, qui se trouve assez souvent complètement omise et qui, dans des cas relativement fréquents, est précisée avec soin (1).

SEIGNEURS, NOBLESSE, COMTES DE TOULOUSE. DOMAINES DES ALAMAN ET DE LEURS SUCCESSEURS.

D'après leur provenance, on comprend déjà que c'est sur les maisons seigneuriales dont ils formaient les archives que nos documents doivent être riches de renseignements, et surtout de renseignements suivis. C'est grâce à eux qu'on a pu compléter la généalogie de la nombreuse famille des Alaman et des branches des Lautrec et des Lévis qui lui succédèrent. C'est encore au moyen de ces pièces que l'on obtient des notions sur les richesses territoriales de ces différents seigneurs, et que l'on établit la consistance de leur fortune. C'est par eux enfin qu'on entrevoit parfois l'époque de leur naissance et de leur décès, qu'on les suit dans leurs divers voyages, et qu'il est possible de pénétrer dans leurs habitations et de faire connaissance avec les familiers qui les entourent.

Un bon nombre de ces actes concernent, en outre, les familles nobles de la région, qui ont eu des rapports avec les seigneurs que nous venons de citer, et ce n'est pas sans profit pour l'histoire féodale que l'on parcourt même

(1) P. 29, 38 et suiv. 43, 49, 62, 63, 64, 72, 82, 108, 126, 128, 129, 131, 134, 135. 154, 163, 173, 175, 177, 178, 181.

les simples listes de témoins qui apparaissent au bas des pièces. Les anciens Frotiers d'Albi, les Lescure, les Monestiés, les Lautrec, les Rabastens, les Malafalguière, les Paulhac, etc., trouvent ainsi dans notre Cartulaire des indications précieuses, qui tantôt font connaître les titres qu'ils ont portés ou quelques-unes de leurs possessions, tantôt renferment des détails généalogiques ou nous découvrent quelques actions de leur vie (1).

Plusieurs mentions touchent à la biographie des deux derniers comtes de Toulouse, et nous donnons certaines pièces émanant de ces princes, qui ont été omises dans leurs cartulaires ou dans le catalogue de leurs actes.

Parmi les notions géographiques qui se rattachent à l'histoire de la noblesse du pays, il faut citer surtout celles qui permettent de rétablir le dénombrement des domaines des Alaman et de leurs successeurs. En recourant à la *Monographie des seigneurs de Graulhet*, on aura sans doute un premier aperçu de l'immense étendue de ces possessions ; mais il est possible d'obtenir de nouvelles précisions en suivant minutieusement les documents de notre livre. On constate alors, en effet, que les Alaman avaient des droits seigneuriaux à Turiès (Pampelonne), Sainte-Gemme, Saint-Marcel, Cordes, Taïx, Cagnac, Sainte-Croix, Queye, Albi, Castelnau, La-Bastide, Pleous, Bernac, Castanet, Villeneuve-sur-Vère, Milhavet, Cestayrols, Lincarque, Faissac, Tersses, Senouillac, Cahuzac, Vieux, Durestat, Lagrave, Gaillac, Graulhet et ses dépendances, Puybegon, Saint-Vast et Coufouleux, Saint-Géry, Rabastens, Mézens, Saint-Sulpice et La Motte, Azas, Montastruc, Corbarieu, Saint-Nauphary, Lauzerte, Lafox, Puymirol, Laugnac, Casseneuil, Port-Sainte-Marie, Thouars

(1) Il sera facile de relever tous ces noms de sgrs en parcourant notre table des noms de personnes.

et Marmande. En outre, les seigneurs de Lautrec et de Lévis joignirent plus tard à une partie de ces localités Lautrec et le Lautregais, Sénegas, Labruguière, Florensac, etc. On n'a qu'à se reporter aux renvois placés sous ces divers noms dans la table du présent volume pour trouver les preuves de ce que nous avançons ici.

GRANDS FAITS GÉNÉRAUX.

Sous cette rubrique vient se classer le gros des renseignements qui se déduisent de quelques pièces principales, y compris certaines lettres des deux derniers comtes de Toulouse. Et il pourrait en être de même pour les quelques données qui sont relatives à l'hérésie albigeoise et à sa répression, bien que ces données appartiennent aussi à l'histoire religieuse (Voir plus loin).

Sans chercher à épuiser la matière, voici encore quelques faits qui rentrent certainement dans le groupe qui nous occupe.

On sait par le poème de G. Anelier que plusieurs seigneurs du pays, et entre autres Jourdain de Rabastens et le seigneur de Brens (1), prirent une part active à la guerre de Navarre (1275-77). S'il ne paraît pas qu'il faille joindre à ces noms celui de Sicard le jeune ou de son tuteur, le Cartulaire des Alaman nous montre toujours qu'ils durent supporter une portion des frais de cette expédition (2).

Ni le *Gallia*, ni l'*Histoire de Languedoc*, ni certaines notices spéciales (3), ne nous parlent d'un séjour que le

(1) Voir led. poème, édité par Fr.-Michel, p. 296.

(2) P. 56.

(3) Fr.-Michel, *Hist. de la guerre de Nav.*, 410 et suiv. 746 ; Compayré, Notice sur Eust. de Beaumarchais (*Mém. de la Soc. arch. du Midi*, XI, 225).

sénéchal de Toulouse, l'évêque d'Albi et Bertrand, vicomte de Lautrec, firent à Paris en février 1283, et pendant lequel les deux derniers s'accordèrent sur divers procès qu'ils étaient allés sans doute soutenir au parlement. Notre Cartulaire nous permet de réparer cette lacune, si l'on rapproche les actes rapportés aux p. 48 et 66 des indications incomplètes fournies par divers auteurs (1).

En 1285 eut lieu la guerre d'Espagne, entreprise par le roi Philippe le Hardi. Ainsi que le montre le cartulaire des Alaman (p. 62), l'armée française campait devant Peirelade le 20 juin, et l'on voit que parmi les seigneurs du pays qui participèrent à l'expédition se trouvaient Jourdain de Lisle le jeune et Sicard de Miramont, chevaliers (2).

Il paraît que vers 1309 le bon ordre administratif et la sécurité publique étaient gravement troublés dans la sénéchaussée de Carcassonne, par suite des extorsions et des abus des officiers royaux et encore des attentats que commettaient des bandes nombreuses de malfaiteurs. C'est là un état dont l'*Histoire de Languedoc* ne parle pas, mais qui nous est révélé par plusieurs lettres du roi, insérées dans la Procédure de Cabanés (3). A cette époque, d'ailleurs, les simples seigneurs ou leurs sujets n'avaient pas encore perdu l'ancienne habitude de se livrer à des expéditions à main armée, et certaine pièce mentionne des hostilités de ce genre entreprises par les vassaux du seigneur de Graulhet sur les terres du seigneur de Castres (4).

(1) D. Vaiss., éd. Dumège, VI, 202, 209 ; Comp. *Etud. hist.*, 229 ; d'Auriac, 133 et suiv. 229.

(2) C'est encore au moyen de notre recueil, p. 184, que nous apprenons que Philippe de Lévis servit le roi de France dans les guerres contre les Flamands.

(3) P. 157, 164, 166.

(4) P. 174. — V. aussi p. 180.

Enfin en 1326, pendant la guerre de l'Angleterre et de la France, plusieurs textes originaux nous racontent en détail les faits militaires accomplis dans les environs d'Agen.

Ajoutons qu'entre temps on voit passer dans notre recueil des noms illustres qui appartiennent aussi bien à l'histoire de la France qu'à celle de la province. Tels sont, par exemple, ceux de G. de Nogaret, de B. de Castanet, de H. de Beaujeu et de Bern. Délicieux.

ÉTAT SOCIAL (personnes et terres).

Le dépouillement de notre livre peut fournir quelques données sur l'état de tous les groupes sociaux, depuis les plus élevés jusqu'aux plus humbles, jusques aux simples serfs attachés à la glèbe.

Sans doute, conformément à leur origine, nos documents concernent surtout les seigneurs, mais ils n'en renferment pas moins d'abondants renseignements sur les classes intermédiaires; et, à divers points de vue, on peut dire que c'est même à celles-ci qu'ils permettent en somme d'attribuer le principal rôle. La plupart des actes que nous publions, et notamment les chartes de coutumes, nous mettent, en effet, en présence d'une population qui a déjà échappé à la servitude du corps et des biens, qui possède à peu près librement des tenures roturières, qui se trouve constituée en communautés pour une meilleure défense de ses droits, et qui sous plusieurs rapports, dans la reddition de la justice, par exemple, jouit de nombreux privilèges, restreignant l'ancienne omnipotence seigneuriale.

Et non seulement tous ces bourgeois, ces vilains tiennent par leur nombre la plus large place dans la société, mais ils sont déjà très souvent arrivés à la richesse qui est certainement un gage et un des meilleurs moyens de puissance. Les sommes payées par les habitants de Graulhet pour obtenir leurs libertés sont un témoignage de cette situation, que l'on est porté à reconnaître également lorsque l'on suit la longue liste des créanciers de Sicard Alaman, dépourvus, en assez grand nombre, de titres nobiliaires.

Tout cela ne doit pas cependant nous faire oublier que le pays avait aussi des hommes de corps et de casalage, des serfs que leurs maîtres ou leurs seigneurs soumettaient encore à la quête. C'était là une condition répandue sans doute à cette époque dans toutes nos localités, et qui même pouvait être partagée quelquefois par de nombreux habitants (1).

On sait que les hommes de corps n'avaient pas la libre disposition de tous leurs biens mobiliers, et qu'ils ne jouissaient guère que d'une sorte d'usufruit sur leurs immeubles (2). Mais, dans les classes moyennes, la propriété du sol presque complète (propriété utile) était surtout acquise aux clauses bien connues du bail à cens ou à tasque, confondu alors avec le contrat emphitéotique dont le nom avait reparu depuis la renaissance du droit romain (3).

Au-dessus de ces divers modes de tenures s'étendaient les domaines des seigneurs féodaux, comportant de simples droits de directe sur les fiefs roturiers, et la pleine propriété sur des biens qu'ils gardaient en leurs mains et

(1) P. 17, 69, 87, 94, 99, 101 à 103. D'autres mentions plus générales sont aux p. 2, 5, 73, 94, 95, 109, 121.

(2) Les textes qui nous font connaître les droits des serfs sur leurs possessions paraissent peu nombreux. Les principaux que nous pouvons citer sont, sans parler des actes qui ont été signalés par Teulet : les cout. de Toulouse (4e part., tit. 4, et art. rés.), et celles de Lisle-Jourdain, du Castera (?), de Corbarieu et de Laroque-Timbaud, en Agenais. — Voir aussi la cout. de Puybegon, art. 6.

(3) Voir des mentions d'emphytéose aux p. 35 et 82.

qu'ils faisaient valoir par des hommes à gages, laboureurs ou brassiers libres, ou encore par leurs serfs de la glèbe. — Nos actes contiennent quelques mentions expresses d'alleux qui étaient peut-être à la fois nobles et roturiers, et qui en tout cas vinrent se confondre à cette époque avec les autres domaines seigneuriaux des Alaman, et en partager les conditions (1).

La plupart des pièces de notre livre étant précisément relatives au règlement de la propriété ou de la possession du sol, il sera facile, en les suivant page à page, de faire diverses observations sur la nature et la consistance des biens fonciers à cette époque. L'on pourra y remarquer, par exemple, la confusion des droits féodaux avec les droits purement civils dans la composition des domaines des seigneurs; et il sera également possible d'y relever quelques passages servant à indiquer quels pouvaient être dès lors le morcellement et la répartition du sol entre les diverses classes de tenanciers ou de propriétaires.

RÔLE ADMINISTRATIF DE L'ÉTAT. FONCTIONNAIRES DU GOUVERNEMENT ROYAL.

Sur ces divers sujets il est facile de glaner quelques notions dans tous les actes émanant soit de la royauté, soit de ses agents, aussi bien que dans plusieurs autres où viennent figurer, même indirectement, les représentants du pouvoir central.

C'est ainsi que l'on pourra, dans ces pièces, suivre la marche envahissante de l'autorité et de l'influence du roi dans le pays, par le recours de plus en plus fréquent que la haute noblesse est obligée de faire soit à ses cours de

(1) P. 100, 102, 117. Le mot *alleu* se retrouve en outre dans quelques formulaires, p. 5, 101, 120.

justice, soit à la médiation officieuse de ses fonctionnaires (1).

C'est ainsi encore qu'une foule de détails sur les rapports du gouvernement avec les autres classes de la population pourront être relevés, et que l'on recueillera diverses données sur les rouages de l'organisation politique, judiciaire, financière, etc. (2).

Enfin il sera possible de dresser de longues listes d'officiers du roi, où viendront figurer des maréchaux ou connétables de France, des commissaires envoyés pour la réformation du pays, des sénéchaux, des viguiers, des juges, des baillis, etc. (3). Et tandis que quelques-uns de ces noms seront entièrement nouveaux (4), les autres seront accompagnés de dates et d'autres indications qui nous feront connaître les itinéraires de ces personnages, ou éclaireront certains faits remarquables de leur carrière.

INSTITUTIONS FÉODALES ET COMMUNALES.

Après les recherches si consciencieuses de M. Rossignol (5), on ne peut guère espérer de beaucoup enrichir le tableau général des institutions seigneuriales et muni-

(1) Voir par ex. p. 18, 49, 66.

(2) Aux p. 43 et 167, on cite les trésoriers du roi, et à la p. 19 il est question du maître des œuvres.

(3) Suivez à ce sujet les tables des noms de personnes, à la fin du volume.

(4) Comme par ex. pour le viguier d'Albi R. de Nusiac, en 1311. Confér. *Revue du Tarn*, III, 301.

(5) Cet auteur a publié, entre autres, les *Monogr. communales* de l'arrond. de Gaillac, l'*Hist. des instit. seigneuriales et communales* de la même circonscription et des études sur les *Assemblées* des diocèses civils d'Albi, de Castres et de Lavaur. Tous ces ouvrages, faits de main de maître, sont de ceux qui, par l'ampleur et l'exactitude des recherches, aussi bien que par la clarté de l'exposition, peuvent le plus contribuer jusqu'ici à répandre la connaissance de l'histoire et de l'ancienne organisation de notre pays.

cipales dans le département du Tarn ou dans les cantons voisins. Hiérarchie des fiefs, diversité des droits de justice et de seigneurie foncière, pesade, bladade, albergue, cens, tasque, acapte, etc., sont déjà connus, et définis, du reste, dans un grand nombre de pièces. Cependant il y a encore, pour la même région, bien des points de détail à compléter, et il faut remarquer d'ailleurs que notre livre s'écarte assez souvent de ce cadre géographique.

Dans l'examen de ces questions les énumérations des formulaires, malgré leur manque de précision, pourront donner lieu à quelques remarques (1). Quant aux indications d'une valeur plus certaine, nous citerons, dans le nombre, quelques passages sur le service militaire (p. 1 et 20) et sur les autres rapports des seigneurs entre eux au sujet de l'exercice de la justice, etc. (2). Signalons aussi certain document concernant un partage de fiefs entre cohéritiers, et où l'on voit le comte intervenir pour approuver ces accords et en garantir l'exécution (3).

Dans le présent paragraphe viendront se placer ensuite de nombreuses listes de fonctionnaires seigneuriaux, tels que les sénéchaux, les châtelains, les juges, les baillis, etc.

Relativement aux institutions communales, on trouvera quelques détails dans les deux chartes de coutumes que nous publions pour Graulhet, et encore dans certains passages disséminés dans le volume et qui font mention de consuls (4). Avec la seconde charte de Graulhet on pourra

(1) Voyez p. 2, 5, 14, 21, 26, 27, 42, 45, 73, 94, 95, 99, 101, 109, 112, 120, 128, 182. — Des mentions particulières de droits féod. sont aux p. 16, 25, 34 et suiv. 42, 48, 52, 57, 58 à 60, 61, 66, 91, 97. 100 à 105, 112, 139, 145 et suiv.

(2) P. 17, 18, 77, 91, 92, 138 ; 19 (appels) ; 18 (dr. de battre monnaie).

(3) P. 89. — On voit également Sicard le jeune faire appel à l'autorité du roi pour qu'il fasse exécuter son testament. p. 28.

(4) P. 55, 108, 138 et suiv. 140 et suiv. 151 et suiv. 174.

suivre, en particulier, quelques-unes des attributions de ces officiers en matière de délits ruraux et de police administrative.

DROIT CIVIL ET CRIMINEL. LÉGISTES.

Notre recueil étant composé de chartes ou d'actes judiciaires, réglant les rapports des particuliers entre eux ou ceux des particuliers avec les pouvoirs publics, on peut espérer, sur cette seule donnée, de glaner, dans leurs formules, de nombreux renseignements sur les dispositions légales dont ces documents contiennent toujours l'expression.

Tutelle et curatelle, conventions matrimoniales quant aux personnes et aux biens, divers genres de propriétés ou de possessions, testaments, partages, formes de la vente et de l'échange, conditions nécessaires à la validité des contrats, procurations, actes divers de haute administration ; tout cela, avec l'exercice des droits qui s'y réfèrent, se présente sous forme d'applications et d'exemples, d'où il est facile de déduire les règles générales qui les régissent et en découlent. Ajoutons que les chartes de coutumes nous font d'ailleurs connaître directement un grand nombre de prescriptions juridiques sur les situations les plus fréquentes de la société ordinaire, et nous donnent en partie le code de procédure et les pénalités de l'époque pour les crimes et les délits.

Sur la plupart de ces sujets on ne manque pas, il est vrai, de documents similaires dans les recueils de pièces déjà publiées pour la province; mais, sans parler des particularités que l'on peut parfois trouver dans notre collection, quelques actes appartiennent à un genre que nous n'avons pas rencontré ailleurs dans nos lectures, ainsi que le cas se présente pour l'acte placé à la p. 50 et qui renferme l'inventaire de la succession de Sicard le jeune, en 1280. Les actes contenant des insinuations devant le juge (1) sont, croyons-nous, également peu communs dans nos recueils imprimés, au moins à pareilles époques, et il en est sans doute de même pour une charte contenant une renonciation à ses droits de propriété, faite par une mère en faveur de ses enfants (2). Enfin, quoique les archives publiques ou privées conservent un assez grand nombre de pièces de procédure, on n'a, paraît-il, publié qu'un nombre très réduit de ces sortes de documents, et c'est pourquoi nous espérons qu'on nous pardonnera d'avoir rapporté en détail les actes du procès de Cabanès (p. 153), intéressants pour donner une idée des formes suivies en pareil cas, des plaidoiries des procureurs et aussi des lenteurs avec lesquelles la justice était rendue.

Il ne faut pas d'ailleurs oublier que l'ensemble de nos documents a l'avantage d'appartenir à une période de l'histoire de notre droit intéressante entre toutes. Bien des formules qui ne garderaient que peu de valeur pour le juriste, si elles appartenaient à d'autres époques, offrent un attrait particulier par cela même qu'elles datent du XIIIe siècle ou du commencement du siècle suivant. N'est-ce pas alors, en effet, que se propage réellement chez nous l'application d'une foule de lois romaines, interprétées par les glossateurs italiens ou français, et que les principes de cette législation acquièrent une autorité prédominante soit dans les transactions de la vie civile, soit dans la reddition de la justice et les autres branches de l'administration politique? Les textes originaux qui font l'objet de notre publication ont gardé fréquemment des traces de cette belle réforme des usages locaux, et

(1) V. p. 9, 13 à 15, 22, 29, 33, 47, 57.
(2) P. 134.

nous avons eu soin de les conserver à notre tour dans notre édition. Les personnes qui étudient de préférence l'histoire du droit dans les sources pourront trouver de nombreux matériaux dans les formules de nos chartes, et peut-être éprouveront-elles parfois, comme nous, autant de plaisir à connaître ces accessoires de l'acte que ses dispositifs eux-mêmes. Il nous a paru curieux, en effet, de suivre en détail ces allusions aux textes classiques, ces renvois aux collections de Justinien, ces dénombrements d'actions et de renonciations qui prennent pied de plus en plus dans les actes à mesure que l'on avance dans le cours du siècle, et qui, par ces accroissements matériels, trahissent les progrès que fait parallèlement dans les idées la diffusion de la nouvelle science (1).

Mais notre recueil ne se borne pas à nous montrer, par ses progrès et ses résultats, cette rénovation qui traverse à cette époque toutes les classes de la société et en particulier la noblesse. Il nous indique aussi les agents de cette réforme et nous fait assister, en quelque manière, à leur travail de propagande. De tous côtés, dans nos actes, interviennent, en effet, des hommes de loi, des jurisconsultes, qui font pénétrer dans la pratique les règles de droit romain auxquelles ils ont été initiés dans les universités de la région. Soit qu'ils apparaissent comme conseils ou comme juges, soit même qu'ils ne soient mentionnés que comme simples témoins, il est rare que le formulaire du document ne révèle en même temps leur participation plus ou moins directe aux affaires traitées devant eux et qu'on n'y constate ainsi les traces de leur influence qui, pendant toute la période que nous embrassons, ne cessa de grandir.

(1) P. 8 et suiv. 14, 15, 22, 28, 30, 32 et suiv. 37, 39, 41, 46, 47, 48, 50, 60, 61, 62, 75, 76, 78, 79, 80 à 82, 88, 90, 94, 96, 98, 107, 110, 113, 116, 117, 128, 130, 131, 135, 154 et suiv. 157, 158, 169, 176, 179, 182, 183.

On nous permettra de faire connaître ici, en passant, quelques-uns de ces juristes aux lumières desquels les seigneurs qui figurent dans notre livre eurent principalement recours et qui furent, pour ainsi dire, leurs conseillers habituels.

Parmi ces jurisconsultes, Me Guill. de Lavaur serait cité par notre Cartulaire dès 1240. Mais il est plus probable qu'il ne commença véritablement à jouer un rôle qu'en 1243 et 1246, où il est nommé *Me Will. Alacer de Vauro* et où il figure dans des actes concernant l'administration des comtes de Toulouse (1). Il n'est plus désigné dans la suite que sous le nom de Guill. de Lavaur et, sans cesser d'assister à des actes de l'administration comtale, il apparaît assez souvent dans les actes des Alaman (2). Le cartulaire de cette famille mentionne, en 1285, Me Sicard *de Vauro*, juge d'Albigeois, qui était fils ou parent de Guillaume et qui devint juge-mage dans la sénéchaussée de Carcassonne (3).

Outre Guill. de Lavaur, les Alaman paraissent avoir utilisé surtout, comme homme d'affaires, Vincent de Rabastens, à qui ils devaient, en 1280, des sommes considérables à raison de ses services (4). Ce juriste, qui concéda, au nom de Sicard l'ancien, les coutumes de Corbarieu, figure dans les actes de 1264 à 1280.

Me B. de Malafalguière, issu d'une ancienne famille du pays, apparaît de 1275 à 1280. C'était un clerc qui exerça à Saint-Sulpice les fonctions de juge pour Sicard le jeune, et il est indiqué en 1280 comme un des familiers de ce seigneur, qui lui attribua un legs par son testament.

(1) Teulet, Inv. des *Layettes*, aux renvois de la table, v° *De Vauro*.

(2) Pour ce jurisc., comme pour les suivants, voir leurs noms à la table du présent volume.

(3) Haureau, *B. Délicieux et l'Inquis. alb.*, p. 62.

(4) P. 53 et 56.

Entre 1279 et 1281 est mentionné plusieurs fois Guill. Pagan, jurisconsulte de Rabastens, qu'il faut confondre, sans nul doute, avec l'un des deux Pagan qui devinrent officiaux de la cour d'Albi (1).

Un acte de 1285 cite encore Jacques de Boulogne, jurisconsulte, qui, comme nous l'apprenons par d'autres sources, resta longtemps au service des Jourdain de Lisle (2) et devint, au commencement du XIVe siècle, lieutenant du sénéchal d'Agenais.

Par ce dernier cas, aussi bien que par quelques autres qui viennent d'être rapportés, on voit déjà que les légistes de notre région ne se bornèrent pas toujours à remplir le rôle de praticiens ou de conseillers habiles. Toutefois, ceux qu'il nous reste à citer se recommandent bien mieux encore à notre attention par l'éclat de leurs dignités ou des titres scientifiques attachés à leur nom.

Sous ce rapport, il faut donner une des meilleures places d'honneur à Neps ou Neveu de la Davinie, surnommé de Montauban, qui apparaît dès 1261. On sait qu'il exerçait les fonctions de juge d'Albigeois pour le comte de Toulouse en 1267 et 1269 (3); mais ce que l'on sait moins peut-être, c'est qu'il a mérité de figurer dans la liste des glossateurs célèbres et qu'il a laissé un traité des *Exceptions* plusieurs fois réédité (4).

Nous devons citer ensuite R. de Nesquira ou d'Esquiva, qui, de 1276 à 1280, est qualifié docteur ès lois, *legum doctor;* et B. de Montferrier, savant en droit, auprès duquel vient se placer R. Leutier ou Lautier, l'un et l'autre professeurs de lois en 1281-82.

(1) D'Auriac, à la table, au nom de *Pagan*.

(2) Aussi est-il indiqué comme *étant des robes de ces seigneurs*, dans une pièce de 1315 (Boutaric, *Actes du parlement de Paris*, II, p. 136).

(3) D. Vais., éd. Privat, VIII, voir aux tables, v° *de Montealbano*.

(4) *Hist. du droit rom. au moyen âge*, par de Savigny, IV, 276, 466.

Une mention spéciale est due aussi à P. Maurel, chanoine d'Albi, qui reçoit le titre de professeur de droit, en 1295-97 (1), et qui appartenait probablement à une famille de jurisconsultes, car on trouve en 1261 Me B. Maurel d'Albi, cité conjointement avec Neps de la Davinie.

Mais le plus remarquable de tous ces noms de juristes fournis par le Cartulaire est sans contredit celui de Guill. de Nogaret. Le futur chancelier de France (2) y apparaît à Labruguière, dans une pièce de 1282, et en compagnie de B. de Ferrière (3). Cette mention est la plus ancienne que l'on ait recueillie sur son compte jusqu'à ce jour (4), et d'après le pays où elle nous montre cet homme de loi exerçant, pour ainsi dire, ses fonctions, d'après les personnages qui agissent ou figurent dans le même acte, et qui tous appartiennent à la région circonvoisine, nous croyons que l'on doit voir dans ce document une nouvelle preuve que Guillaume de Nogaret était bien originaire du sud-est du Toulousain, et non, comme on a pu le croire parfois, de la ville de Toulouse ou du bas Languedoc.

HISTOIRE RELIGIEUSE.

On peut signaler tout d'abord, à ce sujet, la liste des legs et des fondations contenus dans le testament de Sicard le jeune, aussi bien que dans celui de son père.

Non seulement on possède là des exemples de la géné-

(1) Sur ce personnage, voir aussi les renvois de la table, dans le livre de M. D'Auriac.

(2) Ou plus exactement le futur *garde des sceaux*, comme le montre Boutaric, *La France sous Philippe le Bel*, 166, 167.

(3) P. 41.

(4) *Hist. littéraire de la Fr.*, XXVII, p. 233 et suiv. Notice par M. E. Renan.

rosité pieuse qui présidait en ces temps à la confection de pareils actes, mais on peut même y trouver la manifestation de la foi particulière de ces deux seigneurs. L'inventaire de la chapelle de Saint-Sulpice vient conduire d'ailleurs à des constatations analogues. En même temps qu'il est une nouvelle preuve de leurs largesses et de leurs soins pour assurer le service du culte dans leur demeure, en même temps que ce document nous permet presque d'assister à leur propre vie religieuse, il peut donner un aperçu des usages adoptés à cette époque par la haute noblesse du pays.

Mais les listes que nous venons de citer sont surtout riches en indications sur la statistique religieuse de la contrée. On y trouve énumérés, en effet, la plupart des couvents, des églises et des hôpitaux qui s'élèvent sur les domaines des Alamans ou avec lesquels ces seigneurs ont des relations ; et outre que, d'un côté, l'existence d'une partie d'entre eux nous serait restée inconnue sans le secours de ces sources, de l'autre, la comparaison des sommes attribuées à chacun de ces établissements nous met à même de juger, jusqu'à un certain point, de leur importance relative.

Plusieurs documents, dispersés dans le volume, permettent aussi de recueillir d'autres faits inédits sur l'histoire de personnages, d'églises ou de couvents, occupant un rang élevé dans l'ordre ecclésiastique. On peut signaler notamment ceux qui sont relatifs à l'administration de certains biens appartenant à l'évêque d'Albi et à sa cathédrale (1), ceux qui concernent le monastère de Sainte-Claire d'Avignon, et d'autres sur Candeil, les Dominicains de Toulouse, l'abbaye d'Aurillac, etc.

(1) Pour ce nom et les suiv., voir les renvois aux sources dans la table du volume.

Une riche série de renseignements se rapporte aux divers dignitaires de tout rang qui viennent figurer dans les actes, soit comme parties, soit comme témoins. Evêques, abbés, abbesses, chanoines, archidiacres, archiprêtres, prieurs, curés, moines, religieuses et clercs, défilent ainsi en foule pressée (1) et viennent animer et relever par leur présence les faits de notre histoire et en éclairer parfois les circonstances ou le but. Sans nous arrêter à beaucoup de personnages secondaires, plusieurs peuvent obtenir une place à part, soit parce qu'ils complètent les listes du *Gallia Christiana*, soit, comme nous l'avons déjà dit, parce que leurs actes ont eu assez de mérite ou de retentissement pour être cités dans les annales de la France.

Quelques autres pièces, telles qu'une lettre du pape Boniface VIII et son *vidimus*, peuvent être mentionnées ici par suite de leur nature même.

Enfin, plusieurs passages peuvent être encore utilisés dans quelqu'une des branches de l'histoire religieuse, et, par exemple, pour celle des officiaux et de leurs attributions, pour celle des dîmes ecclésiastiques ou inféodées (2), pour celle des partages des incours provenant de l'hérésie albigeoise (3). Au sujet de cette dernière, on trouvera dans notre livre certains renseignements qui complètent ce que l'on sait dejà sur la biographie de quelques sectaires qui ont eu leur célébrité locale (4).

(1) Tous ces noms se retrouvent facilement en parcourant nos tables. — On y remarquera entre autres plusieurs mentions de B. Délicieux, dont l'histoire a été popularisée en quelque sorte par le livre déjà cité de M. Hauréau.

(2) P. 26, 54, 72, 73, 101.

(3) P. 6, 7, 17, 18, 20, 45, 60.

(4) Tels sont, par exemple, à la p. 17, ceux qui concernent les seigneurs de Paulhac, dont la Bibliothèque nation. nous a conservé les dépositions, et, entre autres, celle de Mafre, que les hérétiques voulaient faire étudier,

INDICATIONS ARCHÉOLOGIQUES.

L'archéologie elle-même peut, à son tour, tirer parti de quelques-uns des actes que nous publions.

Avec le curieux inventaire de la succession des Alaman, nous pénétrons, par exemple, dans l'intérieur de plusieurs résidences seigneuriales, et nous examinons successivement les différentes armes ou armures alors en usage (1), les meubles des appartements, les ustensiles de cuisine, etc. (2). La même liste fait passer devant nos yeux le mobilier d'une chapelle, ses châsses (l'une d'elles avec des émaux de Limoges), ses livres de prière, ses vases sacrés et ses ornements sacerdotaux.

Avec d'autres documents nous parvenons à recueillir des renseignements sur la disposition de certains monuments, et un acte, passé dans la *bretèche* de Saint-Sul-

espérant qu'il deviendrait une des colonnes de leur Eglise : *et credebant quod ipse esset magna columna ecclesiæ hereticorum* (Fonds de Doat, XXII).

(1) Voyez aussi la pièce rapportée à la p. 180.

(2) Le lecteur sera peut-être frappé, comme nous, du petit nombre de meubles portés dans ce document. Nous ne savons si l'on pourrait en tirer quelque conclusion au sujet du luxe de nos châteaux au 13ᵉ s. Ce que nous ajouterons cependant c'est qu'une autre habitation féodale, la tour ou fortalice de Mondonville, au N.-O. de Toulouse, ne paraît pas avoir eu vers la même époque un mobilier beaucoup plus riche. D'après un état de 1289, on y trouvait simplement : 9 coites dans la garde-robe d'en haut, et 26 dans celle du bas, 20 oreillers de plume, 2 couvertures, l'une de vair, l'autre de gris, et 2 autres de *sindon*, 3 *vanohas* ou courtes-pointes, 14 paires de draps, 2 tapis dont un *sarrasinois* (velouté : *Dict. du mobil.*, par Viollet-le-Duc, I, 270), 3 hauberts, 2 gantelets de plates (*duas platinas*), 4 gorgerins et 5 chapels, en fer, 6 arbalètes, 1 matelas (*aluitrats*, corr. *almatras*) et une coite, 4 marmites en métal, 4 chaudrons, 2 casses, 2 trépieds, 3 *conques* et un bassin, enfin un *quadrige* ou char (à 4 roues?) et à trois bêtes, muni de ses harnais, 2 poulains dans l'écurie, 30 barriques de vin, 730 brebis et 61 chèvres. On énumère encore 44 couvertures (*lodices*) et une *chapelle* avec ses accessoires.

pice, mérite d'être rapproché des différents textes qui servent à définir cet ouvrage de fortification (1).

Avec d'autres pièces, et notamment avec les testaments des deux Sicard, nous arrivons à connaître la date certaine de plusieurs constructions (ponts, chaussées, églises, couvents, etc.) dont on voit encore les ruines, ou du moins nous apprenons par ces actes leur existence à cette époque et l'emplacement qu'elles occupèrent.

Peut-être une charte de 1251 et une autre de 1254, qui mentionnent des *cruzels* ou souterrains (p. 97, 118), sont-elles de nouveaux documents écrits à ajouter à ceux que l'on connaît déjà pour la même époque et que l'on peut employer pour vider le problème soulevé de nos jours sur la destination et sur l'âge de ces monuments.

STATISTIQUE.

C'est surtout par des notions statistiques, basées principalement sur des chiffres certains, que l'on pourra obtenir, au sujet de l'état économique du pays au XIIIe siècle, des résultats moins vagues et moins chancelants que ceux qui sont connus jusqu'ici.

A la suite des publications qui ont lieu à peu près chaque année, les documents concernant ce genre d'études commencent à devenir relativement nombreux, et il est permis d'espérer que ces matériaux formeront bientôt un ensemble suffisant pour que l'on puisse tenter de les mettre en œuvre. Si la présente publication n'amène pas le moment où cet essai pourra être fait, nous croyons cependant qu'elle hâtera son arrivée.

(1) Outre le *Glossaire* de Du Cange (v[is] *berthesca, bretachiæ*), le *Lex. rom.* de Raynouard (v° *bertresca*) et l'*Essai sur l'archit. milit.* de Viollet-le-Duc (p. 36, 110 à 113), ont peut voir les passages où ce mot est employé dans le poème d'Anelier, et la note de l'éditeur (Fr. Michel, *Hist. de la Guerre de Nav.*, 112, 130, 478).

On y trouvera, en effet, d'assez nombreux renseignements sur la valeur des terres ainsi que sur le revenu des biens féodaux (1), et peut-être pourra-t-on avoir ainsi quelques aperçus sur le rendement des cultures à cette époque.

On y trouvera également le prix de diverses denrées, de quelques animaux, etc. (2); et le tarif des péages qui étaient perçus sur plusieurs autres objets de consommation (3).

Enfin on pourra y recueillir quelques notes sur la valeur de certaines monnaies, sur le genre de poids et de mesures, employés dans diverses localités, etc. (4).

GÉOGRAPHIE, ASPECT DU PAYS.

Si, comme on a vu, notre recueil permet de dresser la carte des domaines des Alaman et de leurs successeurs, ses indications ne se bornent pas à ce seul côté de l'ancienne géographie. Une foule d'autres lieux, de villes, de villages, de châteaux et de terres, se trouvent aussi nommés par les actes que nous publions, et c'est là parfois qu'on trouve leurs mentions les plus anciennes. Il peut arriver même que ces documents servent à fixer des emplacements restés jusqu'ici indécis, et notre table montre un bon nombre de rectifications ou de précisions que les pièces de ce livre nous ont permis de faire.

(1) P. 8, 32, 36, 39, 42, 45, 49, 55, 59, 60, 63, 67, 68 et suiv. 73, 74, 77, 78. 80, 81, 87, 94. 96, 97, 98, 101 à 105, 107, 109, 110, 112, 116, 119, 121, 123, 129, 182, 187.

(2) P. 49, 53, 54, 55, 56, 181.

(3) P. 8, 17, 19.

(4) P. 49, 58, 59, 68, 92, 133. — D'autres chiffres, concernant divers sujets, sont encore donnés aux p. 20, 24 à 26, 36, 43, 47, 50 à 57, 68 et suiv., 75, 122, 133, 134, 137, 138, 141 à 144, 147, 151 à 153, 178, 181.

On sait que les formes de la nomenclature topographique, en roman ou en latin, sont précieuses comme pouvant servir à la fois à l'histoire de la langue et à celle des races qui ont occupé successivement notre sol. A ce point de vue, les dénominations les plus modestes, celle des ruisseaux ou de simples terroirs, offrent assez souvent des renseignements importants; aussi nous sommes-nous bien gardés d'omettre aucune des données de ce genre contenues dans nos originaux.

Un grand nombre de passages achèvent d'ailleurs de nous faire connaître l'aspect du pays au XIIIe siècle, en énumérant les diverses espèces de constructions, de groupes habités et de cultures qui s'y trouvaient répandus. C'est ainsi que l'on y voit surgir de tous côtés les bastides, les villages, les *castra* avec leurs faubourgs et leurs fossés (1), les forts, les mottes surmontées de tours et entourées de clausures (2), les mas, les simples maisons, etc., tandis que les formulaires nous montrent les campagnes partagées, jusque dans les moindres localités, en jardins, en terres cultivées, en prairies, en vignes, en friches ou en bois. D'autres indications plus précises nous révèlent encore l'existence d'églises ou de couvents, d'hôpitaux, d'habitations seigneuriales, de granges (3), de fours, d'une briqueterie (4), de moulins, de chaussées avec leurs écluses et leurs navières (5), de viviers, etc.

Il n'y pas jusqu'à l'histoire des diverses voies de communication qui n'ait à recueillir quelques documents dans notre livre, puisque l'on y peut apprendre, en effet, la date de certains ponts ou de ports, établis sur des riviè-

(1) P. 25, 35, 181.

(2) P. 45, 155 et suiv. — V. aussi à la table, v° *La Motte.*

(3) P. 138.

(4) P. 96.

(5) P. 19, 106, 107, 112.

res (1), et qu'il nous fait connaître la direction primitive de plusieurs grandes routes, tout en nous donnant leurs anciens noms (2).

§ 4. — *Méthode et règles adoptées dans la transcription et l'annotation des textes.*

Nous avons cherché jusqu'ici à montrer l'intérêt des documents que nous publions et signalé les principaux genres de renseignements nouveaux qu'ils peuvent fournir à l'historien. Il nous reste maintenant à dire quelques mots de notre travail de reproduction, et à indiquer les principes que nous avons suivis afin de mettre, dans les mains des travailleurs, des matériaux aussi rapprochés que possible de leur pureté originelle.

DES ADDITIONS ET DES REMARQUES.

Grâce aux progrès de l'érudition, grâce aux modèles achevés laissés par des maîtres illustres, la forme des publications de textes anciens est aujourd'hui soumise à des règles fixes, admises généralement par le public lettré.

L'éditeur ne saurait trop se rappeler qu'il ne fait pas, à ce moment, de l'histoire définitive ; qu'il n'a pas à interpréter et à traduire les textes qu'il met au jour, et qu'une collection de documents originaux, s'adressant avant tout aux érudits, est incompatible avec toute digression ou toute glose banale. Les remarques qui tiennent au fond même du sujet, et qui sont indispensables pour éclairer

(1) P. 16, 17, 25, 35, 52, 61, 62, 91, 112, 142.
(2) P. 17, 99, 100, 112, 115, 118.

le sens du texte ou pour renseigner les lecteurs sur des points qui échappent à leurs vérifications, sont les seules qui doivent prendre place dans un pareil travail.

On peut classer sous trois divisions ces diverses espèces d'annotations qui nous ont paru être particulièrement de mise dans notre livre et dont nous avons cherché surtout à l'enrichir.

1° On ne saurait oublier de décrire avec quelque détail les manuscrits que l'on emploie et de faire connaître leur âge, leur provenance, leur paléographie et la disposition de leur contexte. Si l'éditeur a adopté certaines abréviations ou suppressions, s'il a ajouté des titres, substitué des analyses aux reproductions intégrales, il doit avertir de plus de tous ces changements apportés à l'état primitif des documents. Enfin, tout ce qui touche au plan et à la méthode qu'il a suivis mérite d'être expliqué ou signalé et peut rentrer aussi dans cette même classe d'additions. On trouvera, soit dans notre préface, soit dans le corps du livre, tous les éclaircissements de cette nature qui étaient susceptibles d'être insérés dans notre publication.

2° Lorsque des lacunes ou des passages incorrects attirent l'attention par leur singularité ou par quelque autre motif, il peut être bon d'éclaircir, de compléter ou de rectifier le texte, soit entre parenthèses, soit en note. Nous avons proposé un assez grand nombre de ces rectifications, sans chercher toutefois à faire à ce sujet un travail complet : dans bien des cas, ce travail aurait été, en effet, d'une exécution délicate, tandis que dans une foule d'autres il serait resté presque inutile pour les lecteurs sérieux.

Un genre de corrections et d'annotations qui a dû aussi nous occuper est relatif aux dates. Les années et les jours étant indiqués par les chartes, suivant des systèmes aujourd'hui inusités, nous avons sans cesse traduit les anciens chiffres par ceux de notre comput actuel (1). Dans d'autres cas, les actes n'ont pas de date et il est utile alors de chercher, au moyen de remarques particulières, à suppléer à cette insuffisance des originaux (2). Enfin, il est à peu près indispensable de contrôler avec soin les divers éléments chronologiques, ainsi que les noms propres susceptibles d'être employés comme repères, car on sait que c'est là un secours précieux, non seulement pour s'assurer de l'authencité ou de la fausseté de certains documents, mais aussi quelquefois pour rectifier les altérations de chiffres involontairement commises par les copistes. Ceux qui ont recours aux recueils de sources n'ont bien souvent ni le temps, ni les moyens de faire par eux-mêmes ces vérifications minutieuses et c'est à l'éditeur, familiarisé avec une foule de notions auxiliaires, de s'assurer de l'exactitude de cette partie de l'acte. Nous avons eu trop souvent à nous plaindre des auteurs qui ont manqué de s'acquitter de ce devoir, pour que nous n'ayons pas cherché à prévenir de semblables reproches. On trouvera donc, toutes les fois qu'elles seront nécessaires, des remarques sur l'interprétation des dates fausses ou suspectes. Dans tous les autres cas, et bien que nous n'ayons fait aucune observation, on pourra être assuré que les indications portées dans l'acte concordent entre elles exactement et que rien ne laisse supposer une erreur.

3° Le troisième genre d'additions au texte primitif consiste dans la traduction des noms de personnes et dans l'identification des noms de lieu. Ce travail, qui, par suite des déformations phonétiques survenues avec le temps, garde encore des difficultés pour les chercheurs locaux,

(1) Pour ce travail, nous avons profité des remarques déjà exposées aux p. xxxi et suiv.

(2) Voyez des ex. aux p. 2, 7, 58, 181.

offrirait souvent des questions insolubles aux personnes étrangères au pays. Cependant, la précision en ces matières est aujourd'hui particulièrement recherchée et on ne tolère presque plus l'absence ou le vague des indications, même pour les noms les plus modestes. Aussi nous sommes-nous particulièrement appliqués, pour notre part, à remplir cette partie de notre tâche et peut-être reconnaîtra-t-on que la géographie et la biographie anciennes, toutes deux à faire pour notre région, pourront trouver d'assez nombreux matériaux dans les tables de notre livre. Au lieu d'éparpiller nos identifications dans le cours de l'ouvrage, c'est, en effet, suivant des tables alphabétiques placées à la fin du volume que nous avons disposé ces renseignements, et cela autant pour éviter les répétitions que pour rendre les recherches plus aisées.

Dans le corps du recueil de textes aussi bien que dans les listes que nous venons de citer, nous n'avons pas cherché à traduire les noms propres en adoptant une orthographe exclusive et bien arrêtée. Outre qu'il eût été difficile de décider, en bien des cas, quelles étaient les meilleures formes à suivre, nous aurions choqué l'usage général de notre région, qui a sans cesse donné et gardé jusqu'à nos jours des traductions françaises différentes pour les mêmes noms. Nous écrivons donc *Sicard* et *Sycard*, *La Bastide* et *Labastide*, *Doat* ou *Deodat*, *Montagut* ou *Montaigut*, *Elix* ou *Helitz*, *Médulion* et *Mévouillon*, *Galtier* ou *Gautier*, *Cailhavel* ou *Caillavel*, etc. Et pour remédier à la dispersion de ces variantes, amenée par l'ordre alphabétique, nous employons de fréquents renvois qui permettent de se reporter successivement à toutes les formes s'appliquant à un même lieu ou à un même personnage.

TRANSCRIPTION DU TEXTE. — FAC-SIMILÉS.

Quant à ce qui concerne en particulier la transcription des documents, les grandes règles que nous avions à suivre sont sans doute bien connues. Si l'éditeur est en droit d'employer les formes de correction modernes qui rendent la lecture d'un texte moins fatigante ou plus claire, ces modifications ne sauraient cependant aller plus loin. C'est dire que la teneur même des documents doit être rigoureusement conservée et cela jusque dans ses contradictions et ses défectuosités évidentes. Malheureusement, lorsque l'on descend dans le détail de l'application de ces principes, le travail de copiste ou d'éditeur se complique souvent et n'est pas sans offrir quelques réelles difficultés. Nous devons dire comment nous avons essayé de vider les diverses questions que nous avons rencontrées sur ces matières et entrer ici dans quelques développements minutieux, développements que bien des lecteurs trouveront, il est vrai, sans utilité, mais que ne repousseront pas peut-être ceux qui aiment à ne pas se fier aux reproductions de sources sans connaissance de cause. Nous croyons que nos explications pourront surtout ne pas être trop mal accueillies par ceux qui voudraient tirer parti de notre livre en le faisant servir à des études philologiques.

Ponctuation, majuscules, orthographe. — Notre premier soin a été d'adopter l'emploi des majuscules et de la ponctuation modernes, indispensables pour faciliter l'intelligence de nos copies. Mais, après cela, nous avons partout conservé l'orthographe des originaux et nous en avons suivi toutes les irrégularités et les inconséquences, ayant soin de ne mettre qu'entre parenthèses ou en note les corrections proposées par nous, ainsi que les lettres ou certains mots visiblement oubliés par l'inattention des copistes.

Séparation des mots, apostrophes. — Il arrive très souvent que nos manuscrits isolent des parties de mots qui devaient être réunies et, au contraire (surtout dans les textes romans), qu'ils accolent entre eux des syllabes ou des lettres appartenant à des expressions distinctes. En rétablissant le texte suivant notre méthode actuelle nous avons cependant conservé certaines de ces juxtapositions lorsque, par suite d'une chute de voyelle, quelqu'un de leurs éléments n'aurait pu être prononcé isolément. Nous écrivons : *al* (représentant *a lo*), *dels* (*de los*), *entrels* (*entre los*), *sobrels* (*sobre los*), *quel* (*que lo*), *seguentrel* (*seguentre lo*), *devol* (*devo lo*), *an* Sicard (pour *a n*), *en* (*e ne* pour *et ne*), *es* (*e se*), *ques* (*que se*), *nis* (*ni se*), *quin* (*qui ne*), *lin* (*li ne*), etc.

Dans ces exemples il n'y a d'élision pour aucune des deux lettres qui forment proprement la soudure des mots; mais il peut se présenter d'autres cas où l'une de ces lettres s'élide, et on est alors dans l'habitude de marquer cet accident par une apostrophe. C'est ce qui nous fait écrire : *m'en* (comme représentant *me en*), *l'en* (pour *li en*), *l'a* (*li a*), *d'en* (*de en*), *s'i* (*se i*), *qu'en*, *l'abescat*, *se n'es* ou *s'en es* (*se ne* ou *se en es*), *ll'o* ou *l'ho* (*lhi o*), *n'iei* (*ne iei*), etc. — Toutefois, par une exception reçue, on ne met pas toujours de signe d'élision dans certains mots, et suivant cet usage nous avons écrit : *pel* (*per lo*), *el* (*et lo*), *cadans*, etc. Nous avons cru devoir traiter de la même manière les formes *noin*, *voin*, dont les équivalents (*von*, *vong*, *voinh*), sont écrits en effet sans apostrophe par les auteurs. Il est incontestable d'ailleurs que tous ces mots renferment une réunion des pronoms *vos* ou *nos* avec *ne* ou *en* et que la présence de l'*i* peut s'expliquer soit en tenant compte de certaines tendances dialectales qui pourraient le faire considérer comme parasite, soit mieux encore en admettant qu'il représente une transformation de l'*s* ; mais en aucun cas il ne saurait correspondre, croyons-nous, à un *y* français, dérivé du latin *ibi* (1).

Si dans la séparation des mots on est gêné quelquefois par suite de la disparition de certaines lettres, il peut arriver qu'on le soit à cause d'un redoublement superflu de consonnes euphoniques. Tel est le cas de *assaber*, *isserio*, *tesse*, etc., que les éditeurs écrivent assez souvent tout d'un trait, mais que nous avons cru pouvoir séparer, conformément à leur nature étymologique, en *a ssaber*, *i sserio*, *te sse*, etc., et cela sans soulever trop de difficulté pour la prononciation.

On ne sait assez souvent comment traduire certains noms propres composés de plusieurs mots. Doit-on, par exemple, mettre à part, soit la préposition *De*, soit l'article *Le* ou *La*, que l'on y trouve au commencement, ou bien doit-on les relier avec la suite du nom, comme l'usage l'a fait parfois établir avec le temps ? Pour notre part, nous avons généralement décomposé ces éléments, ne croyant pas d'ailleurs qu'on puisse s'assujettir, sur ces questions, à une règle bien fixe.

Ajoutons aussi que les auteurs écrivent actuellement de diverses manières la lettre *n* qui remplace le mot *en* devant certains noms de personne ; ceux-ci isolent cet *n*, et ceux-là le séparent seulement du nom par une apostrophe et le rendent par une majuscule. Avec quelques autres nous adoptons à notre tour une petite lettre que nous adjoignons au mot ou que nous en séparons, selon qu'il commence par une voyelle (*nAmalrric*) ou par une

(1) Ces formes ont été plusieurs fois défigurées en : *von i* (pour *voin*), *noing*, *vaing*, etc. (pour *voing*).

consonne (*n Sicard*). Dans le second cas nous croyons en effet que le *n* se prononçait réellement comme *en*.

Traduction de certaines lettres. — Les lettres *u*, *v* et même *b* sont employées l'une pour l'autre dans nos manuscrits, et il en est de même de l'*i* et du *j*. A l'exemple des éditeurs modernes, nous avons établi notre texte en modifiant ces lettres conformément à notre manière d'écrire ou plutôt en cherchant à répondre le mieux possible à l'ancienne prononciation romane. Sans nous arrêter à l'orthographe parfois différente, présentée par les manuscrits, nous avons écrit *aja*, *meja*, *Faja*, *autrejat*, *pojo*, *deja*. Il est plus difficile de savoir s'il faut adopter *lejal* ou *leial*, *major* ou *maior*, *livram* ou *liuram*, *lib.* ou *liuras*, etc ; aussi n'avons-nous pas cherché à adopter sur ces points un mode de transcription constant.

On sait que suivant les dialectes les troisièmes personnes du pluriel de l'indicatif de *avoir*, de l'imparfait, du futur, du conditionnel peuvent se terminer par *an*, *on* ou bien par *au*, *ou*. Malheureusement, dans nos manuscrits, les *n* de la fin des mots ne sont pas toujours bien marqués, et très souvent des *n*, dépourvus du second jambage caractéristique, et identiques à la lettre *u*, sont employés à la fin de mots sûrement terminés par *n* (*en*, avec le sens de *sieur*, *Alaman*, *engan*). Nous avons conservé *u* final dans beaucoup de cas où cette lettre pouvait se tolérer paléographiquement ; mais, comme nous ne prétendons pas imposer notre lecture, on sera libre de la rectifier, si on le croit à propos, et de substituer un *n*.

Au surplus ce n'est pas seulement à la fin des mots qu'on reste dans l'indécision pour distinguer l'*n* de l'*u* ; cette difficulté se présente dans l'intérieur lorsque ces lettres sont placées à côté des jambages d'un *i* ou d'un *m*, et il est alors souvent impossible de les distinguer. Nos lecteurs nous pardonneront, espérons-nous, les erreurs à peu près inévitables dans ce cas.

Deux autres lettres qui se prêtent encore très facilement aux confusions sont le *c* et le *t*. Si nous avons écrit dans nos copies *racio* ou *ratio*, *pertinenciis* ou *pertinentiis*, *gracia* ou *gratia*, *quotiens* ou *quociens*, *donet* ou *donec*, *autrejet*, *jurec*, *autorguet*, *autorguec*, c'est, il est vrai, parce que ces lectures nous paraissaient répondre le mieux à l'aspect des passages qui nous les ont fournies ; mais il se pourrait que, malgré les apparences, nous ayons plusieurs fois mal interprété soit l'ortographe, soit la véritable prononciation du scribe.

Enfin nous ajouterons que nous avons rendu par *cadau*, *cadauna* les mêmes mots que quelques auteurs écrivent en mettant un tréma sur l'*u*, ou en les séparant en *cada u*, *cada una*.

Traduction des abréviations. — Pour les noms propres réduits souvent dans les manuscrits à leur première lettre, soit seule, soit accompagnée d'une ou de plusieurs lettres finales, nous avons reproduit ces formes abrégées sans les changer, toutes les fois qu'il pouvait y avoir des doutes sur la traduction ; et nous les avons même conservées dans quelques cas où il sera facile de leur substituer le mot complet.

Quant à ce qui est de certains noms romans très reconnaissables sous leurs abréviations consacrées (comme *R.* et *W.*, traversés d'une sorte de virgule, pour Raimond et Guillaume, voir fac-similés, *passim*), nous écrivons simplement *Raim.* et *Guilh.* ce qui nous permet de rappeler que ces mots sont exprimés en entier dans le manuscrit, et aussi de gagner de l'espace. C'est encore ce dernier motif qui nous a fait adopter des abréviations analogues ou même des réductions à la première lettre, toutes les fois du moins que, d'après les précédents de l'acte ou d'après l'accord des termes de la phrase, il ne peut y avoir d'équivoque. Nous avons usé de ces procédés aussi bien pour les noms propres que pour certains noms communs, en sorte que nous écrivons : *Sic.* (*Sicardus*, — *di*, etc.) (*dom. dominus*, *um*, etc., *domina*), *sol.* (*sols*), *den.* (*denarios*), *l.* (*liuras, libras*, — *arum*), *Thol.* (*Tholosanus, Tholose*), *kal. non.* (*kalendas, nonas*), *den.* ou *d. Ram. tol.* (*deniers ramondenx. tolsas*,), *caorc. mal. melg. arn.* (*caorcenx*, *malgoires*, *melgorienses*, *arnaudenx*), *sest.*, (*sestier*).

Les mots *saint* ou *saints* sont constamment rendus en roman par un *S.* surmonté d'un trait horizontal (1), et il est difficile de savoir si le scribe prononçait *San*, *Sent*, *Sanct*, etc. avec *s* ou *z* au pluriel, toutes ces formes étant également usitées. Nous avons adopté comme paraissant la forme la plus commune dans le pays *Sant*, *Santa* (au féminin), et *Sants*, pour le pluriel, tous nos exemples dans les deux nombres se trouvant en effet au régime.

Les scribes du cartulaire ou des autres pièces écrivent tantôt *con* tantôt *quon*, et ils ont mis tantôt un *m*, tantôt un *n*, devant certaines syllabes que nous terminons constamment par *m* (2). Aussi, vu ce manque de fixité dans l'orthographe, n'avons-nous pu que traduire un peu au hasard les mots fort nombreux où les deux lettres ci-dessus sont abrégées.

Ajoutons que pour ce qui est des abréviations de certains mots qui peuvent encore avoir des traductions variables et douteuses, tels que *cavaler*, *cavalher*, *cavalier*, *senher* ou *senhor* (selon les cas), nous les avons rendues

(1) Notre Cart. n'offre qu'une seule exception, qui est dans les coutumes de Castelnau, où l'on trouve, en effet, *Sant Miquel*.

(2) Exemples : Quondam, condam, inpedimento, inmunes, quendam, quemdam, inperio, imperio, cimpliciter, conpetunt, etc.

en nous guidant sur les exemples qui sont donnés en entier par d'autres passages de nos manuscrits, ou même, à défaut, par les livres (1).

Emploi du régime et du sujet. — La traduction de ces deux cas offre souvent des difficultés pour les mots qui sont écrits en abrégé, et c'est ce qui arrive par exemple, pour *senhor* ou *senher*. L'un et l'autre étant employé quelquefois aussi bien au régime qu'au sujet, on ne sait trop laquelle des deux désinences doit prévaloir, lorsque le copiste a remplacé la voyelle par une abréviation. En pareille circonstance nous avons généralement observé la règle de l'*s*, ou, pour mieux dire, la distinction des cas d'après leurs types étymologiques, toutes les fois du moins que nous l'avons vue expressément appliquée par nos scribes pour des exemples analogues.

Comme on a pu le voir, par les longues explications qui viennent d'être données, le travail de l'éditeur fait nécessairement disparaître en grande partie la physionomie des vieux textes. Aussi, afin de permettre au lecteur de se représenter exactement cet aspect des originaux, et en particulier celui de leur paléographie, une série de fac-similés devenait-elle indispensable; et nous avons pensé d'ailleurs que des reproductions de ce genre pouvaient avoir d'autant plus leur raison d'être que la plupart de nos pièces se recommandaient à l'attention par leur âge relativement reculé. C'est ce qui nous a fait joindre au présent volume un assez grand nombre de planches, où nous avons eu soin de multiplier et de varier les extraits de nos manuscrits, afin de généraliser l'intérêt de leur

(1) Nous n'avons rien à dire sur les noms de nombre, que nous avons toujours conservés en chiffres romains ou rapportés en entier, comme ils se trouvaient dans les pièces que nous transcrivions.

publication pour une plus grande étendue de pays. En parcourant ces divers spécimens, les personnes qui se plaisent dans le maniement et la consultation des originaux pourront satisfaire un peu leur curiosité, et, comme l'on y trouvera de plus une planche qui reproduit la plupart des abréviations usuelles, peut-être notre recueil pourrait-il, à l'occasion, familiariser avec nos anciennes écritures certains amateurs locaux qui n'ont pas toujours sous la main des pièces des treizième ou quatorzième siècles, pas plus que des traités de paléographie. Si nos dessins ne constituent rien de bien luxueux, nous pouvons les donner malgré cela comme reproduisant très fidèlement leurs modèles, en sorte que c'est avec toute confiance qu'ils pourraient être consultés ou étudiés.

ORDRE DES REPRODUCTIONS. ANALYSES ET COUPURES.

En éditant les actes de notre recueil, nous leur avons conservé la même place qu'ils occupent dans les registres ou les cahiers d'où ils proviennent. Il est vrai que cet ordre, n'offrant rien de bien logique, il semble que nous aurions pu classer les pièces d'après leur rang chronologique, afin d'en rendre l'étude plus commode. Cependant, l'incertitude qui règne pour certaines dates, la nécessité de détruire dans ce cas l'ensemble du cartulaire des Alaman, et de confondre ses actes avec des actes étrangers, l'obligation de séparer parfois des pièces insérées les unes dans les autres et qui sont unies entre elles par la connexité des matières, auraient amené à leur tour plusieurs inconvénients, et nous avons renoncé en conséquence à ce genre de classification. Toutefois, pour remédier autant que possible à son abandon, nous avons placé, en tête de cet ouvrage, une table de toutes les pièces qu'il contient rangées par ordre de dates.

Il reste encore, pour terminer, à parler du système des coupures que nous avons adopté pour un certain nombre de nos actes. Si l'on veut être sûr de ne dénaturer ni amoindrir l'importance ou le sens d'un document, on ne saurait sans doute mieux faire que de donner son contenu dans son intégrité. Mais sans parler de la nécessité où nous étions de ne pas trop élever les frais de l'impression, il faut reconnaître qu'un grand nombre de pièces n'avaient qu'une faible portée historique, et que très souvent leurs formulaires ne faisaient guère autre chose que se reproduire presque mot à mot les uns les autres. Abréger ces documents était à la fois gagner un espace précieux, épargner au chercheur de longues lectures peu fructueuses, et rendre même plus de clarté au dispositif principal, noyé trop fréquemment au milieu du style verbeux des anciens scribes. Nous nous sommes donc contenté, pour un grand nombre de cas, de donner des analyses plus ou moins détaillées, ayant soin toujours de garder les passages de l'acte qui présentaient le plus d'intérêt, ainsi que tous les noms propres et les dates. Une moitié environ de nos pièces a été traitée de cette façon, et elles se distinguent à première vue, dans notre ouvrage, par le caractère plus petit qui a servi à les imprimer.

Dans un assez grand nombre de chartes latines rapportées *in extenso*, mais très rarement dans celles qui sont en roman, nous avons supprimé çà et là et sans avertir quelques mots ou quelques formules qui ne constituaient que des répétitions superflues; et, quoique ces petites omissions altèrent la cadence habituelle des périodes, nous n'avons pas hésité à les maintenir, parce que cette allure rythmique du style est en réalité conservée presque partout dans notre livre, et parce que l'on en possède, du reste, assez d'autres exemples dans une foule d'ouvrages.

En somme, nous ne pensons pas qu'aucune des modifications et des suppressions que nous avons adoptées ait été de nature à compromettre la fidélité de nos reproductions, pour ce qui tient au sens essentiel des originaux ; et, si nous avons une crainte, au sujet de l'emploi de nos procédés, c'est que trop de lecteurs regrettent, au contraire, que nous n'en ayons pas fait une plus fréquente application.

Par tous les détails dans lesquels nous venons d'entrer, on aura pu apprécier suffisamment et le but que nous avons poursuivi et la méthode dont nous avons fait usage pour l'atteindre. Désirant mettre aux mains des futurs historiens de la contrée une collection de documents capable de leur offrir une base solide et neuve, notre préoccupation constante a été d'atteindre l'exactitude rigoureuse, même dans les indications les plus minimes, de bannir les digressions et les remarques qui seraient restées sans profit pour la science, et de recueillir avant tout les renseignements relatifs à des points restés jusqu'ici obscurs. Si nous ne pouvions songer à donner à notre œuvre les attraits de la forme littéraire, nous avons du moins fait nos efforts pour produire un livre de travail, dont la consultation pût contribuer à faire progresser la connaissance sérieuse du passé du haut Languedoc.

Tel est l'ouvrage que nous avons voulu composer, heureux si, en dépit de ses imperfections, notre essai pouvait encore obtenir quelques suffrages de la part des hommes spéciaux auxquels il s'adresse de préférence; heureux surtout s'il pouvait engager quelques compatriotes à publier d'autres séries de nos documents locaux, et à consacrer ainsi leurs forces à un genre d'études et de recherches où il y a encore tant à faire !

LISTE CHRONOLOGIQUE

DES

PIÈCES TRANSCRITES OU ANALYSÉES

DANS CET OUVRAGE (1)

C. — 17 janvʳ 1234 (1235). Don ou inféodation du puy de Bonafous à Sicard Alaman par le comte de Toulouse, p. 1.

C. — 17 janvʳ 1234 (1235). Division de l'hérédité de Doat Alaman et partage de présuccession des biens de sa veuve, entre Sicard et Deodat Alaman, leurs enfants, p. 86.

C. — 4 janvʳ 1235 (1236). Quittance pour Sicard Alaman du prix de l'achat de Saint-Sulpice **(en roman)**, p. 63.

C. — avril 1237. Confirmation par l'évêque d'Albi, comme seigneur suzerain, de l'achat fait par Sicard Alaman de certains droits ou possessions dans Albi ou ses dépendances, à la gauche du Tarn, p. 91.

C. — 10 déc. 1237. G. de Tantalon vend à Sic. Alaman

(1) Les actes précédés d'un C sont compris dans le Cartulaire, et ceux précédés d'un A appartiennent au recueil d'Actes détachés qui lui fait suite. Les analyses en gros caractère indiquent les pièces rapportées *in extenso*, tandis que celles en petit caractère indiquent les documents qui sont simplement résumés dans notre livre.

ses droits sur une maison de Marmande **(roman)**, p. 123.

C. — 18 juin 1239. Délaissement du lieu de Lafox au comte de Toulouse, p. 5.

C. — 7 févr. 1240 (1241). Achat, par Sicard Alaman, de domaines et de censives, situés aux environs d'Yder (Paulhac) et à Laserre (Montastruc); un serf de corps est compris dans cette acquisition et, de même que certains censitaires, reconnaît Sicard pour nouveau seigneur, p. 100.

C. — 30 janv^r 1243 (1244). Achat par Sic. Alaman de propriétés à Montpradel (dans Montastruc), p. 99.

C. — 29 mai 1246. Libertés et privilèges de Puybegon accordés par dame Fines, en son nom et au nom de son fils, Sic. Alaman **(en provençal)**, p. 67.

C. — 23 févr^r 1247 (1248). Comtesse, veuve d'Arn. de Bouville, fait don de tous ses biens à Sic. Alaman et lui cède les droits qu'elle avait à raison de sa dot, p. 90.

C. — 4 avril 1240 (*corr.* s. d. 1248). Vente par Jourd. de Rabastens à Sic. Alaman du droit de construire un passage pour bateaux dans la chaussée du Tarn, à Saint-Géry **(provençal)**, p. 106.

C. — 8 août 1248. Achat de possessions situées dans Senil et dans Azas par Sic. Alaman **(provençal)**, p. 95.

C. — mai 1249. Achat par Sic. Alaman de certains biens dans les possessions de Saint-Sernin de Gourgois, de Saint-Martin de Grizac et de Sainte-Cécile de Mouribal (environs de Puybegon) **(roman)**, p. 93.

C. — Entre 1240 et 1249. Don du château ou village de Lafox par le comte de Toulouse à Sic. Alaman, p. 2.

C. — 24 avril 1251. Achat par Sic. Alaman de quelques rentes féodales assises au Caslar **(roman)**. p. 97.

C. — 13 avril 1252. Quittance respective entre Sicard et Doat

Alaman frères, de tout ce qu'ils pouvaient se demander l'un à l'autre, p. 89.

C. — 29 avril 1253. Quittance de l'épouse d'Elie d'Agrefeuil, en faveur de Sic. Alaman **(roman)**, p. 47.

C. — 1er mai 1254. Achat d'un territoire aux environs de Castelnau-de-Bonafous fait par Sic. Alaman à R. Bern. Frotier, chevalier **(roman)**, p. 117.

C. — 1254. Coutumes accordées par Sic. Alaman aux habitants de Lafox (**roman**), p. 4.

C. — 11 mai 1256. Privilèges de Castelnau-de-Bonafous, octroyés par Sic. Alaman **(roman)**, p. 2.

C. — Janvier 1257 (1258). La comtesse Jeanne confirme la donation que son père Raimond a faite à Sic. Alaman des biens confisqués pour hérésie sur Elie d'Afeuil, habitant d'Agen, p. 6. — Autre confirmation semblable par Alfonse, comte de Poitiers, p. 7.

C. — 8 oct. 1259. Achat de censives et autres droits par Sicard Alaman sur les territoires de Labastide et de Castelnau-de-Bonafous **(roman)**, p. 111.

C. — 7 juin 1261. Quittance d'Elix, femme d'Amalric de Lautrec, en faveur de Sic. Alaman, son père **(roman)**, p. 74.

C. — 28 juin 1261. Vente à Sic. Alaman de biens seigneuriaux situés à Castanet, **(roman)**, p. 108.

C. — 2-5 janvier 1263 (1264). Achat par Sic. Alaman de terres à Castanet et au lieu dit *Estreissas* (entre Castelnau et Lescure) (**roman**), p. 120.

C. — 13 mars 1263 (1264). Achat de diverses terres à Broafunduda et ailleurs (entre Castelnau et Lescure), fait par Sic. Alaman aux frères Geisse, d'Albi (**en provençal**), p. 114.

C. — 17 avril 1275. Guilab. des Essarts met sous sa main les moulins de La Roque de Graulhet **(en provençal)**, p. 65.

C. — 1er juin 1275. Testament de Sicard Alaman le vieux, p. 10.

C. — 8 juin 1275. Deux quittances identiques, consenties par Raim. Alaman, chan. de Rodez, en faveur de Sic. Alaman le jeune, moyennant l'usufruit du château de Thuriès (Pampelone), pp. 76-78.

C. — 16 mai 1276. Accord entre Sic. Alaman fils et dame Béatrix de Médulion, veuve de Sic. Alaman, « à raison de cert. pension et de la restitution de son douaire, » p. 122.

C. — 3 janvr 1276 (1277). Vente d'une rente par Raim. Alaman à Sic. Alaman, son frère, p. 78.

A. — 1277. Le roi permet à Sic. Alaman de rendre à l'évêque d'Albi l'hommage qu'il lui devait lui-même à raison de Castelnau-de-Bonafous, p. 187.

C. — 1er juin 1278. Sicard Alaman fils donne tous ses biens à Marguerite, sa sœur, dans le cas où il viendrait à mourir sans enfants, p. 13. — Même acte avec légères différences de formulaire, p. 15.

C. — 24 févr 1278 (1279). Quittance d'Elix, femme d'Amalric de Lautrec, en faveur de Sic. Alaman, frère de lad. dame, p. 44.

C. — 8 mars 1278 (1279). Sic. Alaman fils, donne tous ses biens à Raim. Amiel de Penne, p. 21.

C. — Août 1279. Accord entre le roi et Sic. Alaman, le jeune, au sujet des usurpations que le père de ce dernier était accusé d'avoir commises dans le domaine de la couronne, à Rabastens, à St-Sulpice et Azas, Taïx, Castelnau-de-Bonafous, Labastide, La Fox, etc. p. 16. — Le même acte est cité aussi aux Additions, d'après un *vidimus* de 1384.

C. — 1279. Sic. Alaman vend à G. Dominique cert. propriétés, ainsi que des droits de dîme dans les paroisses de Saint-Etienne, de Saint-Martin-de-Grizac et de Sainte-Sigolène (dans Puybegon ou aux alentours), p. 72.

C. — 9 mars 1279 (1280). Testament de Sicard Alaman le jeune, p. 23.

C. — 14 mars 1279 (1280). Raim. Amiel de Penne fait donation à Bertr. de Lautrec des biens qu'il avait reçus de Sic. Alaman le jeune, p. 29.

C. — 9 avril et 22 mai 1280. Inventaire des biens de la succession de Sic. Alaman fils, fait à la requête de Bertr. de Lautrec, son héritier, p. 50.

C. — 3 juin 1280. Abandon fait à Bertr. de Lautrec par les dames de Médulion de tous leurs droits sur les domaines de Sic. Alaman, sauf les lieux de Saint-Sulpice, Azas et La Motte, p. 30.

C. — 16 juin 1280. Prise de possession du château de Lafox par R. Topine, au nom de Bertrand, vic. de Lautrec, (**roman**), p. 64.

C. — 1281-82. Actes d'une transaction entre Bertr. de Lautrec et dame Elix, assistée d'Amalric de Lautrec, son mari : — 1er oct. 1281. Réclamations mutuelles des parties et choix d'un arbitre, p. 34. — 3 oct. 1281. Ratification de ce compromis par dame Elix, p. 38 ; et procuration de R. Topine par Bertr. de Lautrec, p. 39. — 4 oct. 1281. Sentence arbitrale, p. 38, — et approbations de lad. sentence par Amalric et par Bertr. de Lautrec, p. 40. — 18 mars 1281 (1282). Autre approbation de la même sentence par les parties, et nomination de procureurs par dame Elix, pp. 40, 41. — 22 mai. Arbitrage complémentaire, p. 41.

C. — Févr 1282 (1283). Transaction entre Bertr. de Lautrec et Guilab. des Essarts, au sujet de Graulhet et de Puybegon, p. 66.

C. — 18 févr 1282 (1283). Vente par Bertr. de Lautrec, à l'évêque d'Albi, de droits seigneuriaux établis à Albi ou dans le territoire de la ville, à la gauche du Tarn, p. 48.

A. — Mars 1282 (1283). A la suite des prétentions soulevées par les officiers royaux et par Bertr. de Lautrec contre l'évêque d'Albi, le roi fixe par sentence arbitrale les limites des seigneuries de Castelnau et d'Albi, p. 125.

C. — 12 nov. 1283. Agnès, épouse d'Arn. de Montaigut, cède à Bertr. de Lautrec, moyennant une rente sur le péage de

Lafox, ses droits à la succession de Sic. Alaman, de Cécile sa sœur, etc.; le contrat est revêtu du sceau de la sénéchaussée et viguerie de Toulouse, p. 31.

C. — 12 nov. 1283. Donation par Bertr. de Lautrec à Agnès, femme d'Arn. de Montaigut, d'une rente de 200 liv. sur le péage de Lafox, du quart de la juridiction et des censives de ce lieu, etc.; le juge de Quercy confirme l'acte par son décret et le donateur se soumet à sa juridiction, p. 44.

C. — 20 juin 1285. Nomination de procureurs par Jourd. de Lile à l'effet de faire l'échange ci-après avec Bertr. de Lautrec, p. 62.

C. — 8 juillet 1285. Echange entre Bertr. de Lautrec et Jourd. de Lile le jeune de domaines seigneuriaux situés à Saint-Sulpice et à Lafox, p. 61.

C. — 1285. Bertr. de Lautrec cède au roi de France divers droits qu'il possédait à Rabastens, à Mézens et à Thuriès, sur le Viaur (Pampelonne), et reçoit en échange cert. sommes ou rentes ainsi qu'un moulin, près de Cordes, p. 58.

A. — 15 janv. 1291. Charte de coutumes de Graulhet, accordée par Bertrand de Lautrec, Jourd. de Rabastens et Aimeri de Montaigut, p. 139.

C. — 2-5 janv. 1295 (1296). Accords arrêtés entre la veuve de Bertr. de Lautrec et Gui de Lévis, seigneur de Mirepoix, pour le mariage de Béatrix de Lautrec et de Mathieu de Lévis, leurs enfants, p. 79. — 18 et 20 janv. suiv. Ratifications de ce contrat par Gui de Lévis et par les tuteurs de Béatrix, p. 83.

A. — 27 fév[r] 1296. Nomination de procureurs par le couvent de Sainte-Claire d'Avignon, p. 130.

A. — 12 mars (?) 1296, v. st. Achat par Boaca, à Raim.-Trencavel, de cert. maisons situées à Graulhet, p. 181.

C. — 19 sept. 1296. Conventions matrimoniales de Béatrix, fille de Bertr. de Lautrec, et Philippe, fils de Gui de Lévis, seigneur de Mirepoix, p. 83.

C. — 3 juin 1297. Dispense du pape Boniface VIII pour le mariage de Philippe de Lévis et de Béatrix de Lautrec, p. 85. — 22 juill. 1297. *Vidimus* de cette pièce par l'official de Pamiers, p. 85.

C. — 30 juin 1297. Donation du château de Savignac (Rouergue) et de droits sur Sénégas par Alazie, veuve de Bertr. de Lautrec, à sa fille Béatrix, p. 73.

C. — 1296-1304. Vente du péage de Thouars en Agenais par Philippe de Lévis à Raim. Guill. de Gout; l'acte est passé sous le sceau de la sénéchaussée de Toulouse, p. 7.

A. — Juin 1303 (?). Sentence du juge royal de Termenois, contre le bailli et les habitants de Palairac, coupables de certaines violences, p. 180.

A. — 26 févr. 1303 (1304). Le roi annule le don que le couvent de Sainte-Claire lui avait fait de ses droits sur l'héritage des Alaman, p. 127.

A. — 16 mars 1304. Ratification d'une sentence arbitrale rendue entre le couvent de Sainte-Claire d'Avignon et Philippe de Lévis, au sujet de l'hérédité des Alaman, p. 126.

A. — 16 mars 1304. Conformément à certaine sentence arbitrale les relig. de Sainte-Claire donnent à Phil. de Lévis tous les droits qu'elles possédaient sur les biens provenant des Alaman, p. 128. — Confirmation du même acte, le 4 avril suivant, p. 129.

A. — Avril 1304. *Vidimus* de lettres royaux par le juge de Toulouse, p. 127.

A. — 28 avril 1304. Phil. de Lévis est mis en possession des biens des Alaman qui lui étaient réclamés par le couvent de Sainte-Claire, p. 129.

A. — 8 mai 1304. Le couvent de Sainte-Claire approuve en faveur de Phil. de Lévis la mise en possession des biens des Alaman, p. 132.

A. — 28 oct. 1304. Nomination de procureurs par Bertr. de de Gout, vicomte de Lautrec, p. 158.

A. — 1308, v. st. Nomination de procureurs par P. Hatbert, p. 176.

A. — 13 juin 1309. Lettres royaux donnant commission à G. de Cortone et à B. de Mèze de punir les malversations des officiers de justice dans la sénéchaussée de Carcass., p. 164.

A. — 23 janv^r 1309 (1310). Nomination d'un procureur par Eleonor de Montfort, p. 158.

A. — 29 oct. 1310. Lettres du roi qui chargent G. de Cortone et B. de Mèze de la recherche de ses droits et de la punition des excès de ses officiers, etc., dans la sénéch. de Carcass., p. 166.

A. — 30 oct. 1310. Lettres du roi chargeant B. de Mèze de punir les excès et les crimes dans la sénéchaussée de Carcass., p. 157.

A. — 11 mars 1310 (1311) — févr. 1311 (1312). Procès-verbaux d'audience, au sujet d'un procès entre Bertr. de Gout, d'une part, et Eléonor de Comminges, Jourd. de Rabastens, etc., de l'autre, relatif à la juridiction de Cabanès, dépendance de la seigneurie de Graulhet. Parmi les pièces judiciaires fournies par ces procès-verb. sont les suivantes :

Mars 1311. Requête du procureur de B. de Gout, p. 154.

Mars, avril 1311. Dires et répliques des parties, pp. 159, 160.

17 mars 1310 (1311). Lettres de G. de Cortone, qui remet à B. de Mèze le jugement de cert. affaires, p. 166.

3 et 24 avril. Citation de P. Habert par le juge du procès et par le châtelain de Montréal, pp. 162, 163; 21 avril 1311. Lettres du roi qui ordonnent de suspendre les procédures contre Habert, p. 168 ; — 7 et 9 mai. Nouvelles citations par les mêmes, p. 163 ; — 7 mai. R. de Nusiac, viguier d'Albi, crée un damoiseau et 2 notaires pour ses procureurs, p. 179 ; — mai. Nouvelles répliques des comparants ou de leurs procureurs, pp. 167, 169, 171 ; 30 mai. Le juge B. de Mèze délègue ses pouvoirs au châtelain de Montréal et au viguier de Carcass., p. 173.

5 et 30 juin et 1er déc. Citations du viguier d'Albi et d'Albert, pp. 175-177 ; — juin, juill., déc. 1311 et janvr 1312. Suite des dires des parties, pp. 175 à 180.

A. — 26 oct. 1313. Vente par J. Peyre, damoiseau, à R.-B. Frotier de cert. biens, sis à Senilh et à Labastide, p. 182.

A. — Nov. 1313. Quittance de 5,000 liv. consentie par le couvent de Sainte-Claire à Bertr. de Gout et à sa femme Béatrix, veuve de Phil. de Lévis, p. 133.

A. — 25 juill. 1326. Alfonse d'Espagne remet à Phil. de Lévis, fils de Béatrix, le lieu de Lafox, repris sur les Anglais (**en français**), p. 135.

A. — 28 nov. 1326. Promesse par Béatrix de Lautrec à ses fils Phil. et Bertr. de Lévis de ne pas aliéner ses biens sans leur consentement, p. 134.

A. — 29 mai 1327. Béatrix de Lautrec s'engage à donner cert. somme à ses fils pour les frais de la garde de Lafox, p. 137.

A. — 29 juin 1327. Confirmation par le maréchal de Briquebec de la remise de Lafox à Phil. et à Bertr. de Lautrec, p. 137.

A. — 22 févr 1329 (1330). Autorisation accordée par Béatrix de Lautrec aux consuls de Graulhet d'élever jusqu'à 10 s. les amendes pour dommages portés aux possessions rurales, p. 150 ; — Règlements de police municipale dressés, paraît-il, en conséquence de cette autorisation et relatifs aux vols de récoltes, à la vérification des poids et mesures, etc. (**roman**), p. 151.

A. — 21 mars 1335 (36). Béatrix de Lautrec ordonne à ses sujets nobles et non nobles et aux consuls de Castelnau, Labastide, Graulhet, etc., de prêter à ses fils le serment de fidélité qu'ils lui doivent, p. 138.

A. — Mai ou juin 1336. Le viguier de Béziers délègue ses pouvoirs à des lieutenants, pp. 132, 133.

A. — Févr. 1337 (1338). *Vidimus* de cert. actes par le lieutenant du viguier de Béziers, pp. 131, 133.

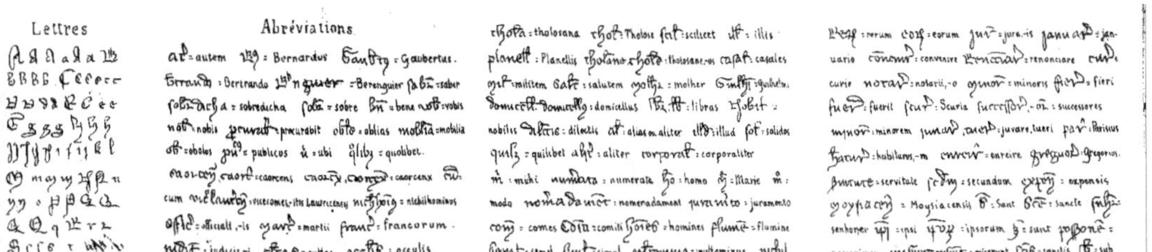

Lettres
Abréviations
Chiffres
Liaisons de lettres
(1) Voir p. 11 et 69.
(2) Voir p. XVIII.

CARTULAIRE DES ALAMAN

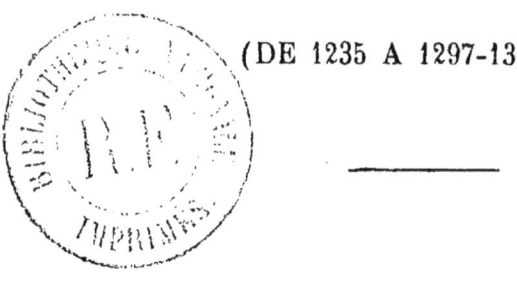

(DE 1235 A 1297-1304) (1)

Don ou inféodation du puy de Bonafous à Sicard Alaman par le comte de Toulouse, 17 janvier 1234 (1235) (2).

Voir le texte de cet acte dans les *Etudes histor. sur l'Albigeois*, par M. Compayré, p. 312. Notre manuscrit offre pourtant quelques variantes orthographiques ou autres, dont les principales sont : lignes 11 et 12, *de Scodolo ;* lig. 29, sine *omni* retentione, au lieu de *domini ;* et *tradimus* au lieu de *credimus ;* l. 46, 47, clientes *sine plure pro cavalcata sive exercitu quando eam....* castris *nostris* Albiensis diocesis; l. 60 et suiv., *sigilli nostri munimine* roborari..... Tholosam *XV^a die exitus mensis* januarii.... Horum *omnium* sunt testes... *Mancipius de Tholosa....* Galhardus *Roca*, *B. Aymerici..... scripsit et signavit* (au lieu de *sigillavi*). — Un de nos fac-similés, insérés dans le présent volume, donne les premières lignes de ce document.

(1) L'état de ce cartulaire, de même que sa provenance, se trouvent indiqués dans notre introduction.

(2) Nous ne faisons pas usage des titres sommaires qui, dans le manuscrit, sont placés en tête des actes, et dont quelques-uns, en latin ou en roman, peuvent dater du 14e ou 15e s., tandis que les plus nombreux, rédigés en français, ont été ajoutés au 17e s. (En voir quelques exemples dans les fac-similés joints au présent livre). Outre que ces titres manquent pour certaines pièces, ils omettent la date, ne fixent pas suffisamment la situation des lieux, et, plusieurs fois, sont visiblement erronés, ainsi que nous le montrerons à l'occasion.

Donation du château ou village (*villa*) de Lafox par le comte de Toulouse à Sic. Alaman (1240-49).

Sachent tous que nous Raimond, comte de Toul., donnons et livrons à toi, notre cher et fidèle Sicard Alaman, « et successoribus tuis in perpetuum, propter multa et grata servicia que tu et predecessores tui nobis et antecessoribus nostris fideliter exhibuistis, villam de La Fotz, » au diocèse d'Agen, avec pleine et entière juridiction et domination, hommes et femmes, justices, cautions (*firmancie*), encours, cens ou oblies, fours, moulins, *molendinaria*, eaux, *piscarie*, peages et leudes sur eau et sur terre, questes, tailles, services, *ademprīva*, prés, vignes, terres cultes et incultes et touts autres droits et dépendances dud. village. Nous te faisons cette donation « sine aliqua retentione excepto quod tu et successores tui eritis pro dicta villa nostrî nostrorumque successorum milites et vassalli et excercitum nobis facietis. » Nous renonçons à tout droit divin ou humain pouvant venir contre le present don, et faisons apposer notre sceau à cet acte. Le..... (1) de février, et l'an.... Bertrand, frère dud. comte.... Régal, Ratier de Caussade, G..... notaire du comte ecrit ce dessus.

Privilèges de Castelnau de Bonafous, octroyés par Sic. Alaman (1256, 11 mai).

Le texte de ce document a été publié dans l'ouvrage déjà

(1) Une déchirure de cette feuille du registre a enlevé la date de l'année et du jour, ainsi que quelques mots des clauses finales et les noms de quelques témoins et du notaire. (Voir aux fac-similés.) Cependant l'acte ne peut être postérieur à 1249, année de la mort de Raim. VII, et, d'autre part, il ne peut avoir précédé 1239, qui est, comme on le verra, l'époque où le comte acquit la propriété de Lafox ; mais il y a plus, car cette acquisition étant du mois de juin 1239, notre charte, qui porte le mois de janvier à sa date, ne peut appartenir au plutôt qu'à janvier, pour le cas où le jour aurait été indiqué d'après les calendes de février, ou à février 1239, v. st., c'est-à-dire 1240 en nouveau style.

cité de M. Compayré, p. 313, d'après la charte originale actuellement conservée aux Archiv. départ. (*Revue du Tarn*, III, 320).

Notre mss., un peu incomplet dans les premières lignes, omet aussi les formules finales (voir le fac-similé ci-après); mais il est sans lacune dans le corps de l'acte, et, tout en donnant parfois une autre orthographe, il permet ainsi de rectifier quelques passages de l'édition de Compayré. En nous reportant successivement aux lignes correspondantes de celle-ci, nous allons transcrire les variantes qui méritent surtout d'être relevées dans le cartulaire des Alaman. P. 313, lig. 2, *le senher n* Sicart. P. 314, l. 12, *si a conquesta;* l. 13, orts *o vinhas* o pratz; 31, *qui er* per lui (au lieu de : *que i* per lui); 34, *avenra;* 38, et *am III* d. R. (et non : *ab VI*). P. 315, l. 5, donar a *ssobre* ces; 23, *serion;* 29, 30, *qu'escanheria*. P. 316, l. 6, que *pergua;* 12, *e si o ffazion que n'agues lo senher per justesia;* 24, *fair enquesta e fair la justezia qu'escanheria;* 30, el *senher* n'a clam; 33, *apertiens* (pour : apertenemens); *o crebara* (pour : *o reubara*); 39, *si o ffa de nugz* (au lieu de : *s'en fa*). P. 317, l. 4, *que* per (au lieu de : *e per*); 6, *ni presi..... aundantz;* 20, *adesmara;* 22, *n'er* (au lieu de *nes*); 27, o *aja* portat; 28, *al* moli... ni *d'espleigz* ab que *s'affane*; 34, *se que* no (pour : *serque* no).... cui *er* (et non : cui *es*); 35, no y *avia;* 36, *redal* (au lieu de : *redda al*); 38, 39, *e se o ffasia*. P. 318, l. 8, *I sestier*; 10, hom *l'en* coga; 11, *hom estranni;* 12, *sion e estion;* 19, *deriers* (pour : *arriers*); 21, *neis* (pour : ne... s); 26, e *per* los cossols; 34, menors *de XIIII anns silh paires* en testament. P. 319, l. 1, de *liei.....* que *ela;* 4, esposalizes *so es* que; 7 et 8, aja *respieg* de pagar senes justezia de *XIIII* dias; 10, *perlonguier;* 15, *fruchiers;* 26, li *er;* 27, *e* de la honor; 32, *que o* (pour : qu'en); 38 *en* plaig. P. 320, l. 3, *apeins?* (au lieu de : *a peis*); 6, que *desus* en; 10, *estutz* (?); 12, *plaiguar* (pour : placiar); 14, *entre* (pour : *autre*); 21, *lause*. — Quant à ce qui est des simples différences d'orthographe, une des principales remarques à faire, c'est que le texte imprimé remplace très souvent *e* par *ei*, et encore *a* par *ai*. Ce changement, qui paraît appartenir plutôt aux dialectes de l'Albigeois qu'à ceux du

Toulousain, se retrouve dans les exemples suivants, où après les formes de notre mss. sont placées entre parenthèses celles qui ont été déjà publiées : pueg (pueig), fero (feiro), senher, senhor, senhorias (seinher, seinhor, seinhorias), aquel (aqueill), aquestz, (aqueigs), dreg (dreig), profieg (profieigz), estag (estaig), plag (plaig), penhorar (peinhorar), adobatz (adobaig), quel (queill), maniera (manieira), prumiera (primieira), carriera (carieira), cueg (cueig), gasanh (gasainh), maseliers (mazeilhers), primieramen paguatz (premieirament pagaig), nugz (nueigz), trobat (trobaig), donatz (donaig), pues (pueis), pleniera (plenieira). Peut-être même pourrait-t-on ajouter à cette liste, et comme trahissant les mêmes différences de dialectes, quelques-unes des formes que voici, et qui nous sont fournies également par les deux textes que nous comparons : nalieg (naleig), recebesso, recepio (receubesso, receipo), mura (mueira), lun, lunha (luin, luinha), tog (toig), gite (giete), isca (iesca), vulha (vueilha), pusca (puesca), vais (vas), mais (mas), cominal (comunal), siria, sira (seria, sera), sabutz (saubutz), pergua (perda), etc. Notons aussi que le texte imprimé emploie la conjonction *se*, tandis que notre mss. écrit généralement *si*; que le premier rend le verbe *faire* par *far*, tandis que la forme *fair* est celle du scribe du cartulaire ; et que la règle de l'*s*, c'est-à-dire la distinction des sujets et des régimes, sans être constamment observée, se retrouve plus souvent dans notre mss. que dans l'édition Compayré. Sauf un cas où on lit positivement *auran*, on ne distingue pas dans la charte du registre si la lettre finale des futurs (3e pers. du pluriel) est un *n* ou un *u*; il faut appliquer la même remarque au conditionnel *serion*.

Coutumes accordées par Sic. Alaman aux habitants de Lafox, 1254.

La *Société d'Agriculture et des sciences d'Agen* ayant bien voulu réserver à ces coutumes une place dans le Recueil de ses travaux, nous nous bornerons ici à renvoyer le lecteur à

Inféodation du puy de Bonafous à Sic. Alaman, 1235.

Don du puy de Bonafous a Sicard Alaman p. le comte de Tholosa

Noverint universi presentem paginam inspecturi quod nos Raymundus dei gratia comes Thol.
nostra spontanea voluntate et mera liberalitate nostra et ex certa sciencia per
nos et per heredes et successores nostros donamus concedimus et tradimus in
feudum dilecto et fideli nostro Sicardo Alaman et heredibus et omnibus successoribus suis ad faciendum omnes et suorum in perpetuum voluntatem quemdam podium
situm in dioc. albiensi ad edifficandum et faciendum ibi castrum sive villam quod
podius dicitur podius Bonafossen cum adiacenciis territorio et pertinenciis
suis sicut inferius continetur videlicet sicut alveus Lazeria nomen tenet
a flumine Tarni usque ad Lazeriam siccam sub bello visu et ab illo loco sicut
Lazerius siccus tenet usque ad pontem de Venaco et a predicto ponte sicut...

Donation de La Fox à Sicard Alaman.

. . . .

mensis febroarii - anno domini m...
Bernardus frater domini comitis ...
Reginaldus Vaclus de ...
notarius domini comitis super dicta hec scripsi

La suite de cette feuille a été déchirée et perdue.

Coutumes de Castelnau de Bonafous (1256)

privilegi de Castelnau de Bonafous de Sicard Alaman

Conoguda causa sia a totz homes presens e aveni...
ran mansiran legir que cum le senher en Sicar...
castel en lo puei de Bonafos et alcun premier cavalher
estar es per sa heretatge en aquel castell als prex et au...

. . . .

gudatz. Et establic mai que lunha honor que hom per nom de prez o no per
prez done en heretat a sa filha ni a sa sor no done hom al senhor vendas ni
empenhoraduras e aquel senher la lause ab son drecg que naia. E nos Sicart
Alaman sobredig per nos et per totz les nostres et per totz nostres successors establem donam autreiam e cofermam totz aquestz establimentz sobredigz e pro-
metem que nos los tendrem els guardarem els farem tener e guardar a totz
los homes del sobredig castel e dels apertenemtz ... exceptimoni de tot aisso
sagelem etc.

Libertés et Coutumes de La Fox, 1254.

las costumas e las libertatz de la Foz

In nomine domini. Anno ab incarnatione ejusdem m cc l iiii. A totz homes presenz e a
venenidors sia causa manifesta que aisso so las costumas quel senher Sicart
Alamans donet e autreiet per si e per totz sos successors a totz aquels homes e
a las femnas que ara son ni habitan ni daissi enant seran inhabitan en
la villa de la Foz prob Agen ni en la tenguda de la honor de la meteissa

. . . .

aver per aquel prez a cui se vulha que sia estatgans de la vila - estiers
las personas desus ditas - el senher o lbailes deura ho lausar al comprador salvas
sas dreituras co desus es dit. Item li home de la vila e las femnas de la onor podo tallar els bosc del senhor ses forastatge lenha ad ardre e fusta per
far e condrecier e la senhoria del senhor. Item devo usar franquamentz
Changement d'écriture → dels pasturals e de las aigas del senhor e pescar en las aiguas si no tant
solamentz els estancx dels molis aram gant lengorgat dura logalt ...
tatro al ga ... del colubier e qui daqui enius pescara ses voluntat del
senhor o del baile de dias ab filatz pagara al senhor v sol de justitia...

cette publication. Il est certain, d'ailleurs, que si ce document est important à consulter pour connaître les anciennes institutions de l'Agenais, il est beaucoup moins utile pour l'histoire des Alaman et pour celle du Toulousain et de l'Albigeois, histoires que nous nous proposons principalement de servir dans le présent ouvrage.

On trouvera dans nos fac-similés un extrait de cette charte de coutumes.

Délaissement du lieu de Lafox au comte de Toulouse, 18 juin 1239.

Notum sit, etc. Quod Gaubertus de Tesaco et Ramondus de Planellis, eorum gratis et sponte, nulla tamen violencia vel deceptione ad hoc inducti, dederunt, solverunt atque dimiserunt, illustri dom. R°, Dei gracia comiti Tholose, marchioni Provincie, et ordinio ejus omnia illa jura, exactiones et partes que et quas habebant vel eis pertinere debebant in villa et loco de La Fotz, infra villam videlicet vel extra, in alodiis, decimariis, pertinenciis et juridictionibus ville de La Fotz, homines scilicet et feminas cum eorum projenie orta et oritura, et cum eorum tenenciis, leudas et pezatica, domos, casales, locales, edificia et bastimenta, milicias et dominationes totas, furna et molenaria, aquas, piscarias et litora, terras cultas et incultas, nemora et bartas et venationes, prata et pascua, census, usus, oblias, quarta, quinta, tascas, agraria, decimas, premicias, questas, toltas, adempriva, fides justicias, incursus, successiones et escaducas, etc.; omnia integriter et singula predicti Gaubertus et Ram. dimiserunt dicto comiti et heredibus ejus, et de predictis posuerunt ac statuerunt, cum hac publica scriptura, eundem comitem et successores et ordinium ejus in eorum loco, juribus et rationibus et per ordinium et eorum heredem, pro suis voluntatibus indè de omnibus supradictis semper faciendis, nullis tamen retentionibus, conditionibus seu repetitionibus ab ipsis de cetero nullatenus ibi factis; ymo debent, mandaverunt et promisserunt inde esse boni et firmi guirentes comiti et successoribus de se ipsis et de aliis amparatoribus ex ipsorum partibus; renonciaverunt itaque omnibus juribus cum quibus contra predictum donum et solutionem venire possent, mandantes et convenientes, prestito corporalîter in sacrosanctis Dei evangeliis juramento, ne contra predicta ipsi vel aliquis ex eorum nomine vel partibus ullo tempore aliquo modo venire presumant. Acta fuerunt hec ita et concessa apud Sanctum Porcarium, XIIII kalendas julii, regnante Lodoico Francorum rege, et eodem dom. R° Tolosano comite et R° episcopo. Anno Domini M°CC°XXX° nono. Testes sunt Sicardus Alamanni, magister Bertrandus, Gus de Roaxio, Petrus Grimoardi, Stephanus Grimoardi, Petrus Escuderii, Poncius Geraldi, Bernardus Geraldi, Stephani Trauca, Raim. de Garda, Arnaldus Pictavini, Stephanus Raimondi, burgensis Moysiacensis, Raimus Herneus, Bernardus Pelicerii, Raim. de Falgarolis et Bernardus Aymericus, publicus Tholose notarius, qui hoc presens publicum instrumentum scripsit.

La comtesse Jeanne confirme la donation que son père Raimond a faite à Sic. Alaman des biens confisqués pour hérésie sur Elie d'Agrefeuil, habitant d'Agen, janvr 1257 (1258).

Johanna, Tholose et Pictavensis comitissa, universis presentes literas inspecturis, salutem in Domino. Noveritis quod nos donationem factam a bone memorie karissimo patre nostro Raim°, condam comite Tholose, de heresia Elie de Egrifolio, civis Agennensis, dilecto et fideli nostro Sicardo Alamanni, prout ei data fuit, gratam habemus et acceptam ac eam sibi et heredibus suis in perpetuo tenendam confirmamus, salvo jure quolibet alieno. In cujus rei testimonium et munimen presentibus literis sigillum nostrum duximus apponendum. Actum apud Longum pontem. Anno Dom. M° CC° quinquagesimo septimo, mensse januario.

Autre confirmation semblable, par Alphonse, comte de Poitiers.

Allfonsus, comes Pictavensis et Tholosanus, etc. Noveritis quod nos donationem factam a bone memorie R° condam comite Tholosano, predecessore nostro, de heresia Elie, etc. (le reste est dans les mêmes termes et avec la même date que dans l'acte précédent).

Vente du péage de Thouars, en Agenais, par Phil. de Lévis à Raim. Guill. de Gout; l'acte est passé sous le sceau de la sénéchaussée de Toulouse, le vendeur se soumettant à la juridiction et aux rigueurs dud. sceau, pour l'exécution du contrat (1).

En présence de discret Yves *de Landunaco*, « legum doctor, clericus Regis, judex ordinarius Tholose, custosque sigilli senescallie et vicarie Tholosane, pro tribunali Tholose sedens », noble Philippe de Lévis, disant être mineur de 25 ans et posséder à juste titre, et exempt de toute espèce de servitude, de même que ses prédécesseurs, « pedagium apud Toarcium, prope Portum Sancte Marie, dyocesis Agennensis, in flumine Garone, in ascendendo et descendendo, et per terram, videlicet : — in quolibet dolio vini per dictum flumen transeunte,

(1) L'acte n'a pas de date ; mais nous savons que Phil. de Levis, qui agissait en cette occasion au nom de sa femme Beatrix de Lautrec, avait été fiancé à celle-ci en 1296 et qu'il mourut en 1304, ce qui limite la période dans laquelle la vente a pu avoir lieu. Ajoutons, d'ailleurs, que nous retrouverons plus loin Yves de Landunac, juge de Toulouse, en l'année 1304.

III obolos Arn.; item in pensso seu pondere cujuslibet dolii de blado, III obol. ejusdem monete; item, in qualibet nave de Regula in dicto loco per dictum flumen transeunte, II sol. VI. d. dicte monete; item, in qualibet mola per locum seu flumen dicti pedagii transeunte, II den.; item, in qualibet nave nova per dictum locum seu flumen transeunte VI d.; item, in qualibet gabarra nova de uno fuste per dict. flumen in dicto loco transeunte, I obol.; item, in carca seu honere cujuslibet animalis per locum dicti pedagii transeuntis, II den.; item, in milario allecium per locum dicti pedagii transeuntium, XX alletia; item, in qualibet saca borre per locum ipsius transeunte, II punhos; item, in qualibet carca seu honere amigdalarum arisuum per dictum locum pedagii transseuntium, III punhos; item, in qualibet carca seu honere guissalhorum per locum dicti pedagii transeuntium, II guissallos; » — ledit Philippe, sans y être amené par force ou par quelque machination, mais de bon gré, et bien instruit de son droit, vendit, pour lui et ses successeurs, à noble Raimond Guillaume *del God*, damoiseau, fils de feu Genebrin del God, chevalier, tout le péage susdit de Thouars, sur terre et sur eau, tel qu'autrefois Bertrand vicomte (de Lautrec) l'avait possédé pendant sa vie. Cette vente fut faite pour 3,000 liv. tourn., somme que le vendeur déclara avoir reçue et pour laquelle il renonça à l'exception d'argent non compté et non reçu, « eundem emptorem a solutione dicti precii per acceptilationem et aquiliariam (1) stipulationem sollepniter liberando. » L'acquéreur pourra entrer en possession corporelle quand il voudra, sans attendre la licence du vendeur, du juge ou de tout autre, et Philippe mande, par l'acte, aux percepteurs dud. péage de rendre compte dorénavant aud. De God, lui transférant, au sujet des biens vendus, « omne dominium directum ac utile et omnem actionem reialem et personalem sive mixtam aut ex variis figuris causarum dessendentem et omne judicis oficium ac omnem prosequendi,

(1) Le ms. porte bien *aquiliariam*; mais il s'agit ici de la *stipulatio aquiliana* mentionnée en même temps que l'acceptilation par les Institutes de Justinien, liv. III, tit. 29. Voir aussi *Glossaire* de Du Cange, v° *aquiliana*.

adipiscendi, recuperandi et retinendi modum quemcumque possent eidem competere »; il promet egalement aud. De God de lui fournir légitime garantie (*guarentia*) en cas de procès ou de contestation de ses droits de propriété, « et ipsum seu ejus ordinium in ipsa possessione vel quasi facere potiorem, ita quod ab eo evocari non possit et si (ali)quo tempore lis, controversia vel aliquod inpedimentum, tam per libelli oblacionem quam alio modo, occasione alicujus obligationis vel alias, moveretur dicto emptori, ipsam litem, libellum et omnem causam, inhibi motam, in se recipere et in eadem causa deffensioni ipsius se offerre et in causis tam principalibus quam appellationum sistere : quod si non fecerit, et pro ipsis rebus deffendendis emptor dapna sustinuerit vel expenssas faceret, ipsa dapna et expenssas cum omni interesse suo promisit restituere. » Et pour l'accomplissement de toutes ces obligations, le s^r de Lévis accorde « quod possit ad illa facta precize conveniri et per conpetentem judicem ad illa servanda precize compelli ». Il affirme, en outre, qu'il n'a fait, au sujet des choses ci-dessus vendues, aucun autre don, vente, obligation ou contrat, pouvant porter préjudice aud. De God, et que, s'il l'avait fait, il devrait l'indemniser de tout ce que celui-ci aurait à en supporter. Enfin, il s'engage, par serment, à observer toutes les clauses ci-dessus, et ce sous l'obligation de sa personne et de tous les revenus qu'il possède dans le château de Lafox, et en renonçant « exceptioni et replicationi doli fraudis et in factum, actioni restitutionis in integrum, et omnibus statutis, et juridicenti quod deceptus ultra dimidiam justi precii subvenitur, et omni privilegio concesso seu concedendo cujuscumque (*cor.* cuicumque) generi vel statui personarum a dom. papa vel rege Franc. aut etiam a jure scripto, canonico vel civili, vel statuto vel consuetudine, renoncians expresse juri dicenti quod juri futuro renonciari non potest, nec illud remiti potest, renonciavitque juribus dicentibus renonciationes non valere nisi quatenus sunt expressate, etc. — Quam venditionem et omnia supradicta dictus venditor et dict. emptor in scriptis insinuaverunt seu demostraverunt dicto judici inde pro tribunali sedenti, suplicantes eidem quod in dicta venditione auctoritatem suam interponeret et decretum et venditorem ad contenta in instrumento hujusmodi servanda sententialiter condepnaret. — Dictus dom. vero judex, audita et intellecta venditione predicta, ac visis et inspectis omnibus supradictis, servata juris sollepnitate et cause cognitione que de jure et usu curie dicti judicis debent in talibus observari, ad instanciam dictor. venditoris et emptoris, quia sibi constitit dictam venditionem et omnia et singula in presenti instrumento contenta rite et legitime fore facta, auctoritatem suam judiciariam in premissis omnibus interposuit et decretum et venditorem ad omnia complenda et observanda, petitione legitima precedenti et concessione legitime subsecuta, in hiis scriptis sententialiter condepnavit. Et ad hec omnia, a venditore promissa, tenenda supradictus venditor teneri et conpelli voluit per captionem et distractionem bonorum suorum et servientum appositionem in domibus et domiciliis ejusdem, tamquam pro re cognita et confessata et que in rem transiit judicatam, sine omni strepitu et figura judicii, et sine omni exeptione, omni dilatione et appellatione remotis, personam suam et omnia et singula bona sua foro, cohertioni et auctoritati sigilli et contrasigilli dom. regis ad contractus in senescallia Tholose et Agennensi appositorum ex certa scientia super premissis subponens. »

Testament de Sic. Alaman le vieux, 1er juin 1275.

Ce document ayant été publié d'après une expédition originale (*Mémoires de la Société archéol. du midi de la Fr.*, XI, 75; article de M. Compayré), il nous suffira de signaler simplement les variantes de notre mss. Toutefois, le texte déjà édité offrant lui-même quelques inexactitudes (Voir ce que nous avons dit dans notre préface), nous profiterons de l'occasion pour marquer ici, en même temps, et les véritables leçons de l'original (en caractères ordinaires), et les variantes de notre cartulaire (en italiques). Nous nous rapporterons, pour l'indication de ces fragments, aux pages et aux lignes de l'édit. Compayré.

Page 75, ligne 1, Spiritu ; l. 3, *Eguo*... Alamani ; 4, memoria ratione, *memoria ratione*... occulis, *occulis* ; 6, *paci* ; 8, *commando* ; 9 *eliguo* ; 10 *Ramondus* ; 12 et 15, infra... *infrascriptis* (au lieu de : in ista sepultura) ; 18, *cimplicem* ; 20, milia ; 21, elemosynas, *dividantur in helemosinis amore mei* ; 22, redemptioni, *redemptioni pecatorum* ; 23, *leguo*, rellinquo ; 24, *fabrice*, 25, *turonensium* ; 26, elegi ; 28, *aliis suis necessitatibus alias* ; 30, *opud*. — Pag. 76, l. 1, minorissis, *minorissis*... D. *souz* ; 2, *monalium*... D sol. *D sol.* ; 3 *opud* ; 4, D sol. *D sol.* ; 6, 7, D sol., *D sol. tur. et fratribus* (Le cartul. omet le legs aux sœurs mineures (minorissis D sol.) dud. lieu, et aux 2 couverts d'Agen) ; 11, *opud fabrice* ; 12, conventui monalium de... ; 14, *Fontis... sol. tur.* [*et sororibus minorissis ejusdem loci D sol. tur.*] (Ces mots insérés ici entre crochets et qui manquent dans la charte origin. sont placés dans le cartul. entre les 2 syllabes de *va-cat* mises en surcharge) ; 15, *Longuavilla*, Galliacum, *Galliacum* ; 16, 17, 18, *opud*, *Suplicii* ; 18 super flumen, *super flumen* ; 19, *opud* ; 20, *Bonecombe* ; 21, *Candilii* ; 23, *opud*, de Turia, *de Cueia* ; 25, hospitali ; 27 *hospitali sancti Suplicii* ; 28, *Podiobeguone* ; 29, Rabastenx, *Rabastenx* ; 30, milium ; 32, *distribuantur et erogentur* ; 34 *do*, rellinquo, Elitz. *Helitz* ; 35, Philipe, *quondam... Amalrrici*. — P. 77, l. 1, milia, *milia* ; 2, nichilominus, *nichilhominus*, rellinquo, Elitz, *Helitz* ; 3, milia... *Ademaria de Montibus* ; 4, *ejus frater* ; 5 michi et si quid, *michi et si quid* ; 6 deest supleatur, *deest supleatur*... ita quod dictos XXX milia sol. habeat, *Item quod dictos XXX milia sol. habeat* ; 8 milium, *milium*... eandem heredem michi, *eandem michi* ; 9 rellinquo ; 10, Philipe, *Philippe Ademarii* ; 11, milia, *milia*... eidem dedi, *eidem dedi* ; 12, nichilominus, *nichilhominus*... rellinquo ; 13 milia, *milia... dominus Huguo Ademarii debet* (michi) *michi* ; 14, milium, *milium* ; 15 eandem michi, *eandem michi* ; 16, rellinquo ; 17 *Biatricis*... milia, *milia* ; 18 suum honorabile arnesium... in hiis, *in hiis* ; 19 michi heredem, *michi heredem* ; 20 rellinquo ; 21 *Biatricis* de Medullione, *de Medullione tunc*, huxoris, milia ; 22, *honorabile*... et in hiis dictam, *et in hiis dictam* ; 23, meam michi heredem, *michi*; 24 Ramondo Alamani, *Alamanni*; 25, Saunage, *condam Sauuage*; 26, *Lausertam et pertinemento*; 27, pertinimento, *pertinemento*; 29 voluntatem, *suam modam voluntatem*... Ramondi; 30 universsalem... *honere revertantur*; 31 nichilominus, *nichilhominus*, rellinquo Ramondo; 32 *et hereditatis*... quidquid; 34, hiis, *hiis*; 35 et suivante (p. 78), michi instituo. Et facio et instituo michi heredem universsalem, *heredem eum instituo. Item facio et instituo.* — P. 78, lig. 2, *bonis meis*... quecumque sint, *quecumque sint Sicardum*; 3, Alamani... *Biatricis condam*; 4 *Sicardo*; 5 hiis, *hiisque*; 6 *hobediat*; 7 vel retardet, *vel retardet*; 8 *contigeret*; 10 rellicta; 11, meos superstites, *meos superstites vel*; 12 equis inter, *equis inter... dividendi*; 13 rellicta; 16 nichilominus, *nichilhominus*... Ramondus Alamani; 17 nichil... vel habere, *vel habere*; 18, 19 dictum, *dictum Sicardum... ex se... procreata*; 20 rellicta; 21, supersunt vel heredes earum, *vel heredes earum*... decendentes...; 23, decendentem; 24 earum ut dictum est equis; 25 dividenda, *dividenda*... dictus Sycardus, *dictus Sicardus*; 26 rellicta X milia, *milia*; 28 Medullione; 29 aministret; 30 *Sicardus*, ad hetatem; 31, 32, dictum Syc. *dictum Sic... Sicardus*; 33 *Biatrix*; 34 esse voluerit, *esse voluerit... Sicardum*; 35, decendentes. — P. 79, l. 1, *Sicard.*; 2, 3, *contigerit... Biatricem.., remaneant... Biatricis*; 3, *contigerit*; 6, divido inter, *divido inter heredes*; 7 et portionibus, *et portionibus*; 8, contentos, *contentos*, nichil, *nichil*; 10, Ramondus... hiis, *hiis*; 11, *reliqui*; 13 Ramondus; 14 Suplicium; 15 selebret, redeptione; 16 omnium fidelium def.; 18, pariter et vestitu, *pariter et vestitu*; 20, 21, elemosyne, *helemosine*... predicta infra biennium, *predicta infra biennium*... continue computandum, *a tempore mei obitus continue computandis*; 22, rellicte, rellicta; 23 milia, *milia*; 24 *omni diffugio*, *diminutione et*; 25 rellicta; 26, seu spondarios; 30, Bernardum Geraldi et Ramondum de Medullione, *de Medullione*; 31, fratrum, *fratrum Arnaldi*; 33, 34 helemosynas (*helemosinas*) et rellicta... rellicta sunt prout superius, *relicta sunt prout superius*. — P. 80, l. 1, fideliter executur, *exequantur... executores mei*; 2, *forefactis*; 4, *quibus tenetur*; 6 *liberationi*; 7, 8, neptibus, *neptibus*... Daix, filiabus

Poncii Daix, *Deux... Deux... maritandum eas*; 9 accepi, *accepi*; 11 spondarii; 11 à 14 (Tout le passage qui est compris entre ces lignes est omis dans le mss. que nous copions), remunerandi hiis... aliis quod secundum invenerint... michi exibita; 17, inmobilibus... ad solvendum elemosynas, *solvendum helemosinas*; 18 *leguata*... rellicta; 20 quicquid, *quicquid*; 21, pertinentibus ad predicta actum, *et pertinentibus ad predicta actum*; 23, presencialliter et personnalliter; 26, inpedire, *inpedire*; 27, presenti... expressum, *expressum*; 28, execatur, *libere exequantur*; 33, Rellinquo... omnes heredes et liberos; 35, regis Francorum, *regis Francor*... magestatem, *magestatem*... subplicans, *suplicans*. — P. 81, l. 1, deffendat; 2, quecumque... ubicumque sint, *ubicumque sint*... deffendi, *deffendi*; 3, *testamentum presens*... vel ultimam, *vel ultimam*; 4 sicud; 5 *permitat illud infrangi*; 6, corumpi; 9 observati, *observati*; 11, *kal. junii*; 12 *et rogatorum*; 13 Petri Vitalis, *Vitalis*; 14, d'Aixio, *de Axio*; 15 *Carcelerii*... Ramondi... Bartoleti, *Bartholoti*; 16 à 19, Medullione, *Guilhelmi de Medullione*... Petri Clerici, *Clerici*... Pigtavini de Mauinhol, *Pictavini de Matvinhol*, B. de Capella, *B. de Capella*... *Suplicii et Rupiscetarie*; 20 Sicardo; 21 signavi, *signavi*.

Sicard Alaman fils donne tous ses biens à Marguerite sa sœur, dans le cas où il viendrait à mourir sans enfants, 1er juin 1278.

Soit connu que l'an de l'Incarnation « M°CC°LXX°VIII°, videlicet kalendis junii, die mercurii ante Penthecosten, eguo Sicardus Alamanni, filius condam et heres nobilis viri Sicardi Alamanni, deffuncti, domini condam Sancti Suplicii, recognoscens me esse majorem XVIII annis,.... concedo et quasi trado donatione pura inter vivos tibi karissime sorori mee Margarite filie quondam dom. Sicardi patris mei et Beatricis de Medullione condam conjugis dicti Sic., presenti et recipienti, tanquam bene merite et condigne, et vobis domino officiali curie Valentine, recipienti nomine dicte Margarite, » tous mes biens paternels et maternels, quels qu'ils soient, châteaux, villages, mas (*manssos*), hommes, juridictions, *coherciones*, bans, peage, usages, cens, tasques, quartons et autres domaines et possessions, cultes ou incultes; tous ces biens « dono, inquam, vobis officiali nomine quo supra, sub conditione si me mori contiuguat sine prole de legitimo matrimonio, quo casu volo bona mea pertinere ad Margaritam, ex causa donationis quam facio vobis officiali, in curia civitatis Valentine, coram quo apud acta in prefata curia, testibus presentibus, facio, volens prefatam donationem insinuatam esse in actis publicis ex legitima insinuatione interveniente. Et nichilhominus ad pleniorem securitatem de bonis meis facio in modum predictum et (*corr.* tot) singulares et particulares donationes diversis temporibus et confiteor me fecisse quod nulla, pro se considerata, exedat summam D aureorum; et nichilominus, cercioratus, renuncio legi dicenti donationem ultra quingentos aureos seu solidos sine insinuatione non valere, volens ex nunc ut dicta Margar. auctoritate sua possit ipsam aprehendere corporalem possessionem et quasi bonorum predictorum, et donec ea aprehendat, ex nunc, in illum casum, constituo me bona predicta et jura possidere et quasi, nomine dicte Marg. Sane, si contingual, ex causa dicte donationis, dicta bona pertinere ad dictam Marg., volo quod ipsa existens in minori etate non possit bona inmobilia predicta, etiam sororibus meis aliis et multominus aliis personis vendere, donare, permutare vel aliter alienare, et, si tutor vel curator dicte Marg. vel tutrix contrarium faceret, volo quod illud habeatur pro non facto et careat omnimoda firmitate. Insuper volo quod de bonis meis solventur debita mea. » Toutes ces choses ci-dessus, je promets solennellement, à vous seigneur official, stipulant au même nom que ci-dessus, de les tenir et observer, sous l'obligation de tous mes biens, et en renonçant à l'exception de dol, à celle conçue sur le fait *et conditioni sine causa* (1), aux bénéfices de minorité et de restitution

(1) C'est *condictioni* qu'il faudrait. Le Digeste, liv. XII, tit. 7, parle de la *condictio sine causa*. On sait qu'en droit romain toute convention faite sans cause était nulle.

en entier... et en particulier au droit qui déclare non valable les renonciations générales. » Quod autem omnia et singula servem et atendam nec ea revocem, nec aliquam donationem feci alicui de mundo, et si contingeret me fecisse, quod absit, penitus revoco, irrito et anullo, per stipulationem sollepnem vobis officiali promito et super Dei evvangelia juro. Item volo quod vos officialis possitis facere hoc instrumentum semel et pluries et corrigere, productum in judicio vel non, et etiam quod possit (1) addere de jure et de facto clausulas seu substencias propter quas donatio firmior sit, et predicta debeat (2) facere ad concilium cujuslibet sapientis. Actum in curia Valentina, testibus (3) dom. Ymbertus de Sancto Laurencio, monachus de Sant Ginieu, Andreas de Sancto Bartholomeo, magister Helias canonicus Vaveriensis (*corr.* Vivariensis), Pasquerius notarius Valentie. Arn. Coqui, Petrus Companho. Et ad majorem firmitatem, nos dict. officialis Valentinus sigillum curie Valentine jussimus apponendum. »

Acte semblable au précédent, sauf que le formulaire substitue à l'official dame Comtesse, épouse de Raim. de Medulion et le notaire de la cour de Valence (rédacteur de l'acte), comme recevant la donation au nom de lad. Marguerite. L'acte qui débute par *Innotescat presentibus et futuris quod*, laisse ensuite la date en blanc ; il n'est plus fait mention de l'official, remplacé, avons-nous dit, par dame Comtesse. Plus loin, l'insinuation de la donation, faite à cette même dame, « nomine quo supra et tibi notario infrascripto publico in curia civitatis Vivariensis, » a lieu devant le juge de Viviers : « coram vobis discreto judici Vivariensi coram quo apud acta, etc. » Comme dans la précédente pièce, on trouve à la fin l'engagement de Sic. d'observer tout ce dessus ; seulement cet engagement, qui est accompagné du serment, est fait à lad. Comtesse et au

(1 et 2) Corr. *possitis* et *debeatis*.
(3) Corr. *testes*.

notaire, stipulant pour Marguerite, et il est entendu que le notaire pourra faire, corriger et refaire plusieurs fois le présent acte, qu'il ait été produit ou non en justice, qu'il lui sera permis d'ajouter « de jure clausulas, substanciam et substancias propter quam et quas dictam donationem firmior sit dicte Marg., et predicta debeat facere ad concilium cujuslibet sapientis et sapientum. Acta fuerunt hec in curia Vivariensi, in testimonio.... » (La suite est en blanc.)

Accord entre le roi et Sic. Alaman le jeune, au sujet des usurpations que le père de ce dernier était accusé d'avoir commises dans le domaine de la couronne, à Rabastens, Saint-Sulpice et Azas, Taïx, Castelnau-de-Bonafous, Labastide, La Fox, etc., août 1279 (1).

In nomine sancte Trinitatis. Philippus, Francorum rex, notum facimus quod cum coram clericis nostris magistris Fulcone de Lodinio archid. Pontivi in ecclesia Ambianensi et quondam Thoma de Parisius canonico Rothomagensi, pro juribus nostris requirendis ad partes Tholosanas destinatis a nobis, magister Egidius Camelini canon. Meldensis, clericus et procurator noster, questionem movisset nomine nostro contra Sicardum Alamanni militem super macello, portu aquo cum leuda et aliis juribus super omnibus artificibus castri de Rabastenquis, que omnia dict. Sicardus clare memorie, Alfonsso, patruo nostro, quondam comite Pictaviensis et Tholose existente in partibus transmarinis, dicebatur indebite occupasse; item super villa de As cum suis pertinentiis que dicebatur venisse in comissum comiti Ramundo Tholose pro murtro comisso per

(1) Cet acte offre dans le ms. le titre qui suit, écrit par une main du 14e s. et qui est sans rapport avec le contenu du document : « Compositio facta inter dom. episcopum Albiensem et dom. de Ruppe super limitationibus barrii capitis pontis Albie et Castri novi Bonafos, et confirmatio per regem facta de libertatibus et franchesiis dicti castri. » (Voir notre fac-similé.)

Bernardum Ramundi Baranhoni, civem Tholose, in Stephano de Borneto ad quem medietas dicte ville pertinuisse dicebatur, alia vero medietas dicebatur fuisse Guilhelmi de Monte Jorio senioris, Guilhelmi ejus nepotis, Tonduti de Paolhaco, Matfredi de Paolhaco, hereticorum, et Bernardi de Paolhaco, qui Magnam uxorem suam interfecisse dicebatur, et Rogerii filii condam Jordani successoris dicti Bernardi de Paolhaco; item, super villa seu castro Sancti Sulplicii quam a nobis devoasse dicebatur et recognoverat se tenere eam ab abbate de Aureliaco, et super mero et mixto imperio et omni juridictione dicte ville seu castri et pertinentiis ejus, que omnia in dicto castro Sancti Sulplicii in nostrî prejudicium, ut dicebatur exercebat; item super pedagio quod de novo imposuisse dicebatur in dicta villa sine licencia nostra, scilicet III obol. tolos. pro quolibet saumerio transeunte per Motam, quâ itur verssus Vaurum, et descendit verssus Buzetum, et unum denarium Tholosanum, pro pontanagio, de quolibet saumerio transeunte per pontem Sancti Sulplicii; item super pedagio quod occupaverat et detinebat in prejudicium nostrum ut dicebatur apud hospitale de Genesta, propè Corduam, in strata Sancti Antonini, propè Castrum novum de Bonafos; item super hereditate Arnaldi de Privato, de Galliaco, hominis quistalis tunc comitis Tholose qui sine herede, ut dicitur, decesserat, quam dicebatur in nostri prejudicium detinere; item super VI denar. thol. quos in nostri prejudicium percipere dicebatur apud Sanctum Jorium, pro quolibet dolio per flumen Tarni descendente; item super terris de Romilhargis et de Bozigiis que dicebantur ad nos pertinere ex causa emptionis quam comes Ram. fecerat ut dicitur de eisdem; item, super terris de banco Aimonis usque ad nauzam de Ruppe, que dicebantur per dictum Sicardum fuisse occupate de pertinentiis ville nostre Buzeti; item super villis de Taish et de Canhaco que ad nos pertinere dicebantur; item super hereditate Helie de Agrifolio de Agenno que dicebatur comiti Ram. obvenisse pro heresi in comissum; item super Castro novo de Bonafos cum suis pertinentiis et homagiis militum et scutiferorum, et super tercia parte juris cudendi monetam ibidem, que ad nos pertinere dicebantur; item super fortalicio seu villa de La Fotz, dyocesis Agennensis, cum pedagio ad forciam seu villam pertinente, que dicto comiti Ram. obvenisse dicebantur in comisso pro homicidio quod Arnaldus de Bonevilla comisisse dicebatur in personam cujusdam judei, et super pedagio quod de novo inposuit, ut dicitur, per terram in eodem loco; item, super mero et mixto imperio bastide vocate Montisfortis inter Galliacum et Castrum novum dictum de Bonafos : que omnia dictus procurator noster dicebat ad nos pertinere et Sicardum compelli petierat ad restitutionem omnium et singulorum predictorum cum fructibus perceptis et percipiendis nobis faciendam; — tandem dicto Sicardo sublato de medio coram fidelibus nostris G. abbate Bellepertice, Petro decano ecclesie Sancti Martini Turonensis, magistro Joanne de Puteolis canonico Carnotensi, clericis nostris judicibus super hoc deputatis a nobis, ad compositionem sequentem in eundam interponentibus partes suas inter dictum procuratorem nomine nostro et Sicardum Alamanni domicellum filium condam Sicardi militis, de auctoritate Bertrandi vicec. Lautric. curatoris ipsius domicelli, et ipsum curatorem curatorio nomine ejusdem, mediantibus dilectis et fidelibus nostris Ymberto de Bellojoco, constabulario nostro Francie, et Eusthacio de Bello Marchesio senescallo nostro Tholosano et Albigensi, militibus, compositum extitit in hunc modum : — videlicet, quod predicta omnia que a dicto Sycardo militi realiter vel indiciis (1) possesso-

(1) Où *judiciis*.

riis nostro nomine petebantur Sycardo dicti militis filio et successoribus suis in perpetuum remanebunt, cum mero et mixto imperio et omni juridictione et jure exercendi predicta in castro seu villa Sancti Sulplicii, Castro novo de Bonafos, bastida vocata Montisfortis, villa de Asso et fortalicio seu villa de La Fotz supradictis et in pertinenciis eorumdem nec non et in castro de Curvorivo et ejus pertinenciis pro parte ipsum Sicardum contingente, salvo quod, si a dicto Sicardo vel suis judicibus predictorum castrorum et villarum super quocumque casu licite contingeret appellare, ad nos quolibet sublato de medio appelletur; rursus, ex viguore presentis compositionis dictus Sicardus domicellus paxeriam suam Sancti Sulplicii quam habet in flumine Agoti debet et tenetur aperire quando per nos vel nostros fuerit requisitus et viam seu naveriam largam et amplam facere et dimitere pro descentibus et assendentibus cum navibus suis et aliis transeuntibus ad esgardum magistrorum nostrorum operum, tamen idem Sycardus potest tenere dictam naveriam clausam cum barra vel porta sine passagii navium et aliocumque inpedimento, salvo dicto Sicardo alio jure suo si quod ibi habet; tenetur insuper Sicardus et successores ejus desistere et cessare a levatione et perceptione trium den. thol. quos levabat et pater suus olim levavit, apud Cofolenxs, pro quolibet tonello descendente per flumen Tarni. Nos vero, compositionem hujusmodi ratam et gratam habentes et approbantes, concedimus quod Sicardus et successores ejus omnia ut dictum est habeant, possideant vel quasi in perpetuum pacifice et quiete. Donamus etiam et quitamus dicto domicello omne jus quod habere poteramus in rebus predictis petitis ex causis et criminibus supradictis vel aliis, ipsas petitiones eidem totaliter remitentes, volentes de gracia speciali quod idem Sycardus habeat et percipiat in dicto Castro novo de Bonafos et pertinentiis incurssus heresum quos ibidem evenire contigerit in futurum et qui acthenus evenerunt; universa et singula supradicta necnon et totam terram suam, prout melius pater suus predictus ea possidebat tempore mortis sue, cum donationibus sibi factis per comitem Ram. et clare memorie Alffonssum patruum nostrum ac Johannum ejusdem consortem vel altero eorumdem Sycardo domicello et ejus heredi nichilhominus ex certa sciencia confirmantes, etiam volentes ipsum prosequi consimili gratia et favore de omnibus personalibus petitionibus quas procurator noster a dicto Sicardo milite faciebat de argento et auro et jocalibus et pecuniis et equis comitis Ram. et comitis Alffonsi et ejusdem consortis Johanne, et redditione rationis et reliquorum prestatione que ab ipso petebantur Sicardo, nec non a petitione quingentorum milium libr. tur. quas ab ipso petebat pro exercitu, quando ad partes venimus Tholosanas contra comitem Fuxensem, culpâ ejus(dem) Sicardi militis, ut dicitur, et (ab) omnibus aliis petitionibus dictum Sicardum domicellum ac successores ejus absolvimus et quitamus; nolentes quod processus et sentencie super dictis petitionibus pro nobis contra Sycardum condam habiti aliquod nocumentum dicto domicello afferant in futurum, retentis nobis in omnibus supradictis exercitu et cavalcata secundum usus et consuetudines patrie et dyocesis, in quibus cite sunt res predicte, nisi Sicardus haberet super hoc speciale privilegium quod obstaret. Item in omnibus supradictis exepto Castro novo de Bonafos omnes incurssus heresum in futurum nobis retinemus, set qui hactenus evenerunt in omnibus supradictis dicto Sicardo et heredibus remanebunt; incurssus tamen supradictos, quos ad nos evenire contigerit, tenemur infra annum et die ponere extra manum nostram in personam ydoneam, que Sicardo et heredibus faciat redevancias consuetas. Et ut premissa perpetue stabilitatis robur obtineant presentem paginam sigilli nostri auctoritate et regii nominis caractere inferius annotato fecimus conmuniri. Actum Parisius anno Dom. M° CC° LXX° IX°, mensse augusto, regni vero nostri anno nono. Astantibus in palacio nostro quorum nomina subposita sunt et signa, dapifero nullo. Signum Rotberti ducis Burgundie camerarii. S. Johannis buticularii. Sign. Imberti constabularii.

Sic. Alaman fils donne tous ses biens à Raim. Amiel de Penne, 8 mars 1278 (1279).

Sycardus Alamanni domicellus filius, dominus Sancti Sulplicii, filius condam nobilis dom. Sycardi militis jam defuncti in sua bona existens memoria atque senssu, recolens servicia grata et beneplacita per nobilem dominum Ram. Amelii de Penna militem, et suos, eidem familiaritate et affinitate conjunctos, eidem exibita, et sperans per eum sibi exiberi etiam in futurum, certificatus de facto et jure et non deceptus sed libera et gratuita voluntate ad hoc inductus, cum auctoritate et assenssu nobilis Bertrandi, vicec. Lautricensis, curatoris sui, ibidem presentis, dedit dicto R° Amelii donatione inter vivos in perpetuum omnia bona sua et jura ubicumque sint in Agennensi, Caturcensi, Tholosana et Albigensi, Ruthinensi vel aliis dyocesibus constituta, sive sint castra vel ville, dominationes, pedagia sive leude per aquam vel per terram, censsus, oblie, accapita, retroacapita, venationes et nemora, pascua, molendina, aquas, aquarumque decurssus, paxerias et feuda tam militaria quam alia, fidelitates, homagia, recognitiones et fidelitatis etiam sacramenta cum omnibus dominationibus, clamoribus, justiciis, incurrimentis et mero et mixto imperio et omnimoda juridictione alta et bassa et omnibus aliis juribus, volens ut generalia pro specialibus et non expressa pro expressis specialiter habeantur. Voluit etiam Sicardus quod dictus Ramundus possit auctoritate propria possecionem ingredi omnium predictorum; preterea constituit se possessorem et quasi bonorum predictorum vice et nomine Ramundi donec per dictum Ram. possecio dictorum bonorum fuerit aprehenssa, ipsumque in corporalem possecionem et quasi induxit bonorum omnium cum hoc presenti publico instrumento; asserens quod ipse non fecit nec fieri patietur aliquid propter quod presens donatio non valeat, ymo si qua fecit per que posset donatio infringi vel adnullari, illa voluit esse cassa et irrita, sive fuit facta in testamento vel extra. Promisit etiam eidem R° Amelii stipulanti quod contra dictam donationem non veniat, occasione ingratitudinis vel alia ratione, ymo renonciavit omni juri et consuetudini et omni privilegio indulto vel in posterum indulgendo et foro villis vel castris, universitatibus vel personis singularibus eorumdem, specialiter exeptioni crucis ultra marine jam assumpte vel assumende et doli et in factum exeptionibus, et spécialiter juri dicenti donationem ultra quingentos aureos vel solidos non valere et legi dicenti donationem posse per ingratitudinem revocari et beneficio minoris etatis et restitutionis in integrum et omni alii juri scripto et non scripto, et equitati scripte et non scripte per quod vel per quam posset se juvare in predictis vel aliquo predictorum per se vel per alium; ymo omnia servare ut supradicta sunt juravit ad Dei evvangelia, obligans se et suos pro evictione seu nomine evictionis dictorum bonorum. Fuit etiam facta et insinuata dicta donatio coram discreto viro Magistro Vincencio de Rabastenx jurisperito, judici Sicardi Alamanni predicti, ad instanciam et requisitionem dicti Sycardi, et habita deliberatione et cognitione que consuevit in talibus adhiberi donationi predicte auctoritatem suam interposuit et decretum ad postulationem Sycardi, salvo jure quolibet alieno. Dixit etiam dictus Sycardus et voluit quod per presentem donationem donationibus per eum factis Guilhelmo Petri de Saulhano et Bernardo de Malafalgueria de facto castri seu ville de Castaneto nullum prejudicium generetur. Actum apud S. Sulplicium VIII° ydus martii, Phil. rege, Bertr. thol. episcopo. Anno M° CC° LXX° VIII°. Testes rogati : dom. Ram. de Scuria miles, magister Petrus Amelii de Insula, Steph. de Monasterio, filius condam domini Bouson, miles, Bernardus Ysarni, Pictavinus de Matvinhol, domicellus, Elias de Insula, Johannes de Veronh de Figiaco, Ram. Maurini de Vauro, Guilhelmus Petri de Saulhano, Jordanus de Curvorivo domicellus et Arn. Serena S. Sulplicii et Rupiscezarie not. publicus qui cartam istam scripsit et signavit.

Testament de Sicard Alaman le jeune, le 9 mars 1279 (1280).

In nomine sancte et individue Trinitatis, Patris et Filii et Spiritus sancti, amen. Cum nichil sit quod magis hominibus debeatur quam quod supreme voluntas libet sic stilus et liberum, quod itecum non redit, arbitrium (1), et nil cercius morte et incercius hora mortis, ydcirco eguo Sycardus Alamanni, filius condam nobilis viri domini Sycardi Alamanni, militis, memorie recolende, infirmus corpore, tamen sanus mente et perfecta utens memoria et ratione, Deum habens pre occulis, et consulere volens

(1) L'introduction qui précède, défigurée par le copiste du ms. (Voir notre fac-similé), se retrouve exactement dans le testament de Jeanne, comtesse de Toulouse : *cum nichil magis hominibus debeatur, quam ut suppreme voluntatis liber sit stilus et liberum, quod iterum non redit, arbitrium.* (D. Vaiss., éd. Privat, VIII, 1695.)

saluti anime mee et paci et tranquillitati successorum nostrorum in posterum providere ne de bonis meis post decessum meum questio oriatur, testamentum meum per nuncupationem faciens seu ultimam voluntatem facio et dispono, prout inferius continetur. — Et in primis corpud et animam meam comendo dom. Jhesu Xpisto et gloriosissime matri ejus, angelis et arcangelis paradisi sanctisque universis, volens namque paternali affectione intimulari secus pedes dicti patris mei sepulturam michi eliguo in ecclesia fratrum predicatorum Tholose contiguo et inferiori timulo patris mei ecclesie memorate; et, si forte fratres predicatores nollent me ponere in loco quem elegi, legatum in presenti testamento seu ultima voluntate quod eis dimito seu leguo in isto testamento eis adymo, et transfero in fratres minores Tholose, et eis leguo, in ecclesia quorum michi eliguo sepulturam in loco qui heredi meo infrascripto magis decens et ydoneus videretur. — Et do et relinquo, pro salute et redemptione anime mee et parentorum meorum et omnium fidelium deffunctorum mille quinquagenta lib. tur., de quibus do et leguo operi seu fabrice ecclesie Sancti Stephani Tholose X lib. tur.; item operi ecclesie fratrum predicatorum Tholose ubi sepulturam meam elegi L libr. turon.; item conventui ejusdem loci pro aliis necessitatibus suis L lib. tur., modo et conditione superius annotatis; item fratribus minoribus Tholose C lib. tur.; item sororibus minorissis ejusdem loci D sol. tur.; item conventui sororum monalium de Proualho D sol. tur.; item fratribus minoribus de Albia M sol. tur.; item fratribus predicatoribus ejusdem loci D sol. tur.; item fratribus minoribus de Vauro XXV lib. turon.; item fratribus predicatoribus de Castris D sol. tur.; item monasterio Veterismuri M sol. tur.; item fratribus predicatoribus Montisalbani D sol. tur.; item fratribus minoribus ejusdem loci D sol. tur.; idem sororibus minorissis ejusdem loci D sol. tur.; item fratribus predicatoribus de Agenno D sol. tur.; item fratribus minoribus ejusdem loci D sol. tur.; item ad opud fabrice ecclesie Sancte Secilie de Albia M sol. tur.; item conventui monalium de Lespinassa D sol. tur.; item conventui monalium de Salvetate prope Buzetum CC sol. tur.; item monasterio et conventui Fontisebrandi D sol. tur.; item monialibus de Longuavilla prope Galliacum D sol. tur.; item ad opud capelle Sancti Sulplicii infra castrum D sol. tur.; item ad opud ecclesie Sancti Sulplicii extra castrum D sol. tur.; item ad opud pontis Sancti Sulplicii super flumen Agoti M sol. tur.; item ad opud ecclesie Castrinovi Bonafos M sol. tur.; item monasterio Bonecombe M sol tur.; item monasterio Candilii CC sol. tur.; item ad opud ecclesie de Bastida mea de Monteforti X lib. tur.; item ad opud ecclesie de Cueia X libr. tur.; item ad pauperes mulieres terre mee maritandas II milia sol. tur.; item hospitali Castrinovi Bonafos C sol. tur.; item domui leprosorum dicte Bastide mee C sol. tur.; item hopitali Sancti Sulplicii C sol. tur.; item ad opud ecclesie Podiibegonis C sol. tur.; item ad opud ecclesie de Rabistagno et de burgo C sol. tur. — Item do et leguo Aguate uxori mee CCC lib. tur. in redditibus quamdiu vixerit annuatim, et post dicte Aghate decessum ad heredem meum infrascriptum vel ad suos libere revertantur; item lego dicte Agathe MM lib. tur. in peccunia numerata, ad faciendam suam suorumque voluntatem in perpetuum, infra VIII annos per heredem meum persolvendas, videlicet quolibet anno V milia sol. tur. a tempore mei obitus computandos. — Item do et lego Jordano de Curvorivo socio meo totam illam partem quam habeo in mero et mixto inperio castri de Curvorivo et ejus pertinenciis, scilicet medietatem et in aliam medietatem nonam partem et omnes alios redditus et proventus, jura et actiones, que pro predicto castro et pertinentiis habere debeo aliquo jure vel aliqua ratione hic expressa vel non expressa, ad dicti Jordani voluntatem suorumque heredum; necnon etiam omnia jura et actiones que michi conpetunt et conpetere possunt in castro seu pro castro Sancti Leufarii et ejus pertinenciis contra quascumque personas ecclesiasticas seu etiam seculares et mero et mixto inperio. — Item lego Guilhelmo Petri de Saulhano et Bernardo de Malafalgueria, clericis dilectis et familiaribus meis, XL lib. tur. in redditibus in perpetuum, equis portionibus, et successoribus suis pro sua suorumque voluntate inde facienda pro quibus XL lib. tur. volo quod Guill. Petri et Bern. de Malafalgueria et heredes habeant et percipiant perpetuo omnes redditus et proventus, sint blada, vina vel denariorum, clamores et justicias, quiste seu pezate et omnia alia, hic expressa et non expressa, que habeo in villa seu castro de Castaneto et ejus pertinenciis et infra limites seu dex castri seu ville predicte. Item lego dicto Guilhelmo Petri de Saulhano suisque successoribus universis omnes vineas quas habeo apud Rabastenx seu ejus pertinentiis. Item lego Pictavino de Macvinhol totum illud quod habeo apud Lautricum et Lautriguesio pro sua suorumque voluntate perpetua facienda. Volo etiam et jubeo quod Jordanus et Guil. Petri et Bern. de Malafalgueria et Pictavinus predicti possint se ingredi possecionem rerum sibi per me legatarum et ingressam tueri, heredi meo et quolibet alio requisito et etiam inconsulto. — Item volo et mando quod heres meus infrascriptus faciat hospitale prope ecclesiam parrochialem Sancti Sulplicii in decenti loco, et ligna et tegulas hospitalis Sancti Sulplicii quod est in capite pontis Agoti ad construendum dictum hospitale defferri faciat et ibidem unam capellam ad honorem beati Georgii ibidem edifficet, et unum cappellanum ibi constituat sua auctoritate, inconsulto et inrequisito quolibet diocezano et quacumque alia persona ecclesiastica vel etiam seculari, quiquidem cappellanus in redeptione peccatorum meorum et patris et matris mee et omnium fidelium deffunctorum perpetuo teneatur in dicta capella divina officia celebrare. Item do et lego, ad substentationem dicti cappellani et necessaria sua habenda, omnes decimas quas habeo inter flumen Agoti et rivum Saudrone in perpetuum habendas et pacifice possidendas. Item precipio quod si contingeret aliquo casu, jure vel occasione aliqua dictas decimas amiti quod heres meus teneatur eidem cappellano tantumdem assignare in redditibus apud Sanctum Sulplicium quantum valere possent decime supradicte. — Item eguo Sicardus Alamanni predictus, considerans omnia mea negocia a tempore patris mei citra bene et fideliter, laboribus et expensis et sudore nobilis viri dom. Bertrandi, vicecom. Lautricensis, avunculi mei, fore gesta, aucta et sine diminutione conservata, considerans etiam quod divina continetur pagina quod nullum bonum debet remanere irremuneratum, item considerans et attendens quod nullus labor debet esse sine mercede, ideo eguo Sycardus Alamanni dictum Bertrandum avunculum meum instituo michi heredem generalem et universalem omnium bonorum meorum, mobilium et inmobilium, corporalium et incorporalium, ubicumque sint et apparere possint et ad me pertinent seu pertinebunt, seu bona consistant in castris seu villis seu manssis seu hominibus seu juridictionibus castrorum vel villarum vel meris et mixtis imperiis vel pedagiis vel proventibus seu redditibus quibuscumque, seu forestis vel pascuis vel venationibus seu piscationibus vel quibuscumque aliis que ad me pertinent vel in futurum poterunt pertinere. Item constituo et ordino quod si contingeret dictum Bert., avunculum meum, heredem nolle esse ex presenti testamento, quod Deus avertat, vel si ipse heres ex eo esse non posset vel propter deffectum sollepnitatis juris in presenti testamento non servati, forte quia non esset numerus testium vel alia similis observancia non esset observata, vel quod Bertr., avunculus meus, non posset institui, roguo et precipio quod venientes ab intestato, sive sint sorores mee sive sit frater vel alia qualicumque persona vel persone restituat vel restituant dicto Bertrando totam hereditatem meam sine diminutione, semper cupiens, ego Sycardus, quod meus sit heres directo et dominus hereditatis mee potius quam jure obliquo seu per fideicomissum vel alio modo; vel si de recte non posset, saltim roguo et precipio per fideicomissum omnes venientes et michi ab intestato succedentes, quod Deus avertat, quod michi succedant ab intestato, ut dicto Bertrando restituant hereditatem meam sine diminutione. — Item precipio ego Sicardus predictus quod si presens testamentum meum non valeat jure testamenti, quod Deus avertat, valeat jure codicillorum vel donatione causa mortis vel alterius cujuscumque voluntatis qua melius valere possit. Et hoc volo esse ultimum testamentum meum seu ultimam voluntatem, suplicans regie magestati et suis ut hoc presens testamentum meum seu dispositionem ultimam vel etiam voluntatem teneri faciat et inviolabiliter observari. Actum apud Sanctum Sulplicium, VII° ydus marcii, anno Dom. M° CC° LXX° IX°, regnante Phil. rege Francor., Bertrando Tholosano episcopo. Hujus rei sunt testes vocati et specialiter adhibiti et humiliter a dicto Sycardo testatore rogati dom. Sycardus de Brassiaco, prior de Vauro, frater Ademarius, gardianus fratrum minorum de Vauro, Ram. Maurini de Vauro, Guilhelmus Seguerii, domicellus, magister Petrus Amelii de Insula, magister Gus Textoris de Rapistagno, Berengarius de Gatigiis, Bus Isarni, Johannes de Vernho de Figiaco, Andreas Faucilhardi, Lambertus de Mornassio,

Petrus Textoris et Arnaldus Serena notarius Rupiscezarie publicus, pro dom. Rege, et Sancti Sulplicii, pro dicto Sycardo Alamanni, qui cartam istam scripsit et signavit.

Raim. Amiel de Penne fait donation à Bertrand de Lautrec des biens qu'il avait reçus de Sic. Alaman le jeune, 14 mars 1279 (1280).

Raim. Amiel de Penne, chevalier, fait, de bon gré, donation entre-vifs et pour toujours à Bertrand, vicomte de Lautrec, de tous les biens meubles et immeubles lui appartenant dans les diocèses d'Agen, de Cahors, de Toulouse, d'Albi et de Rodez. Ces biens sont les mêmes qui lui ont été donnés par noble Sic. Alaman, damoiseau, maintenant décédé (*nunc defunctum*), et fils de feu Sicard, chevalier, et ils se trouvent tels qu'ils sont énumérés dans l'acte de lad. donation, écrit par Arn. Serène, not. de St-Sulpice (voir p. 21). Raim. Amiel dit faire le présent don à cause des nombreux et agréables services que Bertrand lui a déjà rendus et qu'il espère qu'il lui rendra dans l'avenir. Suivent les clauses ordinaires sur les renonciations légales. « Hanc autem donationem volens ad cautelam fieri cum insinuatione coram vobis magistro Garnerio de Cordua, judice dom. Eusthacii de Bellomarchesio, militis, senescalli Tholose et Albiensis, suplico et requiro per vos, domine judex, confirmari et auctoritatem et decretum vestrum interponi, facta insinuatione coram vobis. Et nos Garnerius de Cordua, dicte donationi, insinuatione prius facta coram nobis, auctoritatem nostram judicialem interponibus et assenssum. Actum prope Bellumvidere prope Insulam, dyocesis Albiensis, die jovis post festum beati Greguorii, videlicet II° ydus marcii, anno Dom. M° CC° LXX° IX°, in presencia et testimonio dom. Ram^i^ de Scuria militis, Deodati de Caslucio domicelli, Stephani de Monasterio filii condam domini Bousson de Monasterio, militis, B^i^ de Vindraco, domicelli, Arnaldi Serena, notarii de Sancto Sulplicio et mei Huguonis de Rupe publici notarii Cordue qui hec scripsi et signavi. »

Abandon fait à Bertr. de Lautrec, par les dames de Medulion, de tous leurs droits sur les domaines de Sic. Alaman, sauf les lieux de Saint-Sulpice, Azas et Lamotte, 3 juin 1280.

Noble Dame Beatrix *de Medullione*, epouse de feu noble Sic. Alaman, chevalier, pour elle et pour leur fille Marguerite, dont elle est tutrice, et de plus noble Agathe de Medulion, veuve de Sic. Alaman, fils et héritier du sgr Sic. Alaman, déjà nommé, font donation et quittance à Bertrand, vic. de Lautrec, et à ses héritiers, de tous les droits qui leur revenaient sur Castelnau de Bonafous, La Bastide de Montfort et le lieu de Lafox, et généralement sur toute la terre qui appartint autrefois à sgr Sic. Alaman, n'exceptant seulement que les châteaux de St-Sulpice, d'Asas et de La Motte, « exepto tamen castro Sancti Sulplicii et de Asso et de Mota et eorum pertinentiis et mero et mixto imperio et omni juridictione sibi in dictis castris retento vel retenta. » Cet abandon est fait par lesd. dames en conséquence d'un acte d'accord, passé entre elles et led. Bertrand ; et en conséquence de la même composition, Béatrix et Agathe donnent aud. vicomte toutes les *actions* qu'elles avaient contre lui ou tout autre, à raison des biens cédés, « sive sint reiales sive mixte sive sint rei persecutorie vel penales seu quecumque judicium (1) officia » ; elles constituent Bertr. comme « procurator in rem suam, ut possit uti suo nomine actionibus utilibus et directis et experiri, » se dépouillent desd. domaines pour en attribuer la possession au même sgr, etc. ; et elles renoncent au droit qui déclare nuls les dons de plus de 500 sous, sans l'insinuation du juge, « et legi Julie de fundo dotali et juri hypothecarum, » et à tout autre droit en leur faveur, s'engageant par serment d'observer à perpétuité tout ce dessus. A St-Sulpice, 3 des nones de juin, Phil. roi et Bertr., éveque de Toul. 1280. Témoins : « frater Raimus de Medullione, frater Bertrandus de Antava de ordine Fratrum

(1) Le lecteur n'a pas besoin de nous pour corriger dans ce passage *reiales* par *reales* et *judicium* par *judicum*.

Predicatorum, dominus Raimus D'Esquina, doctor legum, dom Gus Alamanni, miles, Guido de Montebruno, Gus Dominici de Rabistagno, Rostagnus de Cornilha, Stephanus de Monasterio, filius quondam domini Boussou » et Arn. Serene, not. public de S. Sulpice qui écrit et signe l'acte.

Agnès, épouse d'Arn. de Montaigut, cède à Bertr. de Lautrec, moyennant une rente assignée sur le péage de Lafox, tout ce qu'elle pouvait réclamer sur la succession de Sic. d'Alaman, de Cécile sa sœur, etc.; le contrat est revêtu du sceau de la sénéchaussée et viguerie de Toulouse, à la juridiction duquel Agnès et Arnaud se soumettent expressément. 12 novemb. 1283.

« Domina Agnes, filia dom. Sycardi Alamanni, militis, senioris quondam, uxor nobilis Arnaldi de Monteacuto, militis junioris, filii nobilis Arnaldi de Monteacuto, militis, senioris, ante presenciam discreti viri mag. Stephani Sabaterii, judicis Caturcini, pro rege, constituta, et mei Vitalis Ayscardi, publici Tholose et curie sigilli senescallie et vicarie Tholosane notarii, specialiter missi ad recipiendum istud instrumentum apud Moysiacum per Raimondum Arnaldi, militem, vicarium Tholose, tenentem dictum sigillum, » dame Agnès, disons-nous, agissant du consentement de son mari et de bon gré, fait abandon et donation entre-vifs à son oncle Bertr., vic. de Lautrec, présent et acceptant, de tout ce qui devait lui appartenir à Castelnau de Bonafous, à La Bastide, au château de Rabastens, à Castanet, à Graulhet, à Puybegon, à Lafox, à la Motte, au Port Sainte-Marie, *apud castrum Coria*, *apud Corbarillum*, *apud Sanctum Laufarium*, à Lautrec et *in Lauterguesio*, et dans les limites et dépendances desd. lieux ; elle lui fait aussi abandon, par une clause expresse, du onzième qu'elle avait à Saint-Sulpice et Azas, « undecima pars pro indiviso pertinens ad dictam dominam apud Sanctum Sulplicium et apud As et in pertinenciis, terratoriis et districtibus dictorum locorum, » et d'une manière générale de tous ses droits sur la succession et biens meubles ou immeubles de Sic. et de Beatrix, père et mère de lad. Agnès, et de son frère Sicard le jeune, damoiseau, mort dernièrement (*proximè defunctus*). Enfin dame Agnès cède encore aud. Bertrand tous ses droits sur les biens de sa sœur Cécile, épouse d'Hugues Adhemar, ainsi que tout ce qu'elle pouvait réclamer à un titre quelconque sur les biens du même Bertr. En conséquence elle lui cède toutes les actions qu'elle pouvait faire valoir à ce sujet, l'établissant procureur de sa chose dans lesd. droits et actions, et déclarant qu'elle possède elle-même, *procuratorio nomine dicti Bertrandi*, tout ce qu'elle tient dans les susdits domaines, « et specialiter in dictam undecimam partem pro indiviso de Sancto Sulplicio, de As et de Mota et in omnibus aliis locis, terratoriis et juribus, que Jordanus de Insula, junior, emerat a domina Beatrice, uxore quondam dom. Sycardi Alamanni quondam senioris, et domina Margarita filia dicte Beatricis, et domina Agneta uxore dicti Sycardi Alamanni junioris, » et ce, jusqu'à ce que led. Bertr. soit entré en possession corporelle et actuelle, possession qu'il pourra prendre de sa propre autorité. Tout ce dessus est consenti par lad. Agnès en retour de la somme de 200 liv. tourn. de rente annuelle que led. vic. Bertrand lui assigne sur le péage de Lafox et en retour du quart par indivis de la juridiction haute et basse dud. lieu, des hommes et de leurs serments et hommages, de leurs encours, et en particulier de ceux provenant de l'hérésie, du quart des cens et oblies de Lafos, et en outre de tout ce que le vic. possède *apud Laurinhacum* et *apud Cassanholium* et leurs dépendances. A raison de la concession faite plus haut par lad. Agnès, cette dame renonce aux lois qui permettent de révoquer un don pour cause d'ingratitude, « et juribus dicentibus donationem factam exedentem somam quingentorum aureorum sine insinuatione judicis non valere et omni alii juri canonico et civili et consuetudini terre, privilegio inpetrato vel inpetrando quibus contra predicta venire posset, volens quod hec generalis renunciatio proinde valeat ac si in omnibus casibus legum et decretalium et decretorum expresse renunciasset, et quod (1) si dicta donatio et concessio excede-

(1) Ce mot est superflu.

ret dictam somam quingentorum aureorum, quod in veritate exedit, dicta Agnes de predictis fecit Bertrando tot diminutiones (*corr.* donationes) minutas quod neutra non exedat somam D aureorum. » En outre lad. Agnès et Arnaud, son mari, libèrent led. Bertr. de tout ce qu'ils pouvaient lui demander sur ses biens et sur ceux de feu Sic., frère d'Agnès, à raison des dettes que lui-même ou Sic. étaient tenus de leur payer; et lesd. époux lui promettent de faire en sorte qu'Arn. de Montagut, le vieux, père du susd. Arnaud, approuve et ratifie tout ce dessus, et en outre abandonne à Bertr. toutes ses réclamations de dettes qu'il pouvait faire sur les biens de feu Sic. Alaman. Et pour rendre plus sûre l'exécution de toutes ces conventions, lad. Agnès oblige tout son avoir et en particulier la susd. rente de 200 liv. et autres biens à elle donnés par le présent acte, et prête serment sur les saints évangiles. — « Quibus omnibus ita peractis dictus judex actoritatem interposuit pariter et decretum, volentes predicta Agnes et ejus maritus quod vicarius Tholose tenens dictum sigillum cui (*pour* cujus) juridictioni se subposuerunt possit ipsos compellere ad servandum premissa tanquam de re judicata que in rem transivit judicatam, cimpliciter et de plano, per quemcunque judicem seu judices coram quibus per dict. Bertrandum interpellati fuerint, sine omni obligatione (*pour* oblatione) libelli, litis contestatione et omni juris ordine pretermisso et per captionem et distractionem seu venditionem bonorum suorum et rerum et pro (1) ipsorum ad manum regis in possessionem et ad ponendum garnisionem servientum in domo et in bonis ipsorum ad observationem premissorum. » Fait à Moissac, le vendredi, lendemain de la St Martin d'hiver, Phil. roi, et Bertr. eveque de Toul., 1283. Témoins : sgr Guilhaume de Monestiés, chevalier, *B^us de Garrigia*, bourgeois de Toulouse, maître Eymeric de Saunhac, jurisconsulte, m^e *B^us de Monteauro*, jurisconsulte, sgr Bertrand *de Coisselis*, sgr *B^us Pagani* et Vital *Aischardi*,

(1) Ce mot, qui est peut-être *per*, est suivi des lettres *t* avec abréviation (*t'*), *r* et *c*, paraissant donner ensemble *terre* ou *trire*, dont le sens nous échappe.

not. public qui écrit cette charte. « Et nos dict. Raim. Arnaldi, miles, vicarius Tholose, ad majorem firmitatem premissorum et ad relationem dicti Vit. Aischardi notarii, cui fidem plenissimam adhibemus, dictum sigillum huic presenti instrumento duximus apponendum. »

Actes de la transaction intervenue entre Bertr. de Lautrec et dame Elix, assistée d'Amalric de Lautrec son mari : — I. Réclamations mutuelles des parties et choix d'un arbitre, 1er oct. 1281. — II. Ratification de ce compromis par dame Elix, 3 oct. 1281. — III et IV. Sentence arbitrale, 4 oct. 1281 ; et Procuration de R. Topine, 3 oct. 1281. — V et VI. Approbations de lad. sentence par Amalric et par Bertr. de Lautrec. 4 oct. 1281 ; autre approbation de la même sentence par les parties, et nomination de procureurs par dame Elix, 18 mars 1281 (1282). — VII. Arbitrage complémentaire, 22 mai 1282 (1).

I. — Au nom du Père, etc. Soit connu que des débats se sont élevés entre Bertr., vic. de Lautrec, héritier de Sic. Alaman, damoiseau, fils de Sic. Alaman, chevalier, seigneur de St-Sulpice, d'une part, et noble Amalric, vicomte de Lautrec, pour lui et au nom d'*Hélitz*, sa femme, d'autre. Led. Bertrand assure qu'Amalric et sa femme possèdent injustement, « in villa de Rabastenchis et infra pertinencias dicte ville, quasdam domos et quendam furnum et III vineas et quasdam terras et nemora cita apud Mezenx », ainsi qu'ils sont confrontés dans la demande (*petitio*) dud. Bertrand, lequel prétend que ces biens ont fait partie de l'avoir des susd. Sic. père et fils. Il assure aussi que les mêmes époux détiennent sans droit « in villa seu loco de Sancto Barcio, cito in diocesi Albiensi propè Sanctum Suplicium, inter honorem Castri de Rabastenchis et flumen de Agoto et honorem Sancti Suplicii et honorem castri de Girossenchis, census et taschas, cum suis juribus, que pertinuerunt, ut dicebat idem Bertrandus, ad Sycardum patrem et Sicardum filium ». Il assure que lesd. époux perçoivent indûment « pedagium in loco vocato de Sancto Jorio, qui est in districtu et per-

(1) Nos fac-similés contiennent quelques lignes de ces documents.

tinentiis castri de Rabastenchis, in flumine Tarni vel in dicto castro ratione loci de S. Jorio, et leudam mercati et leudam macelli et medietatem leude platearum ejusdem castri et quartam partem alterius medietatis et medietatem portuum dicti castri qui sunt in dicto flumine, infrà dex et pertinenciis dicti castri, seu mediatatem fructuum vel obventionum pervenientium ex eisdem et medietatem arribagiorum dicti fluminis que dicti condam pater et filius percipiebant in flumine supradicto; item II partes de VII partibus unius sexte partis pedagii terre castri de Rabastenchis, et quartam partem alterius sexte partis; item tertiam partem duodecime partis tocius pedagii et tertiam partem duarum partium remanencium de dicta duodecima parte; item duodecimam partem totius (1); item census, accapita, retroacapita in loco vocato Romegos in petitione dicti Bertrandi confrontato; item census, accapita, retroacapita et dominationes in quibusdam domibus et locis aliis confrontatis in petitione Bertrandi que sunt apud Rabastench. et in tenemento ejus que tenebantur in emphiteosim olim a predictis condam Sicardo patre et Sicardo filio successive; » et il demande que tous ces biens lui soient adjugés comme héritier de Sicard le jeune. En outre led. Bertr. affirme que lesd. époux possèdent injustement « quartam partem pedagii quod olim habebat apud Albiam dictus Sycardus miles, » et de même « omnia bona que fuerunt condam dicti Sicardi, militis, et que idem Sycardus tenebat tempore mortis sue inter flumen Tarni et Agoti », biens qui doivent, dit-il, lui revenir, comme seigneur utile (*jure utilis domini*), en vertu de son titre d'héritier de l'héritier de Sicard, chevalier. Il ajoute qu'Amalric a construit ou fait édifier, sans droit et à son préjudice « domum quandam in fossatis publicis castri seu ville de Brugueria ». Il se plaint des injures qui ont été faites à lui ou à ses gens par lés gens d'Amalric ou par ce seigneur lui-même; et il dit « dict. Amalricum acquisivisse sine laudimio et voluntate sua villam de Castaneto, quam dicebat esse sub dominatione et districtu Castri novi Bonafos, cujus ipse est dominus, et ab eo teneri, et ideo

(1) Notre mss. a pu omettre ici quelques mots.

dict. villam petebat tanquam comissam sibi adjudicari. » — Mais Amalric et sa femme contestent chacun de ces dires, et de plus assurent, à leur tour, que led. Bertr. se disant héritier universel de Sic., damoiseau, leur céda, par transaction, tous les meubles et immeubles que les 2 Sicard, père et fils, et lui-même, comme héritier du second, avaient dans le château ou ville de Rabastens et ses dépendances ; ils ajoutent qu'il fut alors convenu que si le produit de ces biens n'atteignait pas annuellement 300 liv. tourn. noirs, Bertr. devait leur compléter cette somme, et comme lesd. revenus de Rabastens sont restés à 80 liv. tourn. en dessous desd. 300 liv., Bertr. est tenu, par suite, de leur assigner ces 80 liv. annuelles sur les biens ayant juridiction qui lui appartiennent. Lesd. époux prétendent que Sicard leur avait promis 24,000 sous tourn. qui étaient dus à lad. Hélitz, d'après le testament de Sic. père, et que son fils Sicard s'était obligé à leur payer dans le cas où Amalric et sa femme ne pourraient exiger cette somme de Briand *de Montelits* ou des biens qui furent d'Ademar de Monteils, fils de feu Lambert de Monteils, ou des biens de ce dernier. Or, attendu que lesd. époux n'ont pu se faire payer par led. Briand ou tout autre, ils demandent que Bertr. soit condamné, comme héritier de Sic., à leur livrer les 24,000 s. Amalric et sa femme prétendent encore que Bertrand leur doit 100 marcs d'argent, cette somme représentant la peine qu'il a encourue à cause d'un arbitrage prononcé entre les 2 parties par Bern. Molinier. Le même Amalric prétend que led. Bertr. doit à sa femme Helitz 5,000 sous par an, attendu que Bertr. avait promis auxd. époux qu'il prendrait soin que led. Sicard ne fît d'autre testament que celui dans lequel il avait légué lad. somme en revenu annuel à Helitz, et malgré cela Sic. avait testé de nouveau sans conserver ce legs en faveur de sadite sœur. Amalric assure également que son adversaire était obligé envers sa femme pour 15,000 sous tourn. moins 15 liv. tourn., par suite de cert. sentence arbitrale rendue entre lad. Helitz et Sicard fils, par Henri, comte de Rodez. Il prétend qu'il est dû à sa femme 1/6 de la moitié de l'héritage de feu seigneur Sic. Alaman, « jure et ratione legitime portionis debite domine Cecilie, in cujus jure et loco est dicta Helitz, ut soror et proximior sibi succedens ab intestato; item terciam partem quarte partis alterius medietatis remota quarta parte alterius medietatis, juxta ordinationem et substitutionem testamenti dom. quondam Sycardi Alamanni. » Il dit que Bertrand doit à Helitz les 3,000 marcs que Sicard avait à payer, à titre de peine, pour n'avoir pas observé la susd. sentence prononcée par le comte de Rodez. Enfin il réclame une amende ou réparation convenable pour toutes les injures que lui et ses gens avaient reçues de la part de Bertr. et des siens.

Pour régler tous ces différends, les parties choisissent « nobilem virum dom. Amalrricum de Narbona filium condam dom. Amalrrici, vicecomitis Narbone, tanquam arbitrum, arbitratorem et amicabilem compositorem; » ils lui donnent « plenam potestatem cognoscendi et diffiniendi per se vel per alium, stando vel sedendo, scriptis vel sine scriptis, diebus feriatis vel non feriatis, partibus presentibus vel per contumaciam absentibus, questiones supradictas simul et separatim et ubicumque sue placuerit voluntati, promitentes quod obedient ordinationibus factis per dict. Amalrricum, et convenerunt quod non reclamabunt ad arbitrium boni viri, ymo potiùs jus si quos (*cor.* quod) eis competeret in futurum reclamandi ad arbitrium boni viri contra quemcumque processum, laudum vel dictum dicti Amalrrici illud remiserunt. » Si la sentence arbitrale qui sera rendue présente quelque doute ou ambiguïté, Amalrric aura le pouvoir de l'interpréter d'ici à un an, *hinc ad annum.* Les contractants devront se présenter aux lieux et aux dates que l'arbitre indiquera, et ils fourniront les gages qu'il fixera à sa guise. Le présent compromis est valable pour un an (*usque ad annum*), et les parties s'engagent par serment à s'y soumettre, de même qu'à la sentence qui le suivra, sous peine de 1,000 marcs d'argent. Elles veulent que la décision de l'arbitre ait force de chose jugée et soit exécutoire, et renoncent à tout dr. civil et canonique pouvant s'opposer aux dispositions ci-dessus, et entre autres « juri dicenti compromissum cum religione sacramenti factum fieri non debere. » Enfin elles veulent que led. Amalrric puisse même prononcer sur des points qui ne seraient pas relatés dans ce compromis, et permettent que le présent acte soit rédigé « ad noticiam dom. Bermondi de Monteferrario et cujuslibet alterius sapientis. » Albi, dans la maison de Raim. *Bauderii*, 1281, mercredi après la St-Michel de sept. Témoins : sgr Raim. *de Scuria*, sgr Vesian son fils, sgr Bern. Berenguier, de Villelongue, du dioc. de Rodez, sgr Pierre Raim. *de Virtutibus*, chevaliers, sgr « Bermondus de Monteferrario legum professor, magister P. Gravas, » Raim. *Bauderii*, Guill. Baudier, son fils, d'Albi, Arnaud de Narbonne, damoiseau, Pierre Engilbert et Raim. de Castelnau, damoiseaux, maître G. *Pagani*, *jurisperitus de Rabastenchis*, et moi Raim. *Calverie* « notarius publicus Carcassonne regis et etiam curie Regalismontis, Albie et Albigesii ipsius regis, » qui ai écrit cet acte et l'ai signé, Philippe étant roi de France.

II. — Après quoi, l'an susdit, vendredi après la St-Michel de sept., dame Helitz, en présence dud. arbitre, et du vic. Bertr. et de son mari Amalric, confirme « omnia et singula supra scripta sibi vulgariter exposita », et tous les engagements qui y sont pris en son nom par led. Amalric. Albi, dans la maison de R. Baudier, en présence de R. de Lescure, Doat Alaman, P. Raim. de Vertus, Gaillard *Saisseti*, chevaliers; Bermond de Montferrier, professeur de lois, Raim. Alaman, damoiseau, Sicard Alaman, damoiseau, de Durfort, sgr Berenguier *de Montejovis archidiaconus majoris ecclesie Sancte Cecilie Albie*, Me G. *Pagani*, jurisconsulte de Rabastens, Me Pierre Pradier, *not. Albigesii regis*; R. Baudier d'Albi et de moi susdit not. R. *Calverie*.

III et IV. — L'an 1281, le samedi après la fête de St Michel, ledit arbitre procède, comme suit, au règlement des susdits désaccords, en présence d'Amalric et de sa femme, et de Raim. Topine, procureur de Bertrand : — Au nom du Père, du Fils, etc. Nous arbitre désirant mettre fin aux controverses et à la haine des parties, en vertu du pouvoir qu'elles nous ont donné par compromis, prononçons et décidons que lesd. époux délaisseront à Bertr. tous leurs immeubles et toutes leurs actions personnelles, réelles, pénales (*penales*), persécutoires (*persecutorias*), mixtes et autres qu'ils avaient à raison de l'héritage de Sic. Alaman, chevalier, et de son fils Sic., décédés, et qui leur appartenaient par suite d'un acte d'accord passé entre eux, à Albi, et retenu par Hug. Raoul, not. de cette ville, aux ides de mars 1279; nous exceptons ici toutefois le château de Puybegon qui sera l'objet d'une décision ultérieure. Nous ordonnons qu'Amalric de Lautrec pour lui ou pour sa femme cédera et transférera à Bertr. tous les biens et droits qu'il a dans le village ou château de Castanet, et « quasdam vineas, quas cum dicto castro de Castaneto emit, que sunt in pertinenciis castri de Rabastenchis. » Par compensation nous décidons que Bertr. assignera auxd. époux dans sa propre terre, autre que celle qui lui vient de la succession de Sic. Alaman, et sur des lieux que nous désignerons, un revenu de 200 liv. tourn. avec droit de propriété et entière juridiction. De plus, et en compensation du lieu de Castanet, ci-dessus cédé, Bertr. remettra à Amalric une dette de 1380 liv. que celui-ci avait à payer au premier. — Suit la procuration de R. Topine, par laquelle Bertr. de Lautrec l'institue son vrai procureur dans tous les procès et controverses qu'il a avec lesd. Amalric et Helitz, soit devant juges ordinaires ou délégués, soit devant arbitres; il l'autorise à poursuivre la sentence, à faire appel s'il est nécessaire, à agir, en un mot, comme le doit tout légitime procureur, et comme Bertr. le ferait lui-même s'il était présent; il s'engage enfin à approuver tout ce que led. Topine aura fait, de le relever « ab omne honere satisdandi, » et promet au not. qui reçoit l'acte, et stipule pour toute personne intéressée, « judicatum solvi cum omnibus suis clausulis, » obligeant à cet effet tous ses biens « fidejussorio nomine et etiam principali, sub omni renunciatione et cautela. » Castelnau de Bonafous, 5 des nones d'oct. 1281; témoins, Me Vincens de Rabastens, Me Bern. Gaillard curé, Sycard Alaman, seigneur de Durfort, Raim. de Castelnau, damoiseau, et Jean de La Calm, not. public de Castelnau qui écrit et signe l'acte. — Et tout aussitôt led. Topine a homologué et confirmé, an nom de Bertr., lad. sentence arbitrale, qui est datée d'Albi, dans la maison de R. Baudier, et en présence de sgr Berm. de Montferrier, professeur de lois, sgr Raim. de Lescure, sgrs Raim. Vassal et Pierre Vassal, frères, seigneurs Vezian de Lescure, Pierre Raim. de Vertus, Doat Alaman, Raim. Bern. de Lescure, chevaliers, Arnaud de Narbonne, *Fredulus* de Lautrec, Amblard Pelapoul, Raim. Alaman de Durfort, Raim. de Castelnau, Pictavin *Matvinhol*, damoiseaux, maîtres G. *Pagani*, Jean *de Curte*, Arn. *Aurelli*, jurisconsultes (*jurisperiti*), Raim. Baudier, Roger de St Martin et de moi Raim. Calvière not. public susdit qui ai rédigé et signé l'acte, Phil. étant roi.

V et VI. — Peu après, le même an, led. jour, et dans lad. maison, Amalric approuve l'arbitrage ci-dessus en présence de : sgrs Raim. de Lescure, Vezian de Lesc., son fils, Pierre et Raim. Vassal, Raim. Bern. de Lescure, Doat Alaman, chevaliers, sgr Berm. de Montferrier, profes. de lois, Me Arn. Aurel jurisc., Amblard *Pelapulli*, Raim. Alaman, damoiseaux, Raim. *De Ville*, de Lautrec, Berenguier *Fabri*, de Marssac, et de moi R. Calvière not. — Encore le même jour le susd. arbitre se rend à Castelnau de Bonafous, et là, par devant lui, Bertr. donne également son approbation à la susd. sentence; témoins : Berm. de Montferrier, profess. de lois, Raim. Du Puy, dud. château, Doat Alaman, chevalier, Bertr. Du Puy, Raim. de Castelnau, Fredul de Lautrec, Raim. Alaman de Durfort, Bertr. fils de B. Amblard, Baudoyn de Lisle, damoiseaux, sgr Pierre de L'Isle, chanoine de St Antonin, Raim. *Jaureti*, Isarn *de Curte*, Jacques Jourdain clerc, Amblard Roger, Raim. Topine et R. Calviere, not., qui écrit l'acte.

L'an susdit et le mercredi avant les Rameaux, le vic. Bertr., d'une part, et lesd. époux, de l'autre, comparaissent devant l'arbitre Amalric de Narbonne, dans le lieu de La Bruguière, diocèse de Toulouse, et là lad. Helitz, du consentement de son mari, confirme et ratifie la décision rendue ci-dessus ; et, sans renoncer aux peines que chacune d'elles prétend que l'autre a encourues pour n'avoir pas observé led. arbitrage, les 2 parties jurent de s'y soumettre intégralement et sans fraude. « Acta fuerunt hec apud Bruguieriam, in presencia et testimonio nobilium virorum Decani d'Uzest, dom Raim. de Scuria, domini Stephani de Darderiis, dom. Ram. Vassalli,

Petri Raim. de Virtutibus, dom. Amblardi Pelapulli de Mausans, dom. Guidonis Siguerii, militum, Sicardi, vicecomitis Lautricensis, domini Raim. Leuterii, legum professoris, magistrorum Bertrandi de Ferreriis, Guilhelmi de Nogareto, jurisperitorum, Petri Gravas, jurisperiti de Albia, Petri Amati, notarii curie Carcassone dom. regis, Freduli de Lautrico, Raim. Alamanni, domicellorum, et mei Raim. Calverie, not. publici qui rogatus hec scripsi et in formam publicam redegi et signo meo signavi, Philippo rege Francor. regnante. » — Ensuite, le même jour, Amalric, arbitre, ordonne à lad. Helitz de ratifier et homologuer les décisions rendues par lui, après en avoir reçu notification par le notaire soussigné, et en conséquence lad. dame promet d'exécuter led. jugement arbitral. — Et tout aussitôt lad. Helitz constitue pour ses procureurs « apud acta et in presenti negocio quociens ipsam abesse contigerit et donec ipsos duxerit revocandos, » son mari Amalric et sgr *Escotus Caudieira*, chevaliers, « quilibet eorum in solidum ita quod non sit melior condicio occupantis; » elle les charge de comparaître et procéder devant led. arbitre, d'approuver tout ce que celui-ci décidera sur le règlement des susd. débats, etc. Fait à La Bruguière, en présence de nobles *Decanus d'Uzest*, R. de Lescure, *Marretus de Brugueria*, Amblard *Pelipulli*, *de Maussans*, chevaliers, de sgr Raim. Leutier, professeur de lois, Me Pierre Amat not. de la cour royale de Carcassonne, de maîtres Bertrand de Ferrières, *Gus de Nogareto*, jurisconsultes, G. *de Lanico* de Carcass. et de moi Raim. Calviere, not. public susdit qui ai rédigé et signé le présent acte.

VII. — Enfin, le vendredi après la Pentecôte, 1282, à Béziers, et par devant Amalric arbitre comparaissent, d'une part, Bertr. de Lautrec, et, de l'autre, son frère Amalric de Lautrec, agissant en son nom, et Escot *Cauderia*, procureur d'Hélitz, femme dud. Amalric, tous convoqués par led. arbitre pour entendre régler les points suivants. Amalric de Narbonne décide qu'à raison des 200 liv. de rente que Bertr. est tenu d'assigner en toute propriété et juridiction, au vicomte Amalric et à sa femme Helitz, le premier cédera aux seconds « omnem omnino jus et juridictionem quamcumque, videlicet merum et mixtum imperium et cinplicem juridictionem et omne omnino jus inperandi et etiam choercendi et omnes redditus et obventiones, proprietates, laudimia, foriscapia, dominaciones et dominicaturas, feuda et retrofeuda, homines et mulieres, et venationes et piscationes, silvas et nemora, terras cultas et incultas, predia rustica et urbana et generaliter omne omnino jus quodcumque habet idem Bertr. in castro seu villa de Brugueria, dyoces. Tholosane et ejus tenemento ; » et de plus led. Bertr. devra faire en sorte que « octo lib. II sol VIII den. malgor. quas percipit in villa de Brugueria dom. Helitz soror vicecomitum predictorum seu alium quemcumque redditum percipiat, et XVI lib. XIII sol. IIII den. malgor. annui redditus quas percipit dom. Vaqueria uxor dom. Jordani de Insula militis in dicto castro seu villa de Brugueria, qui quidem redditus eidem Helitz et dicte Vaquerie a Bertrando fuerant assignati, a modo non percipiant in castro seu villa de Brugueria, set quod dictum castrum seu villa sit totaliter a dicta protestatione (*corr.* prestatione) redditus liberum et inmune, et, si forte redditus seu obventiones quos seu quas percipit Bertrandus in castro seu villa de Brugueria distraxerit seu vindiderit ad aliquod tempud, idem Bertr[s] faciat et procurare teneatur quod emptores nichil possint petere occasione dicte emptionis in redditibus ante dictis. » Led. arbitre décide de plus que Bertr. cédera et transférera intégralement « dimidiam partem illius sexte partis juridictionis quam habet in castro de Lautrico et in toto Lautriguesio; item quod alia sola dimidia pars dicte sexte partis quam habet Bertrandus, eidem Bertrando et suis remaneat integra et illesa, alia dimidia parte dicte sexte partis in Amalrricum vicec. et ejus uxorem translata totaliter et transporta. » Bertr. cédera auxd. époux, « de frumento quod percipere consuevit ratione pazagii et bladate quod et quam habet apud Lautricum et Lautriguesium, ducenta sexaginta sextaria annua ; item trecenta sextaria avene cumulata seu comols annua ; item XXXV sext. siliginis rasa annua ; item XVIII lib. annuas quas habere consuevit idem dom. Bertrandus in castro de Lautrico et Lautriguesio, ratione pazagii vel alia ratione. Que siquidem omnia et singula supradicta dom. Amalrrico et ejus uxori seu Escoto ejusdem procuratori, in presenti declaratione adjudicata, pro assignatione dictarum CC lib. dom. Bertrandus faciat et procurare teneatur habere dicto Amalrrico et uxori, toto residuo quod Bertrandus habet in castro de Lautrico et Lautriguesio eidem Bertrando et suis salvo et integro remanente. » Led. arbitre veut encore par sa déclaration que Bertr. tienne quitte son frère Amalric « ab obligatione mille quingentarum librarum qua obligatus est Amalrricus Petro de Fontanis tezaurario senescallie Tholosane dom. regis, et in quibus se obligavit dicto thezaurario mandato Bertrandi. » Il se réserve le pouvoir (*infra tempud nobis in compromisso concessum*) de vider toute question qui surgirait encore entre les parties et en particulier le débat que « Bertrandus movere intendit Amalrrico vicecomiti occasione successionis dom. Biatricis quondam sororis eorumdem ejusdem que uxoris Sicardi Alamanni quondam. » D'autre part led. arbitre condamne Amalric et sa femme à céder à Bertr. tous les droits qui leur compétaient « in toto affario castri Podii Begonis et pertinentiis ejusdem. » Il décide (*pronunciamus et diffiniendo animo promulgamus*) que led. Bertr. exécutera les décisions portées ci-dessus après la quinzaine de la prochaine fête de St Jean Baptiste et ce dans les 8 jours qui suivront la réquisition que lui en feront Amalric et sa femme; et il veut que ces derniers remplissent de la même manière ce qui a été décidé à leur égard : « a quindenna festi beati Johannis Baptiste in antea, ad requisitionem Bertrandi, infra VIII dies. » Enfin il enjoint aux parties d'approuver la présente sentence immédiatement et avant de se retirer, et de s'engager à ne pas venir à l'encontre. Et aussitôt lesd. Bertr. et Amalric, frères, et led. *Estotus Caudieira*, procureur d'Helitz, confirment et ratifient tout ce qui a été prononcé par led. arbitre ou amiable compositeur. Fait à Beziers, dans la maison de Guitard Ermengaud; témoins R. de Lescure, G. *de Villis passantibus*, chevaliers, Bereng. *de Savinihaco*, damoiseau, Guitard Ermengaud, jurisconsulte de Beziers, J. de Portal de Narbonne, Berm. de Montferrier, professeur de lois, Me G. *Pagani* de Rabastens, jurisc., Pons Guill. damoiseau *de Ovelario*, sgr Sic.

de Brassiaco, prieur de Lavaur, R. de Castelnau, damoiseau, R. Hugues d'Albi et moi Raim. Calviere not. public de Carcassonne, de toute la sénéchaussée de Carc. et Beziers, et de la cour royale de Realmont et d'Albigeois, qui ai assisté à tout ce dessus, et ai rédigé l'acte et l'ai signé. Phil., roi. « Et in quadragesima tercia linea, a principio computandi, rasi in hac dictione, scilicet singula; et in octuagesima quarta linea supra scripsi hanc dictionem, scilicet meo, et in centesimo tricesima secunda, a principio computanda, cancellavi hanc dictionem scilicet Amalrrico, etc. »

Quittance d'Elix, femme d'Amalric de Lautrec, en faveur de Sic. Alaman, frère de lad. dame, 24 février 1278 (1279).

Helitz, épouse de noble sgr Amalric, vicomte de Lautrec, du consentement de son mari, abandonne à Sic. Alaman, damoiseau, son frère, tous ses droits et actions sur l'hérédité de feu Sic. Alaman, chevalier, leur père commun, soit à raison de legs ou de légitime, soit à cause de dame Philippa, mère décédée de lad. de *Elitz*. En même temps, celle-ci approuve l'arbitrage (*dictum seu laudum*) prononcé par sgr Henri, comte de Rodez, tel qu'il est contenu dans l'acte qui en a été dressé par Raim. de Gracia, not. de Toulouse. Fait *apud Sanctum Gaudencium*, 6 des calend. de mars 1278. Témoins sgr Gui de Lautrec, chevalier, frère Adhémar, gardien des frères mineurs de Lavaur, sgr Pierre, chapelain (curé) de St. Gauzens, Guill.-Pierre de Brens, Guill.-Pierre *de Saulhano*, damoiseau, Me Guill. *Pagani* et Me Adem. de St. Denis, jurisconsultes, Raim. Carrière, not. de Puybegon et Arn. Serène, not. de S. Sulpice et de Roqueserière qui écrit et signe.

Donation par Bertr. de Lautrec à Agnès, femme d'Arn. de Montaigut, d'une rente de 200 liv. sur le péage de Lafox, du quart de la juridiction et des censives de ce lieu, etc. Le juge de Quercy, après avoir reçu l'insinuation de l'acte, le confirme par son décret, et le donateur se soumet à sa juridiction, 12 nov. 1283.

Sachent tous qu'après cette absolution ou quittance générale

Accord entre le Roi et Sicard Alaman fils, 1279.

[Com]positio facta inter dnum comitem ... Albien et dnum de ...ippe, sup limitationibus, bannis apud pontem Albie et castrum ... nasos et confirmatio .....

In noie Sce et individue Trinitatis Amen. Ph[ilippus] Dei gra Francorum Rex . Notum facimus .... sup macello portu aque cum leuda et aliis juribus sup operibus artificibus castri de Rabastenquis que omnia dns Sicardus clare memorie Alfonso patruo nro quonda[m] Comite Pict[avie] et Thol[ose] existente in partibus transmarinis dicebat indebite occupasse. Item sup villa de . As . cum suis ptin[entiis] que dicebat venisse in comissum . Comiti Raymundo Thol. p[ro] murtro comisso p[er] Bnardum Raymundi Baran hom[inem] quem Thol in Stephano de Bornetto ad quem medietas dco

Testament de Sicard Alaman fils. 1280.

In noie Pat et individue Trinitatis Patris et Filii et Sps Sci. Amen. Cum nichil sit q[uod] magis hoibus debeat q[uam] q[uod] supreme voluntatis liber sit stilus et liberum q[uod] iterum non redit arbitrium et nil certius morte et incertius hora mortis ...

... et in primis corpus et animam meam comendo Dno nro Jhu Xpo et gloriosissime Mar[ie] ejus et angelis et archangelis paradisi sibi et omnibus ... opi fabrice eccle Bte Cecilie de Albia M sol tur. It cuicumque monialium del Espinassa C sol tur. It cuicumque monialium de Salvetate de Buzeto C sol tur. It mon[ialibus] et cuicumque fratris Ebrardi C sol tur. It monialibus de Longua villa de Galhaco C sol tur. It ad opus capelle Sti Sulpicii infra castrum C sol tur. It ad opus eccle Sti Sulpicii extra castrum C sol tur. It ad opus Sti Sulpicii sup flumine Agoti M sol tur. ...

Accord entre Bertrand et Amalric de Lautrec. 1281-1282.

sibi adjudicari dicto dno Amalrico inficiente p[re]dicta et ...
perfecte modo qui sequitur infra scripto, sed hec in nomine Dei Patris et Fi...
... primo partes ... dicimus et precipimus et sub pena ...
signo meo signavi Pho Rege Francorum regnante
Et postea anno dni M CC LXXX II die ... post festum Pentecostes convenit
... perveniat in dicto castro seu villa de Brugueria ... XVI libr
XIII sol IIII den malg. annui redditus quas recipit dna vaquena
uxor dni Jordani de Insula milite ...
apud Lautricum et Lautrequesium [illegible] ... It ducenta sexaginta sext annone
It trecenta sext avene cumulata seu comolo annua. It XXXV sext
siliginis rasa annua .... ratione pezagii ...

que lui a consentie Agnès, femme d'Arn. de Montagut le jeune, chevalier, au sujet de l'héritage de son père Sic. Alaman, chevalier, et telle quelle est contenue dans l'acte dressé par Vit. *Sicardi* (1), not. de la cour du sceau de la sénéchaussée et viguerie de Toulouse, Bertrand, vic. de Lautrec, non forcé « nec ulla calliditate circumventus, » constitué par devant discret homme Etienne Sabatier, juge royal de Quercy (*Caturcensis*), a cédé à lad. Agnès, par donation entre-vifs et en retour de la quittance déjà citée, « ducentas libras turonensium nigrorum renduales percipiendas in perpetuum quolibet anno in pedagio castri de La Fotz et ejus pertinentiis. » En conséquence, lad. dame lèvera annuellement à partir de chaque fête de St. Jean-Baptiste, la moitié dud. péage, jusqu'au moment de l'année où les sommes qu'elle aura perçues atteindront 200 liv. ; si le revenu de cette moitié ne pouvait fournir cette somme, elle aura la faculté de lever l'entier péage, et si celui-ci était encore insuffisant Agnès pourra alors prendre le complément sur les autres revenus du château. « Item dedit Bertrandus dicte domine quartam partem jurisdictionis alte et basse dicti castri de La Foz et pertinentiarum ejusdem, et quorumcumque incurssuum provenientium in dicto castro et pertinentiis suis tam ex crimine heresis quam aliis criminibus quibuscumque ; item, quartam partem omnium censsuum et obliarum rendualium que eidem Bertrando debent quolibet anno in castro de La Foz et pertinenciis. Voluit et concessit idem Bertrandus dicte Agneti quod ipsa et heredes sui possint edificare et construere domum vel domos et castrum et fortalicium, ubicumque maluerint et elegerint in dicto loco de La Foz et pertinenciis ejus, exepta mota ubi est turris de La Fos et clausura dicte mote, que mota circuitur fluminibus Garone et Ceone. Item dedit Bertrandus domine Agneti, ex modo et ex causis quibus supra, omne jus et quidquid habet apud Cassanolh et apud Launhacum, dyocesis Agennensis, et pertinencias dictorum castrorum seu locorum, sive sint domos, censsus, accapita, dominationes, fidelitates, homagia, queste,

(1) Corrig. *Ayscardi* ou *Aischardi*, d'après p. 31 et 33.

feoda, retrofeoda, terre culte et inculte, orti, vinee molendina seu molendinaria, prata, nemora, pascua, manssi sive reparia et fenolatia et omnia jura ad predicta competentia. » Agnès pourra prendre possession de tous ces biens quand elle voudra, sans recourir au juge et en présence ou en l'absence de Bertrand, lequel, dès maintenant, et jusqu'à cette prise de possession corporelle *vel quasi*, reconnaît être détenteur à titre de précaire (*precario*). Led. vic. promet, d'ailleurs, de servir de garant contre tous réclamants et contre tous créanciers « qui in predictis haberent aliquas obligationes seu ypothecas tacitas vel expressas » et s'il arrivait qu'il surgît quelque procès ou controverse, etc. (même clause qu'à la p. 9). Enfin, Bertr. renonce aux droits qui disent que la donation doit être révoquée pour ingratitude, « item et illis que dicunt donationem usque ad legitimum modum revocari debere, item et illis que dicunt donationes infirmari si modus vel causa (1)... facte fuerint defficiat, item illis propter pactus turpitudinem et propter dantis cuceritatem (2) et propter sucipientium fraudem et propter cause deffectum et propter dantis inpotentis inpotentiam posse infirmari, etc., » et il veut que, si la donation excède 500 sous ou *aureos*, lad dame possède cet excédant par une autre donation entre-vifs qu'il déclare faire en sa faveur, et si, après cette nouvelle cession, il y avait encore un reste au-dessus desd. 500 s., il le cède par une 3e donation, et ainsi de suite, il fait une 4e, 5e et 6e donation, afin que chacune séparément reste inférieure à la susd. somme de 500 s. Pour l'observation de tout ce dessus led. vic. concède qu'il pourra être contraint par le sénéchal ou par le juge ordinaire de

(1) Le mss. a laissé ici un petit blanc que nous proposons de remplir par les mots *pro quibus*. Les conventions qui étaient faites sans énoncer les motifs restaient en effet sans valeur (Voir au Dig., entre autres, liv. 2, tit. 14, fr. 7, § 4). Ferrière, en renvoyant à l'un de ces passages (*Dict. de dr. et de prat.* vis *cause*, et *obligation causée*), ajoute que ces conventions devenaient alors assimilables à celles qui avaient lieu *ob turpem vel injustam causam*, et qui vont être prévues dans l'article suivant de notre acte.

(2) Il y a *cuceritatem*, mais le sens montre assez qu'il faut lire *sinceritatem*.

Quercy, « sine oblatione libelli et strepitu judicium (1), » et il déclare sous serment qu'il n'a pas fait d'autre donation des mêmes biens en dehors de la présente. — Après quoi, le susdit juge Etienne, par devant qui est insinué le contrat ci-dessus, interpose sur la requête des parties son autorité et son décret pour toutes ces conventions, et cela avec la solennité usitée en pareil cas et selon les formes du droit. Fait à Moissac, le vendredi après la St. Martin d'hiver, 1283 ; en présence de sgr Guill. de Monestiès, Gaillard de La Roque, Bertrand *de Croicelh*, Arn. Pagan, *Bosonis de Boissa*, chevaliers, maîtres Bernard *de Monte Auro* et Eimeric *de Saunhaco*, jurisconsultes, Olric de Prinhac, bourgeois de Toulouse, Bern. *de Lagari*, de Toulouse, et Vital. Aycard, notaire de Toul., et de moi, Grimaud *de Caretone*, not. de la judicature royale de Quercy, qui, à la requête des parties, ai mis les choses ci-dessus en forme publique et apposé ici ma signature.

Quittance de l'épouse d'Elie d'Agrefeuil en faveur de Sic. Alaman, 29 avril 1253.

Notum sit que na Maria de La Casanha, molher d'en Helias de Grefolh, per son bon grat reconoc e autreget quel nobles bar en Sicartz Alaman l'a (2) redutz e pagatz be entegrament, en aver comtat, aquels V M^a sol. d'arnaud. que ela avia els bes e sobrels bes del meis Helias de Grefolh, so marit, per la ypotheca de son dot e per qualque dregz o per qualque razo los i agues o aver los i degues se n'es (3) teguda per be pagada, e n'a renon-

(1) Du Cange n'a que *strepitus judicialis* et *strepitus judicii*, et nous pensons qu'on doit corriger notre acte par cette seconde expression. Il ne nous paraît pas probable que l'on doive admettre la correction *judicum*, et cela bien que l'on cite, d'autre part, le *strepitus advocatorum*, comme une expression employée fréquemment dans des cas analogues.

(2) Pour *li a* (en français *lui a*).

(3) Si on ne trouvait un peu plus loin, dans la même phrase, *e n'a* (pour

ciat ad excepcio de no comtat e de no pagat aver, e a quitatz e assoutz per si e per totz los seus per totz temps, meissa na Maria, lo predig en Sicart el predig n Helias de Grefolh marit de la meissa na Maria e totz los bes del meis Helias de Grefolh dels predichz V melia sols e de tot quant per ocaio dels meis V Mª sol. ni per razo de dot ni per negu obligament de dot o d'als e per alcu dreg o per alcuna razo o en alcuna manieira, taziblament o expressament, podia demandar ni requerre als predichz en Sicart, ni als predigz n Helias de Grefolh ni a sos bes. E, tocatz corporalment los sants avangelis, per son bon grat juret la meissa na Maria que no vemra en contra per si ni per autrui e negu loc ni e negun temps per negu dreg ni per neguna razo ni per neguna manieira. Aisso fo fag II dias al issit d'abril. Testimonis : P. de Lobaressas, Vidal del Mas, Gaubert Jornal, Gaubert Mateu, B.... (1) del Ma, prestre, P. Clerc et magistro Helia, communi notario Agenni, qui hanc cartam scripsit. Anno ab incarnatione Dom. MºCCºLIIIº, Alphonso Tholosano comite, Guilhelmo Agennensi episcopo.

Vente faite par Bertrand de Lautrec à l'évêque d'Albi de droits seigneuriaux établis à Albi ou dans le territoire de la ville, à la gauche du Tarn, 18 févr. 1282 (1283).

Au nom du Seigneur, l'an 1282, 12 des calendes de mars, soit patent que Bertr., vic. de Lautrec, a vendu à révérend père B., évêque d'Albi « omnes redditus, obventiones, feuda, proprietates, leudas, pesagia, » et autres droits lui appartenant dans la ville d'Albi (*civitas Albie*) et dans ses appartenances, si-

et ne a), on pourrait encore écrire peut-être : *s'en es* ou même *sen es* (pour *se en es* ou *se ne es*).

(1) Le mss. porte *Berma*, avec une abréviation formée d'un trait horizontal supérieur, affectant les lettres *er* ou peut-être le *B* initial.

tuées *in Tarno*, et au delà du côté de Cordes (suivent les confronts desd. appartenances, tels qu'ils sont publiés dans l'*Hist. de l'anc. cath. d'Albi*, par M. d'Auriac, p. 229, et dans les *Etud. hist.* de M. Compayré, p. 232) : tout le terroir de lad. cité d'Albi, sis au delà du Tarn, devant rester dans la juridiction et le district de lad. ville. Cette vente est faite pour 3,000 liv. de tour. de monnaie noire (billon), avec cette réserve, entre les contractants, « quod super moderatione precii stabunt ordinationi et voluntati abbatis Moysiaci vel Eusthacii de Bellomarchesio, senescalli Tholose, ita silicet quod si alteri eorum, re subjecta oculis, videatur juxta valorem predictorum augendum precium vel diminuendum, possint diminuere vel augere, et idem episcopus secundum quantitatem auctam vel diminutam precium solvere eidem Bertrando teneatur; et in estimatione reddituum predictorum extimabuntur XII den. censuales ad XXX solidos, sextarium frumenti censsuale ad menssuram Albie cum acapitibus et dominationibus ad X lib. tur. et illus (*corr.* illud) quod est sine dominationibus adcentum sol. turon., feuda vero et alie proprietates et si que alia ibi fuerint invente dictus Bertrandus (1) de predictis venditis extimabuntur arbitratu dictorum abbatis vel senescalli. Et dicta tria milia lib. sub predictis pactis, facta extimatione et moderatione, augendi vel diminuendi precii arbitratu supradicto subsecuto, solvere promisit episcopus eidem Bertrando, se et bona episcopatus specialiter obligando eidem. » De plus, il est convenu que si l'exécution des accords ci-dessus ne satisfaisait pas l'évêque, celui-ci pourrait résilier le présent contrat; mais, dans ce cas, il devra fournir à Bertr. des lettres scellées du sceau royal de la viguerie et sénéchaussée de Toulouse, portant qu'il a rompu led. contrat et qu'il ne troublera pas ce seigneur dans la jouissance desdits biens. « Actum Parisius in palacio Regis, in presencia nobilis viri Eusthacii de Bellomarchesio, militis, senescalli Tolose et Albiensis, discreti viri Garnerii de Cordua, judicis dicti senescalli, dom. Poncii Amati sacriste, dom. Petri Lam-

(1) Il semble qu'il y ait ici quelques mots à corriger ou à ajouter pour rendre la phrase régulière.

berti, dom. Remigii de Cabanis, militis, magistri Guilhelmi de Sancto Marcello, Oliverii de Monteclaro, dom. Gi dé Montelhs, cappellani, et mei Johannis de Alberia, publici notarii Cordue, qui hanc cartam scripsi et signo meo signavi. »

Inventaire des biens de la succession de Sicard Alaman fils, fait à la requête de Bertrand de Lautrec, son héritier, 9 avril et 22 mai 1280.

In nomine patris et filii et spiritus sancti. Amen. Anno nativit. ejusdem M°CC°LXXX°, die martis ante Ramos, nobilis vir dom. Bertrandus vicec. Lautric. heres universalis institutus per Sycardum Alamanni filium quondam nobilis viri dom. Sycardi Alamanni, militis, jam defuncti, volens uti beneficio heredibus facientibus inventarium concesso a jure, incepit inventarium suum facere de hiis que invenit in bonis et hereditate dicti Sycardi, coram dom. Garnerio de Cordua, judice curie appellationum senescalli Tholose et Albiensis, et magistro Bernardo Sancio, judice de Rivis, et dom. Amalrrico, vicecomite Lautricensi, et dom. Ramundo Amelii, milite, et magistro Ademario de Sancto Dyonisio et magistro Guill. Pagani et magistro Vincentio de Rabastenx, et dom. Decano Duzest et Petro Amelii de Lerades et Petro de Garrigiis de Tholosa. — Et in primis dixit et confessus fuit se invenisse seu invenire in bonis et hereditate predicta castrum Sancti Sulplicii et de Mota, cum suis pertinenciis et XIII milia libras turon. que debentur dom. regi Francorum ratione compositionis facte inter ipsum regem et dom. Sycardum.

Post hec, anno quo suprà, die mercurii, XI° Kalend. junii dictus dom. Bertrandus atendens inventario predicto, dixit se invenire seu invenisse, in bonis et hereditate predicta, iu castro Sancti Sulplicii : XV balistas de cornu et duas balistas ligneas, IIII loricas, IIII gonios, XIII caliguas de ferro, inter caliguas et trebux; item, I gonio quod habet Albertus de Mornacio; item VI pecias falerarum cum quot armerio (1) et vexillo; item III perpunctos, I lamerram (2), VI tonnellos plenos vino; item sexdecim tonellos vacuos, III tinas et unum torcular et duos magnos pairols, unam magnam ollam metalli et quinque arcas, VI escutz, et unam targuam et I cellam de equo. Item dixit se invenisse, in capella dicti castri Sancti Sulplicii, III cruces de cristallo et in una illarum sunt reliquie, duas cruces de lato de opere Lemovissensi, unum calisse argenti, I turribulum, I caissam argenti in qua est de vera cruce, unam custodiam cristalli cum reliquiis, I custodiam argenti, in qua custodia ostie reservantur, tria paria indumentorum sacerdotalium, duos palis (3), duas capas purpureas processionales, duas dalmaticas purpureas, duas ymagines beate Marie, I librum vocatum offizis, unum missal, unum evvangelistarium, I pistolarium, II bassis de cucubro (4), II canetas argenti et duos candelabros de cucubro. — Item dixit et confessus fuit dictus Bertrandus se invenisse seu invenire Castrum novum Bonafos, cum suis pertinenciis, in quo castro dixit se invenisse XI inter archas et uchas sive caissas, quatuor tonellos et II pipas, sex loricas, XI gonios, II paria de trebux de ferro, II capmalhs, duas golerias, I catenam loricis, XVII balistas de cornu, XXVI escutz, unas cois-

(1) Voir *Glossaire* de Du Cange, aux mots : *cotæ ad armandum*, *cotte-armure*.

(2) Il faut lire ainsi, plutôt que *lanierram*. Voyez Du Cange : *lameria*; et *Gloss. occitan.* de Rochegude : *lamiera*, « cuirasse. »

(3) Ce mot, de même que plusieurs autres de l'inventaire, encore usités et bien connus (*pairols*, *lato*, *capfoguier*, *balanssas*, etc.), appartient à la langue romane. Rochegude donne *pali*, « tapis, robe, drap de soie. »

(4) Evidemment pour *de cupro*.

sieiras (1), II perpunctos et II testerias de equo, I asinatras (2) et II caudeiras, II blechis (3) et I capfoguier, I ciphum vitreum, I tripodes et II canetas ecclesie et unas balanssas, I molam vitream et duos candelabros de cucubro, III tabulas, IIII balistas de Blanhac. — Item dixit se invenisse seu invenire bastidam de Monteforti cum suis pertinentiis, in qua quidem bastida seu villa invenit I tinam et IX cubelotos et II pairols et II ollas de metallo, XVII culcitras de pluma et VIII vanoas et VII chioopertores, XXVII linteamina. — Item dixit et confessus fuit se invenisse seu invenire census et oblias de Cassanolh; item census et oblias et tascas de Lanhaco; item molendina de Turre, castrum seu villam de la Fotz cum suis pertinenciis, pedagium de Toartz, et transverssus portus Sancte Marie; item census et oblias et vineas et domos de Podiomirol; item domos de Rabastenx et furnum et medietatem portus et aribagium et leudam mercati et macelli de Rabastenx; item carrerias de Rabastenx, census et oblias et vineas de Rabastenx; item pedagium de Sancto Jurio; item censsus et oblias et tascas de Sancto Barssio; item villam seu castrum de Asso cum suis pertinenciis. — Item confessus fuit, dom. Bertrandus, se invenisse dom. Sycardum Alamanni militis condam debere tempore quod decessit debita que secuntur, scilicet domino Berengario Pelerici tria milia sol. tur. ratione salarii et servicii quod

(1) Formé sur le provençal *coissa* ou *coicha* (Conférez Du Cange, v° *cuisserius*).

(2 et 3) Nous n'avons pas trouvé le sens de ces 2 mots dans les lexiques que nous avons consultés. Pour le premier peut-être doit-on lire *asinairas*, expression qui, se trouvant placée à la suite de *testerias de equo*, pourrait désigner à son tour quelque partie semblable du harnachement de l'âne : *unas (testerias) asinairas*. Il est du moins certain que Du Cange (v° *testera*) cite des têtières d'âne.

On trouvera dans nos fac-similés l'énumération des meubles de Castelnau et de Labastide.

exibuerat eidem Sycardo, secundum quod fuit cognitum per executores testamenti dicti Sycardi; item Petro de Roaxio C libr. turon.; item Raymondo de Medullione mille quingentas libr. tur.; item R° de Roaxio IIII viginti libr. tur.; item magistro Vincencio de Rabastenx III milia sol. tur. pro salario et servicio eidem dom. Sicardo exibito per eumdem, et adhuc debetur eidem Vincencio longè plus, secundum quod fuit cognitum per executores predictos; item domine Helitz, uxori Amalrrici, vicec. Lautr., VI milia sol. tur.; item Ysarno de Berenx quatuor milia et quingentos sol. tur. quos dictus Sycardus debebat eidem cum publicis instrumentis; item Petro Raymondi de Murello quinquaginta lib. tur. quas mutuavit dictus Petrus eidem Sicardo in Franciam; item Berengario Gerejati C lib. tur. pro duobus equis quos emerat pro Sycardo predicto; item Petro de Portu de Caturco IIII milia et D sol. tur quos debebat eidem dominus Sicardus cum publicis instrumentis, tempore quo decessit; item Bernardo de Preissaco Agennensi quinque milia et CC sol. tur. quos eidem debebat Sycardus cum litera pendenti; item Geraldo Petri de Galliaco L. lib. tur.; item Fratribus Predicatoribus, Minoribus et ecclesiis et hospitalibus et aliis piis locis mille lib. tur. quas legavit Sycardus in suo ultimo testamento; item Sicardo Alamanno, domino Durfortis, LXX lib. tur., ratione unius equi et unius asturconis que dictus Sycardus habuerat ab eodem; item dom. Guilhelmo de Coardone XXX lib. tur. quas mutuavit Parisius eidem Sycardo; idem Geraldo de Laygua de Montepesulano sexcentas lib. tur. quas mutuaverat Sycardo; item Raimondo Boneti et B° de Lazerto de Sancto Sulpicio XXX lib. tur. ratione pannorum quos dictus Sicardus habuerat ab eisdem tempore mortis sue; item Huguoni Ademarii C lib. tur.; item X lib. tur. Eymerico de Foissenx quas sibi debebat pro pannis quos habuerat dictus Sycardus ab eodem Aimerico tempore quo decessit; item Amalrrico, vicec. Lautric. C libr. tur. pro causis quas duxerat dicto Sycardo existente in Franciam, secundum quod fuit cognitum per executores testamenti dicti Sycardi; item XXX lib. tur. Oldrico de Prinhaco quas dom. Sicardus eidem debebat tempore mortis sue; item Doato de Roayzo X lib. et VIII sol. tur. et VI d. tur. pro pannis quos manulevaverat dicto Sycardo; item dom. Arnaldo de Monteacuto XXX milia sol. tur. pro dote Agnetis; item LVI lib. X s. tur. Petro Ramundi de Murello quas mutuaverat Sycardo Parisius; item dom. R° de Medullione XXI milia sol. tur. quas dom. Sicardus debebat eidem tempore mortis sue; item Guilhelmo epothecario de Vauro XL lib. II s. tur. quas dom. Sycardus debebat eidem tempore mortis sue; item XII lib. tur. Berengario Garrejati quas solvit Geraldo Petri, ut fidejussor pro uno aulberco quem habuerat a dicto Geraldo dictus Sycardus; item LX marchas argenti Petro Jauleni de Sancto Paulo quos dom. Sycardus debebat tempore mortis sue Gauberto Jornali de Agenno cum literis pendentibus; item LX lib. tur. eidem Petro ratione dicti Gauberti cum literis pendentibus, quam pecuniam Gaubertus mutuaverat Sycardo; item an Peiro XXXV lib. tur. pro servicio prestito dom. Sicardo et suis, que sibi fuerunt adjudicate per executores predictos; item XLIIII lib. tur. quas dictus Sycardus Guilhelmo Borrelli et Petro Vicecomiti de Graselhas de Albia (1); item Berengario Garrejati XL lib. tur. quas solverat Galhardo Fraussa pro dom. Sycardo; item dom. Galhardo rectori ecclesie Beate Marie de Domolenx CCLXV sestaria frumenti et XXVIII sest. avene, que idem Sycardus habuerat de fructibus decimarum dicte ecclesie et mandabat eidem restitui, sicut apparet per literam dom.

(1) Ajoutez *devait*.

Sycardi sigillatam ; item XXX lib. tur. heredibus Guilhelmi Topine pro vestibus nupcialibus domine Cecilie que manulevabit pro Sycardo ; item Gauberto camerario condam domine comitisse Pictavie et Tholose X lib. tur. ; item Danoto Mercerio Parisius XVIII lib. tur. ; item consulibus bastide de Monteforti XV sextaria bladi pro custodia servientum dicte bastide, quam fecerunt apud Lumberium de mandato dicti dom. Sycardi. — Item invenit, dictus Bertrandus, dominum Sycardum Alamanni predictum legasse Beatrici de Medullione uxoris sue duo milia lib. tur. si eam nubere contigerit ; item Petro Textori XXVIII lib. XII sol. tur. ratione expenssarum quas fecit in hospicio Sancti Sulpicii ; item Bernardo Isarni X lib. tur. ratione unius roncinis quem dictus dom. Sicardus ab ipso habuit ; item Michaeli Pairolerii de Castris XXV lib. tur. quas Sycardus debebat eidem, secundum quod fuit cognitum per executores testamenti Sycardi predicti ; item Lamberto de Mornacio IIII viginti et XV lib. tur. ratione expenssarum factarum occasione infirmitatis Sicardi Alamanni junioris ; item Alberto Medici IIII viginti XIII lib. tur. ; item Guilhelmo Dominici XXIIII lib. tur. pro exequiis Sicardi Alamanni junioris ; item Ysarno Bonelli VIII lib. XIII sol. tur. ratione expensarum quas fecit dictus dom. Bertrandus apud Bastida ; item eidem Ysarno XII sext. et eminam frumenti, eadem ratione ; item magistro Petro de Codornaco XX lib. tur. quas eidem debebat Sycardus pro salario suo ; item Isarno Bonelli XXX sext. frumenti que solvit eidem magistro Petro pro salario suo ; item Petro Bernardi de Canhaco XII lib. VII s. tur. pro uno ausberco quod habuit Sycardus quando ivit apud Tunicium ab eodem ; item Guilhelmo Huguonis de Albia XXXV lib. tur. quas eidem debebat Sycardus proximo defunctus ; item eidem Guilhelmo Hugonis XII lib. tur. quas habuit medicus de Savinhaco ; item Poncio de Podio

LXV sol. tur. pro uno roncino quem Sicardus dedit uni mimmo (1) Arnaldi de Monteacuto; item magistro Vincencio quinque milia CCCC sol. tur. quos debebat ei Sicardus pro salario suo ratione servicii exibiti eidem Sicardo toti (*corr.* vite) tempore sue; item magistro Vincencio et sociis suis quidquid potuit et debuit percipi hoc anno a festo Sancti Michaelis citra usque ad festum Sancti Michaelis proximo subsequentis de pedagio de Cofolens. Item petit plus dictus magister Vincencius et sui socii dapna que passi sunt occasione tempestatis et aure frigide duobus annis proximo preteritis, ratione emptionis quam fecerunt de redditibus castri de Rabastenx. — Item expendit dict. dom. Bertrandus, ratione exercitus Navarre, pro dicto Sicardo MM lib. tur.; item Raimondo Alamanni, nepoti suo, L lib. tur. quas idem dom. Sycardus avunculus suus legavit eidem in quodam codicillo; item domine Galiane sorori sue XXV lib. tur. quas legavit eidem in dicto codicillo; item Sicardo Alamanni, domino Durifortis, L lib. tur. quas legavit Sicardus in codicillo predicto; item heredibus Doati Alamanni CXII sol. tur. pro pannis quos dictus Doatus manulevavit Tholose, de mandato Sicardi Alamanni domicelli. Item debentur fratri Bernardo porterio Fratrum Predicatorum Tholose IIII sol. VIII d. thol. pro lignis que manulevavit dom. Sycardo predicto. Item debentur dom. Bernardo de Sancto Amancio militi XV lib. tur. quas Sicardus promisit eidem ad ejus filiam maritandam. Item VI milia sol. tur. que debentur domine Beatrici de Medullione, ratione testamenti dicti Sicardi. Item MM lib. tur. que debentur eidem Beatrici si contin-

(1) A l'exception de la première et de la dernière lettre, qui sont sûres, on pourrait changer les autres en *u*, *i*, *m*, *n*, en variant la combinaison des jambages. Nous avons adopté *mimmo*, comme pouvant se lire aussi bien et même mieux que toute autre forme, et de plus parce que Du Cange cite un exemple de *mimmus* (v° *mimus*).

guat eam nubere juxta voluntatem dom. Sycardi. Item MM lib. tur. quas petit ipsa Biatrix et domina Agatha et Ramundus de Medullione pro facto de Avisano (1). Item debet fieri remuneratio Sycardo Alamanni, domino Durifortis et aliis de genere dicti dom. Sycardi ad cognitionem executorum testamenti dicti dom. Sycardi, cum hoc fuisset ita ordinatum per dom. Sycardum. — Predicta omnia et singula recognovit et dixit Bertrandus se invenisse in bonis et hereditate dicti Sycardi Alamanni et debita supradicta, in presencia nobilis Amalrrici vic. Lautr. et nobilium Huguonis Ademarii, domini de Lumberiis et Arn. de Monteacuto et Alberti Medici de Mollanis, actoris ut dicebat Beatricis de Medullione et tutricis Margarite filie sue, et Jordani de Curvorivo et plurium aliorum qui fuerunt vocati ad videndum confectionem inventarii si sua crediderint interesse ad obiciendum (*sic*) et proponendum plura esse quam superius nominata et expressa in hereditate et bonis dicti Sycardi. Fuit tamen protestatus predictus Bertrandus quod ipse aliqua non celabat fraude seu dolo ex certa scientia et quod, si aliqua alia aparerent, quod illa paratus erat in presenti ponere et conscribere inventario; et fuit requisitus per nos Vivianum de Caumonte vices gerentes discreti viri dom. Garnerii judicis senescalli Tholose et Albiensis quod predicta superius expressa et nominata et non plura dixit et confessus fuit se invenisse in hereditate et bonis predictis, juramento a se prestito corporali; coram quo Viviani predicto omnia predicta et singula fuerunt hec acta et publicata. — Actum Tholose, XI° Kal. junii, anno Dom. M°CC°LXXX°, regnante Phil. rege Francorum, Bertrando episcopo Tholose. Hujus rei sunt testes Bernardus Ysarni, Petrus de Albiro, Stephanus de Monasterio, Guilhelmus Vassali de Montedraguo,

(1) Ou *Anisano* ou *Amsano*.

Briannus de Montilio, Sicardus Alamanni, dominus Durifortis, magister Vincencius de Rabastenx jurisperitus, Sycardus de Bar et plures alii et Arnaldus Serena, notarius Rupiscezarie pro dom. nostro rege Francorum publicus, qui de mandato predicti dom Bertrandi, vicec. Lautricensis, cartam istam scripsit et signavit.

Bertr. de Lautrec cède au roi de France divers droits qu'il possédait à Rabastens, à Mezens et à Thuries, sur le Viaur (Pampelonne), et reçoit en échange cert. sommes ou rentes ainsi qu'un moulin situé près de Cordes (1285) (1).

Nos Ram. Arnaldi, miles vicarius Tholose, vidimus quandam literam sigillatam sigillo regis Francorum, cujus tenor talis est. — Philippus, Francorum rex, notum facimus quod nos quoddam instrumentum venditionis et permutationis inter progenitorem nostrum, mediante Esthacio de Bellomarchesio senescallo Tholosano, et Bertrandum vicecom. Lautricensem vidimus in hec verba. — Noverint quod nobilis vir dom. Bertrandus, vicecomes Lautricensis, per se et successores suos, permutavit et vendidit nobili dom. Eusthachio de Bello marchesio, militi, senescallo Tholose et Albiensis et cum ipso senescallo nomine regis recipienti, videlicet portum de Rabastenx quoad partem ipsius Bertrandi, furnum, macellum, mercatum, copam bladi, leudam, carrariam quoad partem dicti Bertrandi, rippagium cum costa dicti rippagii, vineas, oblias, censsus minutos denariorum, unam gallinam censsus et tria sextaria minus Ia carteria frumenti censsualia, ad menssuram de Rabastenx locum ejusdem et quecumque pro hiis pro-

(1) Nous ajoutons d'après D. Vaiss., éd. Du Mège, VI, p. 201, et d'après l'Invent. du trés. des chartes, par Dupuy, Toul., XVII, 5, et Lautrec, I (Bibl. nation.), la date de cet acte omise par notre mss.

venientia, que omnia dixit se habere apud Rabastenx (in) territorio sive pertinenciis dicti loci; item, apud Mesenx, XII sextaria frumenti censsualia ad menssuram de Rabastenx, XX quatuor gallinas, XXIIII sol. tur. censsuales que Bertrandus asseruit se habere apud Mesenx, (in) terratorio et pertinenciis dicti loci, cum dominationibus pertinentibus ad predicta; item, pedagium Sancti Georii per aquam et per terram, item pedagium de Valieriis, que pedagia ad se pertinere dixit et jus percipiendi et levandi eadem; item castrum de Turia, cum omnibus juribus et pertinenciis suis et omnimodo juridictione alta et bassa; item XL sextaria siliginis ad menssuram Albie, annui redditus; item censsus et pazatam dicti castri, parciones bladorum; item decimas quas dixit se habere in dicto castro; item censsus et oblias denariorum, pazatam, quandam vineam, XX anguillas censsuales, octuaginta gallinas, IIII libras cere, cirogrillos, carnalagia decimarum et forestam que est in ruppibus fluminis de Viaur, que omnia dixit ad se pertinere exercendi, percipiendi et levandi, et denique omnia jura et devenientia, quocumque nomine appellentur, ad ipsum Bertrandum debentia pertinere aliqua ratione in dictis villis de Rabastenx et Mesenx et de Turia, honore, pertinenciis et terratorio dictarum villarum, exeptis XI sextariis censsualibus, inter frumentum et avenam, que dictus Bertrandus asseruit se dedisse Ramundo de Castronovo domicello, que dixit quod non permutabat nec vendebat quia jam illa asseruit se dedisse Ramundo predicto in villa de Sancta Gema et pertinenciis, qui quidem Ram. jam erat in possecione percipiendi eadem. Predictam autem permutationem et venditionem fecit dom. Bertrandus pro quadringentis libris turonensium eidem Bertrando et successoribus in perpetuum a Rege assignandis Tholose, Parisius vel Carcassone, ubi dom. Bertr. hoc duxerit eligendum, in aliquo loco competenti illas valente in redditibus annuatim, sine aliis dominationibus quibuscumque, super quo loco et ubi idem Bertrandus et successores ipsius in perpetuum dictas quadringentas libras tur. possint percipere; item et pro toto illo molendino d'Aymert, cito in flumine de Cero prope Corduam, cum rippagiis et pertinentiis suis et orto qui est prope dictum molendinum, ut dicitur, inter piscarium Bertrandi de Salis et vineas que tenentur a rege, quod molendinum, et ortus in comissum venisse dicitur pro crimine Bertrandi Roqua condam heretice pravitatis; nec non et pro tribus milibus et quingentis libris turon. nigrorum bonorum quas dom. Bertrandus a dicto senescallo recognovit se recepisse integre, exceptioni non numerate pecunie renoncians et omni alii auxilio atque juri. Promitentes hinc inde de eviccione sibi ad invicem una pars alteri super predictis, scilicet senescallus dicto Bertrando et Bertrandus regi. Quasquidem res permutatas et venditas dictus Bertrandus se constituit, nomine regis, jure precario possidere, donec idem rex vel senescallus vel alius ejus mandato et nomine regis possecionem acceperit corporalem; idem que senescallus, nomine domini Bertrandi, molendinum et ortum predictum; quam (possessionem *sous-entendu*) accipiendi et aprehendendi, hinc inde, sibi ad invicem auctoritate propria licenciam omnimodam donaverunt, volens et concedens dictus senescallus quod idem Bertrandus et successores ejus possint dictum molinum et ortum quocumque alienationis titulo distrahere et transferre in quamcumque personam voluerint burgensem vel aliam et aliter ordinare, prout duxerint ordinandum, vendas et laudimia recipere, et sibi retinere cunctasque dominationes feudi prout super hiis cum secum contrahentibus concordabunt. Actum fuit hoc... (1)

(1) La suite de l'acte n'a pas été transcrite dans le mss.

Echange entre Bertr. de Lautrec et Jourdain de Lisle le jeune de domaines seigneuriaux situés à St-Sulpice et à Lafox, 8 juillet 1285. — Nomination de procureurs par le même Jourdain, 20 juin 1285.

Bertr., vic. de Lautrec, d'une part, et Jourdain de Lisle, chevalier, le jeune, fils de Jourd. de Lisle, seigneur de Lisle, chevalier, de l'autre, cette seconde partie étant absente, mais représentée par Me Pierre Martin, jurisconsulte, son procureur, ainsi qu'il conste de sa procuration, à laquelle suspend un sceau de cire dud. Jourdain, font entre eux l'échange suivant. Le premier cède « undecimam partem juridictionis et dominationis, possecionis et proprietatis et possessionum, leudarum et pedagiorum per terram et per aquam et aliorum omnium jurium pertinentium quoad dictam undecimam partem dicto Bertrando ex aquisitione facta per ipsum a nobili Arnaldo de Monteacuto, milite, et domina Agnes, ejus conjuge, filiaque condam Sycardi Alemanni, militis, vel alias quoquomodo in villis seu Castris de Sancto Sulpicio, de Asso, et de Mota, de Creissaco, Tholosani dyocesis, et in portu de Coffolenx, qui quidem portus est in flumine Agoti et Tarni. » Et en retour ledit P. Martin cède la onzième partie de la juridiction, domination, propriété, péage sur terre ou sur eau, et autres droits que Jourd. de Lisle, le jeune, possède à Lafox, en Agenais. Ledit Martin promet, sous peine de 1,000 marcs d'argent, de faire ratifier led. échange par Jourdain; et, pour la garantie de tous ces engagements, sgr Roger Isarn, seigneur de Durban, sgr G. de Casaubon, sgr Guill. de Rabastens, chevalier, Jourd. de Rabastens, damoiseau, fils de feu Jourd. de Rabastens, se déclarent fidejusseurs de Jourd. de Lile sous l'obligation de leurs biens en faveur de Bertrand, « renunciantes juridicenti primo debere conveniri principalem quam fidejussorem et epistole Divi Driani (1) et autentice presente et omni

(1) Corr. *Adriani*. Les renonciations au rescrit d'Adrien, et à la Novelle ou Authentique *Presente utroque*, citée dans la même phrase, sont bien connues. Voyez le renvoi aux sources dans *Les officialités au moyen âge*, par M. Fournier, 299.

alii juri canonico et cyvili per quod contra predicta fidejussores juvare seu tueri se possent. » Enfin il fut convenu qu'il serait fait par le notaire ci-dessous 2 actes du présent échange, divisés par alphabet, « ad noticiam tamen dom. Sycardi de Vauro, judicis in Albigesio pro rege Francorum. » — Ici est insérée la procuration de P. Martin. Au nom du Sgr, l'an de la Nativité 1285, indiction 13e, 20 juin, noble Jourd. de Lisle, chevalier, fils, constitue pour ses vrais et spéciaux procureurs » discretum virum dom. Petrum Martini, legum professorem et dom. Guillm de Rabastenx, militem, quemlibet eorum in solidum, ita quod non sit melior conditio occupantis », pour faire l'échange de cert. biens que Jourd. possède à Lafox contre cert. autres qui appartiennent à Bertr. de Lautrec « in villis seu castris de Sancto Sulpicio, de Asso, de Mota, de Creissaco et in portu de Coffolenx. » Il permet auxd. procureurs de promettre garantie à l'acquéreur pour les droits cédés ou vendus, et de lui obliger et hypothéquer ses biens à raison de l'éviction et de la garantie, s'engageant à observer tout ce qui sera conclu par eux au sujet dud. échange. « Actum in castris juxta Petramlatam. Presentibus magistris Mathia dicto Colin, Antidiodosensis, et Petro de Tinunc, Paduon. (1) ecclesiarum canonicis, capellanis reverendi patris Johannis, titulo Sancte Cecilie presbiteri cardinalis, apostolice cedis legati, et nobilibus viris dom. Sicardo de Miromonte, Go Arnaldi de Cobiraco et Fulecto de Bonopodio, militibus, testibus ad predicta evocatis; et eguo Paulus Gregorius de Collelongo, publicus aposto-

(1) Nous renonçons à donner les noms et les titres exacts des 2 personnages qui précédent. Nous avons vainement cherché des noms correspondants dans la Statist. épiscopale, publiée dans l'un des Dictionn. encyclop. de Migne, et nos cartes ne nous ont pas indiqué non plus, dans les Baléares, de villes où les mêmes Mathieu et Pierre auraient pu être chanoines puisque le légat qui est cité après eux dans notre charte était évêque de Majorque (D. Vaiss., éd. Dumège, VI, 621). Dans le mss. on lit seulement *Antidiodosen* et *Paduon*, avec un trait horizontal sur *en* et sur *on* pour représenter les finales; quant à *Tinunc*, la première et la dernière lettre sont seules sûres, l'intérieur du mot étant formé de 5 jambages uniformes, avec un trait horizontal d'abréviation surmontant les 2 derniers.

lice cedis auctoritate ac dicti legati notarius, predicta, quibus interfui, rogatus scripsi et publicavi meoque signo soluto robo·ravi. Et ad majorem autem evidenciam predictorum prefatus dom. Jordanus fecit hoc publicum instrumentum sigilli sui appensione muniri. — Le susdit échange est fait à Toulouse, « in camera reverendi patris dom. B. Dei gratia Tholose episcopi, die VIII° ydus julii, anno Dom. M° CC° octuagesimo quinto, regnante Philippo rege Franc. et dom. Bertrando Thol. episcopo; in presentia et testimonio reverendi patris dom. B. episcopi Tholose, dom. Arnaldi de Villario, abbatis Sancti Saturnini Tholose et nobilium virorum dom. Eusthacii de Bellomarchesio, militis, senescalli Tholose et Albiensis, magistri Jacobi de Bononia, jurisperiti, magistri Sicardi de Vauro, G[i] de Varilhis, clerici dicti abbatis Sancti Saturnini, Ozil. de Maurlho, clerici dicti episcopi Tholose et plurium aliorum, et mei Johannis de Montebruno, notarii judicature Rivorum et in partibus Vasconie regia (1) in Albigesio, qui cartam istam scripsi et signo meo signavi. »

Quittance pour Sic. Alaman du prix de l'achat de S[t]-Sulpice, 4 janv. 1235 (1236).

Conoguda causa sia que ieu Ramon de Braco, per mi e per nHuc Bernat mo fraire et per totz los meus, sciei e conosc et autorgui, ab aquesta present carta, cofessi per veritat que ieu me teni per pagatz, de vos Sycart Alaman e de vos Davi e de totz los vostres, de CCCC sols de caurcenx, et seguentrel trespassament d'en Huc Vc (2) Bernat, mo fraire, conosc e autorgui que vos m'en avetz pagatz DL sols de caorcenx, losquals DCCCCL sols de caorcenx nos deviatz per la compra de Sant Som-

(1) Suffit-il de corriger par *regie* pour expliquer ce mot et les 2 qui le suivent?

(2) L'un de ces deux noms ne fait-il pas double emploi?

plizi; e tenem noin per pagag e voin solvem, vos e totz los vostres e vostras fizanssas, per aras e per totz temps; e per major actoritat doni voin aquesta present carta en testimoni renoncians a tot dreg per que negun temps pogues venir encontra. P. (1), P. de la Pena, Ram. de la Pena, Johan de Malaura, B. d'Albeges lo prohome. Aisso fo fag el obrador d'en Johan de Sant Bars, IIII° die intrate jenuarii, anno Domini M° CC. XXXV°. Uguo Furgonis publicus notarius de Rabastenx hoc vidit et audivit et scripsit et signavit.

Prise de possession du château de Lafox par R. Topine, au nom de Bertrand, vic. de Lautrec, 16 juin 1280.

Notum sit qu'en Guilhem de Meulho, procuraire de la dona na Beatritz de Meulho, sa sor, per nom e en persona de la dicha sa sor, se devestit de la possecio en que era del castel de La Fotz, per nom de la dicha sa sor, en presencia de mi notari e dels homes de La Fotz dejus escriutz, eñ mes en possecio Ramon Topina, bailhe del senhor en Bertran vescomte de Lautrec, per nom e en persona del dich senhor en Bertran (e) preguet e requeret als homes de La Fots dejus nommatz que illi (2) juresso fieltat al dich Ram. Topina, els quitet del sagrament que avio fag a lui per nom de la dicha sa sor. E ades aqui meiss lo dich en Ram. Topina, per nom e en persona del dich vescomte, (a) jurat sobre sants evangelis als homes del dich castel de La Fots que el, coma bailes del dich en Bertran, los gardara de tort e de forssa a son poder, a

(1) On peut traduire ce sigle par *Prezens* ou encore par le latin *Presentibus*.

(2) Voir la note vers la fin de l'acte.

bona fe, els tendra els gardara en lo(r)s costumas e en lors utatgues e en lors franquezas, els o fara jurar al dich senhor en Bertran, tantost cum sia el dich loc de La Fots venguts, a la lor requesta. Et ades aqui meiss li prohome de La Fots so es a saber Wilh. Molinier, Wil. Merle, P. de La Terrassa, Ram. Pontanier, P. del Planter, B. de la Gleia, Wil. de la Gleia, Arnaut Dalbedat, en W. Delbedat son filh, G. Molinier, Arnaut de Joc, Wil. de Caffrair, Ram. de Bordel, Wil. Gairi, Ram. de Sant Melio, Richart Gaudio, Yo Garner, Jaufre lo Gendre, Ram. lo Vaquer, Arn. Dartigaparra, Helias de Peitau, Wil. de Pebero del dich loc de La Fotz, a la requesta del dich en Wilhem de Meulho, fraire e procuraire de la dicha dona na Biatritz, jurero sobre sants avangelis al dich Ram. Topina balle del senhor en Bertran vescomte, per nom del dich en Bertran recebent, que illi (1) la gardaran fialtat en cors e en arma e en membres, salp dreg d'autrui, a lor poder lialment, a bona fe. Aisso fo fag XV dias al issit de junh. P(resens) Wilhem Arnaut de La Bastida, Wil. Jaufre clerc, Johan Mari, et eguo Petrus Coc, communis notarius Agenni, qui de premissis duas cartas unius substancie feci et scripsi. Anno Dom. M° CC° LXXX°, regnante dom. Edvvardo, rege Anglie, Arnaldo Agennensi episcopo.

Guilab. des Essarts met sous sa main les moulins de La Roque de Graulhet, 17 avril 1275.

Conoguda causa sia a totz homes que ieu Guilabert dels Issartz, cavalier, per mi e per totz los meus, prendi a ma

(1) Ce mot, que l'on a déjà retrouvé dans l'acte, ne saurait admettre la lecture *ilh* (pour *il* ou *ill*), bien qu'il soit, quant au sens, un équivalent de ces formes ; ajoutons d'ailleurs que les passages où il est employé ne semblent pas comporter non plus un dédoublement en *ill i* (pour *ils y*, en français).

ma los molis de la Roqua de Graolhet, losquals molis avia compratz desa enreire l'abas de Candelh d'en Wilh. de Graolhet e de madona Rica, molher que fo desa enreire d'en Gautier de Graolhet, losquals molis a cobratz mosenhor n Sicart del abat desus dich per razo de la senhoria per (1) eu Guilabert desusdich los vuelh els prendi per ma senhoria e per razo d'omenatge, se hom lo m'en devia far, e per totas mas autras senhorias aquelas que aver i deg. E de tot aisso son testimoni : Peire Malhol, en Huc Pepi, en Wil. de Bezelle, en Miquael Audeguier, Daide de Combelas e motz d'autres. Facta carta XV° kalendas madii, anno Domini M° CC° LXX° quinto, et eguo Petrus Fabri publicus notarius de Graolheto qui hanc cartam scripsi et signavi.

Transaction entre Bertr. de Lautrec et Guilab. des Essarts, au sujet de Graulhet et de Puybegon, févr. 1282 (1283).

Un débat s'est élevé entre Bertr. vicomte de Lautrec, chevalier, d'une part, et Roger et Pierre, chevaliers, et maître Mathieu et Roger, clercs, Etienne et François, ecuyers (*armigeros*), frères, et Agnès, leur sœur, enfants et héritiers de défunt *Guilebertus de Eissartis*, chevalier, d'autre part. Led. Bertr. soutient que lesd. héritiers détiennent injustement, ce qui est nié par ses adversaires, le château de Graulhet ainsi que le village (*villa*) de Puybegon et ses dépendances qu'il affirme lui appartenir. Sur cela les parties font à la fin une composition, par l'entremise et en présence de noble sgr *Radulphus d'Estrées*, chevalier maréchal de France, et de sgr Eust. de Beaumarchais, sénéchal de Toulouse. Roger et Mathieu, en leur nom et au nom

(1) Ne faudrait-il pas remplacer ce mot par *et*, Guilabert paraissant agir ici en qualité de coseigneur avec Sicard, et user avec lui d'un même droit de prélation ?

de leurs autres cohéritiers absents, délaissent pour toujours aud. Bertrand les domaines en question, moyennant la somme de 1,400 liv. tourn. dont la moitié sera payée le jour où Bertrand sera mis en possession desd. biens, et le reste le jour de Noel suivant; il est entendu d'ailleurs, dans ce cas, que les cohéritiers ratifieront le présent accord avant l'octave de la Pentecôte, car sans cette condition, led. accord ne serait valable qu'en ce qui touche le chevalier Roger et maître Mathieu, et led. Bertr. n'aurait à payer sur lad. somme que ce qui leur revient pour leurs portions. Le susd. vicomte remet de plus aux héritiers Des Essarts tout ce qu'il pouvait leur réclamer pour la jouissance qu'ils avaient eue jusqu'ici des domaines en litige et de leurs revenus, ainsi que pour les dommages qu'il a dû supporter; il s'engage à les tenir quitte, au sujet des mêmes biens, de toutes les réclamations qui pourraient leur être faites par Amalric, vic. de Lautrec, par Gui, son frère, chevaliers, et par les héritiers de ses autres frères; enfin il promet d'exécuter tout ce dessus, sous peine d'être tenu de payer 200 marcs, et les mêmes Bertr., Roger et Mathieu « ad invicem fides suas sibi in manu dictorum nobilium plivierunt, suplicantes dictos nobiles marescallum et senescallum quod ad observationem predictorum ipsos componentes auctoritate regia per captionem bonorum suorum et aliis (*corr.* alia) juris remedia, si opud fuerit, non observantes compellant. Quam obligationem et compulssionem, concessionem, dicti nobiles marescallus et senescallus in se susceperunt ad requisitionem partium predictarum. In cujus rei testimonium presentibus literis tam dictus Bertrandus quam dicti Rogerius et Matheus, nobiles marescallus et senescallus predicti sigilla sua appenderunt. Actum Parisius. Anno M°CC° octuagesimo II°, mensse februario. »

Libertés et privilèges de Puybegon accordés par dame Fines, en son nom et au nom de son fils Sic. Alaman, 29 mai 1246 (1).

1. In nomine Domini nostri Jhesu Xpisti. Anno Domini

(1) Le début de cette charte se trouve dans nos fac-similés.

M°CC°XL°VI°, IIII kalendas junii. Sia conoguda causa que eu na Finas, maire d'en Sycart Alaman, per mi e per totz los meus e per Sicart mo filh meteis e per totz mos successors, ab cocelh e ab voluntat e ab autrejamen d'en Wilh. de Sant Alari e d'en Johan Ragambert e d'en Johan Ros e d'en Huc Fornier e d'en Jaufre Lo Frances, iei establidas e messas costumas a totz aquels homes et a totas aquelas femnas que aras so al castel de Pueg Beguo ni per adenant i serau ni els apertenemens del castel sobredich dis ni deforas. E las costumas so aitals : — 2. Que totz hom e tota femna, que sia estatguas del castel sobredich o dels apertenemens, deu esser heretatz e deu hom donar I airal que aja IIII brassas per cara et VI brassas de lonc per IIII den. Ram. cadans, a Paschas, e per IIII (den.) d'acapte ab autras senhorias quant s'i escairau ; et una cestairada de terra a mesura d'Albi ab IIII den. Ram. de ces cadans a Paschas, et ab IIII d. d'acapte et ab sas senhorias que s'i aperteno ; et una eminada de terra a mesura d'Albi ad obs de malhol ab III d. Ram. de ces cadans a Paschas et ab III d. d'acapte et ab sas senhorias que s'i aperteno ; et I^a^ sestairada de prat a mesura d'Albi ab IIII d. Ram. de ces cadans a Paschas et ab IIII d. d'acapte et ab sas senhorias que s'i aperteno; et I^a^ cartairada de terra ad obs d'ort a mesura d'Albi ab II d. R. de ces cadans a Paschas et ab II d. d'acapte et ab las senhorias que s'i aperteno. — 3. E totz hom et tota femna que laore el castel de Pueg Beguo sobredich ni als apertenemens ab arairc complit, que aja el araire de II buous tro en IIII, done cadans a la festa de Nadal III sols de Ram. a la dona na Finas sobredicha o ad aquels que per liei i serau. [E totz hom que laore ab parelh d'azes es comtat per mieg araire, done XVIII d. R. cadans a Nadal a la dona na Finas o al ordei de liei. E totz hom que laore ab parelh de bestias cavalinas o ab parelh de bestias mulars, el castel sobredich o e la honor, que done cadans III sol. R. a Nadal] (1). E totz hom que are el castel de Pueg Beguo o els apertenemens ab I buou et ab aze ab I parelh de bestias bovinas dona II s. III d. de R. cadans. E totz hom e tota femna heretatz del castel de Pueg Beguo, qualque mestier fassa, done II s. e III d. de R. cadans. E totz hom que no aura maio ni heretat es logara e gasanhara ab son cors done cadans VIIII d. de R. a la dona na Finas o ad aquels que per liei i serio. E tota femna estans el castel o els apertenemens, que no aura maio ni heretat e fara fuoc, done cadans IIII d. mª de R. a la dona na Finas o a l'ordenh de liei. — 4. Et ab aisso que sobredich es la dona na Finas asol e afranquis per si e per totz sos successors totz los homes e las femnas que aras so el castel de Pueg Beguo ni els apertenemens ni per adenant i serau de totas autras questas e de totas alberguas. — 5. E ai aretengut la dona na Finas el castel sobredich e els apertenemens, per si e per totz los seus e per tot son ordei, totz cesses e totz sos usagcgues el nove en totas las terras que no serau acessadas e totas sas autras senhorias el castel sobredich dis et deforas. — 6. E volc e autrejet la dona na Finas que totz hom e tota femna que estia el castel sobredich ni els apertenemens, que puesca vendre o donar et enpenhar et alienar, estiers cavalier o clergue, tot quant aqui tendra a ces et acapte, estiers casalatge estant et remanent el castel sobredich : enpero que la dona ni li seu no i puesco perdre lors dregz ni lors senhorias, estier que lunh home ni lunha femna que estia el castel non puesca donar a sobrefieu neguna de las honors que aja el castel per negun temps. — 7. E totz hom et tota femna que vengua estar el castel sobre-

(1) Les mots placés entre crochets sont renfermés entre les lettres *v* et *a* (pour *vaca* ?), mises en interligne, au début et à la fin du passage, et correspondant, sans doute, aux deux syllabes de *vacat*, employées quelquefois de la même manière dans des actes latins de notre mss.

dich o e la honor que siu franc dels II ans e, passatz los II ans, que dono segon que li autre devo donar desus. — 8. E se lunh hom ni lunha femna s'en volia anar vas autra part deu o far saber a la dona na Finas o ad aquels que per liei i seriu VIII dias enant, et elh devol guidar e cabdelar ab tot lor aver et ab totas lor bestias et ab totas lor causas, una jornada, tot a lor poder a bona fe vas on se vuelha. — 9. E tog aquelh home e totas aquelas femnas que aras estau el castel sobredich ni per adenant i estarau, dis ni deforas, que sos derriers testament aia teguda e ferma establitat. E se lunh hom ni lunha femna i moria a descofes e i remania efas d'aquel a d'aquela, que totas sas causas fosso dels effans. E se no i avia effant que la meitat de tot son aver donesso IIII prohomi del castel, per amor de Dieu, ab cocelh de la dona na Finas o d'aquels que per liei i sserio, e l'autra meitat als plus propris parens que de lui i serio entro el cart gra; e aquel parentor que fos agardatz I an e I mes, e se ad aquel terme no i era vengutz que la dona na Finas o l'ordenh de liei ne pogues far sa voluntat. — 10. E se avia baile el castel que li prohome d'aqui conoguesso que el se malmenes vas lor deu la dona e l'ordenh de liei cambiar e melhurar a conoguda de si meteissa e dels prohomes del castel. — 11. E a lor dadas totas las terras hermas e condrechas a nove per totz temps, d'aquelas e foras que a donadas a ces ni d'aissi enant i dara. — 12. E tot aquo que farau li prohome del castel am son baile de terras acessadas que aja ferma stablitat per totz temps ab que sia fag a bona fe e ses engan; pero, si engans i era trobatz en aquo que seria estat fag ab lo baile, aquo fos revocat e deffag a voluntat de la dona sobredicha, ses justizia d'aquo que aquels auriu fag ab lo baile. — 13. E la dona na Finas ni aquel que per liei i seria non deu home tener pres ni forssat del castel sobredich que dreg puesca fermar a conoguda de la cort e del cocelh dels prohomes de la vila. — 14. E tot hom e tota femna ques clame d'autre à la cort aquel que sera vencutz que pague totas las messios e jete sout e quiti l'autre de cort. — 15. E totz hom del castel que aucira home es encorregutz de cors e d'aver. E totz (hom) que fassa sancfoio coste LX s. de Ram. e l'emenda al sancfoizonat. E qui tra cotel en contensso ni ab felonia pague X sol. de R., si colp non fazia, e l'emenda al ferit. E qui fer autre de peira ni de basto, ses sanc, pague X s. de R. e l'emenda al ferit. E qui fer de ponh pague V s. de R. E se femna fer autra pague V s. de R. e adob l'anta. — 16. E de las viltenenssas dels homes, se s'apelo trachors ni falsses ni delials ni bocapudes ni mezels, paguo IIII s. de R. e la injuria. E se las femnas s'apelo putanas ni falsas ni avoutrairitz ni mezelas pago III s. de R. e l'enjuria. — 17. E tot hom e tota femna que panes garbas de dias pague XII R. e l'emenda ; e qui pren autrui fe de dias pague XII R. e l'emenda; e quin (1) fa faiss pague X s. e l'emenda, et quin pren de nuechz pague XX s. de R. e l'emenda. — 18. E qui troba home ab femna maridada o femna ab home molherat, jazen ou baian o bragas baissadas o en avolteri, corra la vila e estia el costel. E qui forssa femna sia encorregutz ad esguart de la cort. — 19. E totz laironissis que sia faitz de nuechz que sia lo laire encorregutz de cors e d'aver, e sia facha l'emenda. — 20. E tota tala que hom non pogues proar fos emendada per comunal. — 21. E de tot clam de C s. o de C s. de R. a essus aja la cort VIII s. de R. d'aquel que sera vencutz. — 22. E la dona na Finas sobredicha ni sos bailes nos deu enremettre (2) de LX s. de R. en aval que iau (3)

(1) Nous écrivons *quin* et non *qu'in*, parce que nous croyons que le mot de notre texte représente plutôt *qui ne* que *qui en*.

(2) Corrigez *entremettre*.

(3) Nous ne comprenons pas le sens de ce mot ou plutôt de ces 3 lettres.

demande justizia, se clam non avia, mas de LX s. a essus sia et voluntat de la dona e de son baile. — 23. Et de totas aquestas causas que desus so dichas volc la dona na Finas et autrejet e confermet per si e per totz los seus e per totz sos successors que aia ferma establitat per totz temps. Et aisso fo fag a Sant Somplizi, e la bertresca, de latz la sala major. Testimonis Guilhem de La Garda, lo capela, en Bertran de Castelpers, en P. Topina, en Ram. de Malbosc, en Hesteve so fraire, en Ram. Arnaut lo jove, en B. de Cumenge. En Ram. Golfier, notari del castel de Sant Somplizi hoc vidit et audivit et scripsit et signavit.

Sicard Alaman vend à G. Dominique cert. propriétés ainsi que des droits de dîme dans les paroisses de St-Etienne, de St-Martin de Grizac et de Ste-Sigolène (dans Puybegon ou aux alentours), 1279.

Syc. Alaman, damoiseau, sgr de St Sulpice, avec le consentement du vicomte Bertr. son curateur, de sa propre volonté « non coactus nec illectus, » fait vente irrévocable *Guilhelmo Dominici*, de Rabastens, et à son ordre et successeurs, du « terratorium ac tenementum de la Genebreira, quod est inter rivum de Candavert et rivum de Tarinh et inter terras Eymerici de Rocanegada que tenentur a dicto Sycardo et terras domus Candilii ; item vendidit eidem Guilhelmo locum vocatum Dalbusso et locum vocatum Fontem Albadenca et locum vocatum de Las Cambras, et locum vocatum de Las Farguas et totum illud quod habet in parrochia Sancti Stephani, et locum vocatum de la Rigaudia, et totum illud quod habet in parrochia Sancti Mauricii de Privatz et locum vocatum Bossac et locum vocatum de Cabraespara et totum illud quod habet in loco vocato de Bretas et de Tornamira; item vendidit eidem Guilhelmo terciam partem decimarum ecclesie Sancti Stephani, prope Podii Beguonis, et terciam partem decimarum ecclesie Sancti Martini de Grizac et terciam partem decimarum ecclesie Sancti

Gironis, juxta Podium Beguonem, et terciam partem decimarum ecclesie Sancte Segolene de Genebreria. » Tout cela est vendu avec les dépendances desd. territoires, en dedans et en dehors, soit terres cultes et incultes, bois, prés, *herma seu barte*, hommes et femmes, maisons ou autres édifices, eaux, fontaines, *piscarie seu devesie*, chasses, cens, oblies ou arrière-acaptes, dominations, questes, *partiones*, tasques et autres droits corporels ou incorporels, entières juridiction et justice, et ainsi que led. Sicard ou feu Sic. son père en ont eu la propriété ou la possession. Le montant de la vente est de 208 liv. 10 sous tourn. que Sicard déclare avoir receu et employé à son profit, renonçant à toute exception de prix non compté, etc., et promettant entière garantie. Il est convenu en outre entre les parties que si, dans les 2 années suivantes, led. Sicard « vel ejus ordinium per directam lineam descendens » rendaient à Dominique le prix d'achat ci-dessus fixé, led. Dominique serait tenu de lui revendre les susdites terres. Fait en 1279, le 11 des calendes de... (La fin de l'acte est restée en blanc dans le registre.)

Donation du château de Savignac (Rouergue) et de droits sur Sénegas par Alazie, veuve de Bertr. de Lautrec, à sa fille Béatrix, 30 juin 1297.

Nous *Alazia*, fille de feu noble sgr Guill. B. de Najac, veuve de Bertr. vic. de Lautrec, « penssatis gratis serviciis et aliis beneficiis que primogenitis debentur liberis et dari consueverunt a suis parentibus aliisque justis rationibus inducta » donnons à Beatrix notre fille aînée et héritière universelle dud. Bertr. « castrum nostrum de Savinhaco et villam eidem coherentem et homines et feuda et homagia, fortalicia, domos et aralia, terras cultas et incultas, nemora et pascua, ortos et viridaria, prata et vineas, manssos, capmasios seu appendarias, census et redditus, tallias sive toltas ordinarias sive extraordinarias et quecumque servicia alia a predictis hominibus debeant exigi seu levari et omnem juridictionem altam et bassam et ordinariam seu extraordinariam et merum et mixtum imperium et ipsorum executionem bonorumque confiscationem et quolibet exitus seu proventus et quidquid habemus in toto castro et tenemento seu mandamento; » mais lad. Beatrix ou ses enfants ne pourront entrer en possession qu'après la mort de la donatrice, et en outre, si celle-ci venait à avoir des fils ou des filles, la donation serait nulle. Alazie donne aussi à lad. Beatrix, « ut bene merita, » 100 liv. tourn. de revenu annuel qui lui sont dues sur le chateau *de Senegacio*, « exponssalitione vel donatione propter nupcias seu alio modo, » à elle faite par led. Bertr. de Lautrec; elle reserve seulement l'usufruit de cette rente de 100 liv., et que, s'il arrivait, *quod absit*, que Beatrix mourût sans héritiers légitimes, issus de sa lignée, lesd. 100 liv. reviendraient de plein droit à l'héritier universel de lad. Alazie. Fait dans le château de Savignac, « in domo prioratus predicti castri, » la veille des calendes de juillet, 1297, en presence de maître Pierre Gautier, frère Pierre d'Arpajon, frère Michel *de Cruce*, de l'ordre des Frères mineurs, Bertrand *Pradelli* et de moi Hugues Engelrand not. public de Savignac qui sur l'ordre de lad. Alazie ai écrit cette charte.

Quittance d'Elix, femme d'Amal. de Lautrec, en faveur de Sic. Alaman, son père, 7 juin 1261 (1).

Conoguda causa sia a totz homes que aquesta present carta veiran ni auziran (2) legir que la dona na Helitz, molher del noble baro del senhor nAmalrric, per la gracia de Dieu vescomte de Lautrec, reconoissens et autorgans si eissa esser d'etat de XV ans e de pus, ab cocelh et ab voluntat et ab expres autrei del predig so marit, que era aqui presens, de grat e de bona voluntat e no per forssa ni per paor ni per suggestio d'alcuna persona reconosc et

(1) Voir aux fac-similés.

(2) La dernière lettre de *veiran* et de *auziran* pourrait être aussi un *u*.

autorguec al noble baro al senhor n Sycart Alaman son payre que el l'avia dotada et heretada de sos bes propris, donan liei per molher al senher nAmalrric predig, en XX melia sol. tor. bos et adregz, desquals volc le dig senher n Sycartz Alamans lei, Helitz, sa filla predicta, esser contenguda et aparciada per jasse de tots los bes de lui senhor Sicart predig, presens (et) endevenidors, per laquals causa de l'aparciament davant dich la predicta dona Helitz, de grat e per sa bona voluntat, sols et quitiet e desamparet al predig senhor n Sycart Alaman son paire et a sos endevenidors heretiers totas las causas e totz los dregz e totz los bes mobles e no mobles e per se movens, presens et endevenidors, de lui senhor Sicart Alaman ses tot deman que no i fara ni far no i fara, per si ni per entrepausada persona, per negun temps, per razo de paterna successio o per alcuna autra manieira. Et jurec la dicta dona Helitz sobrels sants IIII evangelis de sa ma tocatz corporalment e vezibla, que encontra las causas desus dictas ni encontra alcuna d'aquelas ni encontra la predicta assouta no vendra ni fara venir ela ni hom ni femna per liei ni per son gen, ni per son cocelh, per negun temps en deguna guisa; ans renunciet aqui meteis, sotz vertut del dich sagrament per liei fag, la dicta Helitz, certificada de sa certa sciencia, a tot dreg escriut e no escriut divi et huma, civil e canonic, et a tot for et a tot establiment et a tota costuma et a tot prevelegi o benefici, fag o fazedor, donat o donador, en ciutat, en borc, en castel, en vila, en loc o en terra ad alcuna persona mascla o fem(en)a ab loqual o per loqual pogues venir encontra la predicta assouta ni encontra las causas desus dictas o en contra alcunas d'aquelas; et especialment et expressa (1) renonciet la dicta dona Helitz, certificada de sa certa scientia, ad

(1) Il faut remplacer sans doute ce mot par *expressament*.

aquela lei que es el code en lo titol de pactis, laqual leis comenssa pactum, e ad una autra lei que comenssa eissament pactum, e es en eiss lo code en lo titol de collationibus, et a totas autras legz parlant en semblant cas ab las doas predictas; et encara renunciet especialment et expressa(ment), la dicta dona Helitz, certificada de sa sciencia, ad una leg que es el code predig en lo titol de legibus et constitutionibus que comenssa non dubium. Hoc fuit factum septimo die introitu menssis junii, feria IIIa, anno ab incarnatione Domini M° CC° LX° primo, regnante Lodoyco rege Francorum, Alfonsso Tholoze comite, Ram° sedis Tholose episcopo. Hujus rei sunt testes maestre Bertholomeus Maurelli d'Albi, maestre Neps de La Davinia de Montalba, savi en dreg, Pons Guirautz de la Yla, Bertrans de Rabastenx, Wilh. de Sant Geners, Carles de Lautrec, cavalier, Galhart de Bouvila donzels, en Ramons Ermengaus notaris publics de La Vaur que aquesta carta escrius.

Quittance consentie par Raim. Alaman, chan. de Rodez, en faveur de Sic. Alaman le jeune, moyennant l'usufruit du château de Thúriès (Pampelonne), 8 juin 1275.

Raimond Alaman, chanoine de Rodez, fils de feu noble Sic. Alaman, volontairement et non déçu, quitte et abandonne à Sic. Alaman son frère « omnia jura et actiones, castra et villas, dominationes et homagia, mera et mixta inperia et quidquid habebat ratione institutionis facte sibi Raimondo in testamento ipsius dom. Sycardi, vel quacumque alia ratione, » sur les biens ou hérédité qui appartinrent aud. feu Sicard, de même que sur les autres biens qu'avait ce sgr à l'époque de sa mort. « Et dictus Sycardus motus bono animo et dulcedine fraternali dicto Raim. fratri suo providere voluit donans eidem, ratione sue legitime et illarum rerum quas dom. Sicardus eidem in suo testamento, jure institutionis, donaverat seu hereditatis que condam fuit Sicardi patris eorum, castrum seu villam de

Inventaire des biens de Sicard Alaman, 1280

.... castrū novū Bonafos cū suis ptinēciis in q
quidē castro dix se invenisse · xi · in° archas et scchas sive caissas · qu
tonellos et · ii · pipas · sex loricas · xi · gonios · ii · parade debux de fer
· ii · capmalhs duas galerias · i · catina loricis · xvii · balistas de corn
· xxvi · estriz · unas cossieras · ii · pprictos et · ii · testerias de equo
asmatras et · ii · caudeiras · ii · bletchs · et · i · cassognier · i · ciphu coure
· i · tripodes · et · ii · cancetas eccle · et unas balanssas · i · aiola cureta ·
duos candelabros de cucubro · iiii · tabulas · iiii · balistas de blanh
It̄ dix et cfessus fuit dns · Bertrandi se invenisse seu invenire Basti
de mōte forti cū suis ptin · in qua quidē Bastida seu villa invenit ·
tinam · et · ix · cubelotos · et · ii · parols · et · ii · ollas de metallo · xvii · c
citras de pluma et · iiii · vanoas et · vii · cooptores · xxvii lintea
It̄ dix cfessus fuit se invenisse seu invenire cessus et oblias de cassano

Privilèges de Puybegon 1246.

In noīe dni nri Jhu xpi Anno dni · m° · cc° · xl° · vi · iiii kl julii · Gia Conoguda
causa · q̄ en na finas maire dn Sycart alaman p mi et p totz los meus et p sica
mo filh meteis et p totz mos successors ab cosselh et ab volontat et ab autrei
ment dn B de S alari e dn jorda vaquanbr e dn johan ros e dn
huc formier e dn Jaufre lo frances fei establidas et messas costumas a
aqls homes e a totas aqlas feminas q̄ aras so el castel de puegbegno
e adenant i seran · m · els apertenemens del castel sobredich dis m deforas ·

Quitt^ce d'Hélitz fille de Sic Alaman. 1261.

Conoguda · causa · sia · a totz homes que aquesta psent carta veiran ni auziran
[illegible] q̄ la · dona · na · Helitz filha del noble baro del senhor namalric
p la gracia de dieu ... aqui psens ... m p paoz m p sargestro ...
n Sycart alaman son paire ... donan liei p molhz al filhz namalric
los bes de luj ... segtor deman ... negun temps ... liei ni pson gen ... p negu
... Renōciet la dita dona Helitz ... ad aquela lei q̄ es el code
en lo titol de pactis la qal leis comenssa · pactū et a duna autra lei
q̄ comenssa eissament · pactū · exepen eiss lo code en lo titol de colla
tionib ... maestr Nepos de la damnia de mōtalba · sant endrez
pons · guiraut de la yla · Bertrans de Rabastenx · B de S · genero · ca
les de lautret cavalier · Galhart de bonula donzels · en Ramons
Ermēgaus notaris publics de la · Vaur · q̄ aqsta carta escrius

Turia, dyocesis Albiensis, cum pertinenciis universis; item C lib. caturcens. in redditibus annuatim apud Castrum novum seu Bastidam, ad cognitionem proborum hominum hinc indè electorum ipsi Ramundo assignandis. » Il fut convenu qu'après la mort de Raim. tous ces biens retourneraient, exempts de dettes ou autres charges, à Sic. ou à son successeur; que ceux-ci rentreraient alors en possession de leur propre autorité avec pouvoir d'ecarter (*removere*) tout tiers détenteur « superiori curia requisita seu etiam in consulta; » que led. Raim. aurait la faculté de disposer de 25 liv. sur la rente ci-dessus, à la condition que celui à qui il les donnerait ou léguerait devrait en conséquence la fidélité et l'hommage à Sicard; et que toutefois ces 25 liv. ainsi aliénées ne pourraient comprendre la juridiction ni le chateau de Thuriès: « in illis XXV lib. merum nec mixtum imperium nec predicti castri ediffícium Ramundus potest concedere alicui nec donare ymo debent penes Sicardum et successores ejus penitus remanere. Castrum vero de Turia et predictas C. lib. debet habere Raymundus absque subicione (1) seu gravamine cujuslibet honeris patrimoniali(s) seu hereditarii debitorum vel aliuscujuscumque et illiud (*corr.* illius) debiti quod, ut dicitur, debebatur Jocobo de Trebis vel successoribus suis, cujus debiti, si quod est, Sicardus debet honera sustinere. Dictus vero Raimondus, certus de jure suo et de facto, et videns vices (2) patrimonii seu hereditatis que condam fuit dom. Sicardi, memorie recolende, videns etiam opressiones et honera debitorum hereditatis predicte, videns etiam ea in quibus Sicardus eum heredem instituerat, volens

(1) A la p. 57 on a déjà trouvé *obiciendum* (pour *objiciendum*); nous sommes ici en présence d'un autre mot que le scribe a altéré d'une manière analogue (*subicione* pour *subjectione*), et cela d'après une tendance qui ne lui était pas précisément personnelle (Du Cange, v° *obicere*). La forme *illiud* que l'on va trouver dans la même phrase tient aussi aux habitudes orthographiques du scribe qui a écrit dans une 2e copie du même acte *aliud* pour *alius* et qui, comme le lecteur a pu souvent l'observer, écrit *opud* pour *opus*.

(2) Une seconde copie du même acte, contenue dans le cartulaire, corrige par *vires*.

etiam predicto fratri de auctore concordie federa observare, supradicta omnia fratri suo guirpivit in perpetuum et quitavit. » Suivent les renonciations habituelles et, entre autres, la promesse que led. Raim. « non veniet contra aliquid predictorum nec rescriptum seu literas alicujus curie secularis vel ecclesiastice contra predicta inpetrabit seu etiam allegabit, ymo utilia fratri suo pro viribus procurabit et inutilia evitabit. Dixit etiam Raimondus quod ipse non fecerat in testamento nex extra aliquam donationem seu aliquid aliud per quod predicta possent infirmari seu viciari, et si fecerat expresse in perpetuum revocabit. » Et pour plus de validité les 2 parties jurent, tour à tour, d'observer tous les accords ci-dessus, conclus, est-il dit, avec le consement de Bertr. vic. de Lautrec, de frère Bern. Gerald, de frère Deodat, de l'ordre des Prêcheurs, de frère Arn. *de Axio*, de l'ordre des Mineurs, tous exécuteurs testamentaires de Sic. Alaman. Fait le 6 des ides de juin 1275; témoins Ratier doyen de Cairac, Austorg *de Vigoro*, moine d'Aurillac. Bernard de Malafalguière, Raimond Alaman fils de feu Doat Alaman, G. Dominique de Rabastens, Pierre *Calthe*, *capellanus*, Doat de Rouaix, maître Vincens, Pons de Malbosc et Arn. Serene, not. public de St Sulpice qui ecrit et signe la charte.

(Cette pièce est repétée 2 fois de suite dans le cartulaire, avec des variantes d'orthographe insignifiantes.).

Raim. Alaman vend cert. rente, exprimée en l'acte précédent, à Sic. Alaman son frère, 3 janv. 1276 (1277).

Raim. Alaman, fils de feu noble sgr Sic., chevalier, vend à Sic. Alaman, fils dud. feu Sicard, « XXV lib. turon. quas idem Raimondus retinuerat in compositione quam cum eodem Sicardo fecerat ratione successionis et juris paterne ad faciendam ipsius Raimundi et successorum, plenam et liberam voluntatem in vita et in morte, prout hec omnia in instrumento confectum per manum Arnaldi Serena plenius continetur. »Cette vente est faite pour le prix de 3,000 sous de Cahors, dont il est donné quittance par le vendeur, lequel conserve toutefois l'usufruit des susd. 25 liv. Parmi les clauses de droit et les déclarations de protocole on voit que Raim. renonce « legi que incipit rem majorem precii, et si forssam predicte XXV l. valerent plus precio memorato, totum illud plus dedit Sicardo, renuncians legi que est in codice de donationibus que incipit si quis argentum, et omnibus aliis juribus et legibus que dicerent illud idem. » Le 3 des nones de janvr 1276. Témoins sgr Bern. de St Amans, chevalier, Sic. Alaman seigneur de Durfort, Bern. de Malafalguière, maître Vincens de Rabastens, Pierre *Tholosani* le jeune, Guil. P. de Saulhan et Arn. Sérène not. de St Sulpice qui écrit et signe l'acte.

Accords arrêtés entre la veuve de Bertr. de Lautrec et Gui de Lévis, sgr de Mirepoix, en vue du mariage de Béatrix de Lautrec et de Mathieu de Levis, leurs enfants, 2-5 janvier 1295 (1296). — Ratification de ce contrat par Gui de Levis, 18 janvier, et par les tuteurs de Béatrix, 20 janvier suivant.

In nomine Dom. nostri Jeshu Xpisti. Anno incar. ejusdem M° CC° XC° quinto, Phil. regnante, V° nonas januarii (1). Noverint, etc., quod nos Ram. de Polhano, archidiaconus Fenolheti in ecclesîa Narbonensi, et nos Petrus Maurelli, juris civilis professor, canonicus ecclesie Albiensis, ex potestate nobis data a nobili dom. Guidone de Levis, dom. Mirapicis, et nomine dom. Mathei de Levis, filii sui, et a nobili domina Aladayssi, relicta dom. Bertrandi condam vicecomitis Lautric., nomine suo et nomine Biatricis filie sue et filie et heredis dicti Bertrandi, in declarandis pactis dotalibus et sponssalicii modis et condi-

(1) Il n'y a, en janvier, que 4 jours de nones, allant du 2 au 5 de ce mois. Tout ce qu'on peut faire est donc de donner ces 2 quantièmes comme limites de la date de notre charte.

tionibus apponendis in eis, presentibus dom. Guilhelmo de Gozenchis, procuratore domini Mirapicis, et dominis Sicardo, vicecom., Lautric., et Ram. de Castronovo, milite de Tholosa, tutoribus predicte Biatrix, et concencientibus, ordinamus quod ratione matrimonii contrahendi inter Matheum et Biatricem, de quibus sponssalibus actum est inter dominum Mirapiscis pro dom. Matheo et dictam Aladaissim pro Biatrice, ipse dom. Mirapiscis donet et assignet Matheo filio suo mille libr. turon. annui redditus in castris et villis congruis, cum hominibus et alta et bassa juridictione, et quod de dicta terra ponat Matheum in homagio regis, faciendo ei talem securitatem quam cicius comode poterit quod secundum consuetudinem Francie valeat, pro facienda dicti Mathei de dictis M lib. t. annui redditus sua omnimoda voluntate. Volumus insuper declaramus et ordinamus quod Biatrix, adveniente tempore pubertatis se ipsam Matheo in legitimam concedat uxorem et quod assignet in dotem totam terram et jura quam et que habet ex successione Bertrandi patris sui, que quidem terra duo milia libr. turon. annui redditus comuniter dicitur extimari, tali tamen pacto apposito in predictis quod ambo teneant, dùm simul vivant, dictam terram, et fructus et redditus omnes inde percipiant propter honera matrimonii subportanda, hoc tamen adjecto et expresse convento quod si continguat matrimonium dissolvi sine liberis, morte Beatricis predecedentis, Matheus quamdiu vivet possideat totam illam partem terre et jura que competunt Beatrici in terra et ex hereditate Bertrandi, patris sui, jure nature vel institutionis seu aliqua alia ratione, et quod post mortem Mathei dicta terra et jura illi vel illis reverta(n)tur qui de jure debebunt succedere Beatrici. Volumus et e converso declaramus quod si Beatrix supravixerit Matheo predecedenti sine liberis extantibus ex dicto matrimonio, quod ipsa habeat quamdiu vixerit totam terram predictam que sibi debet dari in vita sua de terra Mathei sibi assignanda a patre suo quantum est vel erit medietas terre et reddituum quam Beatrix habebit vel habere poterit aliquo jure ex successione Bertrandi, patris sui. Si vero continguat Biatricem predecedere, liberis extantibus, Matheus cum dictis liberis suis teneat quamdiu vivet totam terram que sibi debet assignari in dotem, et post mortem suam remaneat comunibus liberis; et si Matheum continguat predecedere, extantibus liberis, ipsa cum dictis liberis possideat ad vitam suam dictas mille libr. annui redditus dicti Mathei, et post mortem Biatricis remaneant comunibus liberis. Porro volumus quod Matheus, contracto matrimonio, solvat omnia debita que tunc debebuntur ratione hereditatis predicte et specialiter debitum trium milium lib. tur., Elitz filie dicti dom. Bertrandi condam cùm nubet, quas ipse Bertrandus in testamento suo mandasse dicitur filie sue Elitz, tempore quo nubet, assignari de bonis suis in dotem et de fructibus et redditibus dicte terre; ita tamen quod terram dotalem alienare sibi non liceat nisi hoc fieret in casibus a jure permissis pro utilitate Beatricis. Si autem Matheum in terra dotali contingeret inpensas utiles vel necessarias facere de quibus solutionibus et inpenssis sibi satisfactum non esset de dictis fructibus et redditibus, tempore quo matrimonium solveretur, liceat Matheo vel successoribus terram dotalem tenere et redditus libere tamdiu exinde percipere donec de dictis debitis et inpensis sibi vel successoribus sit plenarie satisfactum. E converso autem idem volumus Biatrici et suis licere de retentione sponssalicii in eventu casus, si contingeret in solutionibus et inpenssis per eam faciendis in terra sponssalicii ut dictum est assignanda. Rursus ordinamus quod Matheus, dicta(m) terra(m) dotali (*corr.* dotalem) possidente (*corr.* possidens) possit eam et in ea libere, pro jure suo et Biatricis, locare et ad firmam concedere et in emphiteosim dare; et Biatrix in terra sponssalicii idem facere in eventu conditionis predicte, prout in terra Albigesii est in terris dotalibus et sponssaliciis fieri comuniter consuetum, prout et quando eis videbitur expedire. Preterea ordinamus quod usque ad tempus pubertatis predicte dictus Ram. de Castronovo terre dotalis aministrationem et custodiam habeat, debita et legata solvat, restitutiones et emendas faciat secundum ordinationem in testamento Bertrandi contentam et quod Biatrix, ex viguore hujus nostre ordinationis, in domo dicti dom. Marescalli et sub ejus custodia usque tunc nutriatur. Nos tamen predicti archidiaconus et P. canonicus retinemus nobis potestatem interpretandi, addendi, minuendi, quotiens opud erit, in predictis usque ad tempus complete pubertatis predicte, in dubiis et questionibus si que emergi contingeret in predictis pactis. Ut autem omnia supradicta robur obtineant firmitatis ordinamus et precipimus sub virtute juramenti dicto Marescallo et Aladaissi nec non tutoribus Biatricis et aliis omnibus qui predictorum sponssalicia juraverunt, ut curent et faciant quod inter Matheum et Biatricem, cum ipsam ad tempus perveniet pubertatis, matrimonium subsequatur, et quod ex nunc dicti Marescallus, Aladaissis et tutores ordinationes nostras predictas et Matheus et Biatrix predicta sponssalicia aprobent et in eis concenciant et sigilla sua presenti instrumento appendant. Acta fuerunt hec apud Graolhetum, in domo Biatricis, presentibus Guilh. de Gozenchis, procuratore domini Mirapicis, Sicardo vic. Lautr. et R. de Castronovo tutoribus Biatricis, qui ratificaverunt omnia suprascripta et in hiis prebuerunt concenssum, promitentes michi notario, stipulanti pro omnibus quorum interest, se curatoros quod omnia prout ordinata sunt, compleri facient suo posse; presentibus etiam venerabili dom. B° Alberto, monacho Candelii, et Eymerico de Ruppenegata, milite, senescalli

Johannis de Monteforti Scquilacii et Montiscaveosi comitis, magistris Ram. de Lumberiis et Adem. de Brandone jurisperitis, Aymerico de Monteacuto, Petro de Altarippa, Aym. Signerii, Poncio de Podioarnaldo, Alberti, Aymerico filio dicti senescalli, domicellis, fratre Barthol. de Solerio monacho dicti monasterii, Ram. de Monteniaco presbitero ecclesie Narbonensis, magistro Petro Audevini et mag. Vitali Bressola, Petro Mercerii et Petro Terrena, publicis notariis, et pluribus aliis et me Ram° Aolrici, notario publico ville de Castris, qui de mandato dictorum R[i] de Pollano, archidiaconi Fenolheti et Petri Maurelli, necnon et procuratoris domini Mirapicis et tutorum dicte Biatricis hanc cartam recepi, scripsi et in formam publicam redegi et signo meo signavi.

Post hec, anno quo supra, die mercurii ante festum beati Vincencii, nos Guido de Levis, dom. Mirapicis, audito et diligenter intellecto tenore presentis instrumenti, volentes quod promisimus tenere et inviolabiliter observare, sigillum nostrum presenti instrumento duximus apponendum.

Post hec, anno quo supra, die veneris post festum beati Vincencii, nos Sicardus vicecomes Lautricensis et Ramundus de Castronovo, miles, de Tholosa, tutores testamentarii dicte Biatricis, audito et diligenter intellecto tenore presentis instrumenti, volentes quod promisimus tenere et inviolabiliter observare, sigilla nostra presenti instrumento duximus apponenda.

Conventions matrimoniales entre Béatrix, fille de Bertr. de Lautrec, et Philippe, fils de Gui de Lévis, sgr de Mirepoix, 19 sept. 1296 (1).

L'an 1296, mercredi avant la St-Mathieu, apôtre, 13 des

(1) Ce document est précédé dans le mss. d'un titre erroné, écrit au 17[e]

calend. d'octobre. Après que Gui de Lévis, sgr de Mirepoix, eut rendu noble damoiselle Beatrix, vicomtesse de Lautrec, à sa mère Aladays et à Raim. de Castelnau, chevalier, tuteur de lad. Beatrix, encore pupille, lesd. Raim. et Aladays prièrent led. sieur de Mirepoix d'agréer l'union matrimoniale de lad. damoiselle avec son fils Philippe de Levis, pourvu que l'Eglise romaine consentît à ce mariage. Sur quoi led. s[r] de Mirepoix et Jean son fils, d'une part, et la mère et le tuteur de Béatrix, de l'autre, s'engagèrent et promirent par serment de faire leur possible pour que les épousailles proposées eussent lieu, et pour que le mariage fût célébré le plus tôt possible, dès que la jeune fille serait en âge. Il fut convenu que celle-ci apporterait en dot tous les biens qu'elle avait comme unique héritière de son père, qu'elle recevrait de Philippe la donation à cause de noces, et que l'on se soumettrait, à cette occasion, aux clauses qui avaient été formulées par R. de Polhan et P. Maurel, lorsque lad. pupille avait été fiancée à Mathieu de Lévis, c'est-à-dire telles qu'elle sont contenues dans l'acte dressé par P. Terrène, not. de Mirepoix (1). Gui de Levis promet par serment que si le mariage projeté n'était pas accompli dans un an, à partir de Pâques prochaines, il restituerait lad. Beatrix à sa mère et à son tuteur; il ferait de même s'il ne pouvait obtenir, dans la même période, le consentement de l'Eglise romaine, et encore si Philippe venait à mourir entre l'époque des épousailles et la réalisation du mariage. Fait dans le château de Mirepoix; témoins : P. *de Podio*, Phil. de St-Denis, Guill. de Roquefort, damoiseau; sgr Amalric *de Cauda*, Robert de Rivière, chevalier; maître Guill. *de Gozenchis*, juge de Mirepoix, « Lianor et Cebelia, moniales Veterismuri, et eguo Petrus Tubicinatoris, not. publicus ville et terre Mirapicis qui hiis omnibus interfui et cartam istam scripsi et signavi. »

S. : « Contract sur le traicté de mariage d'entre Béatrix *del Got*, fille de feu Bertrand *del Got*, et Aladayssie de Najac, et Philippe de Levis, filz de Guy de Levis, Sr de Mirepoix. »

(1) Dans l'acte allégué (p. 83) ce notaire n'apparaît toutefois que comme témoin et non comme rédacteur.

Dispense du pape Boniface VIII pour le mariage de Phil. de Levis et de Béatrix de Lautrec, 3 juin 1297. — Cette pièce est insérée dans un *vidimus* de l'official de Pamiers du 22 juill. 1297.

Presentium pateat testimonio universis quod nos officialis Appamiensis vidimus, legimus et examinavimus quandam literam patentem Sanctissimi patris Bonifacii pape octavi, non cancellatam nec obolitam, cum vera bulla pendenti in filo cirico, cujus litere tenor dinoscitur esse talis. — Bonifacius episcopus, servus servorum Dei, dilecto filio nobili Philippo, nato nobilis Guidonis de Levis, dom. de Mirapice, ac dilecte in Xpristo filie nobili Beatrici, condam nate Bertrandi, vicec. Lautr., uxor ejus, salutem et apostolicam benedictionem. Intenta salutis opibus appostolice cedis circumspecta benignitas indultam sibi desuper plenitudinem potestatis exercet sicut in Domino expediri conspicit secundum diversitatem negociorum concurrentium et exigenciam personarum. Sane, lecta coram nobis vestra petitio continebat quod vos per verba de presenti ad invicem contraxistis, carnali copula inter vivos postmodum subsecuta, verumque obsistente vobis inpedimento publice honestatis (et) justicie pro eo quod, ante hujus (1) hujusmodi contractum inter vos matrimonium, quondam Matheus de Levis, miles, frater tuus, fili Philippe, olim dum viveret cum te, Beatrice, que tunc temporis nondum nonum etatis tue annum expleveras, sponssalicia per verba de futuro contraxerat, non potest inter vos hujusmodi matrimonium, absque dispenssatione cedis apostolice, legitime remanere; quare vos habentes exinde conciencias remordentes et atendentes quod ex hujusmodi matrimonium(-ii) separatione, si fieret, grave in illis partibus generari scanda-

(1) Ce mot est à supprimer.

lum ac multa rerum et personarum possent pericula evenire, nobis humiliter suplicastis ut, hujusmodi periculis occurrentes(-ibus) vobiscum (?), quod, inpedimento non obstante predicto, possitis in matrimonio ipso licite remanere, dispenssare misericorditer curaremus. Nos autem qui salutem querimus singulorum et libenter Xpristi fidelibus quietis comoda procuramus, volentes evitare pericula que possent in hac parte verisimiliter formidari, vestris suplicationibus inclinati, vobiscum (*corr.* vobis) ut, inpedimento hujusmodi non obstante, in matrimonio predicto licite ac libere remanere possitis, auctoritate appostolica de speciali gracia dispenssamus, prolem suscipiendam ex vobis ex dicto matrimonio ex nunc legitimam nunciantes. Nulli ergo omnino hominum liceat hanc paginam nostre dispenssationis et nunciationis infringere vel ei ausu temerario contraire. Si quis autem hoc atemptare presumpserit indignationem Dei et Petri et Pauli apostolorum se noverit incursurum. Datum apud Montem flasconem, III° nonas junii, pontificatus nostri anno tercio. — In cujus litere visionis, inspectionis, examinationis testimonio nos officialis predictus presentibus literis nostris ad majorem roboris firmitatem premissorum sigillum nostre curie duximus apponendum. Actum fuit hoc in civitate Appamiarum, in consistorio ubi regitur curia nostra Appamiensis. Anno Dom. M°CC°XC°VII°, XI° kalendas augusti.

Division de l'hérédité de Doat Alaman et partage de présuccession des biens de sa veuve entre Sicard et Déodat Alaman, leurs enfants : 17 janv. 1234 (1235) (1).

Noverint universi presentes pariter et futuri quod hec est carta divisionis facte inter Sicardum Alamanni et Deoda-

(1) Voir aux fac-similés.

tum fratrem ejus super hereditate paterna et rebus omnibus aliis que in testamento paterno continentur et aliis possecionibus et juribus quas vel que dicti fratres post mortem patris sui Deodati Alamanni quolibet modo vel titulo a quibuscumque personis adquisierunt et habent vel tenent; conventio etiam inter ipsos fratres facta est de hereditate materna sicut inferius continetur. Habitoque ita concilio amicorum omnia predicta bona inter se taliter diviserunt : — Ad partem itaque Sicardi Alamanni venerunt omnia que pater eorum Deodatus in suo testamento eidem Sicardo reliquerat, scilicet Bastida que dicitur Montisfortis, cum juribus et pertinenciis suis, et quicquid pater eorum habebat a Pleus et ad Durestat et ad Abiracum et ad Calm et ad Coiam et apud Sanctam Crucem et ad Selhonacum, et in pertinenciis eorumdem et omnes homines et mulieres quos et quas habebat apud Galliacum et generaliter quicquid ibi habebat, et omnia que habebat apud Gravam, et Houriam et Bernacum et in terminis et pertinenciis predictarum villarum. Hec omnia supradicta pervenerunt ad partem dicti Sicardi ut ipsi (*corr.* ipse) et successores sui habeant et teneant in perpetuum pleno jure. Item, quia dicti fratres erant gravati multis et magnis debitis tam hereditariis quam aliis post mortem patris contractis, composicio talis facta fuit inter ipsos ut Sicardus persolveret omnia debita tam hereditaria quam alia quibus usque in hodiernam diem tenebantur et ipse Sicardus habeat pleno jure universa et singula que pater eorum antedictus Guilhelmo Atoni fratri eorum quondam in suo dimisit testamento, scilicet quidquid habebat apud Sanctum-Sumplicium et in pertinenciis et terminis ejus, et illa IIII milia D sol. malgor. quos pater eorum expenderat in honore de Graulheto ad dominam Finam eorum matris pertinente, et omnia que ex successione domine Fine matris eorum ad dictos fratres casu aliquo possint pervenire. Item remanent ad dictum Sicardum omnia jura et posseciones que vel quas dicti fratres post mortem patris eorum adquisierunt in locis superius nominatis. — Ad partem autem Deodati pervenerunt omnia que pater eorum in eodem testamento sibi reliquit, videlicet bastida de Monte-Alamanno que dicitur Villanova, et quicquid habebat apud Ulmos et in Villanova et apud Amilhavum et ad Sestairol et ad Terssas et ad Feissacum et ad Uncarcam et ad Sanctum-Marcellum et ad Causacum et ad Vious et in terminis eorumdem. Hec omnia remanent ipsi Deodato et successoribus suis et quicquid ipsi fratres post mortem patris sui in eisdem castris, villis vel locis aliquo modo sunt lucrati. Hec autem divisio et compositio facta est inter dictos fratres, cognitis et diligenter concideratis universis verbis testamenti paterni. — Nos itaque dicti fratres Sicardus et Deodatus, voluntate spontanea, nulla vi vel deceptione ad hoc inducti, habito concilio amicorum nostrorum et diligenti deliberatione, ex certa sciencia omnia et singula supradicta aprobamus et confirmamus et contra predicta vel aliquod predictorum nullo tempore veniemus, et renunciamus omni juri canonico et civili scripto et non scripto nobis contra hec competenti, et specialiter ego Deodatus renuncio beneficio minoris etatis et in integrum restitutioni, et quidquid juris habebam vel habere debebam in villis vel locis que ad partem Sicardi fratris mei pervenerunt illud totum sine retentione eidem Sicardo solvo et diffinio et remito, et omnes actiones et jura quas et que in illis vel pro illis habere poteram reales et personales, realia et personalia sibi cedo, ad faciendam suam et suorum in perpetuum voluntatem. Et ex certa sciencia eguo Sicardus Alamannus dono, diffinio atque concedo omnia jura et actiones reales et personales que vel quas (habebam) in villis et locis que ad partem fratris mei

Deodati venerunt, eadem Deodato ad faciendam suam et suorum voluntatem. Et ut hec omnia suprascripta inviolabiliter observentur nos fratres invicem promitimus nos contra non venturos et juramus, tactis sacramentis euvangeliis corporaliter, et rogamus illustrem dominum nostrum Ramundum, comitem Tholosanum, ut omnia premissa inco(n)cussa faciat observari. Nos igitur Ramundus, Dei gracia comes tholosanus, ad preces et instanciam dictorum fratrum hec omnia et singula aprobamus et ut perpetuam obtineant firmitatem cartam sigilli nostri munimine roboramus. Acta fuerunt hec ita et concessa XV die exitus mensis januarii, feria IIII^{a}, regnante Lodoyco Francorum rege, et eodem R^{o} Thol. comite et Ram^{o} episcopo. Anno M^{o}CC^{o}XXX° quarto ab incarnatione Domini. Horum omnium prescriptorum sunt testes Vgo de Alfaro et Pilisfortis de Rabastencis et Mancipium de Tholosa et P. de Tholosa frater ejus, et Petrus Martini de Castronovo et Johannes Aurioli et frater Bernardus cappellanus et Ram. Huc^{us} (1) et Galhardus Roqua et Arnaldus Johannes filius Hugonis Johannis et Bernardus Aimericus publicus Tholose notarius qui de mandato et assenssu predictorum fratrum presens instrumentum publicum scripsit et illum mandato dom. comitis sigillavit. De hac autem divisione fuerunt confecta duo publica instrumenta et sigillata, per alphabetum divisa, unum quorum habuit dom. Sicardus Alamannus et aliud habuit Deodatus frater ejus.

Quittance respective entre Sic. et Doat Alaman frères de tout ce qu'ils pouvaient se demander l'un à l'autre, 13 avril 1252.

Soit connu que « dom. Sic. Alamanni et Doatus Alamanni,

(1) L'H de ce nom est traversée d'un signe d'abréviation.

frater ejus, solverunt quisque scilicet alium et ordinium ejus de omni hoc quod alter alteri petere aut amparare poterat vel putabat aliquo jure vel occasione usque in hac presenti die. » Fait et consenti à St-Sulpice, 13 de l'entrée d'avril, Louis étant roi, Alfonse, comte de Toulouse, et Raim., évêque, 1252. Présents Me Guilh. de Lavaur, Jean, curé (*capellanus*) de St-Sulpice, *Bus Pelissaria*, clerc, et moi Bern. Aymeric, not. public de Toulouse, qui ai écrit le présent acte.

Comtesse, veuve d'Arn. de Bouville, fait don de tous ses biens à Sic. Alaman et lui cède ce qu'elle pouvait réclamer à raison de sa dot, d'hypothèques ou de dettes quelconques, 23 févr. 1247 (1248).

Soit manifeste que dame *Comitissa*, épouse de feu noble sgr Arnaud de Bouvila, de bon gré et sans fraude, a donné tous ses biens et ses droits, « jura et acciones sive sint personales vel reales vel mixte et persecutiones earum contra quascumque personas, sive sint religiose vel seculares persone » à Sic Alaman ; elle met ce sgr en son lieu et place, le constitue son procureur dans ses biens, lui cède tout ce qui lui revient à différents titres, « sive sit dos vel sponssalicium vel jus ypothece, sive sint debita vel barata a quacumque persona vel quibuscumque vel loco dicte domine debita ; » elle déclare d'ailleurs qu'elle n'a fait ni ne fera aucune donation pouvant préjudicier au présent acte ; enfin elle renonce à la loi qui dit qu'une donation excédant 500 *aurei* n'est valable qu'avec insinuation ; à celle qui révoque la donation pour ingratitude, à tout autre secours de dr. civil, canonique ou de coutume et à toute exception relative à la chose ou à la personne, etc. Fait *apud Grande Castrum*, 7 des calend. de mars, 1247. Témoins : Bertr. de Galhac, maître Guil. de Lavaur, maître Raim. *Talonus*, Béringuier de Serres, Arn. Péregrin, scribe, Arn. de Las Combes et moi Bern. Aymeric, not. public de Toul., qui écris cet acte sur l'ordre de lad. Comtesse.

Confirmation par l'évêque d'Albi, comme seigneur suzerain, de l'achat fait par Sic. Alaman de cert. droits et possessions, dans la ville d'Albi ou ses dépendances, à la gauche du Tarn, avril 1237.

Pateat universis presentem scripturam audientibus quod B. (1) Dei gracia episcopus Albiensis, concessit Sicardo Alamanni, filio condam Doati Alamanni et successoribus suis et auctorizavit et confirmavit, ratione sui dominii principalis et nomine dignitatis sibi a Deo concesse, emptionem et omnes res emptas quas idem Sicardus emerat a Guilhelmo et Sicardo Froterii, fratribus, qui illas emerant a Bernardo de Capdenac, et specialiter illam partem salini sive salinarie et pedagiorum quam Bernardus de Capdenac habebat in civitate Albiensi vel extrà et omnes alias res quas a dictis fratribus idem Sicardus emerat, ubicumque sint et nominatim similiter condaminam que est prope pontem Albie et totum illud quod dictus B. de Capdenac habebat a ponte Albie usque ad rivum de Preguor infra montes versus Tarnum. Omnia et singula supradicta infra dictam civitatem vel extra, citra Tarnum et ultra, per Sicardum empta concessit, aprovabit et confirmavit dominus episcopus per se et per successores suos dicto Sicardo in perpetuum, et possecionem et quasi possecionem omnium predictorum quam mandato et auctoritate episcopi Sicardus ex causa emptionis prefate adeptus fuerat sibi concessit et legitime confirmavit et ipsum (de) predicto feudo investivit, ita videlicet quod dictus Sicardus et successores sui omnes omnia supradicta debeant tenere in feudum a domino episcopo et successoribus suis, quia hec omnia ab episcopis albiensibus in feudum, longis retroactis temporibus, tenebantur. Et fuit nunc specialiter actum inter ipsos quod dictus

(1) Corrigez par *D.* (Durand), d'après la date placée à la fin de l'acte.

Sicardus faceret homagium, et fecit, pro dicto feudo episcopo memorato et quod successores ipsius in infinitum in feudo succedentes faciant eidem episcopo et successoribus in infinitum, quocienscumque et quandocumque mutatio persone intercecerit ex parte domini vel vassalli ; et preterea pro servicio dicti feudi quod Sicardus et successores darent domino episcopo et successoribus suis, quolibet anno in die jovis scene Domini, unum marebetinum apud Albiam, et nichil occasione servicii a dicto Sicardo vel successoribus episcopus vel successores ulterius exigere poterunt nisi quod episcopum et jura sua, tanquam vassallus dominum tenetur bona fide diligere, deffendere et juvare, ipse et successores ejus (1). Fuit etiam dictum et actum incontinenti inter ipsos quod si forte aliqua occasione vel necessitate infra annum vel biennium vel triennium vel quadriennium cessaretur a solutione prefata, quod propter hoc predictum feudum, non incideret in comissum, set vasallus simul solveret pro toto preterito tempore totum censsum. Item dominus episcopus bona fide promisit per se et per successores suos dicto Sicardo et successoribus suis bonum et legale dominium pro feudo et in dicto feudo bona fide deffendere et juvare. Ad majorem firmitatem omnium predictorum et facilem et evidentem probationem et eternam rei memoriam hanc cartam et aliam similem per alphabetum divisam dominus R., Dei gracia comes Tholosanus, in cujus presencia omnia ista facta sunt, et dictus dominus episcopus et idem Sicardus sigillorum suorum fecerunt munimine roborari. Actum fuit hoc apud Salvetatem, presentibus P. Virgilii preposito Sancte Cecilie, Guilhelmo de Barteria, Jordano de la Yla, Berengario de Galliaco, Poncio Bernardi de Al-

(1) Ici le mss. omet quelques mots équivalant à ceux de *aimeront, défendront et aideront.*

bia, P. de Mazeriis, B° cappellano et yconomo episcopi Albiensis, Mota Montagut, G° de Bouvila, magistro Symone archipresbitero Cordue. Anno Domini M°CC°XXX° septimo, mensse aprili (1).

Achat par Sic. Alaman de certains biens dans les paroisses de St-Sernin-de-Gourgois, de St-Martin-de-Grizac et de Ste-Cécile-de-Mouribal (environs de Puybegon), mai 1240.

Conoguda causa sia a totz homes als presens et als endevenidors que ieu Bertran Rigaut de Berenx et ieu Naia, maire de lui, e na Comtors ma filha, ab cocelh e ab voluntat e ab expres autorgament d'en Ugoli, so marit, que o volc et o autorguet per nos e per totz nostres successors, per bonafe e ses engan, vendem e donam e solvem et quitam e livram e desamparam et autorgam per aras e per totz temps, senes deguna retenguda que nos i fam de re, a vos en Sicart Alaman et als vostres et a totz homes a cui vos o volrratz per far tota vostra voluntat per totz temps, so es a saber : tota la terra e la honor que nos aviam e teniam e la parroquia et el deimari de Sant Cerni de Guorguer, e tot aquo que nos aviam a far el deimari de la glieia de Sant Marti de Grizac e tot aquo que nos aviam a far e la parroquia et el deimari de Sant Hestephe e tot aquo que nos aviam a far e la parroquia et el dei-

(1) Si le scribe a mal rapporté le nom de l'évêque, qui figure en tête de l'acte, il ne paraît pas du moins qu'il ait erré en transcrivant la date qu'on vient de lire. P., prévôt de Ste-Cécile, figure en effet, dans le *Gallia christ.* (I, 45) en janv. 1236 (1237), et son successeur B. de Combret n'est cité qu'en 1239. Nous trouvons aussi quelques années avant, en 1230, une mention de Simon, archiprêtre de Cordes, lequel pouvait donc très bien exister en 1237 (D'Auriac, *Hist. de la cathéd. d'Albi*, 91). On pourrait faire plusieurs autres remarques qui serviraient à montrer que le document qui nous occupe a dû être daté exactement.

mari de Sant Dezirat e tot aquo que nos aviam a far e la parroquia et el deimari de Sancta Cezelia de Maurival, e tot quant nos aviam a far en deguna manieira dins aquestz deimaris ni dins aquestas parroquias sobredichas, so es a saber homes, femenas, cesses, usatgues, senhorias, boscx, bartas, cassius, ademprius, aiguas, et especialment per nom Bernat Regambert e totz sos effans e tot lor heres, en Wilh. de Fares, en Vidal so fraire, en Bernat Guiral, en Johan Guiral, en Wilh. de La Faja, els effans d'en P. Johan, en Wilh. Adalbert e sos effans e tot lor heres e totas lor tenenssas, en B. Resseguier e son heres e tota sa tenenssa. E tot aisso on mielhs sobredich es ni on mielhs pot esser entendut vos livram per titol de perfiecha venda per totz temps valedoira. E vos avetz noin donat per nom de pretz MMCCC sol. de malg. de bos, dels quals nos tenem be per pagatz, que agutz e resseubutz los avem nomeradament de vos, els quals MMCCC sol. renonciam ad exceptio d'aver no agut e non resseubut et a pecunia no nomerada. E se mai valia, aras ni lunh temps, tot aisso on mielhs sobredich es d'aquest pretz davant dich, que vos noin avetz donat, donam vos de grat e de bona voluntat tota la mai valenssa escientalment en dos, per be e per amor e per donacio entre vius no revocabla per degun temps ; e serem voin guirens de totz homes e de totas femenas que re vos i demandesso en alcun temps, et em voin tengutz de la eviccio, per laqual voin obliguam totz nostres bes et avem plevit per nostras fes e jurat sobre sants IIII avangelis tocatz, juran corparalment de nos que ferm tenguam et ajam aquesta venda totz temps et en contra no venguam ni venir no fassam home ni femena per nos ni davas nos lunh temps, e se far o voliam renonciam de nostras certas sciencias a tot dreg divi et huma escriut et non escriut et a tota costuma donada o a donar e a non agradabletat et a mai valenssa et a tot autre ajutori ab que encontra poguessem venir nos o autrui per nos. E donam voin aquista present carta en testimoni ab laqual voin metem e vera tenezo et en corporal possecio per totz temps. Facha carta el mes de mai, anno Dom. M°CC°XL°IX°. Testimonis : Bertran de La Roca, Wilh. de Cueia, B. Folcaut, Davi, P. Donat, Johan de Montinhol, P. de Boissel, P. de Taur, nIsarn de Laval, Wilh. Palhacier, P. Agulhier, Arnaut Ragambert, P. Dalas de La Yla, Ticbaut d'Albi, Bec Rainart de Berenx, P. Gailhart, B. Pages d'aquel loc meteis, e P. Vincens notaris cominals de Galhac scripsit hanc cartam et vidit.

Achat de possessions situées dans Senil et dans Azas par Sic. Alaman, 8 août 1248 (1).

Conoguda causa sia que eu Ramon Bernat Frotier, per mi e per totz los meus e per totz mos successors, vendi per jasse al senhor Sicart Alaman et a totz (sos) successors et a totz homes et a totas femnas a cui el o volrria, per tota sa voluntat a far, tota la terra e la honor erma e condrecha et albres dometgues e ribiras e pratz e cassius et ademprius et cesses et usatgues e senhorias et homes e femnas e totas mas accios reals e personals e mixtas e tot aquo que ieu avia ni aver devia, per razo de madona na Berenguieira de La Vaur que fo ni davas mon paire Wilh. Frotier que fo ni per qualsque manieira re i agues, el deimari de Sant Hestephe de Romilharguas ni e la honor de Senilh ni el deimari de Sant Marti d'As ni el deimari de Sant Marti de Boziguas, so es a saber que te tro el cap del valat de la serra debel solhelh es

(1) Reproduit en partie dans nos fac-similés.

boula ab la terra d'en Membrat et en aissi col valat s'en davala entro el corn (1) del vinhal d'en B. Ram. et en aissi co esta entro el valat dels Arnaudenx et entro el forn teulenh, e te tro el riu de la Fissardia, tot entieirament on mielhs ieu o avia ll'o vendi e lh'o doni, quiti, guirpisc et desampari per aras e per totz temps senes retenguda que no i fas de re. E per aisso conosc et et autorgui qu'el m'en a donat lo pretz leial, so es a saber CCCC sol. de bos Ramondenx Bonafossenx, en aital manieira que ieu m'en tenc per pagatz en solvi lui els seus, per aras e per totz temps, e renoncii ad exepcio de no nomerada pecunia e d'aver non agut e no resseubut. Pero se causa era que tot aisso on mielhs sobredich es, ab totz sos apertenhens, valia mai quel pretz sobredich doni li tota la mai valenssa, que aras val ni per adenant poiria valer, en dos, per be e per amor e per donatio entre vius no revocabla per lunh temps, neis per causa de desagradabletat. E mandi lin bona e ferma guirencia de totz amparadors e lin so tengutz de la eviccio, per lasquals guirencia e per la eviccio lin obligui totz mos bes, aquestz que aras iei ni per adenant auriei. E per tal que sia pla e ferm e mielhs crezent doni lin (2) aquesta present carta en testimoni ab laquals l'en meti en vera possecio et en durabla tenezo. E d'aisso son testimoni pregag et ademprag Davis, Isarn de La Capela, Ram. B. de Salas, Ram. de Malbosc, nEsteve so fraire, P. Topina, Pons Gasc, B. de Camval. Et aisso fo fag VI° ydus augusti anno Domini M°CC°XL°VIII°. P. Tolsa, escrivas cominals del castel de Sant Sumplizi o vi et o auzic et o escrius et o senhet.

(1) Ou peut-être *torn*.

(2) L'écriture du mss. pourrait donner aussi le mot *lui*, mais le sens exige *lin*, dont la lecture est du reste indubitable pour la phrase précédente.

Partage de la succession de Doat Alaman, 1235 :

... p(re)d(ic)ta bona, j(us)t(a)m(en)t(um) s(ancti) salv(atoris) diviserunt ad partem Sicardi alamanni. venerunt: omnia que d(ic)t(u)s pater eorum Deodatus alaman in suo testamento eidem Sicardo reliquerat scilicet bastida que dicitur Montisfort cum omnibus juribus et pertinentiis suis et quicquid pater eorum habebat a Plenis et ad Direstar(?) et ad Abrracum(?) et ad Calm et ad Coiam(?) et apud Sanctam Crucem et ad Sellonacum(?) et in pertinentiis eorundem et omnes homines et mulieres quos et quas habebat apud Galliacum et Gonalh(?) quicquid ibi habebat et omnia que habebat apud Granam(?) et Roviam(?) et Brnacum(?) et in terminis...

...sancti Simphoriani... honore de Graulheto.... ad partem ad Deodati scilicet Bastida de Montem(?) alamanno que dicitur Villa nona et quicquid habebat apud Ulmos et in Villa nona et apud Amilhanum et ad Cestayrol et ad Terssas et ad Fissacum et ad Vincartam(?) et ad Sanctum Marcellum(?) et ad Causacum et ad Vions et in terminis et pertinentiis eorundem..

Achat par Sic. Alaman à Senil et à Azas, 1248,

Conoguda cauza sia que eu Ramons Brunat frotier(?) per mi e per totz los meus e per totz mos successors vendi per jasse al senhor Sicart Alamanh...
tota la terra e la honor erma e condrecha et arbres domergues e salvatgues e vinhas e pratz e cassius(?) et ademprius e eisses(?) e usatgues e senhorias e homes e femnas e totas mas actios reals e personals e mixtas.... el demari de S. Estephe de Romilh(?)
arzguas(?) in e la honor de Senilh in el demari de S. Marti d'Azas in el demari de S. Marti de Rozignas(?) so es asaber que tro el cap del valat de la Serra
... E per aisso conosc e autorgui que me n a donat lo pretz leial so es asaber .cccc. sol. de bos Ramondencs(?) Bonafossencs(?) e natal(?) ... que ieu men tene per pagatz en solu(?) ... per aras e per totz temps. e renonci ad exceptio de no nombrada pecunia e daver no agut...
om melhs. valha aiai(?) ... e garan li ... clm so tenguz de la eviccio..
... E daisso son testimonis pregatz ... p. Topina, Pons Gast(?), B. de Cunnal(?). et disso so fag .vi. idus augusti anno domini m. cc. xl. viii. p. tolsa escrivas comunals del castel de S. Sulpici(?) o mi et o auzit et o escrius eo senhet(?)

Achat par Sic. Alaman de quelque rentes féodales, assises au Caslar, 24 avril 1251 (1).

Conoguda causa sia que eu Gautier Guitart, per mi e per totz los meus e per totz mos successors, vendi per jasse VI den. tol. et Ia galina de ces per cadans a Nadal e VI d. tol. d'acapte e VI d. tol. de reire acapte e totas las senhorias que s'i aperteno, que ieu avia e las maios et els loguals et e l'ort que na Viguieira tenia de mi al Caslar que te de la honor d'en Wilh. Fahis entro e l'ort d'en Johan del Cunh, e te desus de la roca entro el mieg loc del riu, e mai VI d. tol. de ces per cadans a Nadal e VI d. tol. d'acapte e VI d. tol. de reire acapte e totas las senhorias que a mi s'i aperteno que ieu avia e la terra ni e la honor ni els maionils ni el cluzel ni els ortz ni el pesquier ni en tot aquo qu'en Wilh. de Faihs tec de mi al Castlar ni sos filhs i o tenia de mi el terrador del Castlar que es entr'ambas las estradas e te de la honor que fo d'en Durant del Castlar entro e la via molinal davas Tarn, es te ab l'ort d'en Guiraut Frontil, el maionil el cluzels te sse ab la maio de na Viguieira es te ab la maio d'en Durant Dordiniers, e l'ortz es davant los maionils e davant lo cluzel e te entro el mieg loc del riu, tot entieirament on mielhs sobredich es ; e tot lo dreg e tota la razo e tota aquela accio que ieu avia ni aver devia per neguna manieira en totas aquestas honors sobredichas tot entieirament vendi e solvi e quiti e desampari per aras e per totz temps a vos Sicart Alaman et a totz vostres successors et a totz homes et a totas femnas a cui vos o volrratz vendre o donar o en autra manieira alienar, senes lunh retenement que de re no i fas, et a vos Ramon de la Pena que ressebetz aquesta venda per Sicart Alaman sobredich;

(1) Voir un extrait de ce document dans nos fac-similés.

e per aisso conosc et autorgui que vos m'en avetz donatz, per non de pretz, CC sol. de bos caorcenx, losquals ieu n'iei agutz e resseubutz nomeradament de vos e m'en tenc per pagatz e voin solvi de tot, els quals renoncii especialment ad exeptio de no nomerada pecunia e d'aver non agut e non resseubut pretz, et a mai valenssa : pero se causa era quel XII d. tol. e la galina de ces per cadans els XII d. tol. del acapte el XII d. tol. de reire acapte e totas las senhorias que s'i aperteno als VI d. tol., à la galina de la honor de na Vegueira e las senhorias que a mi s'i aperteno de la honor d'en Wil. Faihs e totz los dregz e tota(s) las razos e tota aquela accios que ieu avia en totas aquestas honors, on mielhs sobredig es, valia mai quel pretz davant dig doni vos tota aquela mai valenssa que aras val ni per adenant poiria valer, escientalment en dos per be e per amor e per donatio entrels vius no revocabla, per negun temps, neis per deguna desagradabletat. E mandi voin bona et ferma guirencia trazachieira de totz homes e de totas femnas, senes tot cost e senes tota messio e senes tot plag que vos non fessetz ni hom ni femna per vos ni davas vos, e voin son tengutz de la eviccio e per major fermetat doni voin aquesta present carta en testimoni, ab laqual voin meti e vera possecio et en durabla tenezo. P(resents) Ram. de Sant Bars, en B. de La Val. Actum Rabastems (1), VIII° kal, maii, regnante Lodoico rege Francorum, Aldephonsso comite tholosano, D. episcopo Albiensi, aimo Domini M°CC°L°I°. Arnaut Ferratier publicus notarius de Rabastems hoc vidit et audivit et signavit.

(1) Ou peut-être *Rabastenis* ou *teins*. Même remarque pour le même mot un peu plus loin.

Achat par Sic. Alaman de propriétés situées à Montpradel (dans Montastruc), 30 janv. 1243 (1244).

Noverint universi quod Arnaldus de Turribus et Bertrandus de Turribus, fratres, vendiderunt ac justo et irrevocabili perfecte venditionis titulo tradiderunt libere domino Sicardo Alamanno et ejus ordinio totum honorem de Montepradello et denique omnes terras et honores cultos et incultos et jura omnia que ibi sunt et ibi pertinent, qui honor predictus tenet de camino frances sicut honor Vitalis de Castro Maurono usque ad rivum de Fonte orbo, et de predicto fonte sicut descendit usque ad passum Blanche, et de predicto passu Blanche sicut descendit ad terram Galhardi Ademarii et Tonduti de Paolhaco, et de predicta terra usque ad podium de Trolio, et de predicto podio usque ad capud prati Textoris de Marinhol, et de predicto capite prati usque ad capud nemoris Ramundi Gratafolia, et de predicto nemore usque ad vineam Poncii de Marinhol que fuit de Fonte Arilha, et de dicta vinea sicut ascendit usque ad caminum gallicum et dividit cum terra dicti Sicardi Alamanni de Marinhol, quecumque essent ipsa jura, sive essent terre vel honores culti vel inculti, nemora vel barte, prata vel pascua, introitus vel exitus et denique omnia alia jura que includebantur infra dictas adjacencias et omnia jura similiter alia que erant in dicto honore de Montepradello et que ibi pertinere debebant, quecumque essent et ubicumque essent exeptis hominibus et feminis qui et que non sunt in hac venditione, ymo inde sunt exeptati penitus et ejecti; et de supradictis honoribus et juribus, exeptis hominibus et feminis, ut est dictum, facere possit dominus Sicardus in perpetuum suas plenarie voluntates, sine aliquo alio retentu quem venditores ibi non fecerunt ullomodo, ymo mandaverunt et convenerunt dicti Arnaldus et Bertrandus esse guirentes et facere firmam guirenciam eidem Sicardo et ejus ordinio de predicta venditione de omnibus amparatoribus sine aliquo censsu et usu et dominio quod Sicardus non faciat alicui viventi ullo tempore. Hoc fuit actum ita et concessum secundo die exitus menssis januarii, regnante Lod° Francor. rege, R° thol. comite, R° episcopo, anno ab incar. Domini M°CC° XL° tercio. Hujus rei sunt testes Petrus Mancius et Germanus Mirs et Stephanus Arnaldi et Galhardus de Calmo et Ram. de Malobosco et Gus Vitalis Parator qui cartam istam scripsit.

Achat par Sic. Alaman de domaines et de censives situés aux environs d'Yder (Paulhac) et à La Serre (Montastruc) ; un serf de corps est compris dans cette acquisition, et, de même que cert. censitaires, reconnaît Sicard pour nouveau sgr et maître, 7 févr. 1240 (1241) (1).

Notum sit quod Guilhelmus de Gamevilla et domina Clara uxor ejus vendiderunt libere, exepta decima et exepta alberga domini comitis, Sicardo Alamanno et ejus ordinio totam illam terram et honorem qui est inter fontem qui vocatur Fons anela et inter passum sobiranum de Yderno et inter carrariam dels Moisses et inter rivum d'en Colent et inter casales dels Moisses de Yderno, et totum illud clausum de terra que est inter supradictum honorem ipsius Sicardi Alamanni et honorem de Martinis et inter traversserium vallatum dels Moisses deves le drechen, et illam condaminam que est inter vinhale Gautereii de Veceriis qui fuit et condaminam de Martinis et stratam Verdfolesiam, et totam illam terram que vocatur feodum de

(1) Le titre de cette charte, inséré dans le mss. au 17e s., est rédigé comme il suit : « Autre achapt de droits seigneuriaux aux environs de Castelnau, comme il est vraysemblable, fait par Sic. Alaman. — Il semble nécessaire de sçavoir au vray où sont ces rentes et qui les tient. »

Campo Yzambardo que est inter terram Arnaldi de Paolhaco sicut ipsa terra Arnaldi de Paolhaco descendit usque ad fontem Azeraldi et usque ad fundum prati d'en Colent, et totam illam condaminam que vocatur condamina de Vitali Cellerario que est inter honorem de Martinis et honorem d'en Colent et rivum de Fonte Avela, et totam illam cartaratam terre que tenetz Gus de Arnaldo que est inter malolem Bernardi Dayde et honorem Bertrandi Bonifilii et honorem de Paolhagenssibus, salvis tamen et retentis illis terris (et) honoribus illis fevatariis que (*corr.* qui) in presenti carta inferius scripti sunt, quibus de predictis terris et honoribus supra adjacenciatis ipse Guilhelmus et Clara uxor ejus dederunt ad feodum nec ipse Guilhelmus cum consilio ejusdem Clare, sicut in cartis illorum feodorum continetur; sed omnes illi fevatarii de cetero teneantur reddere et persolvere dicto Alamanno et ejus ordinio omnes illos census et usus et oblias et dominationes quas illi fevatarii dicto Guilhelmo nec domine Clare reddebant quoque anno. Item ibidem Guilhelmus et predicta Clara vendiderunt libere Sicardo Alamanno totum illum hominem nomine Arnaldum de Sancto Paulo et Aimercendam ejus filiam et omnes eorum tenencias et omnem projeniem ab eis de cetero orituram pro omni sua voluntate inde facienda sine omni retentu quem ibi non fecerunt ullo modo. Item Guilhelmus de Gamevilla et predicta uxor ejus vendiderunt libere, exepta decima et exepta albergua comitis, predicto Sic. Alamanno totum hoc quod ipsi habebant et tenere et explectare debebant ad Cerram et in alodio et in terratorio et in decimario ac in pertinenciis de Cerra, sive sint terras cultas et incultas, vineas et maleoles cum terris in quibus sunt, nemora et bartas et garriguas et prata et pascua et albaretas, fontes, aquas, piscaria, census et usus, questas, acaptes, corocx et adempriva, escajutas et successiones, alberguas et quartos et quintos, tascas et agrarios et oblias et dominaciones totas, et denique totum plus, quidquid plus Guilhelmus nec uxor ejus habebant ad Cerram et in pertinentiis de Cerra nec aliquis de eis vel pro eis ullo modo, exeptis predictis terris et honoribus fevatariis superius retentis. Hoc totum sicut melius predictum est nec superius terminatur G^us de Gamevilla et Clara uxor ejus vendiderunt libere dicto Sicardo Alamanno, sine omni alio retentu quem ibi ei non fecerunt nisi ut predictum est, ymo debent et convenerunt de omnibus supradictis venditionibus facere bonam et firmam guirentiam Alamanno de amparatoribus libere, exepta decima et exepta albergua comitis, sine alio censsu et usu et dominatione quam inde Sicardus nec ejus ordinium non serviat alicui viventi aliquo tempore. — Item Arnaldus de Sancto Paulo et Aimercenda filia ejus, eorum sponte, de mandato et voluntate Guilhelmi de Gamevilla et domine Clare, laudaverunt et concesserunt se ipsos esse homines Sicardi Alamanni et ejus ordinii et ei et ordinio ejus dederunt et laudaverunt et concesserunt ipsos scilicet (1) eorum corpora per homines et totam eorum projeniem que de eis jam de cetero exierit et eorum tenencias, quecumque sint et ubicumque sint ullo modo, et omnia eorum bona et jura mobilia et inmobilia que modo habent et habere debent nec ullo tempore habuerint vel adquisierint, quecumque sint et ubicumque sint ullo modo, pro tota sua voluntate inde facienda ejusdem Sicardi Alamanni ac ejus ordinii, infra villam Tholose et extra et in ecclesia et extra et in claustro et extra et in salvitate et in foro et extra et in omnibus aliis locis, ubicumque sint et ubicumque permaneant; et mandaverunt et convenerunt ei et ejus ordinio quod eum et ejus ordinium semper serviant,

(1) Graphiquement il y aurait *sed* plutôt que *scilicet*, mais le sens nous fait choisir ce dernier mot.

ubicumque sint et ubicumque permaneant, tanquam suum dominum naturalem, et quod ipsi sint ei veri et homines (1) et hobedientes in omnibus et fideles et quod non fugiant ei vel suo ordinio, aliquo tempore ullo modo, et quod ipse et suum ordinium possit se et sua legitime in eis credere et confidere intus et extra et ubique semper; et vitam et membra et fidelitatem et dominium per omnia tempora ei mandaverunt et per fidem eorum corporum ipse Arnaldus de Sancto Paulo et ipsa Aimercenda ei plivierunt et super sancta Dei euvangelia juraverunt quod hec omnia, ita sicut predicta sunt, teneant et compleant et exequantur. — Item Petrus Rossellus, ratione predictarum venditionum et mandato dicti G. de Gamevilla et dicte Clare uxoris ejus, mandavit et convenit Sicardo Alamanno reddere et persolvere V den. thol. obliales quoque anno, in Kadragesima intrante, et dominationes que ibi pertinent, ubi evenerint, pro illo prato cum terra in qua est, quod est inter honorem ejusdem domini Sicardi Alamanni et rivum qui decitur de Faiola. Et Petrus Aimericus de Paolhaco pro se et pro Poncio Aimerico fratre suo convenit dicto Sicardo reddere et persolvere IIII d. tol. obliales, quoque anno in kadragesima intrante, et dominationes que ibi pertinent, pro illa eminata terre quam ipse et frater ejus ad apradar (2) aquisierant in feodum de predicto Guilhelmo et de dicta Clara, que est in honore del Pujal et de Podio Adimbrard, inter terram dicti Sicardi Alamanni de duabus partibus et inter pratum Bernardi Sancii et pratum quod tenet Capellanus de ambabus partibus rivi; et Poncius Aymericus de Paolhaco IIII d. tol. obliales, quoque anno in kadragesima intrante, et domi-

(1) Ne faut-il pas remplacer ce mot du mss. par un adjectif peu éloigné, pour le sens, de ceux de *veri* et *obedientes?*

(2) Expression romane qui signifie *convertir en pré* (Du Cange, V^is *adpratare, appradare*).

nationes que ibi pertinent, ubi evenerint, pro illa cartarata prati cum terra in qua est, que est inter pratum Sicardi Alamanni et pratum Poncii Mainate in riparia Petri Colenqui qui fuit; et Petrus Isarni de Paolhaco et Poncius frater ejus IIII d. tol. obl. quoque anno, in die carniprivii, et dominationes que ibi pertinent pro illa eminata prati cum terra in qua est, que est apud Cerram, inter honorem Sicardi Alamanni de duabus partibus et inter honorem Poncii Mainate de aliis duabus partibus; et Petrus Isarnus de Paolhaco et Poncius frater ejus IIII d. tol. obl. quoque anno, in die carniprivii, et dominationes que ibi pertinent pro illa eminata terre que est apud Cerram juxta pirarium Corcola inter honorem domini Sicardi de tribus partibus et inter honorem Poncii Mainate. Et Petrus Isarnus de Paulhaco et Poncius frater ejus convenerunt predicto Sicardo et ejus ordinio reddere quoque anno tascam, in garba vel in grano ad ejus electionem, de omni fructu qui exierit de tanto de illa terra quanto trhaere poterint, et dominationes que ibi pertinent ubi evenerint, que est inter alium honorem ipsorum scilicet Petri Isarni et Poncii et honorem Poncii Mainate. Et Petrus Aimericus de Paolhaco, pro se et pro Poncio Aimerico fratre suo, mandavit et convenit predicto Alamanno reddere et persolvere, quoque anno, tascam in garba vel in grano, de fructu qui exierit de illa cartonata terre que est in honore de Pujal et de Podio Adimbart, juxta eorum pratum, et dominationes que ibi pertinent; et Stephanus Amelhavus, quoque anno, tascam totius fructus qui exierit de illa media cartonata terre que est inter honorem dicti Sic. Alamanni et rivum de Faiola, subtus fontem Geraldi Dominici, et dominationes; et Durandus Rossellus, quoque anno, tascam in garba vel in grano, ad electionem Alamanni, totius bladi de illa cartonata terre que est apud Pujalem, inter fontem Geraldi Dominici et pratum Stephani Amelhavi, quod est istius dominationis, et exartum ipsius St. Amelhavi, et dominationes que evenerint; et Johannes Aimericus filius Poncii Aimerici tascam, quoque anno, de fructu de illis tribus eminatis terre que sunt inter pratum Poncii Aymerici et carrariam dels Moisses et tenent de strata usque ad fontem Avelani, scilicet in garbo vel in grano, et dominationes; et Bernardus Sancius de Paolhaco III obol. tol. obl. quoque anno in quadragesima intrante et dominationes que ibi pertinent ubi evenerint, pro medietate prati et bosqui quod est totum in feodo de Faiola et de Campo Izambard et tenet de fonte Azeraldi usque ad passum de Pujali et rivum de duabus partibus; et Arnaldus Mairopia XXII d. tol. obl. quoque anno in die carniprivii, et dominationes, pro illa terra in qua est domus et ortus et sols et vinea novella, quod est totum apud Cerram inter honorem Bernardi Blanqui et honorem Ram. Martini et carrariam publicam. Item predicti feodatarii mandaverunt et convenerunt predicto Sic. Alamanno et ejus ordinio reddere et persolvere jam dictas oblias, quisque suas, in predicta die et tascam predictam pro suis predictis honoribus et dominationes ibi pertinentes quando evenerint, sicut in carta vel in cartis feodi continetur. — Item dictus G^us^ de Gamevilla et Clara uxor ejus tenuerunt se pro bene pacatis de tota illa pecunia et de precio quod Sicardus Alamannus eis dare debebat pro predictis terris et honoribus et rebus. — Iste supradicte venditiones fuerunt facte VII° die introitus mensis febr., feria V^a^, regnante Lodoico rege Francorum, R° Tolosano comite, et R° episcopo. Anno ab incarnatione Domini M°CC°XL°. Hujus tocius rei prescripte, exepto mandamento predictorum feodatorium et Arnaldi de Sancto Paulo et Aimercendo ejus filie, sunt testes Grinus de Roaxio, Bertrandus de Roaxio filius Arnaldi de Roaxio qui fuit, et G^us^ Auriolus frenerius et Poncius Stephanus sabaterius et Galhardus de La Calm et Oldricus de Gamevilla; et de mandamento predictorum feodatoriorum exepto Arnaldi Mairopie, et de mandamento Arnaldi de Sancto Paulo et Aimercende sunt testes Poncius de Miramonte et Ato de Fonte et Ato Godus et Gus Petrus Polerius et Gus Ram. Magister; et de mandamento predicti Arnaldi Mairopie sunt testes Rám. Vitalis mercator et Durantus Paraderius et Huguo de Pradas; et ad hec omnia fuit presens Petrus Rotbertus et est de toto testis et cartam istam scripsit.

Vente par Jourdain de Rabastens à Sic. Alaman du droit de construire un passage pour bateaux dans la chaussée du Tarn, à St-Geri, 4 avril 1240 (*corr.* 1248 ?) (1).

Conoguda causa sia a totz homes presens et endevenidors que aquesta (carta) veiran ni ausiran legir que ieu Jordas de Rabastenx, no forssatz ni enganatz ni desceubutz, mas per ma propria et agradabla voluntat, per mi e per totz los meus e per totz mos successors, vendi e doni e livri, quiti gurpisc e desampari per aras et per totz temps a vos Sicart Alaman et a totz vostres successors navieira e cami, e la paissieira de Sant Jori que es e l'avescat d'Albeges, que vos la i fassatz e la i fassatz far en aquela part que vos volrretz de la paissieira sobredicha, a tota vostra voluntat et a vostra conoguda e dels vostres, tot en aissi coma vos conoisseretz que mai valha, tota hora que mestier i sera, per passar e per portar (2) e per dissendre, a las naus que per aqui passar volrran cargadas e descarguas. E si per aventura aquela navieira avia

(1) Voir aux fac-similés.

(2) Nous proposons de remplacer ce mot par celui de *pojar* qui nous paraît mieux approprié et que l'on retrouve du reste associé à *dissendre* quelques lignes plus loin.

mestiers que hom la mudes o la cambies en autre loc, e la paissieira sobredicha, que vos o li vostri la i puscatz mudar là on vos e li vostri conoisseretz que mais valha, e que vos, totas veguadas, fassatz aquelas navieiras e las obras a vostre cost et a vostra messio; e devetz claure e serrar aquela navieira ques laissara a vostre cost et à vostra messio, si que ieu Jordas sobredich ni li meu successor non devem re metre en aquo quel fars de la navieira, ol sarrar ol mudars, costaria. E conosc ieu Jordas sobredigz et autorgui et e vertat cofessi que vos sénher Sicartz Alaman sobredich avetz donat a mi e pagat per nom de pretz leial de la navieira sobredicha e del cami sobredich XXXV melia. sol. de bos caorcenx, dels quals ieu Jordas me tenc be per pagatz en solvi vos els vostres per aras e per totz temps. E si aisso sobredich que ieu vos iei vendut valia mai quel pretz sobredig doni vos tota aquela mai valenssa que aras val ni per adenant poiria valer en dos, per be e per amor e per donatio entre vius no revocabla per lunh temps ni per neguna manieira neis per causa de desagradabletat; e mandi voin bona e ferma guirentia trazacheira de totz amparadors. E ab aquesta present carta meti voin en vera et en corporal et en plenieira tenezo per far tota la vostra voluntat e de totz los vostres, per aras e per totz temps, e totas aquelas naus cargadas et descarguas e li nautor que per aqui passaran, d'on que venguan, on que ano, que pojo e dissendo o aqui remano, de cui que sian que ano, per vos o per vostre nom o dels vostres a tota vostra voluntat a far e dels vostres. E laissi e desampari a vos et als vostres per mi e per totz los meus tot lo dreg e la razo que ieu avia ni aver devia en aquestas causas que ieu vos iei vendudas on mielhs sobredichas so a bona fe, e prometi per mi e per totz los meus que jamai per negun temps encontra no vengua ni venir no fassa en alcuna manieira. E so voin tegutz a vos e als vostres totz temps de la eviccio, e laudi vos o sobre tot quant aras iei ni per adenant auriei e voin o obligui. Testimoni de tot aisso P. Ram. de Rabastenx, Pelfort so fraire, B. Paraire, Ram. Baranho filh d'en B. Ram. Baranho lical ero de capitol de Tholosa, Bec de La Barrieira, Folquet so fraire, Berenguier de Galhac, P. Ram. de Saunhac, Wilh. de Roais, Ram. de Braco, Ram Raiambaut, Maestre Wilh. de La Vaur, Johan Catlhe lo capela, B. de Sant-Amans. Ram. d'Albeges, Ram. de Malbosc, Wilh. Guiraut. Et aisso fo fag el castel de Sant Sumplizi, e la cambra de latz la garda rauba, II° nonas aprilii (*sic*), anno Dom. M° CC° XL° (1). Peire Tolsa, publicus notarius del castel de Sant Sumplizi hoc vidit et audivit et scripsit et signavit.

Vente à Sic. Alaman de biens seigneuriaux situés à Castanet, 28 juin 1261 (2).

Conoguda causa sia a totz homes presens et endevenidors que eu na Ramonda de Castanet, filha que fui sa enreire d'en Ram. de Castanet, no per forssa ni per paor ni per descebement que hom me aja fag, mas escientalment per bona fe e ses tot engan, per mi e per totz mos successors presens et endevenidors, e per totz los apertene-

(1) On peut émettre des doutes sur cette indication chronologique, parce que M. Rossignol (*Monogr. commun. du Tarn*, II, 389), rapporte au mois d'avril 1248 un document qui par sa nature paraît avoir suivi d'assez près l'achat fait par Sicard à Jourd. de Rabastens. Du reste, si l'apparition des divers personnages, cités dans l'acte du Cartulaire, s'accorde mieux avec la date 1248 qu'avec 1240, nous regrettons toutefois que le titre de capitoul de Toulouse qui est dans la liste des témoins ne puisse servir à vider le problème. On ne cite que quatre consuls de cette ville en 1240, et la liste que l'on donne pour janv. 1247 (1248) n'offrant que 23 noms (Catel, *Comtes*, 325; Du Rosoy, *Annal. de Toul.*, IV, not. hist. 58; D. Vaiss., éd. Privat, VII, 242), on n'est pas sûr que celui qui manque ne soit nommé dans notre charte.

(2) Voir dans nos fac-similés.

mens a mi en qualsque manieira, vendi, solvi, quiti, relinquisc, desampari, doni e liuri, per titol de pura, drechurieira e lial venda per aras et en totz temps al senhor n Sicart Alaman et a totz sos successors et a totz homes alsquals el o volrria, per far totas sas voluntatz, et a vos n Davi per lui et e nom de lui stipulatz e resceubutz (1) tota aquesta venda de mi na Ramonda et a totz homes alsquals vos o volrratz e nom del dich senhor, so es a saber totas las senhorias e totas las drechuras que ieu iei et aver deg e la vila de Castanet e defora et e la honor et als apertenemens et el deimari et e la parroquia de Sant Andrieu de Castanet, so es a saber homes e femenas, maios et ortz et vinhas, pratz e terras hermas e condrechas, cesses et oblias, quistas de blat e de deniers, vendas et enpenhoraduras, acaptes e reireacaptes; e totas aquelas senhorias e drechuras, reals e personals e mixtas e qualsque siu on mielhs ieu las iei e las tenc o ieu las deg aver ni tener et on mielhs a mi aveno e devo avenir en lunha manieira, davas mon paire Ram. de Castanet que fo sa enreire ni davas ma maire, tot entieirament vos o vendi on mielhs es e totz los albres que i so domesgues e salvatgues, e las aiguas els abeuradors els adagadors, herm e condreg, senes retenement que non i fas de re ni en lunha re ni esperi a far a mi ni als meus en lunh temps en re de tot aisso sobredig, sal d'aisso sotz escriut so es a saber : una cartieira de froment cessals per cadans, laqual me deu Ramons Corrieus per la terra que te de mi al Triador, et estiers mai II d. R. d'Albi losquals me deu P. de la Trelha de ces cadans per la terra que te de mi on hom apela a la Glieia vieilha, ab totz lors acaptes et ab totas lor drechuras que i retenc senes tot autre retenement

(1) Corr. *stipulantz* et *resceubentz*, comme il est porté dans l'acte suivant et ailleurs.

que no i fas de mi. Tot entieirament vos o vendi ab intrars et ab issirs et ab totz lors apertinhens e del tot per totz temps o desampari, estiers aisso sobredich, e reconosc que vos m'en avetz donat lo pretz drochurier, per nom de venda, M. sol. de bos caorcenx, losquals ieu iei agutz e resseubutz nomeradament de vos n Davi sobredig e nom del davant dig senhor, si que ieu m'en tenc be per pagada; els quals renoncii de certa sciencia ad exepcio de non nomerada pecunia e de non aguda e non resseubuda e non tornada e mon profieg et a mai valenssa. E se aisso sobredig o alcuna causa d'aisso val mai o valrria per adenant del sobredig pretz doni vos tota aquela mai valenssa quanta que fos o seria en derrier (1) per be e per amor e per donatio entre vius no revocabla en lunh temps, neis se valia mai otra la meitat del just pretz o quant que fos d'aqui enant. E so voin tenguda de la eviccio e seriei voin guirens de totz amparadors que re a vos i demandesso ni amparesso en lunh temps, per laquals eviccio e per la guirentia davant dichas obligui al senhor n Sicart et a vos Davi, e nom de lui, totz mos bes presens et endevenidors. E renoncii en tot aisso sobredig, de certa sciencia, a tot (2) divi et huma et especialment legi Julie de fundo dotali et juri ypothecarum et senatui consulto Velleiano et a desagradabletat, liqual dreg me foro expoitz (3) et diligiment donatz ad entendre per lo sotzdig escriva, et a tot autre agitori de dreg, dat o a donar al deffendement de las femnas, ab loqual m'en pogues deffendre ni encontra

(1) Ces 2 mots *en derrier* ne reviennent pas dans les clauses analogues des autres actes du Cartulaire. Peut-être faut-il les réunir et les expliquer en les rapprochant de *enders* (élevé), qui nous est fourni par Rochegude.

(2) Ajoutez *dreg*.

(3) Le mss. porte *exportz* ou mieux *expoitz*, qui doit correspondre à *expos*, exposé, expliqué. Il n'est pas possible de lire *expres* (exprimé) ou même *espres* (exprès), dont le sens pourrait cependant être accepté.

venir ieu o autre per mi en lunh temps. E prometi, juran per Dieu los sants avangelis de ma propria ma corporalment tocatz, al senhor n Sicart Alaman et a vos n Davi per lui que contra aquesta venda sobredicha ni contra alcuna causa d'aisso sobredig no venrriei ni venir no fariei ni cossentiriei que hom ni femna per mi ni davas mi contravengua en lunh temps en tot ni en partida, ans o tenrriei ferm en totz temps tot en aissi cum sobredig es. E doni voin aquesta present publica en totz temps valedoira carta en testimoni ab laqual voin meti en tenezo e voin establisc verai possezidor, et ab laqual present carta ieu ne despuelhi e derevisti mi meteissa en revesti lo davant dig senhor e vos n Davi e nom de lui. Actum fuit in Castro-novo Bonafossense, quarto kalendas julii, anno incarnationis Dom. M° CC° LX° primo. Hujus autem rei sunt testes vocati et rogati dominus B^us capellanus de Castaneto, Poncius Audoyni domicellus, Bertrandus Amanieus domicellus de Corbarivo, G^us de Paris, Raymundus de Ribieira, Arnolssus Deodatus de Bosc, Dominicus Gauziondi, P. Gauziondi, fratres, et eguo G^us de La Vouta publicus notarius castrinovi Bonaffossensis, qui rogatus a predictis hec scripsi et signo meo signavi.

Achat de censives et autres droits par Sicard Alaman sur les territoires de Labastide et de Castelnau-de-Bonafous, 8 octob. 1259.

Conoguda causa sia etc. que ieu Huc Salamos de La Cortada, no forssatz ni enganatz ni costrechz ni desseubutz d'alcu, mas per ma propria agradabla voluntat amenatz et enduchz ad aisso et escientalment per bona fe e senes tot engan per mi e per totz mos heretiers e per totz los apertenemens a mi en qualque manieira, doni e quiti, relinquisc e desampari et autorgui, per titol de drechurieira e lials e perfiecha donacio entre vius non revocabla al senhor n Sicart Alaman et a sos successors et a totz homes alsquals el o volrria per far sas voluntatz en totz temps et a vos n Davi, bailes que etz del davant dig senhor n Sicart, stipulantz e ressebentz per lui tota aquesta donacio sotz escriuta, so es a saber : IIII den. Ram. d'Albi cessals per cadans, losquals me deu Guilhens de Marinh de la vinha que te de mi sobre lo port de Marssac; e doni vos mai, per eissa manieira, II d. R. d'Albi cessals per cadans, losquals me deu Wilh. Favier de Marssac, per la vinha e per la riba que te de mi sobre lo port de Marssac; e doni vos mai, per eissa manieira, VII d. R. d'Albi cessals per cadans losquals me deu Daide de Pinssaguel de Marssac per la vinha que te de mi sobre lo port de Marssac; e doni vos mai IIII d. R. d'Albi cessals per cadans losquals me deu Bernatz Isarn del Castelnou Bonafossenx per lo vinhal que te de mi sobre lo port de Marssac; e doni vos mai VI d. R. d'Albi losquals me deu Peire Catlhes de La Bastida per la vinha e per la riba que te de mi de sotz lo port de Marssac, laqual vinha te desus de l'estrada cominal entro e la riba de Tarn et ab la terra d'en Wilh. Faviers, d'aval e d'amont e la riba e l'aigua te de lor de la davant dicha vinha entro el mieg loc del flum de Tarn; e doni vos mai per eissa manieira totz los dregz e las razos e totas las drechuras que ieu iei ni aver deg el arribador de de la paissieira de Marssac, desa otra davas la part de La Bastida, tot entro el mieg loc del flum de Tarn ; e doni vos mai tot aquo que ieu iei ni aver deg en lunha manieira, ieu o autre per mi, sia acessat o ad acessar, on mielhs a mi ane nis regarda el pueg Marssagues et e las costas et els plas, que que sia, terras hermas et condrecha, e boscx e bartas, albres dometgues e salvatgues, e paissius et ademprius, cesses et usatgues et totas senhorias, tot en aissi co s'en pueja l'estrada cominals que mou del port de Marssac e s'en va dreg a La Bastida tro el riu de Passanels, et en aissi co lo davantdig riu de Passanels s'en puja tro als Guitardals et entro a Godor et entro al Caslar, e del davant dig Caslar entro el mieg loc del flum de Tarn, tot en aissi cum s'en dissen lo flums de Tarn, entro aval e la fi de la sobredicha riba d'en P. Catlhe, tot entieirament on mielhs sobredig es et ieu o iei et o tenc e ieu o deg aver et tener, et on mieilhs pot esser entendut a et be a profieg del senhor n Sicart Alaman e del seus, e plus plenieirament totz los sobredigz cesses e totz los acaptes el reire acaptes, vendas et enpenhoraduras que per razo d'aquels me devo avenir, e totas las senhorias e drechuras per entier que ieu iei en aisso sobredig e dins las afrontazos sobredichas, cassius e pesquius, ademprius e (to)tas las accios reals e personals e mixtas que per razo de tot aisso sobredig a mi devo avenir en lunha manieira tot entieirament on mielhs es ab intrars et ab issirs et ab totz los apertinhens, senes retenement que non i fas de re ni en lunha re ni esperi a far a mi ni als meus. Et aquesta donatio ieu iei facha al senhor n Sicart Alaman e als seus per be e per amor e per grans bes que el m'a fagz. Contra laqual donacio ni contra alcuna causa d'aisso sobredig ieu prometi per ferma stipulatio al senhor Sicart et al seus et a vos Davi per lui que no venrriei ni venir fariei ni cosentiriei que hom ni femna per mi ni davas mi contravengua en lunh temps en tot ni en partida, ans o tenrriei ferm en aissi cum sobredich es, renoncians en tot aisso sobredig et en cadauna causa de certa sciencia a tot dreg divi et huma, especial e general e a tota costuma de castel e de vila, de borc o de ciutat, e a tot for, et especialment a la lei que ditz que donacios no val otra V^c^ solid. senes insinuatio facha de princep, et a tot autre agitori de dreg ab loqual ieu o autre per mi davas mi m'en pogues deffendre ni encontra venir o alcuna de las sobredichas causas o totas franher o revocar. E dic e prometi per veritat que ieu lunha autra donatio ni venda ni lunha causa ieu non iei facha ab lunhas autras personas ni fariei d'aissi enant per (1) aquesta donatio sobredicha puesca mens valer ni esser menhs ferma. E doni voin aquesta presens publica valedoira carta, en meti en tenezo lo senhor n Sicart e vos n Davi per lui et e nom de lui, e reconosc mi meteiss esser possezidor, e nom del davant dich senhor. E prometi, juran los sants IIII avangelis de ma propria ma corporalment tocatz, al davant dig senhor et a totz homes alsquals el o volrria que contra aquesta donacio ni alcuna causa d'aisso no venrriei ni cossentiriei que hom per mi i vengua, ans o tenrriei ferm en totz temps tot en aissi cum sobredig es. Actum fuit in Castronovo Bonaffossensi, VIII° ydus octobris, anno incarnation. Dom. M° CC° L° IX° Hugus rei sunt testes vocati et rogati Meichz (2) domicellus de Senegatz, B^us^ Huguonis domicellus de Castronovo Bonafossensi, B^us^ Lunelli de Montehueig, G^us^ Faverii, G^us^ de Marin, Guilhelmus Molinerii, Deodatus Pinssaguelli, B^us^ Faverii de Marssiaco, et eguo G^us^ de La Vouta publicus notarius Castrinovi Bonaffossensis qui rogatus hec scripsi et signo meo signavi.

Achat de diverses terres à Broafonduda et ailleurs (entre Castelnau et Lescure), fait par Sic. Alaman aux frères Geisse, d'Albi, 13 mars 1263 (1264).

Conoguda causa sia a totz homes presens et endevenidors que ieu Guilhems Gieissa et ieu Ermengaus Gieissa d'Albi, nos amdoi frairei, essemps e cadau per si, per nos e per totz nostres successors e totz nostres heretiers e per totz los apertenens a nos en qualque manieira, ni

(1) Ajouter *que*.

(2) Nom altéré sans doute par le scribe.

forsatz ni costregz d'alcu, mas escientalment per bona fe, ses tot engan e per nostre propri dreg, vendem, solvem, quitam, desamparam, donam e liuram per titol de pura e drechurieira e perfiecha venda en totz temps al senhor n Sicart Alaman et a totz homes alquals el o volrria per far sas voluntatz, et a vos n Davi bailes que es del dig senhor e a totz homes alsquals vos o volrratz per lui stipulantz e ressebens aquesta venda, so es a saber : tota la nostra terra de Broafonduda, laqual se te ab l'estrada cominal d'Albi e ab la via que s'en va vas Domolenx et en desus davas lo pueg ab lo malhol et ab la terra de na Raba ; e vendi (1) vos mai, per eissa manieira, autra pessa de terra, laqual se te ab la via de Domolenx et ab la terra d'en Wilh. Rotguier et ab aquela d'en Isarn de Salas ; e vendi vos mai autra pessa de terra que es desotz aquesta davant dicha, laqual se te ab la via que va vas Lescura et ab la terra d'en Isarn de Salas e ab aquela de l'hospital del pont ; e vendem vos mai autra pessa de terra el prat que i es, laqual se te ab la terra d'en Galhart Montarzi et ab aquela d'en Isarn de Salas et ab aquela que fo d'en Merle, e te entro el riu d'Estreissas ; e vendem vos mai autra pessa de terra aqui meteis, laqual se te ab aquela d'en Galhart Montarzi et ab aquela d'en Isarn de Salas et ab l'estrada cominal de Valcabrieira ; e vendem vos mai, per eissa manieira, autra pessa de terra laqual se te ab aquela d'en Ram. Wilh. de Salas davas II partz e ab l'estrada cominal de Valcabrieira ; e vendem vos mai autra pessa de terra on hom apela al Parraiairil, laqual se te ab aquela d'en Ram. Wilh. de Salas et ab aquela d'en Pos Bias, e te entro el riu d'Etreissas ; e vendem vos mai autra pessa de terra al pe del pueg de Valcabrieira, laqual se te ab aquela d'en Ram. W. de Salas

(1) *Sic*, mais corrigez sans doute : *vendem*.

et ab l'estrada cominal de Valcabrieira ; e vendem vos mai autra pessa de terra laqual se te ab aquela d'en Espinassa et ab aquela de l'hospital del pont et ab lo meu meteis malhol de mi Ermengau sobredig ; e vendem vos mai autra pessa de terra laqual se te ab lo malhol et ab la terra d'en Pos Bias et ab lo malhol de Pos Rotguier et ab la terra de l'hospital del pont, e te entro el Parraiairil ; e vendem vos mai autra pessa de terra laqual es entre ambas las estradas de Gatilenx et aquela d'Estreissas laqual se te ab la terra de l'hospital del Vigua ; e vendem vos mai autra pessa de terra laqual es sotz la via d'Estreissas laqual se te ab aquela d'en W. Rotguier e d'en Pos Bias ; e vendem vos mai per eissa manieira autra pessa de terra laqual es sobre lo meja d'en Ram. del Pi, laqual se te ab aquela d'en W. Rotguier et ab aquela d'en Galhart Montarzi, totas aquestas sobredichas terras tot entieirament on mielh so, els pratz e totz los albres que i so, domesgues e salvatgues, on mielhs nos las avem compradas e conquistas sa enreire d'en Guirbert Issart, cavazier, e d'en P. so filh, e d'en Simo Issart ; el mai se i era que d'aquestz davant digz o aguessem conquist, jassi aisso que no fosso nomnadas e la carta present, fosso hermas o condrechas, tot per entier vos o vendem on mielhs d'aquestz davantdigz nos ajam conquist, entieirament on mielhs isso (*corr.* i sio) ab intrars et ab issirs et ab totz lors apertinhens senes retenement que no i fam de re ni esperam a far a nos ni als nostres en lunh temps. E reconoissem que vos noin avetz donat lo pretz drechurier M.DCCC.L. sol. de bos caorcenx losquals nos avem agutz et resseubutz nomeradament de vos n Davi e nom del senhor n Sicart, que noin tenem per be pagatz, elsquals renonciam ad exceptio de no nomerada pecunia e de non aguda e de no resseubuda e de no tornada e mon profieg, et a mai valenssa ; e se valia mai d'aquestz pretz sobredig donam vos tota aquela mai valenssa que aras val o per adenant poiria valer escientalment en do per be e per amor e per donatio entre vius no revocabla, neis per causa de lunha desagradabletat, neis se valia mai otra la meitat del just pretz o quant que fos d'aqui enant. E em voin tengutz de la eviccio e serem voin guirens de totz amparadors, per laqual eviccio e per la guirentia obliguam al senhor n Sicart totz nostres bes. En renonciam en aisso sobredig et en cadauna causa, de certa scientia, a tot dreg et a tota exeptio ab que noin poguessem deffendre ni encontra venir nos o autre per nos, et especialment a non agradabletat. E totas aquestas terras els pratz e tot aisso sobredig el mai se i era del conquistz del sobredig n Guirbert, en P. so filh e d'en Simo vendem vos tot franc e reconoissem que non fam ni far non devem a lunh home ces ni servizi, ni oblias. E donam voin aquesta presens publica en totz temps valedoira carta en testimoni, ab laqual voin metem en tenezo e voin establem verai possezidor. Actum fuit in Castronovo Bonafossensi, III° ydus marcii, anno incarnationis Dom. M° CC° LX° tercio. Hujus rei autem sunt testes vocati et rogati G^us^ de Cueia miles, Poncius Audoini, Armengaudus Rotberti, Ram^us^ de Podio juvenis, Bertrandus de Podio, Bartholomens Fenassa de Albia, G^us^ de Paris, Johannes de la Vernha, Ram^us^ Davini et eguo G^us^ de la Vouta publicus notarius Castrinovi Bonafossensis qui rogatus a predictis hec scripsi et signo meo signavi.

Achat d'un territoire aux environs de Castelnau-de-Bonafous fait par Sic. Alaman à R. Bern. Frotier, chevalier, 1er mai 1254.

Conoguda causa sia, etc. que ieu Ram. Bernatz Frotiers, cavaziers, per mi e mos successors e per totz los apertenens (1) a mi en qualque manieira, vendi, quiti, desampari e liuri per titol de drechurieira e lial venda al senhor n Sicart Alaman per far sas voluntatz en totz temps et a vos n Davi ressebent aquesta venda e nom del dig senhor, so es a saber : tota la mia terra herma et condrecha e totz los albres que i so, domesgues e salvatgues, e totz los cesses de blat o de deniers, e totz los acaptes el reire acaptes, e totz los usatgues e totas las senhorias, e totas las aiguas e totz los pastenx, e totz los dregz e las razos e totas las accios reals e personals e mixtas que ieu iei ni aver deg en qualque manieira, especialment tot aquo que ieu per mosenhor Wilh. Frotier mon paire e per mon oncle mosenhor Sicart Frotier que fo sa enreire o per autras personas, que que sia ni on que sia dins aquestas afrontazos desotz escriutas, so es a saber en aissi cum l'estrada cominal d'Albi mou del pas del riu de Jussenx e s'en devala tro a Sant Salvi del Reclus et en aissi co aquesta davant dicha estrada s'en dissen sotz l'ospital del Castelnou Bonaffossenx e s'en va entro el riu al pont que es en aquesta meteissa estrada loqual pontz es sobre lo riu de Preguor, et en aissi co aquest riu s'en pueja per Severac sus per lo pla e tot dreg al cluzel d'en Galhart Montarzi, e s'en va tro al sobredig riu de Jussenx, et en aissi cum lo davant dig riu de Jussenx s'en dissen entro el pas del sobredig riu de Jussenx e l'estrada cominal d'Albi sobredicha, tot entieiramen e tot aquo que ieu iei ni aver i deg, se ieu i avia alcuna causa, el pueg Bonafossenc et e las costas, especialment et on melhs es enclaus dins aquestz afrontamens sobredigz, ab totas lor drechuras ab intrars et ab issirs et ab lors apertinhens senes retenement que non i fas en re de tot aisso sobredig

(1) Le mot *apertenemens* avait été tracé tout d'abord ; mais le scribe s'est corrigé et a biffé les 2 lettres *em*.

ni dins las afrontazos sobredichas, estiers las mias maios, lasquals so sus lo Castelnou Bonaffossenx, lasquals ieu compriei sa enreire d'en Golfier, lasquals maios e l'airal en que so ieu retenc a mi et als meus tant solament, senes tot autre retenement que non i fas ni esperi a far ni entendi d'aissi enant. E reconosc e autregi que vos n Davis m'en avetz donat lo pretz drechurier per tot aisso, e nom del senhor Sicart, so es a saber D. sol. de bos caorcenx e mai XX sest. de froment, losquals ieu iei agutz e resseubutz de vos n Davi que m'en tenc be per pagatz, elsquals renoncii ad exeptio de no nomerada e de non resseubuda pecunia e blat e de non tornada e mon profieg, e a mai valenssa; e se aisso sobredig valia mai d'aquest pretz doni vos aquela mai valenssa per donatio entre vius, no revocabla en lunh temps per causa de desagradabletat, neis se valia mai otra la meitat del jutz pretz. E so voin tengutz de la eviccio e seriei voin guirens, per laqual eviccio e guirencia vos obligui mi e totz mos bes. En renoncii en aisso a tot dreg divi et huma, escriut e non escriut et a tota costuma escriuta e non escriuta et a non agradabletat, [et a tot autre agitori de dreg et a tota exeptio ab que m'en pogues deffendre ni en contra venir (1)] E doni voin aquesta publica carta en testimoni ab laqual voin meti en tenezo e voin establic verai possezidor. Actum fuit in Castronovo Bonaffossense, kalendis madii, anno incarnationis Dom. M°CC°L° quarto, in presencia et testimonio Poncii Audoyni, Petri Audoyni fratrum, Poncii de Rivotorto majoris, Ermengaudi Rotberti, Petri Rustan, G[i] de Fanjaus, Matfredi de Fonte, Huguonis Telheti, Johannis Marins, Petri Fabri filii Ber-

(1) Ces mots avaient été placés, par erreur du scribe, à la fin de la phrase suivante, mais leur véritable place a été indiquée par lui au moyen d'un signe de renvoi.

nardi Fabri, et mei G^{i} de la Vouta, publici notarii Castrinovi Bonaffossensis qui rogatus a supradicto R^{o} Bernardi hoc scripsi cum quadam rasura in quarta linea a fine, quam eguo propria manu feci, et signo meo signavi.

Achat par Sic. Alaman de terres à Castanet et au lieu dit *Estreissas* (entre Castelnau et Lescure), 2-5 janvier 1263 (1264).

Conoguda causa sia, etc. que ieu Ramon del Poig, per mi e per totz mos heretiers e los apertenens (*sic*) a mi, no per forsa ni paor ni descebement, mas per ma propria voluntat enduchz ad aisso, e per mon propri dreg, vendi relinquisc, doni e liuri per titol de pura e lial venda al senhor n Sicart Alaman et a totz homes alsquals el o volrria, per far sas voluntatz en totz temps, et a vos n Davi ressebent aquesta venda per nom del dig senhor, so es a saber tot aquo que ieu iei a Castanet dins la vila e deforas et els deimaris et e la parroquia et els dex et els apertenemens et el alo del dig loc de Castanet et el fiu, terras hermas e condrechas, ortz e vinhas e pratz, cesses de blat e de diniers, vendas et acaptes e reire acaptes e totas autras senhorias e drechuras, quals que siu que ieu iei, els davant dichz locx et hom i a e i te per mi, davas mi, o ieu meteis las aja e las tengua a ma ma. E vendi vos mai, per eissa manieira, tot aquo que ieu iei ni aver deg ad Estreissas, so es a saber : de Broafonduda on mielhs s'en va sus vas Broafonduda lo deverzens del poig dreg a Valcabrieira et entro a Gatilenx, e deviro Gatilenx, et en aissi cum s'en va la cri del poig de Caslucet e sobre lo pueg de Pestrans tota via lo lumdes entro sus dreg la Barrieira de Lescura et en aissi cum s'en dissen tot dreg a la davant dicha Barrieira entro el mieg loc del flum de Tarn, et en aissi cum s'en dissen lo mieg locx del flum de Tarn entro en

Broafonduda sobre dicha tot dels deverzens adejus del sobredig poig et entro en Gatilenx e deviro Gatilenx, entieirament on mielhs sobredig es et on mielhs sa enreire ieu o compriei e o conquesi tot d'en Guirbert Issart e d'en Ram. Bernat Frotier et on mielhs aquestz o avio conquist d'en Wilh. Issart, tot per entier vos o vendi, terras et honors hermas e condrechas, e pratz, cesses et usatgues de blat e de deniers et totz los albres que i so e totas aquelas senhorias e las accios reals e personals e mixtas, et homes e femenas e que que sia que ieu o aja e deja aver els locx e dins las afrontazos sobredichas et on mielhs es contengut e las cartas dels conquistz que ieu meteis iei fagz sa enreire d'aquestz sobredichz, e se ieu avia o devia tener per mi meteis o per autras personas en aisso de Castanet ni els lox ni dins las afrontazos sobredichas, entieirament on mielhs i es, ab totas lor drechuras ab intrars et ab issirs, senes retenement. E reconosc et autregi que vos n Davi, per tot aisso sobredig, m'en avetz donat lo pretz drechurier, so es a saber IIII melia sol. de bos Caorcenx, losquals ieu iei de vos resseubutz nomeradament, si que m'en tenc per be pagatz, els quals renoncii ad exceptio de no nomerada pecunia et non tornada e profieg de mi, etc. (mêmes formules finales que dans la charte précédente)... Actum fuit in Castronovo Bonaffossense, V° nonas januarii (1), anno incarnationis Domini M° CC° LX° tercio, in presencia et testimonio Ramundi de Pino mercatoris de Albia, Petri Baudier, Ramundi Caus, Poncii Audoyni, G[i] Borssa, Ram. Calvelli, Guilhelmi de Paris, Bernardi Galhardi clerici, Bertrandi de Podio filii supradicti Ram. de Podio, et mei Guilhelmi de la Vouta publici notarii Castrinovi

(1) Cette date est inexacte, les nones de janvier n'ayant que 4 jours, qui vont du 2 au 5 de ce mois.

Bonaffossensis qui rogatus a predictis hec scripsi et signo meo signavi.

Accord entre Sic. Alaman fils et dame Béatrix de Médulion, veuve de Sic. Alaman, « à raison de certaine pension de 300 liv. et de la restitution du douaire de lad. dame » (1). 16 mai 1276.

Les querelles et les réclamations de legs, soulevées à raison du testament de feu Sic. Alaman, chevalier, entre noble dame Beatrix de Medulion, sa veuve, et Sicard Alaman, damoiseau, son fils, ont été remises à l'arbitrage de vénérable Gui, *episcopus Lingoniensis* (2), suivant un compromis écrit par le not. ci-dessous et fait avec l'autorité de Bertr. de Lautrec, curateur dud. Sicard. L'évêque Gui a rendu sa décision par ses lettres scellées et a ordonné que Sic., damoiseau, paierait annuellement à Béatrix 300 liv. tourn. et les lui assignerait sur quelqu'un des biens qu'il possédait. En outre Sic. doit payer à lad. dame 2,000 liv. lorsqu'elle contractera mariage, et lui donner chaque année 500 liv. jusqu'à ce que le paiement desd. 2,000 l. soit entièrement effectué. Afin de remplir ces obligations, Sic., damoiseau, du consentement de son curateur sus-nommé, assigne lesd. 300 liv. payables à Béatrix, chaque fête de St Jean Baptiste, sur le château et sur le péage de La Fox et généralement sur tous les autres domaines qu'il possède dans la cité et diocèse d'Agen, lui donnant à cet effet hypothèque sur tous ses biens; et il veut que, si par suite de guerre ou d'autre cas fortuit, lad. dame ne pouvait percevoir les susd. revenus en Agenais, et tels qu'ils sont marqués ci-dessus, elle ait alors la faculté de les prendre sur ses autres biens. Sicard promet aussi qu'à raison des 2,000 liv. qu'il doit payer à Béatrix lorsqu'elle se mariera, il lui donnera jusqu'à parfait acquittement 500 l. par an. Et si lad. dame éprouve quelques pertes par suite de retard

(1) Nous empruntons les termes du titre inséré dans le Cartulaire au 17e s. et qui paraissent interpréter exactement les dispositions de l'acte.

(2) Plus régulièrement *Lingonensis* (de Langres).

dans le payement desd. sommes, Sicard l'indemnisera de ces dommages, tels qu'ils seront déclarés par elle « cimplici verbo sine testibus et sacramento. » Le 17 des calend. de juin 1276. Témoins : sgr Guill. *de Maschone*, viguier de Toulouse, sgr Ademar Bermond, chevaliers, sgr Raim. *de Nesquira*, *doctor legum*, sgr. Raim. Alaman, chanoine de Rodez, Me Vincens de Rabastens, Bern. de Malafalguière et Arn. Serene not. public de St Sulpice qui écrit et signe.

G. de Tantalon vend à Sic. Alaman ses droits sur une maison de Marmande, 10 déc. 1237,

Conoguda causa sia a totz homes que so ni que seran qu'en Galhard de Tantalon, per si e per totz los seus, a sout e guirpit e vendud an Sicard Alaman totz los dregz que el meis en Galhard de Tantalon avia ni aver devia en la maio quel senhor coms de Tholosa avia dad a lui meis en Galhart de Tantalon, so es a saber la maio que i es a Marmanda que fo a na R. de Tolosa ; laqual maio e totz los dreitz que en Galhart de Tantalo i avia per neguna manieira a soud e quitat e vendud a lui meis en Sicard et a tot son orden, per tota sa voluntat far per aras e per totz temps, per L liuras d'Arnaudenx qu'en Sicart Alaman l'en doned ; de lasquals L l. reconosc qu'en Arnaud de Privad, bailes del port de Marmanda per lo senhor comte de Tholosa, l'en a fait paga per mandament d'en Sicard, de lasquals L l. se tenc a be pagatz en Galhart de Tantalo. D'aisso so testimoni (1) Ram. Bernard del Pugh, en Guiral de Nubila, en A. aRam. (ou Aramon), en Vi del Torn, en Vi Deima, en Peir Duran, en Wil. del Pojoli (2), en Gacia

(1) Il y a ici un mot que nous n'avons su déchiffrer (Voir aux fac-similés).

(2) Ce nom a son l traversé par une barre ; mais malgré cette marque

Picota, en Gacia Arotbert, en Wilh. de Carcassona, en Ram. Escrivas (1), communis notarius de Marmanda qui hec scripsit utriusque concenssu. Aisso fo autrejat X dias al intrad de decembre, regnante R° Thol. comite, A. episcopo Agennensi. Anno ab incarnatione Dom. M° CC° XXXVII°.

d'abréviation et la lettre qui le termine, il doit correspondre à la désignation patronymique de *Pojols* qu'on retrouve dans d'autres documents agenais.

(1) Ce nom paraît bien être un nom propre, car un acte original du trésor des chartes (Teulet, *Layettes*, II, 635) mentionne de même à Agen, 1246, *Ram. Scriptor, notarius Marmande.*

Achat au Caslar par Sic. Alaman, 1251.

. . . q en Gautier Guitart . . . totz los meus . vendi . . . galina
de . . . e las . . . al castlar q te de la honor dn . . . fahis entro el ort dn
Johan del . . . e te de sus de la roca entro el . . . del riu e . . .
. . . per cadans anadal . . . e totas las senhorias q jeu avia e la terra
e la honor ni els . . . ni el cluzel ni els ortz ni el pesquier ni
encor a quo . . . de fahis ter de mi al castlar ni los . . . lore-
ma de mi el terrador del castlar q es entrambas las estradas .
e te de la honor . . . dn Durant del castlar entro e la via . . .
. . . dn Durant . . . el . . .
el cluzels . . . ab . . . men dreez donatz . CC . sol de bos caorcx . non agut . q jeu diya
. . per negun . . . no . . . . . . Rabastenx . m . cc . li . . .

Achat du droit de navière à St Géry, 1240.

. . . Jeu Jordas de Rabastenx no forsatz ni enganatz . .
per mi . . . vend . . . a vos Sicart Alaman e a totz vostres successors
la naviera e cami e la passiera de S. Jory q es el . . .
q vos lai fassatz e lai fassatz far en aquela part q vos volretz
. . passar volran . la on vos . . . . . non devem re metre
. . per nom . . sol de bos caorc . . . q . . . dn Durant . Et disso
fo fag el castel de S. Sumpliz e la cambra de latz la garda rauba
. . . anno dn . m . cc . xl . . . tot publics not del castel
de S. Sumpliz . . . . . e signavit

Achat de Castanet . . . par Sicard Alaman – 1261.

Conoguda causa sia . . . . q eu na Ramonda de Castanet filha q fui sa
enreire dn . R . de Castanet no per forsa ni per paor . . .
vendi . . . al senhor n Sicart Alaman . . . e a vos . . . per lui e . . .
de lui . . . so es a saber . . . totas las drechuras q jeu . . .
avia . . . e la vila de Castanet e de fora e e la honor . . . apertene
mens . . . e la parroquia de S. Andrieu de Castanet . .

Vente d'une maison à Marmande, 1237.

Conoguda . . . sia . . . totz homes . . . a . . .
a Sicard Alaman . . . son orden los dregz q el . . . Galhard de . . .
. . . alamay e a son orden . . . Sicard . .
testimoni . . . Bernard del Pugh en . . . de . . . en . . .
. . . del . . . en . . . en . R . . . . cosols de Marmanda

ACTES DIVERS

CONCERNANT

LES ANCIENS DOMAINES DES ALAMAN

ET PRINCIPALEMENT LA SEIGNEURIE DE GRAULHET

(DE 1283 A 1342) (1)

A la suite des prétentions soulevées par les officiers royaux et par Bertr. de Lautrec, contre l'évêque d'Albi, au sujet du territoire situé à la gauche du Tarn, entre Lescure et Castelnau, le roi fixe, par sa sentence arbitrale, les limites des seigneuries de Castelnau et d'Albi, mars 1282 (1283) (2).

« Phil. dei gracia Francor. rex. Notum facimus quod cùm tam per gentes nostras pro jure nostro et nobis, quam per Bertrandum, etc. » La suite, comme dans Compayré, p. 231, avec les modifications suivantes : « controversia *fuisset*, » au lieu de *fuerat;* « contra *dilectum et fidelem nostrum B.*, » au lieu de « *memoratum;* » — p. 232, « *Destressas intrat; Domolenxs; Vallis Caprarie; Castlucet;* » — p. 233, « ipsum *Castrum* novum, »

(1) La description matérielle de ces documents sera placée en note, au fur et à mesure que nous donnerons l'analyse ou la transcription de chacun d'eux. Voir aussi la préface du volume.

(2) Original en parchemin, dont le repli offre encore des trous qui étaient traversés, sans doute, par les attaches d'un sceau pendant. Il est probable qu'après que l'évêque eut obtenu l'acte publié par Compayré (p. 229 et suiv.), daté de févr. 1282 (83), Bertr. se fit délivrer par la chancellerie royale un extrait authentique de la partie de ce document qui le concernait, en sorte que la date de mars 82 (83) correspondrait seulement à l'époque où cette expédition fut concédée.

au lieu de « ipsum *nostrum* novum. » Après ces mots : « *jure suo,* » de cette même page, 23e ligne, notre acte se poursuit et se termine par les formules qui suivent : « Insuper predicta omnia de consensu parcium per nos ut dictum est ordinata de gracia speciali per nos et successores nostros rata et grata habemus, approbamus et confirmavimus, salvo in aliis jure nostro, et jure in omnibus alieno. Quod ut ratum permaneat in futurum presentibus litteris nostrum fecimus apponi sigillum. Actum Parisius, anno Dom. M° CC° octogesimo secundo, mense marcio. »

Ratification d'une sentence arbitrale rendue entre le couvent de Sainte-Claire d'Avignon, et Philippe de Lévis, au sujet de l'hérédité des Alaman, 16 mars 1304 (1).

L'an 1304, 17 des cal. d'avril (2), Charles II, roi de Jérusalem et de Sicile, et comte de Provence et de Forcalquier, étant sgr d'Avignon. « Soror Adalasia de Sabrano, humilis abbatissa monasterii Sancte Clare, civitatis Avinionensis, » convoque le chapitre dud. monastère dans le chœur de son église, voulant se soumettre au jugement arbitral de frère « Heliasii de Claromonte, ministri provincialis in provincia Provincie, ac fratris Bernardi Deliciosi, ordinis Fratrum minorum ac nobilis Petri de Mirapicio dicti de Levis, domini de Vilanova, » lesquels ont été pris pour amiables compositeurs par lad. abbesse, d'une part, et par Philippe de

(1) Cet acte et les suivants jusqu'à la p. 138, tous relatifs à Phil. de Levis et à sa veuve Béatrix de Lautrec, sont tirés d'un cahier de papier dont il a été question dans notre préface. En rapportant ces pièces, nous conservons le même ordre suivant lequel elles se présentent dans l'original.

(2) Pour cet acte, de même que pour quelques autres qui vont suivre, et qui sont passés également par des notaires d'Avignon, il faut admettre que l'année a été prise à partir de Noël, ainsi que cela se pratiquait souvent en Provence, comme le rapportent les Bénédictins dans l'*Art de vérifier les dates*. Si on ramenait au n. st. les indications chronolog. antérieures au 25 mars, on arriverait à faire vivre Phil. de Levis en 1305, alors que l'on sait qu'il était déjà mort avant la fin de l'an précédent.

Lévis, sgr *de Florenciaco* et vicomte de Lautrec, de l'autre, au sujet de leurs débats sur l'hérédité de feu Sic. Alaman, chevalier, et de Sic. son fils, hérédité détenue par led. Phil. et réclamée par led. couvent qui prétend qu'elle lui appartient « ex persona sororis Magarite Alamanne, monache dicti monasterii filieque dicti Sicardi sororisque Sicardi filii condam. » Par le compromis et par la sentence des arbitres dont l'acte a été dressé par André *de Viana*, not. royal de Montpellier, lad. abbesse et Guill. Pierre, syndic du monastère, sont tenus en effet de faire ratifier par les sœurs du couvent la décision rendue, et en conséquence, lesd. sœurs, sur la demande desd. syndic et abbesse, donnent leur approbation au jugement arbitral desd. De Clermont, Délicieux et P. de Lévis. Les sœurs qui assistent au chapitre sont au nombre de 50 ou environ (Sancie Montanière, Stephanie de Noves, Mabille *de Baucio*, Cather. *Barbona*, Geoffroide Bassola, Guill de *Cressis* ou *Tressis*, B. *Cursola* ou Beatr. *de Crussolis*, Berenguière *de Corno* ou *Torno*, Marthe Roviere, Claire *Porcella*, Cecile *de Porta aquaria*, Raim. *de Roca*, *Dulcelina de Monteareno*, Astrugue Aycarde, Aloys *Mella*, Bereng. *Viadena*, Agn. *Caveria* ou *Carreria*, Jacobe *Albergata*, Garsinde et Laure *Martinenqua*, Françoise *Manstina*, Mar. *Sperandea*, Agn. *Ysora*, Laure *Saurina*, etc.). Avignon, dans l'église dud. couvent. Témoins : F. *Sperandei*, Guill. *de Aquis*, jurisconsulte, Guill. *Petri Audeguarius* et Phil. *de Grasinhano*, not. d'Avignon. Pour donner plus de validité à l'acte, l'abbesse et le couvent y font apposer leur sceau.

Le roi annule le don que le couvent de Sainte-Claire lui avait fait de ses droits sur l'héritage des Alaman, 26 févr. 1303 (1304) (1).

Vidimus par Yves *de Landunhaco*, docteur ès lois, juge ordin. de Toulouse, des lettres royaux qui suivent et auxquelles led. juge fait apposer le sceau de la sénéchaussée, à Toulouse,

(1) Voir note 1 de la page 126.

le mercredi après l'octave de Pâques, 1304 : — Phil., roi de France, etc. « Nos donationem nobis factam per conventum monasterii Sancte Clare Avinionis de terra, castris, villis et juribus universis que fuerunt Sicardi, filii Sicardi Alamanni, militis, sita in comitatu Tholose et in terra Albigesii et Agennesii aut alibi, » comme il est expliqué par l'acte de donation, « ad supplicationem dilecti Philippi de Levis, militis nostri, et Alaycie de Sabrano, abbatisse, et syndici monasterii predicti, de gratia speciali dictis Ph. et conventui remittimus, etc. » En foi de quoi, faisons apposer ici notre sceau. Fait à Nîmes, le mercredi après la fête de la chaire de St Pierre, 1303.

Conformément à cert. sentence arbitrale, les religieuses de Sainte-Claire donnent à Phil. de Lévis, tous les droits qu'elles possédaient sur les biens provenant des Alaman, 16 mars 1304 (1).

En 1304, 17 des cal. d'avril, l'abbesse et les sœurs de Ste Claire d'Avignon, reunies en chapitre dans le chœur de l'église du couvent et au son de la cloche, font de bon gré donation entre-vifs, dans la forme qu'elle peut recevoir « ad dictamen et intellectum cujuslibet sapientis, » et valable comme si elle était insinuée (*vim insinuationis habens*), à Phil. de Lévis, sgr de Florensac et vic. de Lautrec, représenté par moi, not. ci-dessous, de tous leurs droits et de toutes leurs actions, réelles, personnelles, mixtes, utiles, civiles et prétoriennes et persécutoires de la chose, leur revenant sur les biens de Sic. Alaman, chevalier, et de Sic. son fils, à cause de Marguerite Alaman, religieuse de leur monastère et fille ou sœur desd. Sicard. Il est dit que les biens de la donation consistent en villages et châteaux, juridictions, péages, fiefs, alleus, terres, prés, bois, vignes, pêcheries, moulins, fours, cours d'eau, cinquièmes (*sinquenis*), quartons, tasques (*tashis*), services, etc., tels qu'ils sont ou étaient tenus *vel quasi* par Phil. de Levis, à

(1) Voir note 1 de la page 126.

l'époque du compromis entre les parties, et de lad. sentence qui le suivit, rendue par P. de Mirepoix et les Frères mineurs *Helisarus* de Clermont, ministre de Provence, et Bernard *Deliciosus*; les châteaux de La Bastide et de La Lafox, le port Ste-Marie, « et nominatim castrum quod vocatur Touiart quod est juxtà portum Sancte Marie, cum juribus suis, » sont indiqués particulièrement comme se trouvant dans ce cas, mais il est expliqué qu'il n'est pas ici question des autres domaines des Alaman qui à l'époque mentionnée étaient possédés par d'autres que par led. Philippe. Cette donation est faite conformément au compromis déjà cité et à la sentence rendue par les arbitres ci-dessus, et les religieuses reconnaissent qu'elle ne saurait préjudicier au couvent, puisque, suivant la même sentence, Philippe doit lui payer en retour la somme de 5,000 liv. tourn. Suivent les renonciations habituelles et le nom des sœurs du monastère (même liste qu'à p. 127). Présents : *Ferarius Sperandei*, G. *de Aquis*, jurisconsulte, Guir. *de Aquis* not. et G. P. *Audegarius*. — La même année et la veille des nones d'avril, sur le consentement desd. relig[ses], leur procureur et syndic Pons *Fabri*, clerc dud. monastère, jura *in animas ipsarum* que tout ce dessus serait fidèlement observé. — Fait dans l'église du couvent, en présence de Ferrier *Sperandei*, jurisconsulte, Pierre Lombard *de Interaquis*, etc. et moi Phil. de Grazinhan, not. d'Avignon. L'acte fut revêtu du sceau dud. monastère.

Philippe de Lévis est mis en possession des biens des Alaman, qui lui étaient réclamés par le couvent de sainte Claire, 28 avril 1304. — Nomination de procureur par led. couvent, 27 févr. 1296. — Et légalisation en févr. 1337 (1338) de la copie des actes précédents, contenant une nomination de lieutenant faite par le viguier de Béziers, en juin 1336 (1).

En 1304, le 4 des calend. de mai. Les relig[ses] de Ste Claire,

(1) Voir p. 126 (note). — Un fac-similé, placé plus loin, donne quelques lignes du premier de ces actes, ainsi que quelques autres extraits pris dans le même cahier.

ayant fait un accord avec Phil. de Lévis, au sujet de leurs prétentions sur les domaines des Alaman, et cet accord ayant été autorisé par Phil. roi de Fr., Me Guill. Pierre *Audigerii*, procureur dud. couvent, se trouvant dans la bastide de Montfort, en Albigeois, met led. Phil. de Lévis *in corporalem possessionem juris et facti seu quasi* de lad. bastide, et, au moyen du présent acte, de toute la terre et juridictions et dépendances, sur lesquelles lesd. dames disaient avoir quelque droit, « in qua terra fuit dictum ibi esse videlicet Castrum novum Bonafos, et dict. bastidam Montisfortis et villam de Castaneto et villam de Sancta Cruce et castrum de Graolheto et villam de Podiobegone et castrum de Sto-Sulpicio et castrum atque villam de La Fotz. » — Est insérée la procuration dud. Audigier : 1296, 4 des cal. de mars, Charles II, roi de Jér. et de Sic., comte de Prov., le chapitre des sœurs de Ste Claire étant réuni selon l'usage, et du consentement et en présence de Raimonde, abbesse du monastère, crée et constitue pour ses syndics, procureurs, *yconomi seu actores*, sgrs *Ferarius Sperandei*, jurisconsulte, P. Cabessani, chevalier, Hug. *de Porcatoria*, fils de feu Rostaing, Hug. *de Porcataria*, fils de feu Jourd., Guill. Pierre *Audeguarius*, Raim. Rec., Guill. Michel, et R. *de Corunaterio*, diacres, et sœurs Laurence de Castelnau, Marie *Vincenna*, Berenguière *Viaderia* et Catherine *Barbeus* (ou *Barberiani*), et les charge de conduire toutes ses affaires litigieuses et autres. Il établit ces procureurs « quemlibet eorum in solidum et pro toto (ita) quod non sit melior condicio occupantis, sed quod per unum ex ipsis inceptum fuerit per alium possit et valeat explicari (1) ; » ils auront le pouvoir d'agir de-

(1) Le savant ouvrage de M. Fournier (*Les officialités au moyen âge*, 38) porte que, dans les nominations de plusieurs procureurs, il fallait ajouter qu'ils étaient constitués chacun *in solidum*, *ita quod sit melior conditio occupantis*, si l'on voulait qu'ils pussent agir isolément. Cependant plusieurs actes que nous publions dans le présent volume montrent un procureur intervenant seul dans une affaire, et cela bien qu'il ait été nommé avec un ou plusieurs collègues, « chacun en seul, *ita quod non sit melior conditio occupantis* ». Peut-être faut-il donner à cette formule le sens qui

vant toute espèce de juges, de présenter et recevoir libelle, de nier les demandes de l'adversaire (*litem contestare*), de faire sur l'âme desd. religieuses, les divers serments usités dans les procédures, à leur tour « defferendi sacramentum et suscipiendi, ponendi et positionibus respondendi, testes et instrumenta et alias probationes producendi, et de productis copiam petendi, protestandi, dicendi et objiciendi contra dicta et personas testium, concludendi et allegandi de facto et jure, sententias tam interloqutorias quam diffinitivas audiendi et a sentenciis et quocumque gravamine appellandi et causam appellationis et annullitatis prosequendi et dictas sentencias mandari executioni petendi; » ils sont autorisés d'une manière expresse à demander s'il y a lieu la *restitution en entier*, etc. Enfin lesd. sœurs et abbesse promettent auxd. procureurs de ratifier ce qu'ils auront fait, et de les relever de l'obligation de donner la caution garantissant que le jugement sera exécuté : « ab omni honere satisdationis judicatum solvi cum suis clausulis, » etc. Les sœurs dud. monastère sont : Cecile *de Porcataria* ou *Portacaria*, *Sancia Montaneria*, *Maria Sperandei*, *Stephania de Novis*, *Alazaycia de Sabrano*, Marie Hugolène, Tiburge *de Codoleto*, *Rixendis Mercaderia*, *Garcendis Martinenca*, Laure *Audrana*, Marie *de Alanssano*, Jourdaine Audoarde, *Aloys Viella*, *Guillelma de Cretis*, etc. (32 en tout). Fait à Avignon, *istarii* (1) *dicti monasterii*. Témoins : Guill. Augier, damoiseau, fils de Yvard, chevalier, Rostan Matfred, M. de Creto, clerc, et moi G. *de Aquis*, not. d'Avignon, qui ai écrit et ai scellé cet acte. — Fait à La Bastide, le jour susdit, en présence de sgr J. *Piciscis*, prêtre, sgr *Gualas Standardi*, chevalier, Me B. Galhard, Me Mich. Gondarin, J. *de Balayssino*, J. Cendros, Colin *de Ivanhi* et moi Jean Cancarel, not. public de la terre dud. Phil. de Levies *et curiarum terre predicte*, qui sur l'ordre des contractants ai reçu et mis cet acte en forme publique et l'ai signé (2). — La présente copie a été faite sur l'autorisation de

paraît lui être attribué par le document ci-dessus, et qui semble du reste admis dans une note de M. Fournier, sinon dans son texte.

(1) Sans doute pour *estarii*. Confer. Du Cange, verbis *stare*, *estare*.

(2) La teneur de cette prise de possession de Labastide, rapportée jus-

vénérable Pierre André, licencié ès lois, lieut[t] de Raim. *Viguerii*, sergent d'armes et viguier royal de Béziers (Suivent les lettres scellées dud. viguier, lequel, considérant les absences fréquentes que ses occupations lui imposent, et ne voulant pas toutefois « quod negocia dicte vicarie et subditorum plus debito protelentur, » institue pour ses lieutenants noble *Fulcherius de Fano*, *bajulus Andusie*, et led. Me P. André. Béziers, 5 juin 1336), par Ayraud et Durant, notaires de lad. cour de Béziers, et a été prise sur l'instrument dressé par J. Cancarel, instrument qui a été exhibé au susd. lieut[t] par G. *de Mesua*, damoiseau de Sérignan, procureur de nobles Philippe et Bertr. de Levis, frères, sgrs *de Florensasiaco et de Chorolla*, *vicarie Biterrens.*, à l'effet d'obtenir le présent transcrit. Après avoir conféré celui-ci avec l'original de Cancarel, et les avoir trouvés conformes, ledit lieut[t], *sedens pro tribunali*, *in consistorio aule superior. curie regie Biterr.*, a reconnu et déclaré par son décret qu'il serait donné entière confiance à cette copie en justice ou ailleurs. Dont acte délivré, à la requête dud. de Mèze, par nous susd. notaires, le 7 févr. 1337; témoins P. *de Pradallis*, J. Alquier, J. *de Covenis*, notaires, J. *Rubei*, clerc, et nous Aycard et Durant, notaires, qui recevons en note tout ce dessus, et signons, après l'avoir contrôlé, le présent extrait, écrit en notre nom par J. Aimeric, not. de Beziers. Et pour attester que lesd. Aycard et Durant sont bien not. royaux, nous susd. viguier de Béziers, faisons ici apposer le grand sceau (*sigillum majus*) de notre cour. 15 févr. 1337.

Le couvent de sainte Claire approuve, en faveur de Philippe de Lévis, la mise en possession des biens des Alaman, 8 mai 1304 (1).

L'an 1304, 8 mai, les sœurs de Sainte-Claire d'Avignon et leur

qu'ici, se retrouve, au notariat de Lasgraïsses, dans une expédition en parchemin qui est aussi de la première moitié du 14e s.

(1) Voir note de la p. 126.

abbesse Adalasie de Sabran, approuvent la tradition faite par G. P. *Audeguarius*, leur procureur, à Phil. de Lévis, des biens que ce dernier possédait à l'époque de leur accord au sujet des domaines de Sic. Alaman, chevalier, et de son fils, « et etiam tempore quo rex revocavit, quantum ad dicta bona que tunc tenebat idem Philipus, donationem regi factam a monasterio supradicto. » Suivent les noms des sœurs. (Voir p. 127). Témoins, F. *Sperandei*, jurisc., J. *de Portaaquaria*, P. Fabri et moi P. *de Grasignacho*, not. d'Avignon, qui sur l'ordre desd. sœurs *hanc cartam scripsi signavi et bullavi.* — Copie délivrée le 5 fév. 1337 par Ayraud et J. Alguier, notaires de Béziers, et légalisée le même jour et avec les mêmes formalités que dans l'acte précédent, par P. André, lieut. du viguier de la même ville; ici encore la nomination de ce lieut. et de F. *de Fano* se trouve rapportée, mais toutefois avec la date du 5 *mai* 1336.

Quittance de 5,000 liv. consentie par le couvent de Sainte-Claire à Bertrand de Gout et à sa femme Béatrix, veuve de Philippe de Lévis, nov. 1313 (1).

En 1313, 15 ou 16 des cal. de déc., Robert, roi de Jérus. et de Sicile et comte de Prov. et de Forcalq. étant sgr d'Avignon. Au sujet des différends soulevés entre feu Phil. de Lévis, sgr de Florensac, et dame Adalasie de Sabran, abbesse de Sainte-Claire d'Avignon, sur la terre qui avait été de Sic. Alaman, chevalier, et par suite de son fils, les parties ont pris pour arbitres *Elisiarus* de Clermont et *Bernardus Delichos*, *de ordine Fratr. minorum*, et noble P. de Levis, sgr de Villeneuve, et ceux-ci ont décidé que feu Philippe donnerait au couvent, en représentation des droits qui lui revenaient sur lesd. biens, 5,000 « libras turonensium parvorum seu minorum tunc currentium, quorum tur. sex libre valebant marcham argenti boni et fini Montispessulani non operati », selon qu'il est porté par l'acte dressé par André *de Viana*, not. de Montpellier,

(1) Voir note, à la p. 126.

le 13 des cal. de mars 1303; et plus tard, le même Philippe, afin de payer lad. somme, a fourni comme débiteurs principaux P. *de Podio*, damoiseau, Me G. Huc, jurisconsulte de Florensac, et plusieurs autres, ainsi qu'il résulte d'un acte reçu par J. d'Aurelhac, not., le 6 des nones de mars 1303, portant le sceau de la cour royale de Montpellier. En conséquence lad. abbesse et les religieuses dud. monastère, réunies en chapitre, reconnaissent en faveur de Jacques Hélie, damoiseau, bailli de Florensac, intervenant comme procureur de Bertr. *de Guto*, vicomte de Lomagne et d'Auvillars, et de sa femme Béatrix, épouse de feu Phil. de Lévis, qu'elles ont reçu en entier des mains desd. Phil., de Bert. ou de sa femme et d'autres en leur nom lesd. 5,000 liv., tant en gros tourn. d'argent qu'en petits tourn. et en autre monnaie; elles ajoutent qu'elles ont employé cette somme au profit du couvent et promettent aud. Jacques et au not. de l'acte, stipulants pour lesd. époux, héritiers de feu Phil., qu'elles ne viendront point à l'encontre du présent acte, etc. (renonciations légales habituelles). Noms des sœurs : *Peyrona Auderia*, Jeanne d'Aix, Laure Audrane, Mar. de Alansson, Mar. *Bolvenha*, Adalasie Bayrane, Béatr. de Crussols, B. de *Torno*, Raymbaude Lanssa, Garc. Martinenque, Sancie Montanière, etc. (19 noms en tout). Il est convenu entre parties « quod presens instrumentum, producto in judicio et etiam non producto, possit dictari et formari semel et pluries, addendo clausulas et renunciationes necessarias et opportunas ad dictamen cujus libet sapientis, facti tamen substancia non mutata. » Avignon, dans l'église du couvent; présents J. Boniface et Rost. *Claustra*, de l'ordre des Frères mineurs, G. *de Aquis*, etc., et Phil. *de Graynhano*, not. d'Avignon qui dresse l'acte.

Promesse par Béatrix de Lautrec à ses fils Phil. et Bertr. de Lévis, de ne pas aliéner ses biens sans leurs consentement, 28 nov. 1326 (1).

L'an 1326, indiction 10, 28 nov. et la 11e année du ponti-

(1) Voir note de la p. 126.

ficat de Jean XXII, Béatrix, vicomtesse de Lautrec, mûe par amour pour ses fils légitimes Philippe et Bertrand de Lévis, et par la considération qu'ils sont ses héritiers de droit, renonce à faire aucune vente, aliénation ou transfert quelconque de tous ses biens présents et futurs, « de terra sua patrimoniali vel bonis suis paraffernalibus quibuscunque, etiam de aliquibus que sibi obvenire possent ratione cujuscunque successionis vel ex alia causa; » sauf cependant si elle était forcée de recourir à ce moyen pour les besoins de son corps et de son âme ou encore pour payer ses serviteurs. En dehors de ces deux cas, elle ne pourra plus aliéner ou échanger qu'avec la volonté de ses enfants, de P. évêque de Senlis (*Silvanectensis*) et du vicomte Guillaume, cousin de lad. dame. Fait à Paris, dans la maison de l'archevêque de Rouen; témoins sgr Gui *de Popia*, prieur du prieuré de Ste-Croix, P. Hugues, jurisconsulte, du diocèse de Cahors, et Me J. de Verdun, clerc du dioc. de Rodez, et moi P. R. *de Colavilla*, not. apostolique qui ai reçu et dressé cet acte.

Vidimus des lettres suiv. par le roi : — I. Alfonse d'Espagne remet à Phil. de Lévis, fils de Béatrix de Lautrec, le lieu de Lafox, repris sur les Anglais, 25 juil. 1326. — II. Confirmation des lettres précédentes par le maréchal de Briquebec, 29 juin 1327. — III. Béatrix de Lautrec s'engage à donner cert. somme à ses fils pour les frais de la garde de Lafox, 29 mai 1327 (1).

Phil. roi déclarons avoir vu les lettres qui suivent :

I. Alfons d'Espaingne, seigneur de Lunel, lieutenant de nostre sire le roy de France et de Navarre, ès parties de la Languedoch, à touz ceus qui ces présentes letres verront, salut. Nous faisons savoir que comme le lieu de da Fouz, de noble dame Beatritz, viscomtesse de Laytrec, le que lieu estoit occupé par los Englois on commencement de ceste present guerre de Gascoingne, meu entre ledit

(1) Voir note de la p. 126.

nostre sire le roy de France et le roy d'Engleterre, eust est rendu a monsieur de Valois, lors lieutenant dud. nostre sgr le roy ès dites parties, et après ce par icelui a la dita dame, obligation par li que toutes foiz que ele seroict requise par les gens de nostre Sgr le roy, elle seroict tenue de leur bailler ledit lieu; et de nouvel en ceste present guerre lodit lieu, estant en la main de la dite dame, ait esté pris par force par les ennemis e le chastelain dudit lieu stabli par ladite dame tué en la deffensse dudit lieu, et après tout ce le seneschal de Tholouse, et le conte de Cominges et les autres gens de la sénéchaucié de Tholouse, qui avoient entré le ducheaume de Guyenne à armes avant que nous y fussons venuz aient assis et pris ledit lieu; et il nous ait esté humblement supplié de part ladite dame que nous li vousissons rendre le lieu desus dit, Nous, heue sur ce plenière deliberation de conseil, attendue l'obligation desus dite et commans deus foiz en la main de ladite dame ledit lieu avoit esté perdu, à sa suplication deniasmes (1) assentement. Mais consideré plusieurs autres lieus qui estoient tenutz par les gentz le roy avoir esté pris par la soudaine muete et la traïson pourpensée des ennemis et que l'en avoit trouvé ou dit lieu si grant ou greigneur deffensse comme l'en avoit trouvé ès autres lieus qui furent pris, et ledit chastelain en la deffensse dudit lieu avoir esté mort, considérantz aveques ce les agreables servises que Philippe de Levis, filz de ladite dame, lequel est aveques nous en ceste présent guerra de Gascoingne à grant compaingnie de gent armes à cheval et à pié à faytz a nostre Sgr le roy et à nous et fait encore de jorn en jorn cesser et la bone volunté et le bon portement que le lignage d'icelui Philippe

(1) Le ms. porte bien *deniasmes* (refusâmes), et non *donames* qui semble avoir été adopté par D. Vaiss. (Ed. Du Mège, VII, 90).

Extraits du cahier des Lévis.

retificatio et emologatio dicti compromissi per abatem [illegible] sancti clari

.... quod anno domini millesimo ccc^{mo} iiii [illegible] xvii die aprilis .....

soror adalasia de fabiano [illegible] abbatissa monasterii sancte clare [illegible]

.... compromissum factum [illegible] de laromiguiere [illegible] judicialis in judicio [illegible] ac fratris ber[illegible].

[illegible] ordinis fratrum minorum ac Nobilem virum dominum [illegible] de [illegible] de Levis dominum de Vilanova

Anno domini (1304) .... [illegible] presentis [illegible] ....

[illegible] monialis monasterii sancte clare [illegible] asserit se et [illegible] monasterii [illegible]

habere jus [illegible] et dominio et jurisdictione [illegible] [illegible] [illegible]

[illegible] alamandi [illegible] et occasione soror margarite alamande filie [illegible]

[illegible] monasterii sancte clare et [illegible] [illegible]

.... [illegible] [illegible] ....

[illegible] existens in villa de bastida montisfortis in albigesio ...

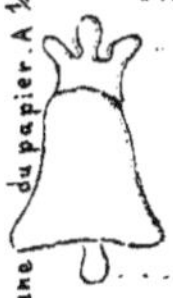

Filigrane du papier. A ½

.... le lieu de Dafoiz ... estoit occupé par les Englois ....

mis [illegible] ... que lui avoit [illegible] ou dit lieu de grant

en [illegible] deffense comme lui avoit [illegible] es autres lieux qui furent pris

et le dit chastelain en la deffense du dit lieu avoir esté mort [illegible] [illegible]

et les agreables services que [illegible] de Levis filz de la dite dame lequel est [illegible]

nous en ceste presente guerre de Gascoigne a grant compaignie de gens armés

a cheval et a pie a ses [illegible] le [illegible] et [illegible] et fait encore de jour en

jour [illegible] et la bonne voulenté et le bon [illegible] que le lignage di celui [illegible] a

touz jours [illegible] la coronne de France ... Donné [illegible] le xxv

jour de juignet l'an de grace mil troys cenz [illegible] Item (Nos Robertus

.... [illegible] [illegible] [illegible] [illegible] [illegible] alfonsum

de yspania [illegible] [illegible] [illegible] [illegible] [illegible] [illegible] negligens

[illegible] [illegible] [illegible] [illegible] castrum [illegible] [illegible] [illegible]

[illegible] [illegible] regis et regine [illegible] [illegible] [illegible] postmodum [illegible] alfonsum

[illegible] [illegible] castrum et [illegible] [illegible] [illegible] [illegible] ....

a touz jornz heu envers la coronne de France, Nous, sur les choses dessus dites, heue deliberation pleniere, ledit lieu audit Philippe, comme a celui qui bien l'a deservi, aveques toutz sos droictz et appartenances avons baillé et délivré et par la teneur de ces présentes letres baillons et délivrons de grace special. En tesmoing de laquelle chose nous avons fait mettre nostre seel a ces presentes letres. Donné à Agen, le XXVe jour de juingnet, l'an de grace mil troys centz vint et sis.

II. *Item*. Robert Bertrand, sgr *de Briquebeco*, chevalier, maréchal de Fr. et lieut. du roi dans la présente guerre de Gascogne, faisons savoir que le lieu de Lafox, à cause de la négligence et mauvaise garde de la mère de Phil. et Bertr. de Lévis, ayant été occupé par les gens du roi d'Angleterre, et ensuite recouvré par feu Charles, comte de Valois, fut après le départ (*recessum*) de ce dernier, repris par les Anglais et enfin recouvré pour la seconde fois par Alfonse d'Espagne, alors lieut. du roi. « Cumque, propter hujusmodi negligentiam et pravam custodiam matris Philippi et Bertrandi, castrum eidem fuerit amotum per gentes regis, et regimen castri interdictum, et postmodum per Alfonssum Philippo et Bertrando dict. castrum et ipsius regimen de speciali gracia fuerit restitutum, et jus quod regi competebat concessum eisdem, Nos marescallus predictus graciam factam Philippo et Bertrando per Alfonssum ratifficamus et confirmamus. In cujus rei testimonium sigillum nostrum presentibus duximus apponendum. Datum Reule, » le pénultieme de juin 1327.

III. *Item*. Sachent tous que noble dame Béatrix, vic. de Lautrec, « nonobstante usufructu quem dicta domina habebat in castro de La Focz, Agen. dioc., dare promisit annuatim pro custodia et ratione garnisionis et expensis pro custodia castri faciendis Philippo et Bertrando de Lévis, liberis suis, sexentas quinquaginta libr. turonensium parvorum, videlicet terciam partem anno quolibet in festo sancti Michaelis septembris, et aliam tertiam in festo omnium sanctorum, et aliam in die carniprivii, et hoc quamdiu guerra in ducatu Aquitanie erit;

et in eo casu in quo guerra non erit, dicta domina dare promisit annuatim CC libr. tur. parvor. ratione expensarum dicte custodie, videlicet medietatem in festo S. Michaelis et aliam in die carniprivii. » Fait le vendredi avant la Pentecôte, Charles roi et Jean évêque de Toulouse, 1327. Témoins..... et moi R. *Grueti* not. qui à la requête des parties ai écrit *istam dupplicationem.*

Lesquels actes nous approuvons, en faisant mettre ici notre sceau. Fait à Meaux, 1328, juin.

Béatrix de Lautrec ordonne à ses sujets nobles et non nobles et aux consuls de Castelnau, Labastide, Graulhet, etc. de prêter à ses fils le serment de fidélité qu'ils lui doivent, 21 mars 1335 (1336) (1).

Béatrix, vic. de Lautrec, « fidelibus nostris nobilibus terre nostre et aliis in terra nostra feuda nobilia et ignobilia tenentibus et consulibus Castri novi Bonafos, de Bastida, de Castanetto, de Graulheto, de Podiobegone, de Senegacio, et curialibus et regentibus terram nostram, salutem et dilectionem. » Nous vous mandons que « sub sacramento et fidelitate qua nobis tenemini », vous rendiez hommage et fassiez serment de fidélité à nos fils Philippe et à Bertrand, « tanquam ad dominos, et eodem modo quod fecistis nobis, quandocumque et quotiuscumque per nobilem Amalricum vice comitem Lautri censem, filium condam Sicardi vice comitis, fueritis requisiti », etc. En foi de quoi nous vous concédons ces lettres, scellées de notre propre sceau. « Datum in grangia de Buxeria, in festo sancti Benedicti mensis marcii », 1335.

(1) Voir note, à la p. 126.

Charte de coutumes de Graulhet, accordée par Bert. de Lautrec, Jourd. de Rabastens et Aym. de Montaigut, 15 janvier 1291 (1).

1. Ad honorem Dei... (*il manque 1 ou 2 mots*) Patris et Filii et Spiritu sancti et gloriosissime Vergi(nis)... (*1 mot*) matris ejus ac totius curie, amen. Presentis instrum. in... (*1 mot*) valituri seu pateat inspecturis quod nos Bertrandus, vicecomes Lautricensis, miles, Jordanus de Rapistegno et Aymericus de Monte acuto, domicelli, condomini de Graulheto, pro nobis et nostris omnibus sucessoribus presentibus et futuris, via regia incedentes et ymitari volentes ad illud quod scriptum est quod Justinianus serenissimus imperator, in remediis evigilandis subjectis duxit provide statuendum ut id quid comuniter omnibus pro Dei et id sue rey private prefferi deberi et hoc est etiam quod dicit vulguariter proverbium comunis realitas prefferenda est private ; attendentes etiam quod si nostris subjetis libertates, franquessias seu consuetudines dederimus et concesserimus eorum condicionem meliorem et sic nostram per consequens faciemus (2) ; — 2. Idcirco

(1) D'après une copie du 15e s. écrite sur un cahier de papier in f°. Ainsi que l'indique le fac-similé que nous donnons pour le début de cet acte, le cahier a été rongé dans le haut des feuillets, et c'est ainsi que le milieu des premières lignes de chaque page présente quelques lacunes. Nous mettons pour celles-ci, entre parenthèse, le nombre de mots qui paraît avoir disparu.

(2) Tout le préambule de cette charte a été défiguré par le copiste. Heureusement que nous trouvons dans les coutumes de Lautrec de 1273 une introduction analogue qui nous donne, d'une manière plus correcte, les pensées qui étaient renfermées dans l'acte de Graulhet. Voici ce texte tel qu'il est rapporté dans les *Ordonn. des rois de Fr.* VIII, 37 : « Cùm Justinianus, serenissimus imperator, in remediis evigilans subjectorum, perìnde duxerit statuendum, ut id quod communiter omnibus prodest, utilitati rei sue private preferri debet, et hoc est quod dicit vulgare proverbium communis utilitas est preferenda private ; id circo, nos Isarnus et Amalricus fratres, filii quondam dom. Sicardi, vicec. Lautr. et nos Sicardus, vic. Lautr., attendentes quod libertatibus, si eas subjectis nostris con-

damus et concedimus omnibus nostris subjetis, hominibus et mulieribus castri de Graulheto et ejus pertinentiarum, villarum seu fortaliciarum, videlicet de Busca, de Mille seculo, de Cabanesio et de Villafranca et de Molieubes nunc ibidem habitantibus vel habitaturis in futurum et omnibus hominibus et mulieribus pertinentiarum dictorum locorum, tam presentibus quam futuris, licet absentibus, et tibi notario infrascripto pro eis de voluntate nostra mandamus presenti et stipulanti necnon et vobis Petro Fabri, Guillelmo Textoris, Johanni Issardi, Guillelmo de Furno, consulibus de Graulheto, et vobis Jacobo de la Pansa, Guillelmo Bes, Guillelmo Guarsi, sindicis, et vobis Petro Dias, Petro Johan, Miquaelli Roqua, Ramundo Gatardi, Bartholomeo Paratoris, Boneto Ramundini, Petro Duranti, Sicardo Duranti, Petro Malhol, Huguoni Petri de Graulheto, pro vobis et dictis absentibus et tota universitate de Graulheto, et ejus pertinenciarum, villarum, locorum seu fortaliciarum predictorum, solempniter petentibus, stipulantibus et recipientibus, libertates, franquesias, consuetudines que (sunt) infrascriptas. — 3. In primis, videlicet, nos quitamus, affranquimus, absolvimus et liberamus et omnes nostros homines et mulieres presentes et futuros in dictis locis habitantes vel habitaturos et omnes vestros et suos successores et quemlibet eorumdem ab omnibus questis et muneribus

cesserimus, condicionem eorum meliorem utrique (*ou* utique) faciemus, licet utilitati nostre rei private in pluribus detrahamus : volentes tamen communem eorum utilitatem, private utilitati nostre ante ponere, ut debemus, et in transquillitate ipsorum subjectorum nostrorum, quos habere locupletes nostra dignoscitur interesse, nobis quiescere propriam... Idcirco, via regiâ incedentes, per nos et successores nostros concedimus et donamus vobis, etc. »

Le lecteur constatera que la suite de la charte de Graulhet offre encore de nombreuses altérations, et aussi que nous n'avons essayé d'amender seulement que quelques-uns de ces passages défectueux.

ordinariis et extraordinariis, taliis, exactionibus, fromacginis, sivadacgiis, adempriviis, liguonum, feri (1), palarum, jornaliorum arayrorum vel alliorum, caulium, pororum, sebarum, fructuum, ovorum, guallinarum et de omnibus aliis quibuscumque, excepta dumtaxat et specialiter retenta nobis et nostris successoribus debita reverencia et nostris certis censibus et partionibus et retroacapitibus et nostris aliis dominationibus que foriscapium portare videntur et ad interdictionem (*corr.* juridictionem), merum et mixtum imperium pertinere noscuntur. — 4. Item volumus et concedimus quod aliquis vel aliqua dicte universitatis et sui successores nobis vel nostris successoribus fidejussiones nunquam facere.... (*2 ou 3 mots*), (ve)stram (2) liberam voluntatem. — 5. Item quod nos vel nostri nec... (*2 ou 3 mots*) (den)ariatas vestras venales vel alias non possimus nec... (*2 ou 3 mots*) sine solutione vel saltim nisi bona pignora tantum et..... (*1 ou 2 mots*) valentia vobitz traderentur, quequidem pignora.... (*1 mot*) ..ssent nostre familie nisi luarentur infra mensem quod post... (*1 mot*) illud mensem vendi possent per vos vel vestros, et si essent.... (*1 mot*) post quindecim dies tantum. — 6. Qui venabitur vel capiet cirogrillum vel cirogrillos cum cane, furone, filato vel aliis in alieno devess(io) vel claperio, ultra voluntatem vel scienciam illius cujus erit, sexaginta sol. turonences dominis de Graulheto pro pena solvere teneatur, et eidem cujus erit emendam ad noticiam consulum de Graulheto. — 7. Si arbor dicta pibol erit in terra que dabit parcionem aliquam medietas dicte arboris erit domini (a) quo dicta terra tenebitur, alia vero medietas dicte arboris erit illius cujus

(1) Corr. peut-être ce passage par : *ademprivis lignorum, feni, palearum.*

(2) Peut-être ce passage doit-il être restitué ainsi : *facere teneantur ultra liberam.*

erit proprietas seu vilanium dicte terre. — 8. Quilibet et quelibet de universitate de bonis suis poterit condere libere testamentum, et si quis forte vel si qua intestatus vel intestata decesserit, absque herede qui de jure scripto non debeat vel nequerit succedere, medietas sustancie sue esset dominorum de Graulheto, alia vero medietas ad opus pontis de Graulheto, hac libertate seu franquessia nichil derogante hiis casibus qui retro acciderunt. — 10. Notarii de Graulheto et ejus pertinenciarum de instrumentis que a modo facient vel recipient habebunt salaria in hunc modum : de instrumento debitoris, sine fidejussorio, tres denar. turon., et cum fidejussione IIII[or] den., et cum hostatgiis XII den. ; de venditione VI d. ; de primo acapito IIII[or] d. ; de retroacapito III d. ; de testamento hominis generossi quinque solid. ; de testamento bariani vel rustici II sol. ; de instrumento matrimoniale XVIII d. ; de instrumento molendini II s. VI d. ; de instrumento mansi vel borie II s. V d. ; de recognisione in libro curie scribendi (*corr.* — dâ) I d., et hoc de hominibus dicte universitatis et mulieribus, de aliis vero duos ; et, si forte alia fierent instrumenta que non sint hic expressa, quod de illis notarii recipiant ad noticiam judicis et consulum de Graulheto. — 11. Tamen si notarii vel aliquis eorumdem exirent extra castrum pro recipiendis instrumentis quod de illo exitu et labore plus haberent, conpetenti extimacione et arbitrio precedente. — 12. Cùm aliquis de crimine accusatus audietur vel inquiretur per curiam de Graulheto duo consulum vel duo procerum de Graulheto, si consules non adessent vel adesse non possent, intererunt ejus confessioni et inquisitioni. — 13. Cùm aliquem criminosum confessum de crimine vel legitime convictum opportuerit judicari apud Graulhetum generozi consules et bariani vocabuntur per curiam dominorum de Graulheto et ad mandatum curie judicabuntur per eosdem.

— 14. Si quis vel si qua de dicta universitate cessaverit censum solvere triannium vel ultra, ob hoc non amitet terram suam vel rem pro qua debet censum, sed, nisi solverit ad terminum quo debebit vel post duos menses post, vel nisi a domino cui debet fuerit poroguatus, census duplicabitur illius anni. — 15. Quicumque conjuguatus vel conjuguata invenietur per homines fidedignos et capietur in adulterio, ambo illi inventi et capti curent nudi per villam de Graulheto vel solvet d.... (*2 ou 3 mots*) pro pena sexaginta solid. dominis de Graulheto.... (*2 ou 3 mots*). — 16. ...de dicta universitate poterit impune ademprare.... (*2 ou 3 mots*) ...us in pascualibus et aliis per omnia loca erma pertinentiarum (de) Graulheto, exceptis devessiis et forestibus. — 17. Quilibet vel quelibet de dicta universitate poterit libere totum comodum suum... (*1 mot*) ..ieria sua que non dabit aliquem portionem, exceptis deveriis ac (e)tiam molendinis. — 18. Dampnum oculte latum alicui de dicta universitate per universitatem predictam ad noticiam consulum dicti castri emendabitur, nisi certus inventus fuerit malefactor. — 19. Quicumque vel quecumque de dicta universitate per curiam de Graulheto capietur injuste et sine causa rationabili non solvet prionatgium nec aliud nisi solum quod in carsere ad ussum propium apparuerit expendisse. — 20. De summa minus viginti solidorum continente non reddetur alicui petitio vel libellus, sed illico tenebitur respondere, de duobus solidis vel minus, et nulli dabitur quatuordena, sed, si confessus sponte vel testibus vel aliis legitimis documentis convictus vel superatus fuerit, compelletur per juris remedia protinus ad solvendum. — 21. Si quis vel si qua pro debito vel alia justa causa fuerit per curiam de Graulheto pignoratus pignora ab eo capta stabunt in manu alicujus probihominis per quatuordecim dies, quibus lapsis, si vellit creditor, ad ejus instanciam, precipiatur debitori per curiam de Graulheto ut dicta pignora luat infra octos dies a tempore precepti computandos, quod nisi fecerit, pignora ponentur ad inquantum et plus offerenti tradentur et satisfiet de precio creditori. — 22. Qui percussiet alium cum pugno sanguinem faciendo quinque solid. et qui cum alia re sexaginta solidos turon. pro pena solvere tenebitur, dominis de Graulheto. — 23. Nullus vel nulla audebit emere vel vendere blada in pertinenciis dicti castri cum aliqua carteria vel mensura nisi esset signata signo consulum de Graulheto. — 24. Quicumque vel quecumque neguabit alteri debitum vel aliam rem usque ad summam sexaginta solidorum et de hoc caverit vel juraverit stare juri et cognicioni curie de Graulheto victus vel victa solvat quinque solid. tur. pro pena seu justicia; et qui ultra summam sexaginta solid., lite tamen contestata, decimam partem litis solvet dominis de Graulheto. — 25. Item super foro forestarum, viis, itineribus et carreriis, marcello (1), cauputis (2), tabernis, facto consulatus, mensuris, ponderibus, criendis faciendis et cognocendis pancogolis ei super factis notariorum, consules de Graulheto presentes et futuri utentur a modo prout athenus usi fuerunt, nec de predictis vel aliis quibus usi fuerunt per nos vel nostros successores dissaysientur vel expoliabuntur sine cause cognitione. — 26. Predictas siquidem libertates, franquesias et consuetudines, prout per nos superius date sunt et concesse expressè, vobis omnibus supra nominatis, pro vobis et aliis absentibus, et vestris et s.... (*2 ou 3 mots manquent*) presentibus et futuris, necnon et tibi notario pre.... (*2 ou 3 mots*) eorum quolibet stipulanti tenore presentis instrumenti.... (*2 ou 3 mots*) perpetuo tribuimus et confirma-

(1) Corr. *macello*.

(2) Doit-on remplacer ce mot par *cauponis?*

mus, volentes et concedentes.... (*1 ou 2 mots*) et vostri et omnes successores vostri et habitantes nunc vel.... (*1 mot* : habitaturi ?) in futurum preffatis libertatibus, franquesiis et consuetudinibus gaudeatis et gaudeant pleno jure, et possitis et possint predictis libertatibus et franquessiis et consuetudinibus uti, contrario usu vel consuetudine in aliquo non obstante; promictentes vobis insuper, firma et valida stipulatione, nos numqum contra hanc presentem concessionem (et) dationem sive contra has libertates, consuetudines et franquesias venire vel facere venire de jure vel de facto per nos nec per interpositam personam, et si de facto contraveniremus in solidum vel in parte volumus et concedimus quod de jure non valeret. — 27. Renunciantes super hoc specialiter et expresse juri dicenti donacionem causâ ingratitudinis posse revocari, et juri dicenti donationem excedentem summam quingentorum aureorum sine insinuatione principis non tenere; ymo volumus et concedimus quod si quid foret ultra dictam summam quingentorum aureorum presenti donacione quod illud plus pro alia donacione gratiata et gratis facta habeatur. Renunciantes etiam juri dicenti donationem ob dolum, metum vel conpulcionem incertam nullius momenti esse; promitentes insuper per eandem stipulationem quod nunquam contra hujusmodi franquesias, libertates vel consuetudines, dationem vel concessionem, metum, vim, compulcionem, dolum, machinacionem vel subornacionem proponemus nec proponi faciemus in judicio sive extra, cùm in veritate non possimus. Et super hoc renunciamus juri dicenti quod pretor ratum non habet quod metus causâ gestum est; ymo volumus et concedimus quod si qua via ordinaria vel extraordinaria, auxilium vel remedium nobis vel nostrî alicui conpeteret adversus predicta per nos data et concessa, sic quod ea possemus infringere vel revocare in solidum vel in parte, illa vel illud nobis non posset prodesse neque vestris nec vobis vel nostris vel alteri vestrum vel nostrorum nocere, ipsi vel ipsis specialiter renunciantes, volentes et dicentes quod inutilis et inutile nobis sit et nostrûm etciam et nostrûm cuilibet inefficax et perclusa. — 28. Et cum hoc publico instrumento perpetuo valituro vos et vostros et quemlibet de dicta universitate presentes vel futuros et absentes ponimus et mitimus in corporalem pocessionem libertatum, franquesiarum et consuetudinum predictarum, et nos et nostros disvestimus et nostrûm quemlibet, et vos et vestros et quemlibet de dicta universitate revestimus, profitentes et dicentes per eandem stipulationem nos vel aliquem nostrum nunquam aliquid fecisse vel dixisse nec facere vel dicere in futurum quominus predicta omnia per nos vobis data et concessa semper et ubique maneant infirmitate roborata ; et si fecimus vel diximus... (*2 ou 3 mots*) presentis public... (*2 ou 3 mots*) valiture perpe... (*2 ou 3 mots*) et promitimus non facere... (*1 mot*) dicere in futurum.... (*1 ou 2 mots*) vel tempore quominus predictis omnibus libertatibus... (*1 mot*) et consuetudinibus et earum qualibet, vos et vestri et quilibet... (*1 mot*) universitatis nunc habitantes vel in futurum habitatur... gaudeat perpetuo pleno jure, retentis protestatis et deductis... (*1 mot*) eos adhibitis superius conditionibus reservatis. — 29. Promittimus vobis insuper per firmam et solempnem stipulationem predicta omnia in solidum et in parte tenere, servare, attendere et complere, pro quibus omnibus et singulis complendis et attendendis et non infringendis vel revocandis obliguamus, quilibet nostrum in solidum, vobis et vostris et qui(li)bet vestrorum tam presentibus quam futuris omnia bona nostra presentia et futura ; renunciantes, ex certa sciencia, certi de facto et de jure consulti beneffìcium nove constitutionis de duobus rei debendis et epistole divi Driani et beneffìcio de dividemdarum actionum (1) et omni alii juri generali et speciali, scripto vel non scripto, divino et humano, facto vel non facto, canonico vel civili et omni ussui seu consuetudini et omni privilegio indulto vel indulgendo per quamcumque personam et juri municipali vel consuetudinario vel aliis quo vel quibus adversus predicta venire pocemus vel ea infringere vel revocare in solidum vel in parte. — 30. Nos vero Petrus Fabri, Guillelmus Textoris, Johannes Izarnis, Guillelmus de Furno, consules de Graulheto, et Jacobus de Pausa, Guillelmus Bos, Guillelmus Garsii, sindici dicti loci, et Petrus Dias, Petrus Johan, Miquel Roqua, Ramundus Giscardi, Bartolomeus Peratoris, Bonetus Ramundoni, Petrus Duranti, Sicardus Duranti, Petrus Malhol, Hugo Pepi, dicti loci de Graulheto, pro nobis et pro tota universitate predicta et quolibet dicte universitatis et dictorum locorum necnon et ego notarius infrascriptus, pro dictis absentibus, petens, stipulans et recipiens, et pro quolibet eorum tam presentibus quam futuris, predictam donationem, concessionem et himunitates, franquesias, libertates et consuetudines gratis et benigne a vobis domino Bertrando, vicecomite, et Jordano de Rapistecno et Aymerico de Monteacuto suscepimus, et vobis refferimus gracias multimotas (2) actiones. — 31. Et ne de tanta et tali gratia et beneffìcio, per vos a nobis et dicte universitati collatis ingrati existentes videamur, offerimus pro predictis in remunerationem et conpensationem predictorum collatorum vobis dicto Bertrando sex milia solid. turon. bonorum, a vobis Jordano de Rapistecno tria mila solid. turon., vobis Aymerico de Monteacuto mille solid. q..... (*2 ou 3 mots*) ..rum et can-

(1) Sur ces diverses renonciations (*beneficio nove constitutionis de duobus reis, epistole divi Adriani, beneficio dividendarum actionum*), qui reviennent si souvent dans les actes, voyez : *Les official. au moy. âge*, 299.

(2) *Gratiarum multimodas.*

titatis nobis sign... ut est design.... (*2 ou 3 mots*) damus pro nobis et tota universitate locorum predictorum. — 32. ... (*1 mot : De?*) quibus quantitatibus et earum qualibet prout quemlibet n.... tangere, nos Bertrandus, vicecomes, et Jordanus de Rapistecno et Aymericus de Monteacuto a vobis consulibus supradictis et aliis hominibus seu proceribus dicte universitatis hic presentibus, eas suscipientes gratis et in remunerationem predictorum tenemus nos et tenere confitemur plenarie pro contentis et eas a vobis pro vobis et vestris et nomine dicte universitatis et cujuslibet de dicta universitate confitemur habuisse et recepisse. — 33. Et renunciamus specialiter et expressè omni exceptioni non numerate peccunie non habite nec recepte et specialiter et expresse renunciamus juri dicenti quod res vendita et tradita emptori venditorem non alias emptoris efficitur nisi precium solutum fuerit venditori vel alias de precio eisdem (*corr.* eidem) fuerit satisfactum. Et si forte plus valent dicte libertates, franquesie et donationes seu consuetudines quam summe precio antedicte vel valebunt etiam in futurum, etiam si illa magis valentia excederet medietatem justi precii vel ultra, totam illam magis valentia quecumque et quantamcumque sit vobis et dicte universitati et cuilibet dicte universitatis damus plura (*corr.* pura) et simplici donatione errovocabilis inter vivos et precio antedicto ; et super hoc, ex certa sciencia, renunciamus juri dicenti quod venditor sic deceptus ultra dimidiam justi precii quod emptor tenetur justum precium suplere ad arbitrium boni viri, alias venditor potest venditionem ipsam revocare auctoritate intertente (1) judicis. Volentes et concedentes, nos Bertrandus, vicecomes, et Jordanus de Rapistecno et Aymericus de Monteacuto antedicti, quod presens donatio, affranqui-

(1) Corr. *interveniente*.

mentum et concessio dictarum libertatum, consuetudinum et franquesiarum per nos vobis datarum et concessarum valeant et valere possit (— sint) et debeant integrè articulo pure et perfecte donationis irrevocabilis inter vivos ut saltim juris ac titulo venditionis vel cessionis vel alterius contractus et licite alienationis prout melius et decentiùs ac comodius ad vestra vel nostrorum comoda et cujuslibet nostrorum et habitantium vel in futurum habitaturum potest dici vel perpendi aut excogitarii (—ri) ex animo sapientis vel sapientum vel in juri aut in facto experto vel... (2 *ou* 3 *mots*)... tis in... (3 *ou* 4 *mots*)... sorius com... (2 *ou* 3 *mots*) vel nostrorum et cujuslibet... (1 *mot*) universit... pos... (2 *mots*) tam scribere facere vel dictare cum consilio sapientis... (1 *mot* : vel) sapientum et refficere semel vel pluries si sit... (1 *mot*) et reddere instrumentum vel instrumenta in latino vel in romancio omnibus et singulis de dicta universitate qui nunc sunt vel habitant vel eorum in futurum in pertinentiis de Graulheto et locorum predictorum seu villarum et fortiarum predictarum vel cuilibet postulanti. — 34. Actum apud Castrumnovum Bonaffocii dicti dom. Bertrandi, albiensis diocesis, die lune in crastinum beati Ylarii, anno Domini M° CC° nonagesimo primo (1), in presencia et testimonio religiosi viri dom. Petri Maurelli, legum doctoris, canonici ecclesie sancte Cecilie Albie, dom. Galhardi, capellani de Castro Novo, Sicardi, filii nobilis viri dom. Amalrici, vicecomitis

(1) Cette date de l'année doit être conservée en n. st., car le lendemain de la fête de St Hilaire, c'est-à-dire le 15 janvier, ne peut coïncider avec un lundi si l'on prend la lettre dominicale de 1292, tandis que l'on obtient une solution exacte si l'on emploie celle de 1291. Il faut donc admettre que l'année a été comptée ici à partir de Noël ; ce qui s'explique, au reste, en observant que le rédacteur de la charte était notaire de Carcass. et qu'il a suivi ainsi un système chronologique en usage dans son diocèse (Conf. D. Vaiss., liv. 26, ch. 102).

Lautricensis, Feduli de Lautrico, Guillelmi Froterii, Ramundi Gaureti, Ermengaudi de Arciaco, Amblardi de Podio, Bertrandi de Insula, Bertrandi de Insula, domicellorum, Flamandi Huguonis de Albia, magistri Bernardi Trofferii de Graulheto, clerici, ac mei Ramundi de Pradale, publici notarii Carcassone, dom. Regis Francie, Albie et Albigesii et totius senescallie Carcassone et Biterr. ejusdem regis, qui predictis interfui et mandatus et licentia dictorum dominorum et requisitus et rogatus per dictos consules, scindicos et homines de Graulheto, hanc cartam et stipulationem recepi et in receptione retinui quod presentem cartam possem facere et refficere semel vel pluries de consilio sapientis vel sapientum et reddere unum instrumentum omnibus vel cuilibet dicte universitatis si fuerim requissitus et eandem cartam scripsi et signo meo signavi de voluntate et concensu dominorum et contrahencium predictorum, serenissimo dom. Philippo rege Francorum regnante. — *Scriptum pro copia.*

Autorisation accordée par Béatrix de Lautrec aux consuls de Graulhet, d'élever jusqu'à 10 s. les amendes pour dommages portés aux possessions rurales, 22 févr. 1329 (1330) ; — Règlements de police municipale dressés, paraît-il, en conséquence de cette autorisation et relatifs aux vols de récoltes, à la vérification des poids et mesures, etc. (1).

Noverint universi quod nos Beatrix, vic. Lautric., domina castri de Graulheto, exposito nobis per Guilherm. de Blino, Ram. de Manso, Amellium Guialaberti, Bern. Cal-

(1) Ces 2 actes sont contenus dans un petit cahier de papier, en écriture du 15e s. et qui est intitulé à l'extérieur : « Privillèges de Graulhet. » Le document qu'on y trouve en langue romane n'est qu'un extrait de règlements plus étendus, comme le montrent les remarques faites par le scribe lui-même, dans les passages que nous avons écrits en italiques.

vieraire, consules de Graulheto, quod plura dampna sunt illata et cotidie inferuntur habitatoribus dicti castri et pertinentiarum per nonnullos inmoderatos eorum animalium, talando et dampnificando tam in pocessionibus quam arboribus habitatorum, ex eo quia modica pena est imposita contra tales malefactores et eorum animalibus (*corr.* — ia), que pena applicari consuevit consulibus et universitati dicti castri; supplicatoque nobis per consules, ex causa predicta, quod nos dict. consulibus vellemus concedere de gracia espessiale quod penam impositam et levari consuetam a talibus malefactoribus et pro eorum animalibus, augere possent, concedimus quod dicti consules possint penam imponere et levare seu levari facere a talibus malefactoribus, (tam?) pro ipsis quam eorum animalibus, pro foro seu degis, usque ad summam decem solid. tur. augere et imponere et dictam penam eis applicare, et illam penam et summam minuere si et quando eisdem consulibus videbitur faciendum; et hoc concedimus salvo jure quolibet alieno. Item volumus et concedimus quod in dicto loco sit competens et ydoneus numerus taliter ne nostri subditi per multitudinem et inordinatum numerum servientum de cetero opprimantur. Et ad majorem roboris firmitatem hiis presentibus sigillum nostrum duximus apponendum. Datum Graulheti, die jovis in festo kathedre Sancti Petri, Anno Dom. M°CCC° vicesimo nono.

La crida que fan far los cossols de Graulhet :

Que degun homme ou femina de qualque condicio que sia no ause penre herba verda ny seca ny fe d'autru prat ny de barssel, ny d'autru malhol raisimps que los meses en fauda ny en capairo ny en autre espleg, ny d'autru pocessio ho albres, peras ny pomas yvernotgas ny noses ny abelanas ny vyms ny albs ny sebas. Item, que ause talhar albre en bosc ny en ribiciras ny en loc deves, fusta ny lenhas en autru loc ny penre yssirmens ny autras lenhas, ny ause penre favas ny peses ny seseros ny agras pomat ny negun autre legun de autru loc, ny ause penre palha de autru palhier pueys que sera fag, ny ause penre nenguna causa de ort sarrat que sia d'autru, ny ause penre ny triar planta en autru malhol ny talhar degun randalme de malhol ny d'autre loc, ny que ause cassar en autru malhol despueys que sera brotat entro que sia bendemiat, ny ause debatre aglans d'autru glandier sens licencia d'aquel o d'aquels de qui las pocessios ho albres ho causas dessus dichas seran. Car si ho fasian senes licencia paguaria la emenda anaquel de qui las causas seran et que aura pres lo dampnatge et als cossols X soutz.

Costumas :

Los consols de Graulhet meto cadans dos bos homes per esser comptaires tot l'an, losquals juro als consols de be et lialmen regir lor offici et de aministrar tot aquel an ; alsquals los cossols dono poder de beser et conoisser per els et en lor nom en la pancossaria, en lo masel, en las tavernas, et en tot pes et en totas balansas et en totas mesuras de blat, de vy, de oly, de sal et en totas mercadarias et en moliniers et en merssiers et en tot pes de qualque mercadarias que sian. — Item. Losd. comptaires baillo pes als pancossiers ho pancossieiras et, si los pancossiers et pancossieras no fan lo po del pes que lor baillo los comtaires, perdo lo po loqual es donat per amor de Dieu. Tot pancossier et pancossieira deu aver per son gasanh lo XIIIe del pa. — Los comptaires baillo cops als moliniers per penre las molduras et los senhan, et si trobo cop que no sia lial lo meto al estan de la plassa et levo V. s. sus lo colpable. Item, si trobo neguna falsa mesura ho fals pes lo meto ald. escan de la plassa rompud. Item, parelhament de tota falsa cartieira. — Tota persona pot far taverna et, si te falsas mesuras, lasd. mesuras

Charte de Coutumes de Graulhet, 1291

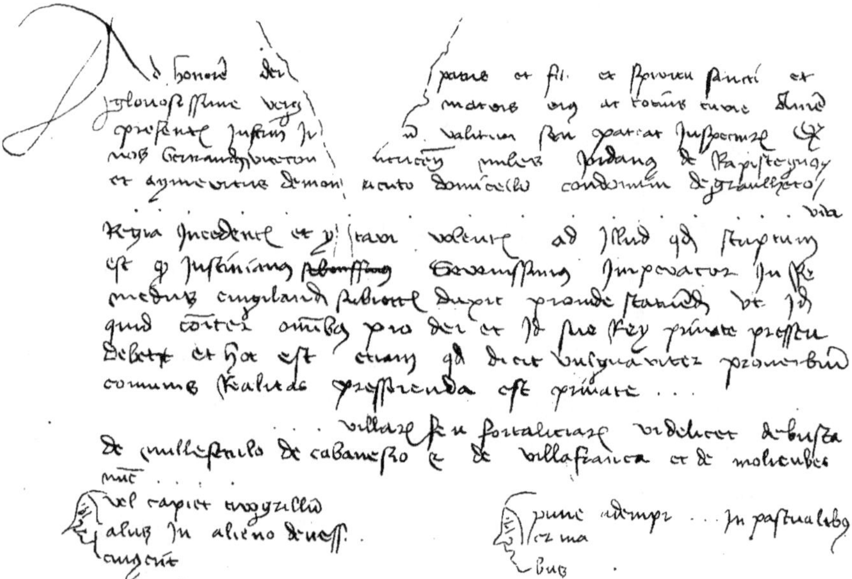

Privilèges des Consuls de Graulhet, 1330?

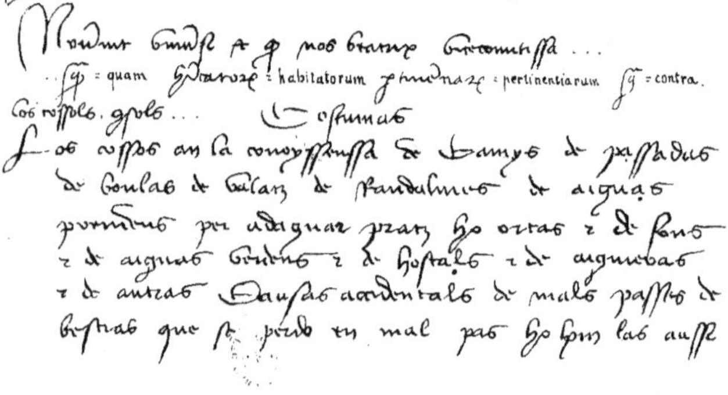

meto ald. estan rompudas, et lo by dono per amor de Dieu, et levo V. s. sus lo colpable. — Item prendo sagramen dels masellis. *Lo fag del masel layssi per la prolexitat et car no servis de re.*

Costumas :

Los cossols an la conoyssenssa de camys, de passadas, de boulas, de balatz, de randalmes, de aiguas prendens per adaguar pratz ho ortas, et de fons et de aiguas verdens et de hostals et de aiguieras et de autras causas accidentals, de mals passes, de bestias que se perdo en mal pas ho hom las aussi ho las plagua. — Quán los cossols van sus debat de las causas dessusd. an de gatges X s.

Quant alcun ho alcuna veda gatge als forestiers delsd. consols, quan los van penhorar per las dichas causas, los cossols y ban et hobren las portas et prendo et trazo gatges et los baillan al forestier per satisfar a partida, et aquel que fa la rebellio pagua X s.

Los consols de Graulhet se podo ajustar am las gens que volran en lo loc on se volran per lo fag del cossolat sens licencia de la court ny del senhor.

Los consols fan cridar lo for et alberguas am licencia de la cort.

Autras causas a contengudas en lor libre que no servisso de re, etc. Loqual libre portaran losd. consols.

Pièces d'un procès sur le lieu et la juridiction de Cabanès, disputés entre Bert. de Gout, vic. de Lautrec (et sgr de Graulhet), d'une part, et Eléonore de Montfort, le comte de Comminges et Jourd. de Rabastens, de l'autre, 1304 — 1312 (1).

I. — Audience du 11 mars 1311 ; — Requête du procureur de B. de Gout ; —

(1) Toutes ces pièces proviennent d'un petit registre en parchemin de 30 fol. mesurant 29c de hauteur sur 22c et demi de large. Elles ont été écrites s. d. à l'époque même du procès et placées sous la rubrique suivante :

Lettres du roi, chargeant B. de Mèse de punir les excès et les crimes dans la sénes. de Carcass., 30 oct. 1310 ; — Nomination dud. procureur par B. de Gout, 28 oct. 1304 ; — Nomination de procureur par Eléonor de Montfort, janv. 1310.

L'an 1310, jeudi 11 mars, « apud Brisamtestam, in Albigesio, in aula regia, » par-devant vénérable sgr Bertr. *de Meso*, familier du roi, député de la sénéch^{ée} de Carcass. suivant les lettres rapportées plus loin, lequel s'est adjoint Aymeric *de Croso*, chevalier du roi, châtelain de Montréal, a comparu Me Bern. Gailhard, jurisconsulte, en qualité de procureur de noble et magnifique Bertr. de Gout, chev., vic. de Lautrec, ainsi qu'il en fait foi par son acte de procuration. « Et tunc dict. procurator significavit coram dictis dominis, prout in quadam papiri cedula scripta quam tradidit ibidem continetur, et quam per me notarium infrascriptum legi fecit, cujus tenor talis est :

Cum juxta legittimas et canonicas sanxiones ac stilum curie Francie dom. regis et etiam senescallie Carcassone, que regitur jure scripto, juridictio judicis ordinarii seu subdelegati ex causis legittimis recusati, et etiam a quo est legittime appellatum, juridictio extincta sit seu suspensa, ipsis recusatione et appellatione pendentibus, presertim et a superiore admissis et eisdem intimatis et inhibitione ab ipso superiore eidem judici recusato et a quo est appellatum facta, et si talis judex post dictam appellationem et inhibitionem ad aliqua ulteriora cause processerit, omnia per ipsum processa, actemptata et innovata nulla sint ipso jure et nulla ac irrita sunt pronuncianda, et quiquid ex eis secutum est vel ob ea sunt ad statum pristinum reducenda. Idcirco ego Bernardus Galhardi, procurator nobil. Bertrandi de Guto, militis, vicecomitis Lautricencis, nomine procutario ejusdem, significo et propono coram vobis venerabili dom. B. de Meso, familiari regis, ad par-

« Causa nobilis viri dom. Bertrandi de Guto, vic. Lautr., in qua se opposuit procurator egregie dom. A. de Monteforti et dom. comitis Convenarum ac Jordani de Rapistagno. » Voir aussi notre Préface.

tes senesc. Carcass. destinato, pro reformatione patrie, quod cùm ego legittime recusassem dom. Alphonsum de Roverayo, militem, senescallum Carcass. et Biterr. et suam curiam, tanquam suspectum mihi procuratori in negociis ipsum dominum meum et dominam A. (Alienordem) de Monteforti, comitissam Vindocinensem tangentibus, et ab eo ad regem appellassem, idem senescallus, spretis dictis recusatione et appellatione, licet per regem admissis, causam quandam quam dicta dom. de Monteforti et Jordanus de Rapistagno, scutiffer, de et super loco de Cabanesio et quadam mota et dirutione furcarum justiciabilium, factâ, ut dicebant, per gentes domini mei, que loca de Cabanesio et ubi erant furche fixe et etiam dicta mota sunt in juridictione, territorio et tenemento seu dictrictu castri de Graolheto, pertinentis cum omnimoda juridictione ad ipsum dominum meum, comisit dom. Petro Alberti, militi, judici Saltus dom. regis, dom. Raynaldo de Nusiacho, vicario Albie, et Petro de Cossino, vicario paragii (*pour* pariagii) Narbone; qui siquidem commissarii, notifficatis eis prius recusatione et appellatione dicti senescalli ante dict. comissionem eis factam, (et eis ?) intimato quod rex recusationem et appellationem admiserat et, pretextu earum, certos comissarios dederat domino meo in causis predictis, videlicet nobiles Poncium de Omelacio, militem, judicem majorem senesc. Tholosane, et Hugonem Geraldi, militem, judicem appellationum senescallie predicte, — qui siquidem comissarii regis Petro Alberti et ejus collegis inhibuerant ne in dicta causa procederent, cùmque etiam ego Petrum Alberti et collegas tamquam suspectos recusassem et ab eis appellassem, dictasque recusationem et appellationem senescallo intimassent, — sepedictus Petrus Alberti et ejus college, potiusquam aliâ justâ causâ, volentes moribus et voluntati senescalli complacere in premissis et per consequens domine antedicte, spretis et rejectis dictis appellationibus et inhibitionibus et inauditis omnino rationibus partis domini mei, contempnantes attendere se nullam de jure habere juridictionem in rationibus et causis supratactis, per suam determinationem, licet ipso jure nullam, pronunciaverunt dominam de Monteforti et Jordanum de Rapistagno esse ressaysiendos, et eisdem de facto possessionem dicti loci de Cabanesio tunc existente in manu regia, tanquam in manu superiori, et que per vicarium Albie de manu gentis domini mei ad regiam recepta et posita fuerat, salvo jure domini mei in proprietate et possessione, unà cum furchis ibidem existentibus et cum mota eisdem restituerunt, retenta solum in manu regia dicta mota; (1) cujus saysine (et) restitutionis gentes domine et Jordani, furchis domini mei dirutis et inde amotis, alias de novo furchas nomine domine et Jordani ibidem erecte fuerunt. Undè suplico, ego procurator predictus, et peto, (cum) celeritate qua convenit cùm quis de facto injusto et excessibus curialium conqueritur, de premissis, de (quibus ?) offero promtam et sufficientem fidem, ad vestrî domini B. cognitionem veritatem sciri, et eâ compertâ per vos pronunciari et declarari quecumque restituta seu resaysita fuerunt in premissis et ex eis vel ob ea secuta ipso jure irrita et nulla esse, et, dicta declaratione seu pronunciatione factis, locum predictum reponi in manu regis, tanquam superiori, sicut erat tempore pronunciationis per dictos Petrum et collegas facte; cumque locus de Cabanesio in statu predicto repositus fuerit in manu regia, ex nunc ut ex tunc, cum tam dictus locus tam dicta mota que dom. meus suo jure possidebat tempore quo capta fuerunt ad manum regis de manu gentis dom. mei, dictam manum regiam inde

(1) Il faut ajouter, paraît-il, *en vertu*, et pour régulariser la fin de la phrase, substituer *firent ériger* à *furent érigées*.

per vos B. amoveri, et dominum meum ac gentes suas facere gaudere in premissis sua possecione predicta; super premissis omnibus et singulis petens atque supplicans fieri celeris ac debite justicie complementum, summarie et de plano, petens nichilominus ad premissa responderi per quemcumque asserentem sua interesse, et si aliquis predictis se opposuerit vel partem fecerit in expensis factis comdempnari et in faciendis, vestrum officium implorando. Et hec dico, propono et peto edicti perpetui in omnibus beneficio michi quo supra nomine semper salvo. »

Mais s'opposant au contenu de ce libelle (*cedula et requisitio*), « Geraldus de Batudo, » en qualité de procureur d'Eléonore de Montfort et aussi, *procuratorio nomine* de Jourd. de Rab., réserve ses exceptions d'incompétence, dilatoires, péremptoires ou autres, et demande la copie de la susd. requête et le renvoi de l'audience, afin de prendra sa délibération. Cela lui est accordé, et l'audience où il devra faire sa réponse et où les procédures seront continuées est fixée au mercredi suivant, à Briatexte. Sont ensuite insérés les actes ci-après :

Philippus, Franc. rex, dilecto Bernardo de Meso, familiari nostro, salutem et dilectionem. Illud inter cetera specialiter insidet nobis cordi et continue excitat mentem nostram ut delicta criminalia comittere non verentes penâ qua convenit celeriter compescantur, ne per impunitatem criminum invalescat insolencia perversorum. Cùm igitur, famâ publicâ refferente, intelleximus quod in partibus senescallie Carcass. tot et tanta delicta enormia excessusque varii sunt comissi, et propter deffectum officialium non correcti, quod tota patria talium excessuum perpetratoribus est repleta, tibi comitimus et mandamus quatinus ad dictam senescalliam accedens de fabricatione false monete, homicidiis perpetratis, latrociniis et falsarum inscripturarum et instrumentorum machinatione et fabricatione et de omnibus aliis excessibus et maleficiis, adjuncto tecum aliquo probo viro, vocatis evocandis, inquiras vel inquiri per alium seu alios et tibi refferri facias diligenciùs veritatem, et quos per inquestas culpabiles inveneris de premissis taliter punias quod sit aliis in excemplum, vel cum eis financiam aut quicquid pro qualitate delicti faciendum videris facias, et de illis etiam quos de criminibus sibi impositis per corruptiones aut propter insuficiencia inquestarum super hoc factarum fuisse inveneris absolutos ordines quod tue discretioni videbitur faciendum. Damus autem omnibus justiciariis et subditis nostris in mandatis quod tibi pareant et intendant. Datum Parisius, die penultima octobris, anno Dom. M°CCC° decimo.

Bertr. *de Guto*, damoiseau, sgr *de Arbenacio* et *de Portello*, vic. de Lautr., nomme pour ses procureurs B. Gailhard, jurisconsulte, et *Poncius de Podio*, damoiseau, chacun d'eux en seul, et les charge de poursuivre tous ses procès et aussi de recouvrer cert. acte sur Arbanats, qui est aux mains de Me Pierre, not. de Toulouse ; il leur permet d'agir en justice, de se défendre, d'exciper, de répliquer, de transiger, de prêter sur son âme les serments *de colomnie* et *dire le vrai*, de substituer d'autres procureurs et de faire tout ce qui exige un mandat général ou spécial ; il promet aussi sous l'hypothèque de ses biens de ratifier ce qui sera fait par eux et de payer le jugé, « et pro dictis procuratoribus dictus constituens fidejussorem se constituit sub obligatione bonorum suorum, volens dictos procuratores suos relevare ab omni onere satisdandi. » A Labastide de Montfort, 5 des cal. de nov. 1304 ; présents sgr R. de Castelnau et P. de Manias (?), chevaliers, G. de Meschin, chanoine *Nemovien.*, Raim. Othon *de Aspello*, et B. *de Reminhano*, damoiseaux, et moi Jean *Cantarolli*, not. public de la terre dud. noble, qui rédige et signe cet acte.

Alienord. de Montfort, comtesse de Vendôme, constituons pour notre procureur général Me Ger. de Batud, jurisconsulte de Castres, en le chargeant de nous représenter dans toutes nos causes, en cour ecclésiastique ou séculière, « citrà tamen revocationem aliorum procuratorum per nos ordinatorum. »

(Suit le formulaire habituel.) Lesquelles lettres avons fait sceller de notre sceau. A Castres, le 10 des cal. de févr. 1309.

II. — Audience du 17 mars 1311. Dires et répliques des procureurs des parties.

Led. mercredi, 17 mars, devant les mêmes, comparaissent lesd. procureurs. Gaillard maintient les offres déjà faites, et demande qu'il soit procédé sommairement et *de plano*, comme le comporte la nature de la cause. Batud, procur. d'Eléonore de Montfort, du comte de Comminges, ainsi que du damoiseau Jourd. *de Rabastenchis*, proteste en ajoutant qu'il n'accepte aucun mode de juridiction extraordinaire, attendu que ceux qu'il représente ne sont pas des officiers de la justice du roi. Mais son adversaire répond que l'on ne peut s'arrêter à cette raison, car quoique lesd. comte, comtesse et Jourd. ne soient officiers royaux, « hic agitur de facto injurioso quorumdam officialium superius nominatorum, quod tanquam injuriosum redarguitur, et de eo revocando ac corrigendo agitur una cum hiis que ex eis sequta sunt vel ob ea; » du reste, il déclare que Batud n'ayant pas montré la preuve qu'il est procureur de ses adversaires, il ne le reconnaît pas comme tel. Me Batud dit à son tour que « esto quod (de) facto injurioso curialium agatur, cujus tamen contrarium protestatur, non propter hoc, salva gracia in contrarium dicentis, ipse debet sequi conditionem curialium, ymò pars adversa agens debet conditionem persone sue et illorum quorum est procurator sequi, et sic via ordinaria experiri, nec propter personam curialium debet effici conditio sua deterior; » et ainsi, en admettant qu'il ait été fait quelque chose d'injurieux, ce qui est nié par led. Batud, l'adversaire a dû porter l'affaire au juge supérieur, en suivant les degrés, « per viam appellationis vel nullitatis, » sans pouvoir recourir à une juridiction extraordinaire. « Et, cum debita reverencia, non recedendo a suprà propositis, » led. procureur présente la cédule qui suit : — « Quoniam jus civile ordinavit quemlibet volentem uti juridictione in scriptis probare debere potestatem suam et fidem facere per litteras de mandato, idcirco ego G. de Batudo requiro ante omnia fidem fieri de mandato et potestate vestra, domini Bernardi, et copiam mihi concedi (attendu que) licet supra in processu scriptum fuerit quod tenor litterarum inferius erat scriptus, tamen non est insertus. Verùm cùm in supplicatione tradita per partem adversam contineatur quod rex recusationem et appellationes contra A. de Rourayo, sen. Carcass., admisit, et pretextu earum certos comissarios dedit Bertrando vicec., quos asseritur inhibuisse Petro Haberti et ejus collegis ne in causa de Cabanesio procederent, et hoc per suas litteras, requiro fieri copiam de litteris ipsis. » Laquelle copie des 2 lettres de commission et de défense doit m'être accordée de droit, afin que je puisse décider si vous devez ou non avoir la connaissance de la cause, et, après avoir examiné la vérité de cert. faits, prendre telle voie qu'il sera à propos ; « concludendo quod alias super premissis procedere non teneor, quousque fides facta fuerit de litteris supradictis et eam copiam fieri mihi peto et diem dari ad deliberandum, » déclarant aussi que je n'entends, pour cela, *juridictionem in aliquo prorogare*, u renoncer aux diverses exceptions. — A quoi Gaillard répond qu'on ne doit rester de faire droit à sa requête précédemment exposée, vu que l'adversaire, *si diligens velit esse*, peut avoir la copie de la commission, du moment qu'elle est déjà insérée dans le procès, et vu aussi, qu'au sujet de la demande des lettres de prohibition, led. Gaillard doit fournir en temps et lieu la preuve des faits allégués, « quod si non fecerit, ob defectum probationis cadet a causa, nec adhuc est causa in tali statu quod opus sit sibi fidem facere de narratis. »

Le juge Bern. accorde la copie de lad. lettre, et disant qu'il a besoin de délibérer sur les arguments des parties, renvoie celles-ci à Carcass., au 2 avril, vendredi après l'octave de l'Annonciation de N. D., et décide que P. Habert et le viguier d'Albi se présenteront alors devant lui.

III. — Audience du 2 avril. Demandes des parties et de leurs procureurs ; comparution du viguier d'Albi.

Led. jour, 2 avril 1311, à Carcass., devant lesd. juges, se présentent Me Gaillard, d'une part, et Batud et Jourd., de l'autre. Le premier demande alors que la procédure de l'affaire se continue, et que nonobstant leurs répliques (*non obstantibus propositis et requisitis ex adverso*) ses adversaires répondent à ce qu'il a déjà articulé dans sa requête. Mais Baiud et Jourd. disent qu'attendu que le procès fait par Habert et ses collègues, y compris la ressaisine faite par eux du lieu et juridiction de Cabanés et de la Motte, à la dame de Montfort et à Jourd., les concerne d'une manière particulière, ils ne doivent, sauf le respect qui lui est dû, se soumettre à la juridiction dud. Bernard, telle qu'elle résulte de la forme de sa commission. Ils sont prêts du reste à entendre led. juge sur l'opposition qu'ils font à l'appel qui lui a été porté par l'adversaire, « et protestantur de expensis ratione temere evocationis, in quibus sibi restituendis petierunt partem adversam compelli. » Me Gaillard replique qu'il est notoire que, d'après ses lettres, led. Bern. est chargé de juger les excès et injures des officiers royaux, et que puisque les faits relatés dans sa supplique (*suplicatio suprascripta*) sont de cette nature, il ne peut être mis en doute, *salvo honore dicentis contrarium*, que ce juge n'ait la connaissance des actes injurieux, soit quant au principal, soit quant à leurs conséquences, car sans cela sa juridiction ne pourrait s'exercer et avoir son effet.

Le même jour, comparut noble sgr *Raynaudus de Nusiacho*, *miles*, *vicarius Albie*, qui, après avoir obtenu copie de lad. cédule, transcrite plus haut, demanda un délai pour délibérer. Quant à P. Habert, qui ne se présenta pas, « fuit positus in deffectum, » sauf ses excuses légitimes. Son bailli, Et. de St-Jean, assura en effet qu'il l'avait cité, conformément aux lettres qu'il avait reçues de B. de Mèse, mais qu'à cette époque Habert étant déjà absent de la sénéch. de Carcas. n'avait pu recevoir la *citation*.

« Dictus vero comissarius et ejus adjunctus, volontes plenius deliberare super de novo propositis, assignaverunt diem dictis procuratoribus et Jordano ad jus reddendum et deliberationem suam et audiendam, et dicto vicario ad respondendum, videlicet crastinam, manè, infra terciam. »

IV. — Audience du 3 avril ; citation de P. Habert, adressée au châtelain de Montréal, led. jour ; et par ce dernier à son sergent, 24 avril.

Le lendemain, samedi, les mêmes parties étant devant lesd.

juges, ceux-ci déclarent ne pouvoir s'occuper de l'affaire, soit à cause de l'absence de Habert, le principal inculpé, soit à cause d'autres affaires ardues qu'ils ont à traiter pour le roi. Ils écrivent toutefois, à la demande du procur. de Bertr., la citation de P. Hébert, placée ci-après, et assignent aux parties le jeudi après l'Invention de la Ste Croix, à Briatexte.

B. de Meso, ad partes senesc. Carc. pro reformatione patrie et curialium regiorum correctione destinatus, castellano Montisregalis salutem. Cùm alias per litteras nedum semel set secundo vobis mandaverimus ad instanciam procuratoris Bertrandi de Guto ut citaretis et peremptorie apud Calavellum Petrum Haberti, militem, ut certis diebus eisdem assignatis et in nostris aliis litteris contentis compareret coram nobis, et dictis diebus et locis minime curavit comparere, quare fuit positus in deffectum et contumax reputatus. Idcirco iterato, quod erit tercio, vobis mandamus quatenus citetis et peremptorie dictum Petrum Halberti ut die jovis proxima post festum inventionis Crucis apud Brisam Testam, infra terciam, compareat coram nobis, querelis dicti procuratoris, quas de ipso facit super gravaminibus per ipsum et de ejus mandato illatis in terra et gentibus vicecomitis ac contentis in suplicatione et capitulis traditis per dictum procuratorem, responsurus et facturus quod fuerit rationis; significantes eidem quod, sive venerit sive non, in dicta causa et contra ipsum debite procedetur; citantes nichilominus iterato ad dictam diem eumdem Petrum ut apud Brisamtestam compareat coram nobis, ad instanciem procuratoris predicti super requesta per dictum procuratorem nobis tradita super resaysimento per ipsum facto domine Montisfortis et Jordano de Rapistagno loci de Cabanesio et juridictionis ac furcarum, si sua putaverit interesse, processurus factumque suum ac pronunciationem suam de predictis factam et processum suum deffensurus et debite facturus prout dictaverit ordo juris; cominantes etiam eidem quod sive venerit sive non in dicta causa procedetur, ejus abssencia non obstante. Datum Carcass. sabbato ante Ramos, anno M°CCC°XI°. Reddite litteras sigillatas in signum facte citationis predicte. — De qua citatione dom. Petri constitit per litteras dicti castellani citatorias quorum tenor talis est :

Aymericus de Croso, castellanus Montisregalis, dilecto suo Bernardo Bellissendi, servienti regis, latori presemtium salutem. Litteras domini B. de Meso, in hiis presentibus annexis recepimus, quarum auctoritate mandamus quatenus, apud Calavellum personaliter accedens, contenta in ipsis litteris exequaris diligenter. Datum apud Moutem regalem. VIII° kal. madii, anno M°CCC°XI°. Redd. litteras sigillatas.

V. — Audience du 6 mai. Habert, faisant défaut, est cité de nouveau par lettres des 7 et 9 mai ; — Lettres royaux donnant commission à G. de Cortone et à B. de Mèse de punir les malversations des officiers de justice dans la sén. de Carcass., 13 juin 1309 ; — Autres renouvelant les pouvoirs de ces commissaires du roi, 29 oct. 1310 ; — G. de Cortone remet à son collègue B. de Mèse, le jugement de cert. affaires, 17 mars 1311.

Le jeudi précédemment assigné et porté dans lad. citation, *in aula regia de Brisatesta*, et par devant lesd. juges, comparaissent les mêmes procureurs et le viguier d'Albi ; Habert absent est déclaré défaillant, mais Et. de St-Jean, son bailli *de Calavello,* dit pour l'excuser que son sgr étant allé depuis longtemps en France, n'a pu recevoir la citation qu'il lui a faite ; sur quoi il est décidé de le citer de nouveau pour le jeudi suivant, sur l'heure de tierce, à laquelle on remet la prochaine audience. — Suivent les lettres de citation, accordées au proc. Gaillard, pour faire comparaître P. Albert (de même teneur que les précédentes, mais datées de Briatexte, 7 mai 1311) ; et ensuite celles du châtelain de Montréal enjoignant à R. de Heu, *de Bovilla*, sergent de la cour royale de Montréal, d'exécuter à sa place ce qui est contenu dans lesd. lettres de citation, et de les rapporter scellées : Montréal, dimanche fête de St Nicolas de mai 1311.

Afin de fortifier la procédure, led. juge Bern. fait transcrire ci-après les lettres de sa commission, datées de l'année précédente, celles du renouvellement de ses pouvoirs, et enfin celles de son collègue Cortone lui attribuant en seul la connaissance de certaines affaires.

Philippus, rex, fidelibus magistro Gerardo de Cortona, canonico Parisiensi, et B. de Meso, familiariis nostris, salutem et dilectionem. Ad corrigendum subditorum suorum excessus tantò diligencius superior debet essurgere (quantò) dampnabilius(-es) eorum offensas deserunt diucius incorrectas, nam, licet Hely in se ipso bonus existeret, quia tamen filiorum excessus efficassiter non corrupuit, in se pariter et in ipsis animaversionis divine vindictam excepit, dùm, filiis in bello peremtis, ipse de stella (*corr.* stallo) corruens, fractis servicibus, expiravit. Sanè ad nostrum, quod dolentes referimus, fidedignorum relatu, pervenit auditum quod senescallus, judices major et appellationum, vigerii, procuratores et alii officiales, ministri et servientes nostri, senescallie Carcass. quam plures extorciones, exactiones indebitas, injurias, gravamina et excessus et alia enormia et nephanda contra subditos nostros illius senescallie et alios qui habuerunt ibidem agere, comiserunt et adhuc facere et comittere non verentur, et plerumque justiciam subverterunt per premia, graciam et per sordes in magnum subditorum dampnum prejudicium et gravamen et nostri opprobrium, coutumeliam, vituperium et offensam. Nos vero nolentes quod ista, si sint vera, remaneant inpunita nec ea volentes, conniventibus occulis, pertransire, vobis mandamus quatenus ad partes illas vos personaliter conferentes contra predictos senescallum, judices, viguerios, officiales et servientes nostros, vocatis evocandis, super premissis et premissa tangentibus inquiratis sine strepitu judiciario veritatem, et quos inveneritis aliquid ab aliquo habuisse vel extorxisse aut dampnum vel injuriam alicui intulisse aut alias deliquisse ad faciendum parti sive lesis emendam pro premissis condignam et restituendum eisdem male ablata et extorta, dampna et interesse resarciendum, per captionem et distractionem bonorum suorum et corporum etiam captionem et detentionem, celeriter et de plano et sine strepitu judiciario, appellationibus, recusatione qualibet, subterfugiis et frivolis exceptionibus omnino rejectis, efficaciter compellatis; ut autem super aliis que nos tangent et quoad correctionem et punitionem condignam faciendam et emendam nobis prestandam fiat per nos seu nostram curiam justicie complementum, inquestas quas duxeritis faciendas nostro curie refferatis vel sub sigillis vestris mittatis interclusas, certam diem illis quorum intererit coram nobis seu nostris gerentibus Parisius assignantes ad eos judicare videndum; de qua seu quibus et nominibus citatorum et omnibus aliis que feceritis in premissis nos seu nostram curiam plenius certificare curetis. Ceterum ex causa senescallum, judices, vigerios, officiales et servientes nostros predictos a comissis sibi officiis seu administrationibus, a die qua intraveritis dict. senescalliam pro inquisitione hujusmodi facienda omnino suspendimus, vobis dantes potestatem alios subrogandi et deputandi loco ipsorum prout ad utilitatem nostram videritis expedire, qui subrogati et deputandi officia suspensorum exsequantur·quousque aliud super hoc duxerimus ordinandum; nec non et restituendi in suis officiis et administrationibus illos quos clare inveneritis innocentes et quoad eos suspencionem tollendi predictam. Damus insuper omnibus justiciariis et subditis regni nostri in mandatis quod ipsi super premissis vobis pareant et intendant. Datum Parisius, XIII[a] die junii, anno Dom. M°CCC° IX°.

Phil. rex, dilectis magistris Gerardo de Cortona, canon. Paris., clerico, et Bernardo de Meso, familiaribus nostris, salutem. De vestra fidelitate, circumspectione et industria plenarie confidentes, inquirendi in senesc. Carcass. de juribus nostris et emendis usurpatis et recelatis, compositionibus fraudulosis vel enormiter nobis dampnosis excessibus, inpunitis excessibus curialium et officialium nostrorum dicte senescallie, eos corrigendi et puniendi, nec non ordinandi de judicatura Minerbesii que multum diminuta est ratione terre dande a nobis vice comiti Narbonnensi ratione pariagii inter nos et ipsum facti, ac de procuratore et advocato pro nobis ad vadia consueta in dicta senescallia, et omnia alia super premissis faciendi que circa ea fuerunt opportuna, etiam si mandatum exhigant speciale, vobis damus et comittimus tenore presentiam facultatem; ita tamen quod si aliqua fuerint quibus vacare vel interesse comode non possitis aut de quibus videritis expedire ea personis ydoneis exequenda per eas comittere valeatis, aliis comissionibus super hiis et aliis vobis factis alias a nobis in suo robore nichilominus duraturis. Damus autem presentibus in mandatis omnibus justiciariis et subditis nostris quod vobis et deputandis a vobis super premissis pareant. Datum Parisius, XXIX[a] die octobris, anno Dom. M° CCC° X°.

Viro provido et amico karissimo B. de Meso, familiario regis, ipsius auctoritate super pluribus negociis ad senescallia Carcassone et Biterr. deputato, Gerardus de Cortona, ejusdem regis clericus, eadem auctoritate ab eadem auctoritate, ad eadem negocia una vobiscum missus, salutem. Cùm mandato regio michi facto in Francia habeam proficisci vobis in causis Johannis Deodati et procuratoris regii contra dom. Thomam de Bruer., item domine Gauceline de Gantesinis et Karloti, ejus filii, contra Rogerium de Andusia et Agnetis et Berengarie, sororum, filiarum condam Petri de Fontecohoperto, contra magistrum Petrum Roque, et super querimoniis que facte sunt et fieri continget super usuris et illicitis contractibus et aliis quibuscumque per homines tam de Carcassona quam de Limoso et aliundè, firmarios regis et alios contra Tancredum Benchemini olim tenentem thesaurarium Carcassone regis pro societate Peruzzorum, et super omnibus aliis casibus tam in genere quam in specie vobis et mihi simul aut mihi divisim comissis per regem, tenore presencium, vices meas comitto, donec eas duxero revocandas ; mandans subditis regis quod vobis et electis a vobis pareant sicut mihi. Datum Biterr. XVII^a die marcii, anno dom. M^o CCC^o X^o.

VI. — Audience du 13 mai. Suite des dires ou protestations des procureurs des parties ; Habert faisant défaut fait présenter des lettres du roi, qui excusent son absence, 21 avril 1311 ; — Nouveaux dires de Jourd. et du proc. d'Eléonor et du comte.

Au lieu et au jour fixés, et devant lesd. juges, comparurent les mêmes parties, et Jourd. approuva tout ce qui, dans le cours du procès, avait été fait en son nom par G. de Batud. Me Gaillard refusa de reconnaître Batud pour procureur de la partie adverse, si celui-ci ne montrait son mandat ; et pour le cas même où il montrerait la procuration du comte de Comminge, led. Gaillard « protestatus fuit et proposuit exipiendo ipsum non esse admittendum in ejus procuratorem, cùm si unquam mandatum habuit procuratorium a comite, quantum ad presens negocium et alia tangencia Bertrandum de Guto vel gentes suas, revoc(at)us fuerit expresse, ut dixit ; de qua revocatione obtulit se fidem facere loco et tempore opportunis. » Mais Batud répondit qu'il avait déjà montré sa procuration de la dame de Montfort et que, quant à celle dud. comte, il l'avait produite dans cert. procès devant le sénéch. de Carcass. et qu'il était prêt à la représenter au jour qu'on lui assignerait, « adhiciens quod cum eo est procedendum, cùm nondùm constet de revocatione et, esto quod constaret, non préjudicaret revocatio, ut apparebit rationibus proponendis. »

Le viguier d'Albi et P. Habert, n'ayant pas comparu, P. Coparel, *de Aurelian.*, exposa que le second était depuis longtemps en France pour le service du roi, et exhiba la lettre suivante. — Phil. roi, à B. de Mèse. Ayant retenu auprès de nous P. Habert, *judex noster Saltus et Limosi*, nous vous mandons de maintenir, jusqu'à la fête de la Pentecôte, les causes et affaires qui le concernent, dans l'état où elles étaient lorsqu'il partit pour venir à Paris. Fait *apud Sanctum Xhpistoforum in halata*, 21 avril 1311. — Mais Me Gaillard répondit que ces lettres ne pouvaient dispenser de comparaître devant De Mèse, chargé de punir les excès des gens de justice, soit d'après ses propres pouvoirs, soit d'après la délégation de son collègue Cortone, alors se rendant en France pour les affaires du roi : il n'était pas, en effet, vraisemblable que si l'impétrant desd. lettres avait exposé le sujet de sa citation, il eût pu obtenir du roi des ordres qui venaient révoquer et détruire l'effet de la commission donnée à De Mèse par le même prince. Aussi led. procureur demanda-t-il que Habert fût déclaré *contumace*, en même temps que le viguier, ou du moins que le sujet de la citation dud. Habert fût notifiée exactement au roi (*cum plena narratione*). Toutefois les juges décidèrent de laisser les choses en suspens jusqu'à la Pentecôte, ajoutèrent qu'ils délibéreraient sur la proposition de faire connaître l'affaire au roi, déclarèrent le viguier défaillant, sauf ses excuses, s'il en avait, et offrirent, au sujet des autres intéressés, de procéder ainsi que de raison.

Me Batud et Jourd. présentèrent alors la cédule qui suit. — Persistant dans leurs protestations ils disent qu'ils n'entendent reconnaître la juridiction dud. De Mèse. Tout d'abord, et à l'instance du procureur de *B. Marchionis et vicecomitis Lautric.* il a été procédé par-devant vous, B. de Mèse et votre collègue; et le procureur du vic. vous a adressé sa requête (*suplicatio sive requesta*), en s'appuyant sur les lettres royaux insérées les premières dans le procès : aussi les autres lettres de commission, exhibées depuis, ne sauraient préjudicier à la partie dud. Batud, car du moment que le sgr *Marchio* et vous, De Mèse, avez choisi les premières pour baser vos demandes, vous ne pouvez aujourd'hui les abandonner, surtout lorsque c'est d'après elles que les procédures ont été faites. Or, les premières lettres ne désignent pas précisément les mêmes juges que les secondes, et celles-ci seules s'étendent au sénéchal et autres officiers de justice, ainsi qu'à leurs excès, sans qu'il y soit nullement question d'affaires entre parties privées, comme c'est cependant le cas entre la partie du sgr *Marchio* et celle de Me Batud; de plus, il ne s'agit pas d'un fait injurieux, qui retomberait d'ailleurs sur Albert et ses collègues; et enfin, comme l'adversaire avoue dans sa requête que par ces derniers « pronunciatum fuerit et diffinitum illud quod allegat pro facto injurioso, » il aurait dû, en cas de préjudice, faire appel au juge supérieur par la voie ordinaire, car autrement il arriverait que tous les procès vidés dans la sénéchaussée pourraient être ressuscités, « quod dicere est absurdum. » D'où il résulte que vous Bern., *salvo honore vestro*, ne devez avoir la connaissance de lad. cause; « requirentes (lesd. suppliants, *sous entend.*) super premissis jus fieri, prout supra, protestato de expensis ratione temere voccationis et indebite vexationis. — Cujus quidem cedule procurator Bertrandi peciit copiam sibi fieri et diem sibi ad deliberare respondendum assignari; et ad hoc et alias utrique parti ac procedendum in causa fuit dies crastina apud Brisamtestam assingnata.

»Et ante dicte diei assignationem Jordanus de Rabastenchis constituit procuratorem suum apud acta et ad totam causam presentem et quousque ipsum expresse duxerit revocandum, videlicet mag. Geraldum de Batudo, promittens pro eo de rato et judicatum solvi cum suis clausulis et ipsum relevare et se fidejussorem constituens sub bonorum suorum ypotheca et sub omni juris renunciatione pariter et cautela. »

VII. — Audience du 14 mai. Réponse du procur. de B. de Gout.

Led. lendemain, mardi 14 mai, les mêmes juges et parties étant présents, le procureur de Bertr. de Gout réplique par une autre cédule (*cedula papiri scripta*) à celle présentée la veille (*die externa*) par son adversaire. — Tous les arguments de ce dernier, dit-il, « inutilia sunt omnino, » car il reste toujours vrai que vous Bern., soit d'après vos propres lettres, soit d'après la commission qui vous en a été donnée par Cortone, devez juger led. procès et l'injure faite par Halbert et le viguier. Et, en effet, « non obstat quod primo ex adverso proponitur, videlicet quod coram dom. Bern. et collega vestro processum fuit per comparentes ab utraque parte, et suplicatio tradita et exceptatum ex adverso, juxta litteram regiam primo in processu et supra productam, quia, salva hoc dicentium gratia, dicta supplicatio fuit coram vobis, Bernardo, oblata, tanquam coram illo qui habetis cognitionem de contentis in dicta suplicatione ex vestris comissionibus, quam cognitionem siebat procurator Bertrandi vos habere, nec dictus procurator se reffert nec astrinxit nec se arctavit quod vos solum cognoceretis ex littera primo inserta, nec hoc in sua supplicatione continetur, sed ex vestra potestate vobis attributa per vestras comissiones; » et quel que soit l'ordre suivant lequel lesd. lettres ont été exhibées, cela ne peut tirer à conséquence, car c'est à vous, sgr Bertr., qu'il appartient de fonder et rendre valable votre juridiction, comme vous l'avez fait par l'insertion desd. lettres dans le procès, et comme vous auriez encore le droit de le faire, si cette insertion n'avait eu lieu. *Item*, ce que l'adversaire dit en second lieu, que les premières lettres vous établissent juge avec un prud'homme et les deuxièmes vous adjoignent G. de Cortone, ne signifie rien (*nichil valet*), puisque vous avez déjà transcrit dans la procédure les lettres de la délégation que Cortone vous a faite, et qu'il n'est donc plus nécessaire que celui-ci soit présent. De même, en 3e lieu, ce n'est pas soulever une difficulté que de dire que les dernières lettres sont relatives aux officiers des cours de justice et non aux particuliers, car les adversaires « non bene dicunt, nec eis potest proficere quod dicunt, quia in suplicatione principaliter factum injuriosum officialium redarguitur et petitur revocari, et si factum injuriosum convincatur quidquid sequitur ex eo est revocandum, aliter non corrigeretur factum injuriosum curialium. Item quod quarto oponitur, videlicet quod asseritur in suplicatione Petrum Alberti et collegas pronunciasse, et ita quod procurator potuit appellare vel superiorem adire, hoc non prejudicat quia quod fecerunt Petrus et ejus collega nullum fuit de jure et ita non oportuit quod appellaretur, quia ipsi comissarii fuerunt legitime recusati, et post recusationem de facto, licet de jure non possent, processerunt oprimendo dom. Bertrandum et ei injuriando et ponendo falsem (*sic*) in messem alienam et missendo se rei ad se non pertinenti. Preterea vos aditus estis tanquam superior ut adiri debuistis super tali facto curialium injurioso corrigendo, presertim cum senescallus Carc. per Bertrandum fuerit recusatus ad quem retinendum (*corr.* recurrendum?) non est in hoc casu, presertim cùm fuerit recusatus, aliàs nisi vos haberetis correctionem de predictis quoad correctionem excessuum injuriosum curialium, vestre comissiones viderentur inutiles, quod esset absurdum dicere, cum propter correctionem talium ex magnis utilitate et necessitate patrie fueritis ad patria per magestatem regiam destinatus. » — Après quoi, De Batud, *procurator sive instructor*, demande copie de lad. cédule, et tout en la lui accordant les juges lui assignent le lendemain pour y répondre.

VIII. — Audience du 15 mai. Répliques de l'adversaire.

Le lendemain, 15 mai, devant lesd. juges et aud. lieu les mêmes procureurs étant présents, de Batud « protestatus fuit et proposuit duplicando, cum debita tamen reverencia, prout in quadam cedula, cujus tenor talis est. » — Il dit que vos lettres vous donnent seulement le pouvoir de juger et de punir les excès des officiers de justice et non les affaires privées ; or, puisque la supplique demande d'annuler la décision qu'Albert et ses collègues ont rendue pour Eléonore et pour Jourd. contre le sgr. *Marchio*, et de remettre sous la main du roi, et ensuite de rendre aud. *Marchio* la possession de Cabanès, ainsi que de la motte et des fourches, possédés à juste titre, actuellement et dans les temps passés, par Jourd. et par lad. dame, quelle est la personne intelligente qui peut douter ici qu'il ne s'agisse d'une affaire qui touche le droit privé? Quant à ce qui est dit que l'objet principal du débat est le fait injurieux, cela est faux (*salva gracia hoc dicentis, non est verum*) ; car il s'agit, en réalité, de faire jouir le sgr *Marchio* de la possession des choses en litige en annulant la susdite décision, décision dont l'adversaire a pu et dû appeler, ou se plaindre par voie de nullité en suivant la hiérarchie des juges ordinaires. D'ailleurs, ce qu'on allègue comme fait injurieux ne peut être de la compétence de Bernard ; car il s'agit de la décision et jugement d'Habert et de son collègue, décision qui emporte connaissance de cause. Lorsque l'adversaire récuse le sénéchal, il va contre le droit, car l'ordinaire ne peut être récusé, etc. On ne peut pas non plus s'arrêter aux réponses de la partie adverse, car 1°, avant de déposer sa requête, elle a du savoir si le sgr Bern. avait la connaissance des faits en question, « alias videretur temere evocasse, et jura ordinant talem condempnari in expensis ratione temere evocationis ; »et, du reste, lesd. premières lettres n'attribuant à Bern. aucune juridiction, tout ce qui a été fait en conséquence est nul de droit. « Item, illud quod secundo respondetur non prejudicat, nam littere ultimo producte non possunt corroborare quod nullum est, videlicet quod actum est vigore primarum litterarum, et licet ultimo productas haberet Bernardus juxta eas non fuit processum et sic imputandum est quia elegit procedere et pars adversa agere juxta formam litterarum et commissionem in eis contentam, et precipue quod petitum fuerat jus dici juxta eas, nec termini se compaciuntur juxta ultimas nam nunquam in precedentibus processum fuerat vel facta mentio de dom. Gerardo vel de ejus comissario, et sic non potest dici quod valeat cum Bernardus solus nullam cognitionem habeat super contentis in litteris ultimis sine Gerardo vel subdelegato, et ita non est occupatum membranas in unum penes intelligentem (1). » Troisièmement, c'est bien d'une affaire privée qu'il s'agit et dont

(1) Dans l'argumentation de Gaillard, présentée sur le même point à l'audience précédente, la phrase se termine par une formule analogue : « nichil valet set est in vanum per proponentes talia occupare mebranus. » Quoique dans les deux cas le ms. ne paraisse pas très correct, il faut traduire s. d., pour le fond, que la raison alléguée est sans valeur et qu'il est inutile de remplir du papier à ce sujet.

le *comodum et incomodum* touche principalement des particuliers, comme on le voit dans la supplique, etc. « Item, ad illud quod 4° respondetur, non obviat, et est quod nullum esset, et quod per viam anullitatis procedi potest et quod non est opus appellare ; mirabile est quod allegat pars adversa, nam certum est de jure quod cum cause nullitatis debent proponi coram eodem vel superiori et Bernardus in casu de quo agitur non est superior, et factum tale non est quod possit Bernardus se intromittere ut sepissime hoc est tactum. » D'où il résulte que vous, Bern., vous ne pouvez connaître des faits contenus dans lad. requête « in quantum tangent determinationem (dud. Habert), et jus parcium privatorum et comodum et incomodum eorundem ; requirens (led. Batud., *sous entend. comme sujet*) super premissis interloqui et jus dici. » —

(La page suivante du mss. est en blanc).

Me Gaillard, « protestato in omnibus et per omnia, prout supra, » demanda qu'il fût procédé, conformément aux conclusions par lui précédemment proposées, et cela sans s'arrêter aux nouveaux arguments de l'adversaire qui, de son côté, fait une demande opposée : « Dicto G. (de Batudo) petente, exipiente, protestante et requirente prout supra et specialiter jus dici juxta assignationem factam supra, vigore primarum litterarum. » Mais lesd. juges dirent qu'ils voulaient voir les nouvelles lettres royaux et délibérer sur les nouveaux dires des parties, et renvoyèrent celles-ci à Carcas., au vendredi après la Pentecôte, pour entendre le résultat de leur détermination et continuer le procès.

IX. — Audience du 4 juin, par-devant le châtelain de Montréal et le viguier de Carc. délégués à cet effet par des lettres de B. de Mèse, du 30 mai.

Vendredi, après la Pentecôte, « in domo regia burgi Carcass. », comparaissent les mêmes procureurs, devant A. de Cros et M. Rebutin, viguier de Carc., commissaires députés en la présente affaire d'après les lettres scellées qui suivent :

B. de Meso, regis familiarius, ad partes senesc. Carc., super excessibus correctione destinatus, regia auctoritate, nobilibus Aymerico de Croso, castellano Montisregalis, et

Mayollo Rebutini, vicario Carcass., dom. regis militibus, salutem et sinceram dilectionem. Inquestas coram nobis incoatas, auctoritate predicta, — unam videlicet contra dom. Bertrandum de Guto, militem, vicec. Lautric., Hugonem La Serra, ejus vicarium, et bajulos, servientes, consules et universitates de Graolheto, de Podio Begonis, de Busca, de Senegacio et Senegadesio, de Castronovo Bonafos et Bastide voccate de Monteforti, super illicita armorum portatione, nemorum et arborum depopulatione, domorum destructione et aliorum(-is) excessuum(-ibus) per ipsos, ut dicitur, comissorum(-is), in loco de Cabanesio, in perventione et articulis in ea specificatis contentorum (-is), in qua perventionis causa se opposuerunt Magr Geraldus de Batudo, procuratorio nomine, domine A. de Monteforti, comitisse Vindocin., et Jordanus de Rabastenchis domicellus, ut instructores ; item et aliam causam que coram nobis vertitutur inter dict. vicecomitem, in qua se opposuit dictus G. de Batudo, nomine procur. domine de Monteforti et Jordani de Rab. super possecione loci de Cabanesio ; item, et aliam causam contra nobiles Raynaudum de Nusiacho, militem, vicarium Albie, Petrum Haberti, militis, judicis Saltus, Bartholomeum de Biega (*al.* La Bieja), bajulum regium Briseteste et quosdam alios in dicta causa nominatos, super damnis, gravaminibus, injuriis, violenciis et excessibus, contentis in suplicatione inde tradita per mag. Bm Galhardi, procur. dicti vicecom., per ipsos viccarium et judicem et bajulum et alios illatis in terra et gentibus Albigesii dicti vicecomitis, — in statu in quo nunc sunt assumentes, vobis comittimus et mandamus quatenus in eis celeriter et debite procedatis, voccatis evocandis, usque ad sentenciam diffinitivam quam ad nos specialiter et expresse retinemus. Mandantes dictis partibus et aliis quorum interest nec non et omnibus subditis nostris ut vobis pareant sicut nobis. Datum

Carcass., die penultima junii (*corr.* maii, *d'après la seconde copie de l'acte citée plus loin*), anno Dom. M° CCC° XI°.

Ensuite le cours de l'affaire fut renvoyé au lendemain : « et tunc fuit ad in crastinum manè continuatum, ad idem quod supra, coram comissariis supradictis. »

X. — Audience du 5 juin : lettres desd. juges délégués, pour faire citer le viguier d'Albi et P. Albert, dud. jour.

« Qua die sabbati continuata, » comparurent devant lesd. juges les mêmes procureurs, ainsi que Et. de St-Jean, disant avoir procuration de P. Albert. Et alors Me Gaillard demanda que ce dernier fût déclaré en défaut, et qu'il fût cité encore une fois en même temps que le viguier d'Albi, ce qui fut accordé par lesd. commissaires. — Suivent les lettres de ces derniers qui, d'après les pouvoirs à eux délégués par celles de De Mèse, rapportées ici de nouveau, prescrivent au prévôt de Réalmont et au bailli de Caillavel de citer lesd. viguier et Albert, afin qu'ils se rendent à l'audience du lundi avant la St Jean, dans le consistoire du Bourg de Carcass. « Reddite litteras, in signum facte citationis hujus sigillis vestris appositis in eisdem. » Carc., samedi après la Pentecôte, 1311.

XI. — Audience du 21 juin; lesd. viguier et P. Albert, déclarés défaillants, seront néanmoins cités de nouveau ; — Nomination de procureurs par P. Hatbert, 1308 v. st. — Lettres de citation du viguier et d'Albert, 30 juin.

Lequel lundi, Me Gailhard, d'une part, et Me G. Franc, qui exhiba son titre de procureur de la dame de Montfort, et le damoiseau Jourd. de Rab. de l'autre, se trouvèrent présents dans la cité de Carcass., dans la maison habitée par led. chatelain Aimeric, et par-devant celui-ci et le viguier de Carc. ; mais le viguier d'Albi fut absent et Albert ne comparut que par son procureur, E. de St-Jean, lequel déclara que le second se trouvant en France, et par conséquent absent de la sénéchaussée, n'avait pu recevoir la citation qui lui avait été faite dans sa maison de Cailhavel par le même St-Jean, bailli du lieu. Toutefois, Me Gaillard demanda que led. viguier et Albert fussent déclarés défaillants (*poni in deffectum*), prétendant que l'excuse alléguée pour le second était *frustatoria et invalida de jure ;* et « petiit ipsos iterato citari ad diem competentem, pettens nichilominus bajulum de Calavello puniri de contemptu et inhobediencia, quia litteram citationis non remisit sigillatam, » et que la citation devait être faite à la personne et non à la maison. — Sur quoi lesd. juges commissaires déclarèrent défaillants lesd. Albert et le viguier « citatos prout per relationem dicti Stephani bajuli et per appositionem sigilli prepositi Regalismontis in litteris citationis eis constat, » et décidèrent qu'ils seraient cités de nouveau au jeudi de la quinzaine après la St Jean-Baptiste : « cui assignationi dicti procurator Alberti non concenciit, cum sit tempus feriarum propter messes, quibus feriis dixit se nolle renunciare, et nichilominus ipsa assignatio facta fuit. »

Suit la procuration du susd. Etienne : L'an 1308, noble P. *Hatberti*, chevalier, sgr de Cailhavel, et *judex Lauraguesii pro rege*, nomme ses procureurs généraux, Et. de St Jean et B. *Carentis*, de Castelnaudary ; il leur donne pouvoir d'agir en son nom dans toutes les cours de justice et de faire tous les actes de procédure, d'obtenir sentence, de faire appel « et appellationem prosequendi, eam innovandi, beneficium sue absolutionis si indigeret impetrandi, alium seu alios loco sui substituendi ante litem contestatam et post, ratum habiturus quidquid per dictos procuratores actum fuerit, promittens sub ypotheca rerum suarum judicatum solvi cum suis clausulis universis. » A Castelnaudary, mardi avant la fête de St Grégoire, pape (1), Gailhard, évêque de Toulouse, Pierre *Rigaudi*, le jeune, damoiseau, Gaill. *de Peyriacho*, cosgr *de Becera*, J. du Puy et moi Guill. Galtier, not de St Félix et de toute la sénéch. de Toul., qui ai écrit et signé cet acte.

De la procuration de Me G. Franc, qui devait être également insérée, le registre ne porte que le titre, et passe ensuite

(1) Les calendriers citent 3 fêtes pour les 2 papes de ce nom (12 mars, 3 sept., 28 nov.) ; aussi est-il peut-être prudent de ne pas préciser davantage la date du jour et d'indiquer seulement celle de l'année comme étant donnée en v. st., c'est-à dire comme pouvant appartenir, en n. st., soit à 1308 soit à 1309.

à la nouvelle citation du viguier et d'Habert, dans la même forme que la précédente, et datée de Carc., mercredi après la St Jean, 1311 ; « constat de cancellatura ; datum ut supra. Dequa citatione constitit per appositionem sigillorum prepositi (de Réalmont) et bajuli (de Caillavel) et in dorso litterarum predictarum. »

XII. — Audience du 15 juillet ; les parties sont présentes, mais l'un des juges étant occupé ailleurs, l'affaire est renvoyée au 30 sept. — Lettres d'assignation pour le viguier d'Albi et pour P. Habert, 1er déc. 1311.

Aud. jour de jeudi, Me G. *de Pomar.*, jurisconsulte de Carc., procureur substitué par Me Gaillard, se présente à Carcass. dans la maison du viguier de cette ville et devant les mêmes juges. Il en est de même de B. de Breuil, procureur du viguier, et de Me Franc, procureur de la dame de Montfort et qui est dit *instructor*, *prout supra*. P. Albert comparaît également, bien qu'il refuse de reconnaître la juridiction des commissaires et dise qu'il ne s'est rendu devant eux que par pure déférence. — Mais vu les occupations de l'un desd. juges (le châtel. de Montréal), l'audience est renvoyée au lendemain après la St Michel.

Plus tard, le 1er déc. 1311, lesdits juges envoient deux nouvelles lettres de citation : — Aym. de Cros, *sénéchal de Carcass.*, et M. Rebutin, viguier de la même ville, commissaires délégués par B. de Mèze, *sapienti viro judici Albie et Albigesii regis*, *salutem*. A la requête de B. de Gout, nous vous mandons de citer ou faire citer R. de Nusiach, viguier d'Albi, le procureur de dame A. de Montfort et Jourd. de Rab., afin qu'ils comparaissent devant nous le mercredi après Ste Luce, *infra terciam*, dans le procès déjà intenté par led. de Gout, au sujet des Cabanés. Carc., 1er déc. Rendez les lettres scellées. — Autres lettres adressées par les mêmes au châtelain de Montréal et à J. *de Villeriis*, sergent royal *porteur des présentes*, pour citer P. Habert, juge de Sault et de Limoux, J. *Bocari* et J. *Legran*, sergents, afin qu'ils se présentent aud. jour et dans lad. cause, même date.

XIII. — Audience du 16 déc. Dires des procureurs des parties, de P. Habert et du procur. du viguier.

L'audience fixée par lesd. lettres au mercredi ayant été renvoyée au lendemain jeudi, comparurent sous cette seconde date, par-devant A. de Cros et Rebutin, « in consistorio civitatis Carcass. supra portam Atacis », J. *Bordela*, clerc, procureur de noble Bertr. de Gout, chevalier, seigneur de Duras et de Blanquefort, suivant sa procuration ci-après écrite par un notaire apostolique du diocèse de Carcass. et scellée par led. Bertr., d'une part, et P. Habert, B. *de Brolio*, procureur du viguier, et Me Batud, de l'autre. Et aussitôt le procur. de Bertr., tout en déclarant qu'il n'admettait de Breuil pour procureur que s'il montrait ses pouvoirs, demanda qu'il fût répondu par Habert à sa requête ci-dessus rapportée; que l'on procédât dans l'affaire selon les termes de la commission accordée à de Mèze pour la correction des officiers de justice; et que, ce faisant, on l'indemnisât de ses frais occasionnés par les défauts de comparution, et évalués par lui à 100 liv. tourn. Me Batud et de Breuil réclamèrent copie des commissions des juges, ainsi que des dires de l'adversaire, afin d'y répondre. Enfin Habert, sans entendre se soumettre à aucune enquête faite à son préjudice ni à la juridiction desd. juges, demanda copie des articles proposés contre lui.

Tout cela fut accordé auxd. adversaires de Bertr., et la suite des procédures renvoyée au lundi après l'Epiphanie, assignation que Habert et de Breuil déclarèrent n'accepter que s'ils y étaient forcés par la rigueur du droit.

(Les deux pages qui suivent n'ont que le titre de la lettre de procuration de J. *de Bordelha*, dont le texte n'est pas rapporté.)

XIV. — Audience du 10 janv. 1312. Procuration faite par le viguier, 7 mai 1311 ; — Réponses de P. Hatbert et du procur. du viguier.

Au lundi ci-dessus assigné « in consistorio superiori burgi Carcas. », se présentent devant lesd. juges le procureur de

B. de Gout, P. Hatbert, et le procur. du viguier d'Albi, B. de Breuil, qui exhibe la procuration suivante. — *Raynaldus de Nusiaco*, chevalier du roi, viguier d'Albi et d'Albigeois, constitue pour ses procureurs, chacun en seul, « ita quod non sit melior conditio occupantis, » J. *de Roverayo*, damoiseau, B. de Labieja et Mes Barth. *de Brolio* et B. *Revelha*, notaires; il leur donne pouvoir de faire tous les actes usités en procédure, et s'engage à les relever de la charge de fournir caution (*satisdandi*), promettant, sous l'obligation de ses biens, au not. ci-dessous, qui stipule, au nom de tout intéressé, d'exécuter ce qui sera jugé (*judicatum solvi cum suis clausulis*), et se constituant, pour lesd. procureurs, *fidejussor ac etiam principalis*. A Briatexte, les nones de mai 1311. Présents : Guill. *de Piano*, chevalier; Me G. *de Locis*, jurisconsulte; Me Bern. *Strate*, not. *de Fiaco*, *Ros* de Puibegon et moi P. de la Tour, not. de Briatexte et de la sénes. de Carc., qui ai reçu et signé l'acte; Phil. étant roi. — Le procureur de Bertr. demande alors que Hatbert et le procur. du viguier répondent en particulier à la supplique qu'il a remise depuis longtemps à B. de Mèse. Et aussitôt lesd. procureur et Albert présentent leur cédule écrite sur papier, portant qu'ils n'entendent reconnaître ni Aimeric ni Rebutin pour juges; que depuis plus de six mois de Mèse est revenu à Paris, où il est resté auprès du roi, « et sic insignia sue juridictionis amisit et potestas, si quam habebat, expiravit; » et que, par suite, les commissaires qu'il avait délégués n'ont plus aucune juridiction. A quoi ils demandent, à leur tour, que l'adversaire fasse réponse, et, tout en réservant les dépens, « jus sibi reddi antequam ad alia procedatur. » Le représentant de Bertr. redemande, nonobstant ces dires, qu'il soit répondu par lesd. Albert et le procur. du viguier à ce qu'il a exposé; mais ceux-ci renouvellent leurs arguments, en offrant de prouver que, soit d'après le droit, soit d'après l'usage de la cour de France, « de quo usu parati sunt fidem facere, si in dubium vertatur, » les pouvoirs desd. juges commissaires sont éteints; et ils demandent que ce point soit vidé avant d'aller plus loin, parce qu'on doit savoir d'abord à qui appartient la juridiction. — Après cela, les commissaires renvoient l'audience au vendredi après la Purification de la Vierge et à Carcass.

XV. Audience du 4 février.

Auquel jour de vendr. se présente Me Garric, jurisconsulte, procur. de Bertr., muni de la procuration suivante :....

(La suite du procès manque dans le registre) (1).

(1) La feuille qui sert de couverture à ce registre contient elle-même, en expédition authentique et de l'époque, une sentence du juge de Termenois, contre les habitants de Palairac, coupables de cert. excès. Nous croyons devoir conserver ici l'analyse de cet acte, qui est sans doute inconnu, car nous ne le voyons pas cité par Mahul dans son *Cartul. du dioc. de Carc.* Le parchemin, ayant été rogné, a perdu, il est vrai, quelques mots de la fin de ses lignes, mais cela n'empêche pas de suivre le sens général du document.

Soit connu « perventionis causam agitatam fuisse in curia Terminesii dom. regis contra quosdam homines de Palayraco infrascriptos. » L'an 1301, le mercredi après Pâques « pervenit ad audienciam curie Terminesii regis... » que R. Textoris, bailli de Palairac, R. de St Martin, B. Page.., A. Sabte, J. Barate, *P. Ichiula*, P...., Hugot Filieux, crieur public de La Grasse et Braguayrac, sergents de la cour de l'abbé de La Grasse « cum pluribus aliis hominibus (de Palairac), choadunati more ostili seu predonum de nocte cum armis, videlicet lanceas, ballistas, ensibus, costaleriis (*sic*) et aliis diversis armis, excogitato proposito, terminale de Segura intraverunt et cum dictis armis et aliis diversis ferramentis violenter paxeriam..... de Segura, in dicto terminio de Seguro sitam, fregerunt et per violenciam diruerunt eandem pacem frangendo...., undè ne tot et tanta excessus (etc., contestata ?) lite, testibus receptis et eorum depositionibus publicatis, proposito per dictos perventos quicquid ad suî deffencionem ponere voluerunt,.... super predictis renunciato et concluso in presenti negocio, » ce jeudi, après l'octave de la Pentecôte, 8 des ides (de juin)...., jour assigné aux prévenus pour entendre leur jugement définitif, et en présence de Me G. *de Aragallo*, qui agit « deffensorio nomine infrascriptorum denunciatorum, » nous Aymeric *de Croso*, juge..., « inspectis presentis negocii meritis, habito super hiis peritorum consilio, Dei euvangeliis coram nobis positis (ut nostri) oculi videant equitatem, diffinitivam hiis scriptis sentenciam ferimus in hunc modum : » Attendu qu'il a été établi que les prévenus ci-après nommés, « turba coadunata et excogitato proposito de magna nocte circa primum sompnum villam de Palayraco exivisse et (paxeriam) cujusdam molendini domine de Segura, juridictionis regis, dictâ nocte, rupisse et dextruxisse et alias culpabiles fore, » condamnons lesd. R. *Textoris*, bailli de Palairac, pour l'abbé de La Grasse, R. de St Martin, A. Sabte, B. Page...,

Achat par Boaca à Raim. Trencavel de cert. maisons situées à Graulhet, 12 mars (?) 1296 v. st (1).

L'an 1296, mercredi après la fête de St Grégoire (2), « ego Ramundus Trencavelli, de Graolleto, donatus hopitalis Sancti Jacob... (trois ou quatre mots sont enlevés par une déchirure)... publici instrumenti, » de bon gré, pour moi et mes héritiers, vends et délivre à Barthél. *Boaca*, de Graulhet, « domos meas quas habeo apud Graolletum que confrontantur ex una parte de domibus Petri Pellicerii usque ad domos Petri de Lugainh, et ex alia parte de orto Guillelmi Natalis usque ad carreriam publicam et usque ad medium vallatum ville de Graolleto; » et, de plus, je lui vends « trollium meum munitum qui est infra domos predictas. » Lad. vente est faite pour 14 liv. 16 s. tourn., et l'acheteur reçoit le pouvoir *nancisci possessionem corporalem* desd. immeubles, de sa propre

P. Guilhaume, B. Cabanier, B. *Berthelonii*, G. Passalayga, J. Garsias, P. Ysarn, P. *Columbi*, G. *Conilli*, J. *Biconi*, A. Palars, P. *Yshiula*, P. Guiraud, P. Comte, R..., G. Adalbert, A. Barta, B. *Bajuli* (ou Balle), P. Barta, R. Bragairac, à 40 s. tourn. chacun envers le roi, pour la réparation desd. excès. Me *De Aragallo*, défenseur desd. condamnés appela aussitôt, de cette sentence, au sénéchal de Carc. ou à son juge mage, ou au roi s'il le fallait; mais le susd. juge n'admit pas cet appel... et néanmoins fixa à l'appelant les prochaines assises de Carcass. afin de suivre l'affaire. Lad. sentence fut prononcée dans le consistoire de Termes; présents P. Ermengaud, jurisconsulte, Guill. *Audigerii*, de Narbonne, Bern. de Durban, chevalier, G. Arn., bailli royal *de Talayrano*, etc. et moi, notaire de la cour du roi de Fenouillèdes et de Termenez, qui ai dressé le présent (signet original dud. not.). — On voit que la date de l'année de la sentence est actuellement en lacune, mais si l'on veut faire correspondre le 8 des ides de juin à un jeudi, on est forcé de rapporter cette date à l'an 1303.

(1) Original en parchemin.

(2) Cette date est encore plus difficile à déterminer que celle que nous avons trouvée à la p. 176, puisque dans le cas présent on n'indique pas s'il est question d'un St Grégoire pape ou d'un St Grégoire évêque. Cependant, si l'on s'en rapporte à cert. actes, parmi lesquels on peut placer une pièce du Cart. des Alaman, p. 29, il semblerait que l'on ait surtout désigné, par *fête de St Grégoire*, celle du pape de ce nom fixée au 12 mars.

autorité. Il est aussi entendu que l'acte pourra être dicté et corrigé, à plusieurs reprises, d'après l'avis d'un homme de loi (*sapientis*). Fait à Albi; tém. Bern. Maurin, Me Durant de Sala, Jean *Acerii*, *Jacobus Trencavel*, Marbrun sergent du roi, et moi Mich. *de Helemosina*, not. royal d'Albi et d'Albigeois, qui ai rédigé et signé; Phil. étant roi. (Suit le signet du notaire.)

Vente par J. Pierre, damoiseau, à R. B. Frotier, de cert. biens sis à Senilh et à Labastide; passée sous le sceau de la sén. de Toul.; 26 oct. 1313 (1).

L'an 1313, vendredi avant la Toussaint, « Johannes Petri, domicellus, filius dom. Geraldi Petri de Cadaluenh, militis Albiensis dyoc., » vend à Raim. Bern. *Froterii*, damoiseau, fils de sgr Guill. Frotier, chevalier, habitant de Castelnau de Bonafous, tous les biens, dr. et *deveria* qu'il a « in loco vocato de Senilh et in Bastida domine Beatricis, uxoris domini Bertrandi de Guto, vicecomitis Altivilaris, et in pertinenciis eorumdem, dyocesis supradicte, » soit terres, prés, *pischaria*, *garane seu defes*, vignes, maisons, cens, sgries, etc., et ce pour le prix de 300 liv. de pet. tourn. Et pour l'observation de ce dessus, le vendeur « hypothecavit omnia bona sua, et se et dicta bona rigori et cohercioni sigilli majoris senescallie et vicarie Tholose submisit ita videlicet quod curia seu custos dicti sigilli possit et debeat ipsum venditorem compellere ad complendum omnia supradicta, si et quando eidem curie vel custodi visum fuerit expedire, per captionem et distractionem bonorum suorum et rerum, tanquam de re liquida et judicata et que jam in rem judicatam transivit, et ad tenendum nichilominus hostagia in castro Narbonensi Tholose ad expensas proprias ipsius venditoris, non obstante in aliquo quod fieret executio in bonis suis vel quod eisdem bonis idem

(1) Original en parchemin, avec double queue de parchemin portant des restes dud. sceau en cire.

cederet venditor, tamdiu donec ipse venditor omnia predicta promissa et concessa compleverit et observaverit cum effectu. » Suivent les renonciations habituelles, et, entre autres, « juribus dicentibus donantem donationem revocare posse si post eam donanti donatarius sit ingratus. » Témoins Adémar Frotier, chanoine de St-Etienne de Toulouse, Arn. de Montaigut, damoiseau, G. de Lhugaco, not., et moi Bern. *Othonis*, *publicus dom. regis et curie dicti sigilli notarius*, qui écrit cet acte et le signe. (Signet du notaire.)

« Et ad majorem firmitatem premissorum habendam predictum majus sigillum fuit huic instrumento appositum et appensum. »

Lettres de l'évêque de Beauvais, lieut. du roi en Languedoc, accordant à Phil. et à Bertr. de Lévis, la connaissance des premiers appels, dans les terres qu'ils possédaient en Albigeois, juin 1342. — Lettres de la lieutenance dud. évêque, 6 avril 1342. — etc.

(1) « .... de Salis, miles, locumtenens nobilis ..... viro judici ..... inpendenti sigillatas a reverendo patre ..... locumtenente dom. regis (dans les pays) Occitanis et Xantonens. nos recepisse noveritis .... (Jean), Belvacensis episcopus, locumtenens Francie regis in partibus Occitanis et Xanton., universis salutem. Dignum debitum atque honestum reputamus ut illi qui laboriosis obsequiis in servicio regis se exposuerunt premium ac remuneracionis graciam consequantur ut ad hec totis viribus magis continuent et in melius animum(-i) eorum moveantur. Ea propter notum facimus quod nos, consideratis serviciis gra-

(1) La pièce qui contient lesd. actes et qui est un parchemin, écrit à l'époque de leur concession, a perdu, au commencement et à la fin, quelques lignes rongées par les rats ; mais la cote suivante, du 17e ou 18e s., placée sur le dos du document, nous donne peut-être la date des secondes lettres de Jean de Beauvais, qui manque dans notre copie : « 5 oct. 1342. Lettres du *senechal de Toulouse* (?) dressantes au juge d'Albigeois pour l'exécution des lettres de Jean, évêque de Beauvais, touchant le privilège d'un juge d'appeaux dans la baronie de Castelnau. »

tuitis fideliter regi per Philippum de Levis, militem, et Bertrandum ejus fratrem, dominos de Florenciaco, diu in preteritis et presentibus guerris Flandrie et Vasconie et alibi inpensis et que cotidie bono animo et affectu diligenter impendere non desinunt, supplicatumque nobis per ipsum Philippum humiliter extitit quod, cùm in castris seu locis de Senegassio, de Podiobegone, sen. Carc. et Biterr., et locis Castri novi Bonafos, de Bastida Montisfortis et de Castaneto, sen. Thol. et Albien., et quibusdam aliis locis suis dictar. senescalliarum, non habeant cognitionem seu judicium causarum primarum appellationum que emittuntur ab audienciis suorum officialium, bajulorum, castellanorum, vicariorum, servientium ordinariorum et aliorum officialium, et ipsam habere et sibi concedi supplicaverit in districtu locorum predictorum; igitur, nos super petitis, deliberato consilio cum gentibus et consiliariis regis istarum partium, ipsius militis supplicationibus favorabiliter inclinati, cognitionem, prosecutionem et ordinationem primarum causarum appellationum et provocationum, emittendarum a suis officialibus et curialibus, tam ab interlocutoriis gravaminibus quam a diffinitis et aliis actibus judicialibus, eisdem et eorum successoribus concedimus, damus et liberamus per presentes : concedentes dictis nobilibus potestatem dictas causas decidendi per se vel per suum judicem seu judices qui nomine proprio nuncupentur et intitulentur *judices appellationum terre dictor. nobilium et locorum suorum*, per ipsos vel successores eligendos et destituendos totiens quotiens visum fuerit faciendum, licenciâ superiorum officialium regiorum minimè petitâ et obtentâ; quiquidem judices appellationum de omnibus causis appellationum seu provocationum, civilibus et criminalibus, tam de gravaminibus judicialibus et extrajudicialibus, interloqutoriis vel diffinitis ordinationibus, pronunciationibus quam de aliis quibuscumque emergentibus, emittendis, introducendis quoquomodo coram ipsis judicibus, possint et valeant cognoscere, examinare et terminare per diffinitivam sentenciam vel ordinationem aliam, et easdem causas examinare, instruere cognoscere, sentenciare et quibus voluerint comittere easdem et executioni mandare, et easdem causas appellationum judici principalium remittere, si eis videatur ; inhibendo, tenore presencium, seneschallis Tholose, Carcassone, Bellicadri et judicibus, vicariis et officialibus regiis ne de primis causis appellationum que in dictis locis emerserint quoquomodo se intromittant, sed dictis judicibus dictor. nobilium remittant causas appellationum primarum, salvo tamen quod terra sita in senesc. Carc. sub senescallia Carc. et terra in sen. Thol. sub sen. Thol., et terra in sen. Bellic. sub sen. Bell. immediate resortisetur cum secundo, videlicet ab ipsorum fratrum judice appellationum, contingerit, suis licitis casibus, appellare, et (in) ipsis casibus ad dictos senescallos (1) devolventur immediate. » De plus nous voulons que s'il arrivait que lesd. juges d'appeaux « delinquerent in officio vel ratione officii, » la connaissance et la punition de tels excès appartienne auxd. de Levis, et cela bien que d'après l'usage des sénéch. de Toul. et de Carc. on doive appeler de leurs juges à nous-mêmes ou à nos gens, usage que nos abolissons en faveur desd. frères. Enfin si quelque appel de leurdite terre, soit au civil soit au criminel, était porté à nous ou à nos gens, il serait renvoyé immédiatement et sans difficulté à leurs juges des premiers appeaux. — Ici sont insérées les lettres royaux, du 6 avril 1342, nommant led. Jean, évêque de Beauvais, à la lieutenance en Gascogne et en Languedoc (Voir le texte dans D. Vaiss., éd. Dumège, VII, 469, en corrigeant à la lig. 11 : *mettre establies de*, et à lig. 24-25 : et de octroyer *consolatz*). — « Quod ut firmum et statibile perpetuo perseveret nostrum presentibus litteris fecimus apponi sigillum. Datum apud Castallainz, mensse junii ; anno M°CCC°XLII°. Per dom. locumtenentem. *Dailly.* » — Jean, évêque de Beauvais, lieut[t] du roi en Languedoc et Saintonge, aux sénéch. de Toul. de Carc. et de Beauc., au juge de la judicature d'Albigeois et au juge royal d'Albi, salut. A cause des services que Phil. de Levis, chev., et Bertr. son frère, ont rendu gratuitement et ne cessent de rendre au roi dans ses guerres de France et de Languedoc, nous leur avons accordé la connaissance des premiers appels : « examinationem et dif-

(1) Que les appels, *sous ent.*

finitionem primarum causarum appellationum emergentium in loco de Castronovo Bonafos, de Castaneto et Bastite Montisfortis, de Podiobegone, de Senegacio et aliis locis suis et terra ipsorum et Beatricis, vicecomitisse Lautricensis, eorum matris, in senescalliis predictis; » et nous leur avons donné le pouvoir de créer des juges spéciaux pour connaître desd. causes, tout en réservant que les seconds appels seront portés directement à vos tribunaux. En conséquence nous vous enjoignons de laisser lesd. de Lévis jouir... (de ce privilège)...

Outre les documents ci-dessus, conservés dans leur texte original, l'étude de Lasgraïsses possède quelques analyses d'actes anciens faites aux 17e et 18e s. Telles sont entre autres celles de cert. pièces déjà connues de 1235 (p. 1), de 1241, 1270 (D. Vaiss., éd. Privat, VIII, 1058 ; V, 1349) et encore de 1277 (D'Auriac, 130). Cette dernière est résumée comme il suit dans les papiers que nous dépouillons : « L'an 1277 le roi Phil. a voulu que Sic. Alaman, s^{r} de Chateauneuf de Bonnafous, fasse à l'advenir l'homage tel qu'il estoit tenu de faire pour led. lieu à l'évesque B. d'Alby et ses successeurs, et moyennant ce led. évesque luy a quitté l'hommage que led. roi lui faisoit comme successeur du comte de Tholose pour led. lieu de Bonnefous, permettant aud. évesque d'acquérir dans led. fief ou dehors des rentes jusques à 200 marcs d'argent se tenans du roy ; pour lequel chasteau de Bonnafous et des rentes qu'il acquerra susd., led. évesque à l'advenir sera tenu de prester au roi tel seremant de fidélité qu'il faict pour les châteaux de Rouffiac et Marssac, prometant luy randre tel service que les vassaux ont acoustumé de prester en tel serement de fidellité. Davantage promet le roy *sede vacante* qu'il ne faira point saisir les fruits dud. évesché *nomine regalium.* »

Plusieurs autres sommaires « des titres les plus anciens qui se soient trouvés dans les archiv. concernant la possession de la sgrie de Graulhet » sont conservés aussi dans un reg. dressé en 1728, par l'ordre du sgr de lad. ville. Ces analyses, qui se rapportent à des documents de 1260, 1268, 15 des cal. de janv^{r} 1296, 8 janv^{r} 1306 v. st. 1320, se trouvent consignées presque mot à mot, aux p. 5-6, 28 et 33 (note) de la *Monogr. des sgrs de Gr.*, par M. Mazens, et cela peut nous dispenser de les transcrire ici.

FIN.

TABLE ALPHABÉTIQUE

DES

NOMS DE PERSONNES ET DE LIEUX

TRADUITS EN FRANÇAIS

Les traductions françaises de cette table sont ordinairement accompagnées des formes romanes ou latines, en italiques, et, pour les noms latins, conservées presque toujours au même cas que dans les textes (A. *Aurelli*, de *Alfaro*, E. de *Darderiis*, de *Gantesinis*, de *Girossenchis*, ad *Causacum*, apud *Ulmos*, etc.), parce qu'il est souvent difficile de reconnaître quelle est la désinence du nominatif et même la déclinaison. Toutefois un certain nombre de noms principaux ou autres, dont les équivalents de l'ancienne langue se trouvent plus généralement connus, n'ont été insérés ici qu'en français. Dans ces identifications, afin d'éviter un usage trop fréquent d'italiques et de renvois, nous avons gardé plusieurs fois une orthographe romane dans le corps du mot (*al* pour *au*, *o* et *ol* pour *ou*, *er* pour *ier*, *nh* pour *gn*, *lh* pour *ll* ou *ill*, etc.); et nous avons cru au surplus qu'il était inutile d'essayer de donner pour certains cas les diverses traductions qui ont été usitées dans le pays et qui toutes peuvent être exactes (Dominique, Domergue, Audouin, Audouy, Fabre, Fauré, Mazières, Mazères, Del Puech, Delpech ou Du Puy, etc.). Du reste, le lecteur remarquera qu'à la suite de plusieurs noms de personnes nous avons placé ceux des localités homonymes qui paraissent leur avoir donné naissance.

A. (Eléonore). Voir Montfort.

A. évêque d'Agen, 124.

Abiracum, 87. — Il est difficile de savoir s'il s'agit de Virac, cant. de Monestiès, ou bien, comme on le veut (*Ann. du Tarn* pour 1874, p. 344), du lieu d'Azerac, à l'E. et dans la com. d'Albi. En attendant les preuves de cette seconde opinion, nous sommes porté à nous rallier à la première.

Acerii (J.), 182.

Adalasie de Sabran (*Adalasia, Alaycia, Alazaycia de Sabrano*), sœur, 131; puis abbesse de Sainte-Claire, 126, 128, 133.

Adalbert (G.), serf, 181; — (G.), 181.

Adémar ou Adhémar, gardien des Frères mineurs de Lavaur, 28, 44; — (Galh.), 99; — (Hug.), sgr de Lombers, époux de Cécile Alaman, 11, 32, 53, 57.

Adimbrard ou Adimbart (*de Podio*), honeur, 103, 104.

Adrien (*Drianus*), empereur, 61, 146, 147.

Agathe. Voir Médulion.

Agen, 18, 137; — couvents, 11; Frères prêcheurs et mineurs, 25; diocèse, 2, 7, 18, 21, 29, 45, 122, 137; — son pays ou Agenais, 122, 128; — sceau royal des contrats de la sénéch. 10; — évêque, 48, 65, 124; — notaires, 48, 65; — habitant, 6, 18, 53, 54.

Agnes. Voir Alaman.

Agoût (*flumen Agoti*), 19, 25, 26, 27, 34, 35, 61. — Riv. du départ. du Tarn.

Agrefeuil (Elie *de Egrifolio*, *de Grefolh* ou d'), habit. d'Agen, hérétique, 6, 18, 47, 48.

Agulhier (P.), 95.

Aimercende, serve, 101 et suiv.

Aimeric (Albert ?), fils de A. de Roquenégade, damois. 83; — (B.), not. de Toulouse, 1, 6, 89, 90; — (J.), not. de Béziers, 132; — (J., Pier. et Pons), de Paulhac, 103 à 105.

Aimonis (bancum). Voir Bancum.

Aischard. Voir Aycard.

Aix (J. d'), sœur, 134.

Aixio ou *Axio* (A. de ou d'), Frère mineur, 13, 78; — Voir Daix.

Aladayssis ou *Alazia*, fille de G. B. de Najac, et veuve de Bertr. de Lautrec, 73, 74, 79, 84.

Alaman (les), 1, 3, 5, 125, 129, 130, 132,

Alaman, *Alamanni*, plus rar[t] *Alamannus*, *Alamani*. — (Agnès), ép. d'Arn. de Montaigut et fille de Sic. Al. chev[r], 31, 32, 33, 44 à 46, 54, 61; — (Cécile), fille de Sic. Al. le vieux, épouse d'H. Adhémar, 31, 32, 36, 55; — (Doat ou Deodat), père de Sic. chev., 86, 87, 91; — (Doat ou Déodat), frère de Sic. le vieux, 56, 78, 86 et suiv. 89; — (Doat), chev. 38, 40; — (Elix, Elitz ou Helitz), fille de Sic. le vieux, ép. d'Amalric de Lautrec, 11, 34. 36, 37 à 44, 53, 74 à 76; — (Galiane), sœur de Raim. Alam. (?), 56; — (Guill.), chev. 31; — (Guill. Aton), frère de Sic. le vieux, 87; — (Marg^{te} *Alamanna* ou), fille de Sic. le vieux et de Béatrix de Méd., religieuse de Ste-Claire, 13 à 16, 30, 32, 57, 127, 128; — (Ram. Raim. ou Raymond), fils de Sic. le vieux, chan. de Rodez, 12, 76 à 79, 123; — (Raim.), fils de Doat, neveu de Sic. l'ancien, 56, 78; — (Raim.), damoiseau de Durfort, 38, 40, 41; — (Sicard ou Sycard) père, dit le vieux ou l'ancien, chev^{r}, fils de Doat, 1, 2, 4, 6, 10 à 13, 16, 18, 20, 21, 23, 24, 29 à 37, 39, 43 à 45, 47, 48, 50, 52 à 57, 61, 63, 66 à 68, 73 à 77, 78, 86 et suiv. 90, 91 à 97, 99, 100 et suiv., 106 et suiv., 108 et suiv., 112, 113, 114 et suiv., 117 et suiv., 120 et suiv., 122, 123, 127, 128, 133; *honor* et pré dud. Sic. 100, 103, 104; — (Sicard), fils ou le jeune, damoiseau, sgr de Saint-Sulpice, 13, 16, 18 à 23, 29 à 39, 44, 50, 55 et suiv.. 72, 76 à 78, 122, 123, 127, 128, 133, 187 (sgr de Castélnau); son notaire, 29; — (Sicard), damoiseau, sgr de Durfort, 38, 39, 53, 56 à 58, 79.

Alanson (M. de), sœur, 131, 134.

Alaycia et Alazaycie. Voir Adalasie.

Albeges (B. *d'*), le prud'homme, 64; — (R.), 108.

Albeges (diocèse *d'*). Voir Albi.

Albergata (J.), sœur, 127.

Alberia (J. *de*), not. de Cordes, 50.

Albert (B.), moine de Candeil, 82.

Albert, Habert ou Hatbert (P.), chev., sgr de Caillavel, juge de Sault et de Limoux, 155 à 179; juge de Lauragais, 176; sa maison de Caillavel, 175. — Ce surnom paraît offrir aussi des variantes analogues (P. Adberti, d'Albert), dans D. Vaiss., éd. Du Mège, VII, 24, 25.

Alberti. Voir Aimeric.

Albi, ville ou cité, 38, 39, 48, 49, 91, 92, 182; — église de Ste-Cécile, 25, 38, 149; — Frères mineurs et prêcheurs, 24; — pont et faubourg du Bout-du-Pont, 16, 91; — Voir Vigua; — chemin d'Albi, 115, 118; — seigneurie, 125; — péage, 35; — judicature d'Albigeois, 63 (?), 185; — monnaie d'Albi, 109, 112; — mesure, 49, 59, 68; — diocèse, 1, 21, 29, 34, 77, 106, 149, 182; — évêque, 16, 48, 91, 125, 187; son chapelain et économe, 93; — prévôt et chan. de Ste-Céc. 92, 93, 149; chan. d'Albi, 79; — juge d'Albigeois, 62, 177, 185; — juge royal d'Albi, 177, 185; — Viguier, 155 à 179; — notaires d'Albi et d'Albigeois, et de sa cour royale, 38, 39, 44, 150, 182; — habitants, 38, 41, 44, 54, 55, 76, 92, 95, 114, 117, 150; 121 (marchand); — Albigeois et terre d'Albigeois, 3, 82, 128, 174, 183.

Albiro (P. *de*), 57.

Alfaro (H. *de*), 89.

Alfonse de Poitiers, comte de Toulouse, 7, 16, 20.

Alguier ou Alquier (J.), not. de Béziers, 132, 133.

Alta rippa (P. *de*), damois., 83.

Amalric. Voir Lautrec et Narbonne.

Amanieu (B), damois. de Corbarieu, 111.

Amat (Pierre), not. de la cour de Carcass., 41; — (Pons), sacriste, 49.

Amblard (Bertr. fils de B.), damois. 40. Voir aussi Pelapoul.

Amelhau (Et.), et ses possessions, 104, 105.

Amelii ou Amiel (R.), chev. 50. Voir Penne (De); — (P.) de Lerades, 50.

Amilhavum, lieu, 88. — Milhavet, cant. d'Albi.

André (P.), licencié ès lois, lieut. du vig. de Béziers, 132, 133.

Andusia, son bailli : Anduze, Gard; — (R. A. et B. de), enfants de P. de Fontcouverte, 166.

Anglais (les), 135 à 137.

Angleterre (roi d'), 136, 137.

Anisanum ou *Avisanum*, 57.

Antava (B. de), Frère prêcheur, 30.

Aolric (R.), not. de Castres, 83.

Aquis (Guill. *de*), juriste, 127, 129; — (Guir. ou Grin.), not. d'Avignon, 129, 131, 134.

Aquitaine, duché, 137. Voir Guyenne.

Aragallo (Me G. *de*), 180, 181.

Aramon (*en*), 123.

Arbenacium (sgr de) ou Arbanats, 158. — Dans la Gironde, cant. de Podensac. Conf. Du Cange, vo *boeria*.

Arciaco (Erm. *de*), 150. Corrig. s. d. *Affiaco*, les Erm. de Fiac (cant. de St-Paul, Tarn), étant connus par plusieurs autres documents : *Hist. de Lang.*, éd. Priv. VIII. 1459; Cout. de St Gauzens, publiées par M. Baudouin; etc.

Arnaud, évêque d'Agen, 65; — (Et.), 100; — (G.), bailli royal de

Talairan, 181 ; — (G. d'), 101 ; — (R.), chev., viguier de Toulouse, 31, 34, 58; — (R.), le jeune, 72.
Arnaud de St-Paul. Voir St Paul.
Arnaudenx (fossé des), 96.
Arnaudins, monnaie, 47, 123.
Arotbert (G.), 124.
Arpajon (P. d'), Frère mineur, 74.
As ou *Assum*, lieu, château ou village, 16, 17, 19, 30 à 32, 52, 61, 62; — son dîmaire de St Martin, 95. — Azas, cant. de Montastruc, H. Gar.
Aspet (R. Oth. d'), damois., 158. — Aspet, Haute-Gar.
Asso (De). Voir As.
Aton (Guill.). Voir Alaman.
Audegarius, Audeguier, *Audigerii* (G. P.), procurr du couvent de Ste Claire, 127, 129, 130, 133.
Audeguier (M.), 66.
Auderia (P.), sœur, 134.
Audevin (Me P.), 83.
Audigerii. Voir Audegarius.
Audoarde (J.), sœur, 131.
Audoini (Pons), dam. 111, 117, 119, 121 ; — son frère P. 119.
Audrane (L.), sœur, 131, 134.
Augier (G.), damois. fils de Yv. chev. 131.
Aurel ou *Aurelli* (A.), jurisc. 40.
Aurelhac (J. d'), not. 134.
Aurelian. (habitant *de*), 168.
Aurillac (couvt d'), abbé, 17 ; — moine, 78.
Auriol (J.), 89 ; — (G.), *frenerius*, 105.
Auvillar, son vicomte, 134, 182. — Dans le Tarn-et-Gar.
Avignon, 126, 127, 131, 134 ; — son sgr, 126, 130, 133; — not. 127, 129, 131, 133, 134. — Voir Ste-Claire.
Axio (de). Voir Aixio.
Aycard ou *Aischardi* ou *Ayscardi* (V.) not. de Toulouse et garde du sceau de sa sénécée et viguerie, 31, 33, 34, 47.
Aycarde (A.), sœur, 127.
Aymeric. Voir Aimeric.
Aymert (d'), moulin sur le Cérou, près de Cordes, 60. — Aymer est encore le nom d'un écart et aussi d'un ruiss. affluent du Cérou, dans Mouzieys, cant. de Cordes, Tarn. Peut-être le moulin en question était-il au confluent des 2 cours d'eau.

Comtors, fille de B.-R. de Brens, 93.
Conilli (G.), 182.
Coparel (P.), de Aurel., 168.
Coqui (A.), 15.
Corbarieu, *Curvum rivum*, *Corbarillum*, lieu, château, 19, 25, 31; — (Jourd. de), damois. 23, 25, 26, 57; — damois. *de Corbarivo*, 111. — Cant. de Villebrunier, Tarn-et-Gar.
Corcola (*pirarium*), 104.
Cordes, (lieu) *de Corduâ* ou *Cordue*; 17, 49, 60; — son archiprêtre, 93; — son not. 29, 50. — Chef-lieu de cant., Tarn.
Cordua (Me Garnier *de*), juge du sén[l] de Toul. 29, 49; juge de la cour des appels du sén. 50.
Coria (*castrum*), 31. — Corrig. peut-être par Turia.
Cornilha (R. de), 31.
Corno ou *Torno* (B. *de*), relig. 127.
Corrieus (R.), 109.
Cortada (habit. de *La*), 111. — La Courtade, cant. de Gaillac.
Cortone (G. de), chan. de Paris, commis. du roi dans le sénéch. de Carcas. 163 à 172. — Plus tard (1313-31), évêq. de Soissons. Confér. D. Vaiss. éd. Du Mège, VII, 25.
Corunaterio (R. *de*), diacre, procur. de Ste-Claire, 130.
Cossin (P. de), viguier du paréage de Narbonne, 155.
Couffouleux. Voir Coffolenx.
Covenis (J. *de*), not. 132.
Creissacum, lieu ou village, au dioç. de Toulouse, 61, 62. — Crayssac, entre Roquesérière et Azas, cant. de Montastruc, H.-G.
Cressis ou *Tressis* (G. *de*), relig. 127.
Cretis (G. *de*), sœur, 131.
Creto (M. *de*), clerc, 131.
Croicelh (B. *de*), chev. 47. — Voir Coisselis.
Cros (A. de), chev., châtelain de Montréal et puis sén[l] de Carcass. 154 à 179; sa maison dans la cité de Carcas. 175; — juge, 180. — Conf. Cart. de l'anc. dioc. de Carcass. par Mahul, III, 268 et VI, 280.
Cruce (M. *de*), Frère mineur, 74.
Crussols (B. de), 134.
Cueia ou *Coia*, 11, 87; son église, 25; — (G. de), 95; chev[r], 117. — Queye ou Quieye, anc. paroisse dans Castelnau-de-Levis, cant. d'Albi (cartes de 1642, de Cassini, etc.).
Cumenge (B. de), 72.

jourd'hui Faissac, cant. de Gaillac. Voir Monogr. comm. du Tarn, II, 118.
Duzest. Voir Uzest.

Edouard, roi d'Anglet., 65.
Egrifolio (de). Voir Agrefeuil.
Eléonore (*Lianor*), relig. de Vielmur, 84. — Voir Montfort.
Elix ou Elitz. Voir Alaman et Lautrec.
Engelraud (H.), not. de Savignac, 74.
Engilbert (P.), damois., 38.
Ermengaud (G.), jurisc. de Béziers, 43 ; — (P.), jurisc. 181 ; — (R.) not. de Lavaur, 76.
Escrivas ou *Scriptor* (R.), not. de Marmande, 124.
Escuderii (P.), 6.
Espagne (A. d'), sgr de Lunel, lieut. en Languedoc, 135, 137.
Espinasse (terre d'*en*), 116.
Esquina (R. d'), doct. ès lois, 31. Voir Nesquira.
Essarts (Des), *de Eissartis* ou *dels Issartz* : Guilab., chev., 65, 66; — (P. R., chev., Me M. et R., clercs, Et. et Fr., écuyers, Agnès, enfants dud. Guilab.), 66, 67.
Estrées (R. d'), maréchal de Fr., 66.
Estreissas, lieu, 120; ruiss. et chemin, 115, 116, 125. — Ruiss. *de Streyssas sive de Fonvialana*, dit un document publié par Comp., 188. Fontvialane est marqué par les cartes dans Albi, non loin des limites de Castelnau, qui a aussi un autre lieu du même nom.
Etienne, juge de Quercy, 44 à 47.

Fabri (B.), de Marssac, 40; — (P., fils de B.), 119; — (P.), not. de Graulhet, 66; consul de Graulhet, 140, 147; (P.), 133; — procur. du couvent de Ste-Claire, 129.
Fahis ou *Faihs* (G.), 97, 98.
Faiola (de), ruiss., 103, 104; — fief, 105. — Dans Montastruc ou vers ses limites, H.-Gar. Conf. Teulet, II, 540, 439.
Faissac. Voir Feissacum.
Faja (G. de la), serf, 94.
Falgarolis (R. *de*), 6.
Faujaus (G. de), 119.
Fano (F. *de*), bailli d'Anduze, lieut. du vigr de Béziers, 132, 133.
Fares (G. de) et V. son frère, serfs, 94.
Fargues (Les), lieu, 72.

Furgonis (H.), not. de Rabastens, 64.
Furno (G. *de*), consul de Graulhet, 140, 147.

Gailhard ou *Galhard* ou Gaillard : (B.), clerc, 121 ; — (Me B.), curé de Casteln.-de-Bon., 39, 149 ; — curé de N.-D.-de-Domolenx, 54 ; — (Me B.), 131 ; jurisc., procur. de B. de Gout., 154 à 177 ; — (P.), 95.
Gaillac, *Galhac*, *Galliacum*, 11, 18, 87 ; — not., 95 ; — habit., 17 ; — (B. de), 92, 108 ; — (Bert. de), 90.
Gairi (G.), 65.
Galiane. Voir Alaman.
Galliacum. Voir Gaillac.
Galtier (G.), not. de St-Félix, 176.
Gameville (G. de), 100 et suiv. ; — (O.) 106.
Gantesinis (G. *de*), et Ch. son fils, 166.
Garde (G. de la), curé, 72.
Garnier, juge du sénéch. de Toulouse, 57 ; — (Y.) 65.
Garonne, fleuve, 7, 45.
Garrejati. Voir Gerejati.
Garric (Me), jurisc. procur. de Bertr. de Gout, 180.
Garrigia (B. de), bourgeois de Toul., 33.
Garrigues (P. de), de Toulouse, 50.
Garsias (J.), 181.
Gasc (P.), 96.
Gascogne, 135 à 137, 184.
Gatardi ou *Giscardi* (R.), habit. de Graulhet, 140, 147.
Gatigiis (B. de), 28.
Gatilenx (de), lieu et chemin, 116, 120, 121.
Gaubert, camérier de la comtesse de Toulouse, 55.
Gaudio (R.), 65.
Gauret (R.), dam. 150.
Gautier (Me P.), 74.
Gauziondi (D. et P.) frères, 111.
Geisse, voir Gieissa.
Gendre (Le), 65.
Genebreira (La), terroir, 72 ; — Genebreria. Voir Ste-Sigolène. — La Genebrière (Ste-Sigolène), dans Parizot, cant. de Lisle, Tarn. Voir carte de 1642 et *Mon. com.*, IV, 347, 348.
Genesta (*de*), hôpital, près de Cordes ou de Castelnau, 17. — Tranier, dans son *Dict géogr.*, indique *La Gineste*, dans Cazelles, canton de Cordes, et qui serait ainsi *près* de cette ville ; mais nous pensons

que la charte, désigne plutôt l'hôpital de *La Ginesta*, que l'on trouve cité dans l'*Inv. des arch. d'Albi* (table des mat., v° *maladreries*). Cet établissement était non loin de Castelnau, comme paraît le dire aussi notre charte, et peut être faut-il le confondre avec la chapelle de l'Hospitalet (Cart. de 1642 et de l'Et.-maj[r]; et *Revue du Tarn*, I, 97.)

Gérald ou Géraud : (B.), 6; — Frère prêcheur, 12, 78; — (H.) chev. juge des appels de la sén. de Toul., 155 ; — (P.), 6.

Gerejati ou *Garrejati* (B.), 53, 54.

Gieissa (G. et E.), frères, d'Albi, 114 et suiv.

Girossenchis (*honor* ou château *de*), 34. — Giroussens, canton de Lavaur, Tarn.

Giscardi. Voir Gatardi.

Gleia (B. et G, de La), 65.

Gleia-Vieilha (La), lieu, 109. — Gleyevieille dans Castanet, cant. de Gaillac, Tarn (Cassini, Tranier et *Mon. com.*, II, 97).

God (de). Voir Gout.

Godor, lieu, 113.

Godus (A.), 106.

Golfier : — (en), 119 ; — (R.), not. de St-Sulpice, 72.

Gondarin (Me M.), 131.

Gout (de), *de Guto, del God* : (Bertr.), damois., sgr d'Arbenats et Portel, 158 ; chev. sgr de Duras et de Blanquefort, 178 ; chev. vic. de Lautrec, 153-180 ; vic. de Lomagne et d'Auvillar, époux de Béatrix de Lautrec, 134, 182. On sait que ce Bertr., fils aîné d'Arn.-Garsie, était le neveu du pape Clément V. Voir de plus Marchionis. — (R. Guill.), damoiseau, fils de Génébrin de Gout, chev., 8, 9.

Gozenchis (Me G. de), proc. du sgr de Mirepoix et juge de Mirepoix, 80, 82, 84.

Gracia (R. de), not. de Toul. 44.

Grande Castrum. Voir Puymirol.

Graolhetum. Voir Graulhet.

Graselhas (*P. Vicecomes de*), d'Albi, 54. — Conf. d'Auriac, à la table, *Greselles*.

Grasignan (Phil. de) not. d'Avignon, 127, 129, 133, 134.

Grasinhano et Grasignacho (de), Voir Grasignan.

Gratafolia (R.), 99.

Graulhet, *Graulhetum*, *Graolhetum*, petite ville, château, 31, 66, 82, 130, 139 à 153, 181 ; — (maisons à), 82, 181 ; — son fossé, 181 ; pont, 142 ; — son moulin de la Roque, 66 ; — son *honor* et district, 87, 155, etc. ; — sgrie, 125, 139 et suiv., 187 ; —sgrs,139 à 153, 155 ; — sa cour, 143, 144 ; — communauté, ses coutumes, etc. 139 à 153 ; — consuls, 138 et suiv. 151 à 153, 174 ; — bailli, 174, — not. 66. 142; — clerc et habits, 150, 140, 147. 181 ; — (G. et G. de), 66. — Chef-lieu de cant., Tarn

Grava, 87. — Lagrave, cant. de Gaillac, Tarn.

Gravas (P.), jurisc. d'Albi, 38.41.

Graynhano et Grazinhan (de). Voir Grasignan.

Grefolh (de). Voir Agrefeuil.

Grégoire (P.), *de Collelongo*, not. apostol. 62.

Grimoard, (P.), 6.

Grizac. Voir St-Martin.

Gruet (R.), not. 138.

Guarsi ou *Guarsii*, syndic de Graulhet, 140, 147.

Gui, évêque de Langres, 122.

Guialabert (A.),consul de Graulhet, 150.

Guillaume : *epothecarius* de Lavaur, 54 ; — (vic.), cousin de dame Béatrix, 135 ; — évêque d'Agen, 48 ; — (P.). damois. *de Ovelario*, 43 ; — (P.),181.

Guiral (B. et J.), serfs, 94.

Guiraud (G.), 108 ; (P.) de Lisle, 76 ; — (P.), 181.

Guitardals (Les), lieu, 113.

Guitart (Gaut.), 97.

Guorguer . Voir St-Sernin.

Guto (De). Voir Gout.

Guyenne (duché), 136. — Voir Aquitaine.

Habert, Hatbert. Voir Albert.

Helemosina (M. de), not. d'Albi et d'Albigeois, 182.

Helie : — (Me), chan. de Viviers, 15 ; — not. d'Agen, 48 ; — (J.) damois., bailli de Florensac, procur. de B. de Gout, 134.

Helitz. Voir Alaman.

Hely, juge d'Israël, 164.

Henri, comte de Rodez, 36, 37, 44.

Herveus (R.), 6.

Heu (R. de), de Boville, sergent de la cour de Montréal, 163.

Houriam, 87. — Serait-ce *Lobre*, dans Mailhoc, cant. d'Albi, ou plutôt une traduction altérée de *Lieur* (dans Villeneuve, cant. d'Albi), ancienne possession des Alaman (*Annuaire du Tarn* pour 1874, p. 361) ?

Lafox, *La Fotz*, *La Fos*, *La Fouz*, village et château, 2, 4, 5, 9, 16, 18 (*forcia*), 19, 30, 31, 45, 52, 61, 62, 64, 65, 122, 129, 130, 135, 137; fortalice, 18, 19, 45; — sa motte avec tour, 45; — péage, 31, 32, 44, 45, 122; — juridiction, censives, etc., 32, 44, 45; — habitants, 65. — Cant. de Puymirol, Lot-et-Gar.

Lagari (B. de), de Toul. 47.

Lagrasse, abbaye, 180. — Dans. l'Aude.

Lambert (P.), 49.

Lamotte. Voir Motte.

Landunac (Y. de), doct. ès lois, juge de Toul. et garde du sceau de la sénéch. et vig., 7, 127.

Langres, son évêque. Voir Gui.

Languedoc, 135, 136, 185.

Lanhacum. Voir Launhacum.

Lanic (G. de), de Carcass., 41.

Lanssa (R.), 134.

Lasgraïsses, 132, 187. — Canton de Cadalen, Tarn.

Launhacum, *Lanhacum*, *Laurinhacum*, lieu et cens et tasques, 32, 45, 52. — Laugnac, cant. de Prayssas, Lot-et-Gar.

Laurinhacum. Corr. et voir Launhacum.

Lauserta, 12. — Lauzerte, Tarn-et-Gar.

Lauterguesium. Voir Lautregais.

Lautrec, *Lautricum*, ville et château, 26, 31, 42, 43; — sa juridon et dr. divers, 42, 43; — ses vicomtes, 41, 74, 80, 82, 127, 138, 139, 149, 150. Voir encore ci-après Gout et Marchio. — (Amalric de), chev. vic. de Lautr., 11, 34, 35, 36 à 44, 50, 53, 54, 57, 67, 74, 149, 138; — (Carles), chev., 76; — (Beatrix), épouse de Sic. le vieux, 43; — (Beatrix), fille de Bertr. et d'Adalasie de N., épouse de Phil. de Lévis et de B. de Gout, vicomtesse de Lautr. et dame de Graulhet, 7, 73, 74, 79, 80, 83, 84, 85 et suiv., 126, 134, 135 à 138, 182, 186; — (Bertr.), chev., vic. de Lautr., sgr de Graulhet, 8, 18, 21, 22, 27, 29, 30, 31, 32 à 40, 40 à 46, 48, 49, 50, 52, 55 et suiv., 58 et suiv., 61 et suiv., 64 à 67, 73, 78, 79 et suiv., 85, 122, 125, 139, 147, 148; — (Elitz), fille de Bertr. de Lautr., 81; — (*Fredul* ou Frédol), damois., 40, 41, 150; — (Gui), frère d'Amal., chev., 44, 67; — (Sic.), fils d'Amal., vic. de Lautr., 149; (Sic.), vic. de Lautr., 41, 80, 82; — habit., 40; — ses cout., 139 (note). — Chef-lieu de canton, Tarn.

Lautreguais, *Lautrigucsium*, *Lauterguesium*, 26, 31, 42, 43; — (dr. divers en), 42, 43. — Pays de Lautrec.

Othon (B.), not. de la Cour du sceau de la vig. de Toul., 183.
Omelacio (P. *de*), juge mage de la sénée de Toul., 155.
Ovelario (damois. *de*). 43.

P., évêque de Senlis, 135.
Pagan (A.), chev., 47 ; — (B.), 33 ; — (Me Guil.), de Rabastens, jurisc., 38, 40, 43, 44, 50.
Page (B.), 180.
Pages (P.), de Brens, 95.
Pairolier (M.), de Castres, 55.
Palairac, *Palayracum*, 180 ; — bailli et habs, 180. — Cant. de Mouthoumet, Aude. Voir Mahul, III, 420.
Palars (A.), 181.
Palhacier (G.), 95.
Pamiers, cité, son official et sa cour, 85, 86.
Pampelonne, 76. — Ch.-lieu de cant., Tarn.
Pansa (la) ou Pausa (J. de), syndic de Graulhet, 140, 147.
Paolhac, Paolhagenses. Voir Paulhac.
Paradier (D.), 106.
Paraire (B.), 108.
Parator ou Perator (G. V.), 100 ; — (B.), habit. de Graulhet, 140, 147.
Paris, 21, 53, 54, 59, 67, 126, 135, 165, 166, 168, 179 ; — palais du roi, 49 ; — maison de l'archevêque de Rouen, 135 ; — (chan. de), 164 ; — habit., 55 ; — (G. de), 111, 117, 121 ; — (Th.), chan. de Rouen, commis. du roi, 16.
Parraiairil (le), 115, 116.
Pasquier, not. de Valence, 15.
Passalayga (G.), 181.
Passanels (ruiss. de), 113.
Paulhac, *Paolhacum* — (habits de), 103, 104, 105 ; — (A. de), et sa terre, 101 ; — (B. M. et Tond.), 17, 99. — *Paolhagenses*, leur honeur, 101. — Paulhac, cant. de Montastruc, H.-Gar.
Pebero (G. de), 65.
Peiro (*en*), 54.
Peitau (H. *de*), 65.
Pelapoul ou Pelipoul (Ambl.), de Maussans, chev., 41 ; — damois., 40.
Pelerici (B.), 52.
Pelicier (B. et P.), 6, 181.
Pelipulli (A.). Voir Pelapoul.

péage et chaussée, 52, 59, 106. — S.-Géri, dans Rabastens, Tarn.
S.-Géri. Voir S.-Georius.
S.-*Ginieu* (moine de), 115.
S.-Giron, église près Puybegon, 72.
S.-Hestèphe. Voir S.-Etienne.
S.-Jacques, hôpital, 181.
S.-Jean (Et. de), bailli de P. Habert ou de Cailhavel, 161, 163, 175, 176.
S.-Jorius ou Jurius. Voir S. Géri.
S.-*Laufarius* ou *Leufarius*, château ou lieu, 26, 31. — St-Nauphary, canton de Villebrumier, Tarn-et-Gar.
S.-Laurens (Y. de), moine de S. Ginieu, 15.
S.-Marcel, 88; — (Me G. de), 50. — Cant. de Cordes, Tarn.
S.-Martin : — (d'Azas), dîmaire, 95; — *de Boziguas*, dîmaire, 95. Voir *de Bozigiis;* — de Grizac, paroisse, 72, 93. Dans Puybegon, cant. de Graulhet, Tarn. — (R. de), 40; — 180.
S.-Maurice-de-*Privatz*, 72. — S. Maurice-des-Privats, com. de Peyrole, cant. de Lisle, Tarn. Cassini et Rossign. IV, 352.
S.-*Melio* (R. de), 65. — St-Emilion, Gironde (?)
S.-Nauphary. Voir S. Laufarius.
S.-Paul (habt de), 54.
S.-Paul (Arn. de), serf, 101 et suiv.
S.-Porcarius, 6. — St-Porquier, cant. de Montech, Tarn-et-Gar.
S.-Salvi. Voir Reclus.
S.-Sernin-de-Gourgois, 93. — Dans St-Gauzens, cant. de Graulhet, Tarn.
S.-Sigolène *de Genebreria*, église, 72, 73. — Voir Genebreira.
S.-Somplizi. V. S. Sulpice.
S.-Sulpice, *S. Sulpicius*, *Sulplicius*, *Suplicius*, *Sumplicius*, *Sant Somplizi* ou *Sumplizi* : château ou petite ville, 13, 16, 17, 19, 23, 26, 27, 29 à 32, 50, 61, 63, 87, 90, 130; — château (résidence sgriale), 55 (?); sa bretèche près la grande salle, 72; chambre à côté de la garde-robe, 108; sa chapelle, 25, 51; — église hors du château ou paroissiale, 25; — hôpital, 11, 12, 25 (55 ?); hôpital du bout du pont, et autre près de l'église, avec sa chapelle de St-Georges, 26; — pont sur l'Agout, 17, 25, 26; — chaussée et navière, 19; — leudes, péages, etc., 61, 62; — son *honor*, 34; — son sgr. 13, 21, 72; — son curé, 90; — ses notaires, 23, 29 (pour le sgr), 31, 44, 72, 78, 79, 96, 108, 123; — habit. 53. — Cant. de Lavaur, Tarn.
S.-Vast. Voir S.-Bars.

Turia, au dioc. d'Albi, château ou village, 11, 58, 59, 77; — cens, pesade, champart, dîmes, etc. 59; — Voir Coria. — Thuriès, dans Pampelonne, Tarn. Voir Répert. archéol. du Tarn, 31.

Turre (moulins *de*), 52.

Turribus (A. *de*), 99.

Ugolin, gendre de B. R. de Brens, 93.

Ulmos, 88.

Uncarca, 88. — Lincarque, dans Cestayrols, cant. de Gaillac, Tarn.

Uzest (*Dec. d'*), chev., 40, 41, 50. — Uzès, Gard.

Valcabrieira, Valliscaprarie, 120, 125; — chemin, 115, 116. — Valcabrière ou Malcabrières. Voir Comp., 188; Sarrazy, 232, et Jolibois, *Inv. des arch. d'Albi*, tab. des mat., v° *Puy*.

Valentia, civitas Valentina : cour de son official, 13 à 15; — not. 15. — Valence, Drôme.

Valieriis (péage *de*), 59. — Les Valières ou Lavallière, dans Rabastens, Tarn. Confér. *Mon. com.*, par Rossignol, IV, 154.

Valois (Ch. de), lieut. du roi en Lang., 136, 137.

Vaquérie, épouse de Jourd. de Lisle, 42.

Vaquier (R. le), 65.

Varilhes (G. de), clerc de l'abbé de S.-Sernin, 63. — Varilles, Ariège.

Vasconia, judicature, 63. — Du pays Gascon.

Vassal (G.) de Mondragon, 57; — (R., chev. et P.), frères, 39, 40.

Vaurum. Voir Lavaur.

Veceriis (G. *de*), sa vigne, 100. — Bessières, cant. de Montastruc, H^te^-Gar.

Velléien (sénatus-consulte), 110.

Verdfolesia (*strata*), 100. — Chem. de Verfeil, H^te^-Gar.

Verdun (J. de), clerc du dioç. de Rodez, 135.

Veronh ou Vernhe (J. de la), 117; de Figeac, 23, 28.

Vertus. Voir Virtutes.

Veterismuri (couvent et Sœurs), 24, 84. — Vielmur, ch.-lieu de cant., Tarn.

Vezian, fils de R. de Lescure, chev., 38, 40.

Viadene ou *-ria* (B.), Sœur et procur. de Ste-Claire, 127, 130.

Viane (A. de), not. de Montpellier, 127, 133.

Viaur, rivière, avec forêt sur ses bords, 58. — Sur les limites de l'Aveyron et du Tarn.

FIN.

ADDITIONS ET CORRECTIONS

P. XXVIII, note. *Mayer*, corr. *Meyer*.

P. XLVII. *Boulogne*, corr. *Bologne*.

P. LII, 3e ligne en remontant. Corr. *ont* par *on*.

P. LXIV, l. 21. Corr. *devant* par *dans*.

P. LXX, l. 27. Au lieu de *possessions*, lisez *paroisses*.

P. LXXIII, l. 30. *Gauche*, corr. *droite*.

P. LXXIV, l. 15. D'après sa date précise (17 juin 1285. Voir plus loin, Add. à la p. 58), cet acte doit être placé avant les 2 précédents.

P. LXXVI. Les lignes 5 et 6 devraient être imprimées en petits et non en gros caractères.

Planche avant la p. 1. On observera que, dans notre tableau d'abréviations, nous avons suivi l'ordre alphabétique de la première lettre de la syllabe abrégée. Quelques mots doivent par conséquent être déplacés pour se trouver à leur rang; tels sont *martii*, *curie*, *dilecto* à la col. 1, *aliter* à la c. 2, et *turonensium* à la c. 3.

P. 1, l. 10. Corr. *excercitu;* — l. 19. Ajoutez : Notons ici seulement qu'une main du 16e ou mieux du 17e s. avait coté ce ms. comme il suit, sur la première feuille de garde: « Livre contenant la coppie de plusieurs tiltres fondamentaux de la baronnie de Castelnau de Bonnafous. No V. Livre Ier. »

P. 3, l. 4; p. 4, l. 2 et 25; p. 10, l. 28 etc. Au lieu de *mss.*, lisez *ms.* partout où le mot est au singulier.

P. 3, l. 18. Lisez : *o crebara hostal o;* 2 dern. lignes et p. suiv. Modifiez ainsi : Ce changement qui, dans quelques cas, paraît appartenir plutôt à certains dialectes qu'à d'autres, se retrouve, etc.

P. 4, l. 11 et suiv. Modifiez ainsi : Il faut encore ajouter à cette liste, et comme trahissant parfois des différences dialectales, les formes que voici, etc.

P. 7. Ajoutez à la note : — Dans le ms., cet acte est précédé du titre faux ci-après : « Venditio et emptio castri de Lafotz et pedagii precipue. »

P. 9, l. 7. *Controverssia.*

P. 11, l. 13. Lisez *couvents;* l. 25, 26. Lisez *Ademarius.*

P. 12, l. 26. Lisez *Suplicium* (en italiques).

P. 13, l. 10. Lisez *omnes heredes et liberos* (en italiques).

P. 15, l. 11 et 16. Il y a bien *Valentina* dans le ms., et d'après cette forme nous avons écrit *Valentinus*, qui est en abrégé; mais, comme l'observe M. Molinier, on dit aussi *Valentinensis.*

P. 16. Les archives notariales de Lasgraisses possèdent aussi pour l'accord rapporté à cette p. une copie authentique sur parchemin, de 1384 : « Noverint universi quod nos Gregorius de Corberia, domicellus, vicarius Albie et Albigesii, dom. regis, custosque magni et auttentici sigilli vicarie antedicte vidimus, tenuimus, palpavimus et perlegi fecimus quasdam patentes et appertas litteras regias in pergameno scriptas et inpendente cum cordula cirici magno sigillo regie magestatis cera viridi sigillatas ut prima facie apparebat et in eisdem perlegebatur, quarum quidem literarum tenor talis est : In nomine sante et individue Trinitatis, amen, etc. » Le texte est le même que celui du Cartul., à l'exception des variantes qui suivent : — P. 16, l. 13, *sante, Philipus;* l. 15, *Loduno* (corr. de même dans notre lecture du Cartul.); l. 20, *Sycardum;* l. 23, *Alfonso.* — P. 17, l. 6, *interfessisse;* l. 13, *ut dicitur;* l. 15, *obolos;*

l. 16, 18, *sonmerio*; l. 20, *nostri*; l. 23, *Gualliaco*; l. 31, *Aymonis*; l. 34, *Thaish.* — P. 18, l. 7, *Lafodz*, *diocesis*; l. 9, *comissum*; l. 10, *Bonavilla*; l. 20, *Johanne* (en corr. de même dans notre texte); l. 29, *Eustachio.* — P. 19, l. 5, 6, *As*, *Lafodz*; l. 14 et 18, *apperire*, *opperum*; l. 19, *Sicardus*; l. 23, *trium denarium* (sic); l. 24, *Coffolenxs*; l. 28, *et possideant.* — P. 20, l. 2, *hactenus*; l. 6, *Johannam* (en corr. de même dans notre lecture du Cart.); l. 8, 9, *confirmantes. Ceterum volentes*; l. 17, *culpa ejus Sic.*; l. 18, *et omnibus*; l. 20, *diem.* — P. 21, l. 7, *constabularii. Data vacante* (Ici est reproduit le monogramme du roi : Ph — S — Pl.) *cancellaria.* — Les 2 copies n'offrant pas d'autres variantes, on voit qu'il est impossible d'éclairer par leur secours certains passages qui paraissent manquer de précision ou omettre quelques mots (voyez par ex. P. 17, l. 21 et 22; P. 20, l. 17, 18). — Le vidimus reprend ensuite et se termine ainsi : « In quorum visionis, tenuitionis et perlectionis testimonium nos vicarius..... dictum magnum et auctenticum sigill. inpendenti duximus apponendum, die nona aprilis, anno M° CCC° octuagesimo quarto... » Suit une signature en partie détruite, et, au-dessous, celle du greffier qui a dressé ou collationné l'acte : « ... cum original. litteris. De Montealazaco not. » — Au bas de la pièce sont les lanières de parchemin qui portaient le sceau du viguier, aujourd'hui perdu.

P. 21, l. 25. On lit *piscaria*, au lieu de *pascua*, dans le formulaire de l'acte de la p. 29, qui suit presque mot à mot la donation de Sic. à R. Amiel.

P. 26, l. 26. Au lieu de *tueri*, qui est au ms., M. Molinier propose d'écrire *teneri*.

P. 30, l. 13. *Asas* corr. *Azas*.

P. 32, l. 8 : nomine procuratorio; — l. 10, *in dictam*, mettre (*in*) *dictam*; l. 15, corr. *Aguata*.

P. 37, l. 13, 14. Le formulaire réunit ou confond, ici

et dans la suite de l'acte, les 2 titres d'*arbiter* et d'*arbitrator*, distincts cependant d'après les théoriciens. Du Cange, v° *arbitrator*.

P. 43, l. 28. Effacer le premier *et*.

P. 45, l. 23. Lisez : « quibuscumque; item quartam partem omnium hominum habitancium in loco de La Fos et homagiorum et sacramentorum fidelitatis eorumdem; item, etc. »

P. 46, note. Au lieu de *pro quibus*, mettre plutôt *pro quo vel pro qua*.

P. 48, l. 22. *Gauche* corr. *droite*.

P. 52, note 1. Ajoutez : — Du reste le *Lexique rom.* de Raynouard a *cuyssiera*, signifiant *cuissard*.

P. 52, notes 2 et 3. Modifiez cet alinéa comme il suit : Pour le premier de ces 2 mots (lisez *asmatras*. Voir au fac-similé), il faut corriger par *almatras* que nous retrouvons usité dans d'autres actes du Midi et qui signifiait *matelas* (Du Cange, v[is] *almatracium*, *almatracum*; *Lexique roman*, par Raynouard, v° *almatrac*; Rochegude, *almatracx*). — Quant au second, il figure dans Rochegude, v° *blachi*, *blechi*, seau de cuivre. Ce mot, qui manque à la plupart de nos lexiques patois, est encore usité dans le Tarn (cant. de Lisle, Montmiral, Gaillac, Cadalen, Albi, etc.). Il se trouve dans le *Diction. langued.* de De Sauvages (v° *blachi*) et encore dans le *Manuel des termes qui s'appliquent aux choses usuelles*, par Poumarède, lequel montre en quoi le *blaxis* ou *bletchi* différerait du *ferrat* (I, 117).

P. 58, l. 7 et suiv. M. Aug. Molinier, l'érudit annotatateur de D. Vaissète, a bien voulu collationner et compléter cet échange de 1285 sur les textes du même acte que possèdent les Archives nationales. Tout en lui exprimant nos sentiments de reconnaissance pour le service qu'il a ainsi rendu à notre histoire locale, nous allons faire connaître ci-après le résultat de son travail. Nous croyons devoir avertir seulement que les mots de pur formulaire, ajoutés par M. Molinier, se retrouvent dans notre ms., et que c'est conformément à ce que nous avons dit plus haut (p. lxvij) que nous les avons omis dans notre édition ; mais il est bon que nous ayons ici l'occasion de faire connaître en détail ces expressions supprimées par nous, afin que l'on puisse constater, par ces exemples, que notre système d'abréviation n'altère pas le sens précis des originaux. Enfin nous observerons de plus que, dans notre édition, on doit corriger conformément au ms. par *omnimoda* (P. 59, l. 11) et par *Biaur* (à la l. 18). Cela dit, voici, en les rapportant aux p. et aux l. du présent livre, les variantes ou additions qui ont été relevées sur les textes de Paris.

Arch. nat. J., 326, n° 5, original, charte-partie : — P. 58, l. 16, Noverint universi; l. 18, per se heredes et successores... nobili viro domino; l, 19, Eustachio; l. 20, Tholosano; l. 21, recipienti et ementi; l. 22, ipsius domini Bertrandi; l. 23, dicti domini Bertrandi; l. 24, census; l. 25, census... sestaria; l. 26, unam quarteriam... mensuram; l. 27, locum cujusdam furni et... ex hiis. — P. 59, l. 1, proveniencia... habere dictus dominus Bertrandus apud...; in *manque*; l. 2, et predicta ad se pertinere; l. 3, sestaria... censualia... mensuram; l. 4, censuales que dictus dominus Bertrandus dixit et asseruit; l. 5, in *manque*;... territorio; l. 6, cum juribus et domin.; l. 7, que omnia dixit et asseruit ad se pertinere; l. 10, Turya; l. 11, omnimoda... sestaria; l. 12, mensuram; l. 13 et 14 census; l. 16, censuales; l. 18, Biaur; l. 19, et jus exercendi... et levandi omnia et singula supradicta; l. 20, jura et deveria cujuscumque generis et conditionis existant sive censeantur et quocumque; l. 21, ipsum dominum.... pertinencia et debencia... ratione, causa seu modo; l. 22, de Mezenx et de Turya; l. 23, territorio... exceptis; l. 23, sestariis... censualibus; l. 25, dictus dominus Bertrandus... dixit et asseruit; l. 27, vendebat nec vendere intendebat quia... de Castronovo predicto; l. 28, territorio et pertinenciis dicte ville; l. 29, ut dixit jam erat... possessione; l. 30; idem dom.; l. 31, domino Bertrando, heredibus et success.; l. 32, ejus in perp... a domino rege vel alio, ejus nomine, ejus mandato vel ipso ratum habente; l. 33, dictus dominus Bertr. — P. 60, l. 2, idem dom. Bertr. heredes et success.; l. 3, annuatim, in... libras possint; l. 4, percipere et habere... sito; l. 5, Sero... juribus et pert.; l. 6, sito ut dicitur; l. 8, a dom. Rege; l. 9, dicuntur... Rocca quondam; l. 11 dictus dom. Bertr.; l. 12, a dicto dom. senescallo... et confessus fuit se habuisse et recepisse integre in pecunia numerata; l. 15, predictis omnibus et singulis... dictus dom... senescallus; l. 16, dicto dom. Bertrando, heredibus et successoribus suis, dicti domini regis nomine et pro eo, et idem dominus Bertrandus domino regi heredibus et successoribus suis sollempniter stipulantibus hinc et inde; l. 17, dictus dom. Bertr.; l. 18, domini regis, dominus rex; l. 19, dictus dominus senescallus... domini regis; l. 20, possessionem... idemque dominus; l. 21, dicti domini Bertr.; l. 25; dictus dominus senesc. dicti domini regis nomine, heredum et successorum ejus... idem dominus Bertrandus; l. 26, posssint et eis liceat... molendinum; l. 27, tranferre (*sic*); l. 29, sive laudimia; l. 30, ceterasque dominationes; l. 32, Actum fuit hoc dominica ante festum beati Johannis baptiste, regnante Philippo rege Francorum predicto, Bertrando episcopo Tholosano, anno ab incarnatione Domini M° ducentesimo octuagesimo quinto. In presencia et testimonio venerabilium virorum dominorum Guidonis de Boy, Remensis, et magistri Egidii Camelini, Mendelsis ecclesiarum canonicorum, domini Regis clericorum, assenciencium supradictis, dominorum Guillelmi de

Cazetis, Bononiensis, doctoris legum et militis, Petri de Fontanis, domini regis thesaurarii in partibus Tholosanis, Guioti, subvicarii Tholose, Petri Maurini de Vauro et Ramundi, fratrum, et Arnaldi de Galliaco, et Guillelmi de Gauderiis, publici Tholose notarii, qui cartam istam scripsit ·⁝·

Arch. nat. Lautrec I, J, 331, original du vidimus : — Noverint universi quod nos Ramundus Arnaldi, miles, vicarius Tholose tenensque sigillum senescallie et vicarie Tholose, vidimus quasdam litteras domini nostri regis Francie, non viciatas non cancellatas nec in aliqua sui parte abolitas, sigella pendenti cereo integro ejusdem domini regis sigillatas, quarum tenor talis est... — P. 58, l. 12, Dei gratia Francorum rex... facimus universis tam presentibus quam futuris; l. 14, factarum inter karissimum dominum et progenitorem nostrum... dilecto et fideli nostro Eustachio; l. 15, milite, senescallo nostro Tholosano ex una parte et nobilem virum Bertrandum; l. 16, Lautricensem ex altera. — Suit le texte de l'acte de vente et d'échange collationné plus haut, d'après l'original, et puis viennent les clauses finales de la lettre du roi et du *vidimus* : Nos autem venditionem et permutationem predictas ratas et gratas habentes, premissa omnia et singula, prout superius exprimuntur, volumus, concedimus et laudamus, salvo in aliis jure nostro et jure quolibet alieno. Quod ut ratum et stabile perseveret presentes litteras sigilli nostri fecimus impressione muniri. Actum Parisius, anno Domini millesimo CC° LXXX° quinto, mense februarii. — In cujus visionis testimonium, nos predictus vicarius sigillum senescallie et vicarie predicte apponi fecimus huic presenti transcripto et appendi. Actum Tholose, anno Domini millesimo ducentesimo octogesimo septimo, mense novembris. — Scellé du sceau de la viguerie de Toulouse en cire jaune, sur cordelettes de chanvre.

P. 62, l. 21. M. Molinier n'hésite pas à corriger et à lire *Autisiodorensis* (d'Auxerre) et *Paduanensis* (de Padoue).

P. 67, 4 dern. lignes et suiv. — L'un des auteurs avait cru découvrir une erreur de copiste au sujet de la date de ce document, MCCXLVI, se fondant sur ce que le partage de la succession de Doat Alaman et du patrimoine de Fine, son épouse, en 1234 (voir p. 86 à 89), renfermait pour l'un et pour l'autre les mêmes expressions *hereditas* et *successio*, et sur ce que la présence de la donatrice n'était point constatée dans ledit acte, ce qui l'avait porté à signaler cette erreur dans sa *Monogr. des sgrs de Graulhet.* Cependant, après avoir remarqué que le partage de 1234 comprend *omnia que ex successione Fine ad dictos fratres casu aliquo possint pervinere*, et après avoir observé que le nom de Fine n'est jamais suivi du mot *quondam*, employé toutes les fois qu'il s'agit d'une personne décédée, il croit devoir revenir sur sa première opinion, et devoir restituer aux coutumes de Puybegon la date portée au ms. telle que nous la publions.

P. 68, l. 4 et 5, en remontant. Lisez : *laore ab parelh d'azes e parelh d'azes es comtat.*

P. 78, l. 24. Ajoutez : Voir aussi préface, p. xxij.

P. 86, l. 27 et suiv. — Nous pensons que les remarques faites ci-dessus (relativement à la p. 67), feront admettre avec nous que le présent acte renferme bien le partage de la succession de Doat, et, en outre, celui du patrimoine de Fine, *encore vivante.* Si l'on hésitait à adopter cette façon de voir, il faudrait alors modifier la date des coutumes de Puybegon, ainsi que cela a été proposé dans la *Monogr. des sgrs de Gr.*, p. 7 et suiv.

P. 95, dern. ligne. Peut-être est-il préférable de lire : *la serra de Belsolhelh.*

P. 100, l. 26. Corr. *Gauterii.*

P. 115, l. 3 en remontant. Corr. *Estreissas.*

P. 129, l. 4. Corr. *de Lafox.*

P. 132, l. 12. Corr. *Florenciaco.*

P. 135, l. 28, 29. Corr. *lieu de daf Foux* ou *Daffoux* (Lafox).

P. 153, l. 6, *cossos.*

P. 155, ligne 10, après *scutiffer*, sous-entendez : avaient; l. 31, lisez plutôt : *intimassem.*

P. 163, l. 14. Corr. *Montem.*

P. 192, l. 25. Lisez seulement *Avisanum*, aujourd'hui Visan, cant. de Valréas (Vaucluse). Cf. Du Cange, III, 945, col. 3.

P. 207. *Houriam.* On peut proposer aussi, comme l'a déjà fait l'un des auteurs, Ouhari, localité dans Cestayrols, canton de Gaillac, indiquée par Tranier.

Les corrections ci-dessus sont sans doute loin d'effacer toutes les erreurs contenues dans le volume; aussi espérons-nous continuer nos révisions personnelles, afin d'améliorer encore notre travail. Mais nous serions heureux surtout de profiter des amendements que les critiques compétents voudraient bien nous signaler, et nous ne manquerions pas de leur en exprimer notre gratitude, lorsque nous publierons toutes les rectifications supplémentaires que nous aurons pu recueillir. Ces nouveaux *errata* pourront paraître probablement dans un ou deux ans d'ici, et les personnes qui désireront les posséder n'auront qu'à en adresser la demande à l'un des auteurs : Edmond Cabié, à Roquesérière, par Montastruc (Haute-Garonne).